U0908824

为祖国寻找宝藏

徐绍史 题

中国地质调查局组织创作
大型纪实文学作品

张洪涛◎主编

作家出版社

目录

序 言

时值新一轮国土资源大调查收官之际，中国地质调查局组织创作的《为祖国寻找宝藏》大型纪实文学作品集问世了，可谓正合时宜。

《为祖国寻找宝藏》以一批具有重要影响的找矿成果为载体，真实地再现了国土资源大调查的重要组成部分——新一轮地质大调查的风雨历程。其描写大调查的场面气势恢宏，波翻潮涌，刻画能源资源格局的篇章纵横捭阖，深刻精辟，读起来倍感亲切，不但具有深刻的思想性，同时也含有浓郁的知识性。世界矿产资源的格局，中国的矿产资源战略，新一轮地质大调查的历史与现实意义，都在作品中做出了生动的回答。

面对世纪之交，温家宝总理曾经高屋建瓴地指出："地质工作面临着一个重大的转折时期，地质科学发展也面临着一个重大的转折时期。"20世纪80年代末直至世纪之交，地矿领域呈现了世界范围的不景气，地质工作严重滑坡，许多国家地质勘查机构陷入生存危机，各国政府纷纷采取应对措施，重新定位国家地质调查机构的功能，调整国家地质工作的发展战略。我国也是如此。转型期的中国必须面对资源与环境双重挑战。按照温家宝总理的指示，我国加快推进地质工作根本转变，更加紧密地与经济建设和社会发展相结合，更加主动地为经济建设与社会发展服务。

新一轮国土资源大调查就在这种背景下拉开了序幕。作为一项公益性、基础性、战略性的国家工程，新一轮国土资源大调查的规模前所未有：国家财政斥资120亿元；其中近70%投向西部；数万名地质工作者全力以赴，历时长达12年！

充分发挥国土资源的经济、生态和社会效益，促进经济可持续发展和社会全面进步，成了国土资源工作者的神圣责任与使命。而中国地质大调查的队伍则承担了国土资源大调查中75%的地质大调查的工作量。从1999年的春天到2010年的秋天，中国地质人立足于全面科学地评价资源对国家经济发展的保障程度，立足于为国家宏观调控决策服务、为国家近期战略任务目标服务、为国家重要经济区发展服务，在我国辽阔的陆域和海域内，对土地资源、矿产资源、海洋资源等自然资源，开展了轰轰烈烈的基础性、公益性、战略性综合调查评价工作。从碧波荡漾的南海，到白雪皑皑的北国，从辽阔的东海之滨，到“世界屋脊”喜马拉雅山，来自全国31个省(区、市)的地质调查院、地质环境监测总站及地勘单位、科研院所、高等院校等184个单位，每年出动1.5万至2万人，向地质空白区、原始“无人区”展开了前无古人的地质调查攻坚战。

作为中华民族精神和时代精神的重要组成部分——新中国成立以来我国地质人长期形成的以献身地质事业为荣、以艰苦奋斗为荣、以找矿立功为荣的“三光荣”精神，一经融入时代的激流和伟大的社会主题，便如同大河开闸释放出惊心动魄的精神冲击力。面对共和国资源危机，我国地质人风雨兼程，填补了地质调查史上的空白，冲破了无人区的历史记录，付出了难以想象的代价，承受了超乎常人的压力，终于用自己的智慧汗水和顽强拼搏，向祖国交出了一份满意的答卷——基本摸清了我国的资源家底，提供了大批后续勘查开发基地，新发现一批大型矿产地，藏中铜矿、滇西北有色金属、东天山有色金属、罗布泊钾盐等十大新的资源基地初显雏形。能源矿产调查评价取得新发现，海洋油气新区调查圈定了38个重要含油气盆地，评价了海域油气资源量超过400亿吨油当量。新疆东部吐哈盆地等地区探获千亿吨巨厚煤炭资源。在我国南海北部和祁连山冻土区发现了天然气水合物，开辟了新的能源领域。如此种种重大发现与突破，缓解了国家矿产资源供需矛盾急剧恶化的趋势，为立足国内提高资源保障程度奠定了基础。

创新是一个民族进步的灵魂，是一个国家兴旺发达的不竭动力。实践证明，新一轮国土资源大调查这一宏伟的跨世纪系统工程，不仅稳定了一支专业队伍，培养了一批地质人才，维系了国家地质工作的持续发展，还运用市场“无形之手”拨动了“一池春水”，推动我国地矿领域开始实现从高度集中的计划经济体制到充满活力的社会主义市场经济体制的伟大历史转折。以中国地质调查局为核心的中央公益性地质队伍初具规模，以项目为联系纽带，建实、建强了地方公益性地质调查队伍，初步形成了联系紧密、运转协调、高效统一的国家地质工作新体制，开启了公益性与商业性地质工作良性互动的新局面，“基础先行、基金衔接、商业跟进、整装勘查、快速突破”，逐步形成充满生机活力的地质工作新机制，有效引导了后续资源勘查和开发。这种新机制不仅推动地质工作进入了新的繁荣与发展时期，还必将随着时间的推移显示出愈加深远的历史意义。

新一轮国土资源大调查项目的实施，是时代的要求、人民的意愿、历史的必然，功在当代，利在千秋。十二年不懈的努力，极大地提高了我国地质科学的综合形象和国际地位。而用文学表现和记录这一工程，就成了作家们的光荣任务。这本书可以说是国土资源大调查波澜壮阔画面的缩影。作家们高扬时代主旋律，调动自己扎实的文学功底，表现出多样性与主旋律的统一，既有党中央国务院的英明决策，又有大调查组织者的匠心独运；既有宏观形势的客观把握，也有细致入微的现场描写；既展示了地学泰斗、科技人员献身地质事业的高尚情操，又再现了普通地质队员特别能吃苦、特别能战斗、特别能忍耐、特别能奉献的精神风貌。这是一部散发着浓郁山野花香的好书，一幅绚丽多姿的英雄群雕像，也是一部震撼人心鼓舞士气的佳作。相信这部报告文学集的出版发行，一定会受到中国地质人和广大读者的喜爱。

人民群众创造历史的伟大实践为我们提供了丰富的创作资源，火热的现实生活为广大作家提供了取之不尽的创作源泉，建立适应社会主义市场经济规律的地质矿产管理工作新体制，探索实践与国际接轨的运行新机制，地矿领域处处是文学创作的富矿。我们欢迎更多的作家深入到这个领域体验生活，创作出更多贴近实际、贴近生活、无愧于时代、无愧于人民的精品力作，反映出广大地质工作者身上体现出来的民族精神，以促进国土资源系统和地勘行业的文化建设，丰富地质人的精神文化生活，为全面建设小康社会、实现中华民族的伟大复兴做出应有的贡献。

值此作品出版之际，我代表中国地质调查局党组，向关心和支持国土资源大调查的社会各界表示诚挚的感谢！向参加这一伟大工程的全体地质工作者表示亲切的慰问和崇高的敬意！

汪民

2011年12月12日

泥河突破

刘扬正　王凤宝

一位诗人这样写道：如果没有钢铁，世界就缺少坚强；如果没有钢铁，生活就失去重量；如果没有钢铁，世界就没有风采；如果没有钢铁，理想就不能启航。

一个经济大国，必然是一个钢铁大国。工业化，城镇化，没有足够的钢铁支撑，就只能是一句空话。

钢铁的粮食是铁矿。我国属于铁矿石资源较为丰富的国家，但同时也是世界第一大铁矿石采购国。2005年我国生铁产量3.45亿吨，粗钢3.56亿吨，高炉钢3.14亿吨，铁矿石原矿产量3.97亿吨，进口铁矿石2.75亿吨。到2010年，我国生铁产量约5.75亿吨，粗钢6.26亿吨，高炉钢5.17亿吨，铁矿石原矿产量10.72亿吨，进口铁矿石6.19亿吨。更要命的是，中国买啥啥就涨价。2005年涨了71.5%，钢铁企业多支付480亿元成本。此后铁矿石平均进口价格年复一年不断上涨，2006年上涨14%，2007年上涨10%，2008年涨价140%；2010年中国进口铁矿石平均价格比上年上涨了40美元/吨，钢铁企业进口铁矿石成本上涨了大约1960亿元。粗钢产量的高速增长，加之中国的废钢蓄积量少，铁矿石消耗量急速上升。由于铁矿石国内供应潜力不足，近年来对外依存度均在50%以上，还将上升。

资源危机对经济社会发展带来的威胁远远超过一般的公共危机。我们的经济建设正在突飞猛进，而我们需要的大量的钢铁却在告急！

中国冶金矿山企业协会顾问焦玉书指出，中国要确保铁矿生产规模达到年产11亿吨、自给率应达到50%以上，才能冲破国际铁矿业的垄断局面。

中国自产铁矿石的产量成了抵抗国际矿业公司“寡头垄断”的关键所在。而中国目前已经查明的铁矿资源储量为613亿吨，其中富矿仅占1.6%。新中国成立以来，我国经历了20世纪50年代后期和70年代末的两次铁矿勘查高峰期，形成了鞍山、本溪等十大铁矿石生产基地。之后，铁矿勘查陷入低谷，投入大幅度下降，铁矿勘查工作从1996年到2002年几乎处于停滞状态，每年的铁矿钻探工作量不足万米，资源储量多年呈现负增长。尽管2004年有所复苏，但还远低于新中国成立初期到1980年的平均水平。不找矿、找不到矿，哪有储量增加？没有储量，哪有资源可以开发？没有铁矿，哪来钢铁？

“这几年，每次看到铁矿石进口价格大幅上涨，我就感觉像被人卡住了脖子，心里很不是滋味。难道我们就不能实现铁矿勘查大突破吗?”掌管全国地质找矿的国土资源部徐绍史部长忧心如焚。

“找不到矿，何以见江东父老?”地质人心头的阴影挥之不去。

铁矿！铁矿！铁矿在哪里?

地质人在苦苦寻觅。

浩浩长江奔流而下进入安徽，在八百里皖江段中部与中国第五大淡水湖巢湖之间，有一个小小的在地图上甚至难以找到的名不见经传的地方——泥河。就在这样一个小小的地方，发现了一个大型的铁矿，用“泥河速度”刷新了全国从找矿发现到矿山开发的新纪录，以“泥河模式”为发端，创造了“公益先行、商业跟进、基金衔接、整装勘查、快速突破”的全国地质找矿新机制。就在这样一个小小的地方，上至共和国的部长，下至普通地质队员，以他们的智慧和汗水，共同谱写了新世纪地质找矿的新乐章。

泥河突破如一声惊雷，刹那间响彻全国。

站在泥河这片广阔的原野上，我们的眼前已经闪现出雄伟的高炉，奔流的钢水，喧腾的城市……

让我们循着泥河的足迹，去探寻它成功的秘密吧。

石破天惊

从安徽省会合肥市驱车沿合（肥）铜（陵）高速往南100公里，即抵庐江县泥河镇。镇南9公里，就是泥河铁矿的勘探工区。

2007年5月8日，在中国人传统的意识里，“58”是个大吉大利的好日子。

上午8点多钟，正在马鞍山准备赶赴宁国市对一个钨钼多金属矿详查项目进行野外验收的安徽省地质调查院矿产所副所长、高级工程师、泥河铁矿项目负责人吴明安的手机突然急促地响了起来，他心里猛地咯噔了一下，屏幕上那熟悉的号码显示是泥河钻探施工负责人何世中打来的，直觉告诉他，无论是吉是凶，是福是祸，肯定泥河有重大的事情发生了！

何世中告诉他，钻孔打到675米深时可能见矿了，但具体情况不清楚。吴明安脑子嗡地一声，举着手机的手久久没有放下来，他希望手机里还有声音，还会告诉他更多的消息。可是，手机里一片静默。他真想插上翅膀飞回泥河，一探究竟，但又实在走不了。他只能急切地拿起手机，给泥河项目组副项目负责人侯明金和时任安徽省地调院矿产所所长杜建国打电话，告诉他们泥河钻机可能见矿的情况，并请他们立即从合肥出发赶往泥河矿区钻机现场。一个上午，吴明安都在不停地与泥河工地联系，但这里竟然没有通讯信号，急得吴明安几次登上高处，希冀能捕捉到一点微弱的电波，然而还是失望了。

抓紧办完事，吴明安立即往回赶。大越野在皖南的山道上飞速行进，司机不断加速，吴明安仍然觉得不够快，他恨不得立刻赶到泥河。他把身体重重地靠在椅背上，微微闭上了眼睛，他的内心正在翻江倒海，惊涛拍岸。

泥河，泥河，那是他今生最大的梦想。他坚信这里会出奇迹。但是风险之大，也超乎寻常。

他曾经的考量、付出的艰辛，随着飞驰的越野车也在颠簸抖动。

2006年3月，由安徽省地调院申报的地质大调查项目《安徽庐江盛桥一枞阳横埠地区铁铜矿勘查》（即泥河项目）终于获得了中国地质调查局批准，时任地调院院长徐小磊当即决定，将项目负责大任交给吴明安。吴明安大喜过望，爽快接下任务，挥师泥河。

在征求安徽省勘查技术院物探分院院长汪青松的意见后，吴明安用磁异常定孔位，初步定了3个。第一孔设计500米，一直打到550米依然一片空白，而且遇到了破碎带，钻进遇到很大困难，再打下去，钻探成本就很难承受。吴明安的心提到了嗓子眼，他仔细审视着现场的岩芯，忽然心中一亮，次生石英岩化蚀变带已经打到，黄铁矿化带已清晰可见。

“不能停！决不能停！”他果断决定再加深200米。

不料，打到650米仍然是黄铁矿化带。

吴明安神色严峻，项目组的伙伴们心急如焚，难道当初的判断真的有误？但吴明安虽然着急却不气馁，焦急中依然从容而自信。他坚信关键时刻，失败距成功往往只有一步之遥。他当即决定采用井中物探再看究竟。随着仪器一米米下探，他的心也一点点下沉，命运之神真的要捉弄他吗？当仪器下到600多米时，他看到了表盘上的数据开始大幅度波动，下面肯定有磁性体。

他毅然决定：坚持打下去！打下去就是胜利！

今天，他终于听到了渴盼中的消息。然而这不完整的消息却让坐在车上的他忐忑不安。

具体情况究竟是怎样的呢？吴明安一路心急火燎。他想，当手机有信号时，一定会有很多未接电话，这些电话都应该是侯明金或杜建国从泥河矿区打来的，而且是让人激动的好消息。可是汽车飞驰了半个小时，手机并没有响起铃声，他感觉非常的失望和沮丧。难道是何世中的见矿信息不可靠？还是侯明金他们没有去钻机现场？抑或是他们去了现场，但是没有见到矿体呢？焦急之中，手机终于响了起来，侯明金告诉他，地调院党委书记彭智带领杜建国和他已到泥河矿区，详细地观察了钻孔岩芯，确实见了十几米的磁铁矿化岩石，但是目估达不到工业品位。这消息让吴明安的心一下子又凉了下来。

经过3个多小时的急驰，下午四点钟左右，吴明安终于赶到了钻机现场。在仔细观察磁铁矿化层的岩芯，并对次生石英岩化之下的岩芯进行了系统的观察后，虽然所见的磁铁矿只是矿化，不够工业品位，但从其矿化和蚀变特征来看，这是典型的玢岩型铁矿。直觉和经验告诉他，钻孔所见的磁铁矿就是他要苦苦寻找的玢岩型铁矿。在作出初步判断后，他立即给地调院聘请的专家汪祥云（原安徽省地矿局327地质队总工）打了电话，向他简要介绍了钻孔的见矿情况，并请他第二天早上赶到泥河矿区来共同研究。

吴明安一夜无眠，他的看法需要得到汪总的证实。

第二天早上9点左右，汪总和项目组的侯明金、郑光文赶到庐江，随后他们一行五人驱车赶往泥河矿区钻机现场，10点钟到达机台，此时从见到磁铁矿化开始，已经有连续30米左右的矿化层了，矿化强度越来越大，且矿化层下部已经有目估达到工业品位的矿体了。

当汪总仔细看完岩芯后，发现正是玢岩型铁矿特有的浸染状矿石类型。他不动声色地问吴明安："你是怎么看的？"吴明安立即反问："你是怎么看的？"两人情不自禁地相视大笑，同时喊出："找到了，我们终于找到了！"

兴奋的吴明安急匆匆跑到水塘埂上，拿着手机向常印佛院士报告。一辈子关注长江中下游、关注庐枞、关注泥河，坚信深部有大矿的老院士难以抑制内心的激动，连连叫道："好、好、太好了！真是太好了！"。

泥河发现大铁矿的消息很快传到北京、南京、合肥，所有关注泥河的人欢呼雀跃，那是何等的自豪，何等的骄傲啊！

随后，一切进展顺利。这个钻孔终孔于1096米，累计见矿厚度291.89米，其中富铁矿厚度达100米，由此拉开了泥河铁矿勘查紧锣密鼓、有声有色的序幕。

再后的2年多时间里，19台钻机、76个钻孔、83745米钻探进尺，1.87亿吨大型磁铁矿、1.4亿吨大型硫铁矿和1373万吨中型石膏矿，超800亿元的潜在经济价值，还有泥河创造的我国铁矿勘探史上的4个"第一"：速度第一、深部找矿成果第一、施工质量第一、经济社会效益第一。"泥河模式"、"泥河速度"轰动全国。平面媒体蜂拥而至，网上点击扶摇直上，泥河成了全国关注的传奇故事。

审视泥河的成功，其源头还得追溯到2006年那个难忘的早春。

风乍起，吹皱一池春水

春天，播种希望的季节。

2006年的春天似乎来得特别早，离春节还有八九天，迎春花已悄悄绽放了花蕾，张开笑脸迎接着春天的到来。

1月20日，春雷一声，全国的地质人同时从电波里听到了来自北京的声音，中央人民广播电台播出了《国务院关于加强地质工作的决定》的消息，他们满怀兴奋地感受到了春天的第一声问候。

3月末，国务院总理温家宝特别为加强地质工作给国土资源部孙文盛部长写了6点重要意见。总理语重心长地写道：

> 地质工作是经济和社会发展的一项基础性工作，实施“十一五”规划，推进现代化建设，必须重视和加强地质工作；
>
> 地质工作必须贯彻科学发展观，把地质找矿、提高资源综合效益、改善生态环境、防治地质灾害作为重要任务；
>
> 深化地质工作体制改革，建立和完善与社会主义市场经济体制相适应、富有活力的地质工作新体制；
>
> 推进地质科技进步与创新，加快高新技术在地质工作中的应用，实现地质工作现代化；
>
> 建立一支精干的高素质的地质队伍，培养杰出的地质人才，改善地质人员工作和生活条件，充分发挥他们的积极性和创造性；
>
> 加强对地质工作的领导和统筹规划，地质工作要面向经济社会发展的需要，努力提高服务水平。

4月3日，仲春的北京已是鲜花盛开，春意盎然。这天，新中国成立以来第一次以国务院名义召开的全国地质工作会议在北京隆重召开，主题就是贯彻部署和落实《决定》。各省、自治区和直辖市的省长、主席、市长来了，主管地质工作的副省长、副主席和副市长来了，国务院各部委的领导同志来了，著名的院士、学者来了，中央直属的地质勘查单位负责同志，各省、自治区和直辖市的地矿局长和作为地方地质工作业务主管部门的国土资源厅长也来了，真是佳宾云集，腾蛟起风！如此高层次、大范围地全面研究加强地质工作，让经历了20多年低谷和迷惘的地质人真真切切地感受到了春天的温暖。

在4月3日上午的大会上，国务院副总理曾培炎的讲话让大家倍感亲切。曾培炎副总理要求充分认识加强地质工作的重大意义，并进一步明确了加强地质工作的方针和任务，强调了要以科学发展观为指导，统一思想，协调行动，把加强地质工作的各项任务和措施落到实处。当他饱含深情地说出“党和国家感谢你们！人民不会忘记你们”时，掌声暴风雨般响起，许多人忍不住热泪盈眶。

国土资源部部长孙文盛虽然端坐在主席台上，心里却是心潮澎湃，和大家一样激动异常。《决定》出台的过程，像电影一样一幕幕从他眼前闪过——

他清楚地记得，从他去年3月26日致信国务院领导到今年1月20日《国务院关于加强地质工作的决定》正式颁布，不多不少，正好300天时间。当他伏案疾书那加强地质工作拟采取的8条重大政策措施建议时，也没有想到国务院反应是如此迅速有力。文件送达国务院的第三天，也就是2005年3月28日，国务院领导就明确批示，在认真总结地质勘查工作管理体制改革经验的基础上起草一个指导性文件是必要的。文件要以科学发展观为指导，并与改革和建设对地质工作的需要相结合。国务院领导还指示国土资源部，要把地质工作中存在的问题和拟采取的措施研究透，下力气把《决定》起草好。7月8日，国务院领导再次对《决定》的起草作出重要批示，指出关于加强矿产资源勘查，要在原有工作的基础上，突出重点成矿区（带）、重点矿种，以免战线过长，造成浪费。国土资源部迅速抽调精干力量组成专门研究小组开展专题研究论证，于8月底提出了《全国能源和重要矿产资源潜力分析与勘查规划综合研究报告》。

2005年9月5日、6日两天，国土资源部在京召开全国能源和重要矿产资源潜力论证院士专家座谈会。中国地学界17位院士、60多位专家进行了深入讨论，提出了我国需要重点加强勘查的16个重点矿种、11个含油气盆地、13个大型煤炭基地、16个重点金属成矿区带。论证成果被吸纳到《决定》

草案中，构成《决定》草案重要内容之一。

11月10日，国务院在山西太原召开部分省（区）地质工作座谈会，《决定》代拟稿根据会上提出的建议作了进一步修改完善。

11月28日，国土资源部将修改完善的《决定》代拟稿正式上报，提请国务院审议。

2005年12月28日，温家宝总理主持召开国务院第118次常务会议，审议通过了《国务院关于加强地质工作的决定》。

2006年1月20日，历经56次修改的《国务院关于加强地质工作的决定》正式发布。

这快速前进的日程表透露出明确无误的信息：加强地质工作非常必要、非常紧迫！

这让孙文盛部长倍感欣慰。

国土资源部副部长兼中国地质调查局局长的寿嘉华女士读着《决定》，心潮澎湃。她曾多次呼吁要加强地质工作，因为她心中装着一本不容忽视的账本：根据对煤炭、铁、铜、铝、铅、锌、钾盐等重要矿产的可供性论证结果，预计到2020年，我国45种主要矿产的现有储量，可以保证需求的仅有9种。特别是石油、铁、锰、铜、钾盐等大宗矿产，后备储量严重不足，资源保障程度不断下降，矿产资源供需形势非常严峻。尽管1999年7月16日中国地质调查局正式挂牌成立，并立即启动了新一轮地质大调查，取得了一系列重大的阶段性成果，其中许多方面的成果具有划时代的意义，但地质工作仍然亟待加强，地质工作还需要大发展！

中国地质调查局第一任局长、著名矿产勘查专家、现任全国矿产资源潜力评价项目办公室总工程师和危机矿山接替资源找矿项目总工程师的叶天竺，面对《决定》，频频颔首，击节称好。他轻轻抚摸着《决定》全文，思绪万千。

叶总想到他在2003年、2004年受命调查的1010座国有矿山中，严重危机（保有资源储量只够五年以内）的竟有393座。更严重的是，“资源危机”造成“危机矿山”，“危机矿山”导致矿山关闭。仅据2003年统计，由国家批准破产的有色金属矿山和煤矿山已经达到了122座，当时提出申请要求破产的还有好几百座，矿山倒闭造成矿城问题、矿工失业问题，个别城市还因之出现了比较严重的群体事件，影响了社会稳定。今天，中央政府终于聚焦地质工作，做出了如此重要的决定，叶总不禁长舒一口气。

作为负责统一部署和组织实施国家基础性、公益性地质工作和战略性矿产勘查工作的中国地质调查局，在全国地质工作会议之前就迅即行动起来，召集了全国31个省区市地调院院长、环境监测站站长，以及地调局高级咨询专家、原工业部门地勘单位、有关院校的代表齐集北京，共商新时期地质工作的发展大计。国土资源部党组成员、中国地质调查局局长孟宪来在会上提出：2006年是实施“十一五”规划的第一年，也是《国务院关于加强地质工作的决定》出台后的第一年，做好地质调查各项工作，对于实现“十一五”良好开局至关重要。他要求着重抓好六个方面的工作：把矿产资源调查评价工作放在突出位置；加快提高基础地质调查工作程度；大力促进地质环境调查评价；着力推进科技创新工作；强化地质调查主流程信息化，实现公益性资料社会共享；切实加强地质调查组织管理与能力建设。

“风乍起，吹皱一池春水。”地质工作的春天和自然界的春天一样，已扑面而来了。

虎帐夜谈兵

中国地质调查局南京地质调查中心掌管着江苏、江西、安徽、浙江、福建和上海市的公益性地质找矿工作，主任陈国栋曾先后在云南和贵州地矿局任过局领导，2000年起一直担任中心主任、党委书记，对地质工作非常熟悉。从北京出席全国地质工作会议后回到南京，陈国栋心绪难平。他在办公室里对《决定》字斟句酌地反复通读，在“以国内急缺的重要矿产资源为主攻矿种，兼顾部分优势矿产资源，按照东部攻深找盲、中部发挥特色、西部重点突破、境外优先周边的方针，实施矿产资源保障工程。重点加强铁、铜、铝、铅、锌、锰、镍、钨、锡、钾盐、金等矿产勘查”的下面，重重地划上了两道着重号，然后注视着对面墙上那张硕大的长江中下游地质图沉思起来。

长江中下游找矿应该从哪里突破？

长江中下游铜、铁、硫、金成矿带作为环太平洋成矿带的组成部分，是我国东部最重要的铁、铜多金属成矿带。区内已形成的有色、冶金、钢铁、化工、建材等矿业经济为主的工业城市和工业基地比比皆是，如鄂东南钢铁—有色金属基地、九江有色金属基地、铜陵有色金属—化工基地、马鞍山钢铁基地等。该区也是长江经济带的主要组成部分，与长三角经济区、东南沿海经济区联系最为密切，是中国科技、文化最为发达的地区之一。在世界经济一体化，中国工业化、城镇化进程加快的大背景下，长江中下游经济带在国家经济格局中的地位越来越重要。

自新中国成立以来，长江中下游成矿带投入了大量的区域地质调查、物探、化探、遥感、矿产勘查等工作，取得了丰硕的找矿成果，积累了大量的地质矿产勘查资料。经历了几十年的地质找矿工作，地毯式的梳理已使这个地区成为国内地质调查、矿产勘查和科学研究程度最高的地区之一。也许正是出于这一考虑，中国地质调查局在一段时间内提出的14个重点成矿区带，并未包括长江中下游。2005年底，提出16个重点成矿区带时，在众多院士、专家建议下，长江中下游才名列其中。

陈国栋深知，在长江中下游实现找矿突破谈何容易。他苦思到傍晚，没有丝毫倦意，便又电话召来了他的两位助手郭坤一、李君浒副主任和项目办主任陈国光、主任工程师班宜忠及项目负责人曾勇。

陈国栋开宗明义：

“国务院《决定》的发表，对我们的工作是很大的鞭策。这两年我们对长江中下游成矿带给予了高度重视，部署并投入了大量地质工作，先后开展了长江中下游深部找矿部署研究、成矿带靶区预测，2005年组织编写了东部隐伏矿床找矿勘查立项建议，确定了在长江中下游地区开展深部500—1500米范围内深隐伏矿的找矿勘查工作，力争在深部‘第二空间’实现找矿重大突破的战略设想，看来思路和方向是完全符合国务院《关于加强地质工作的决定》精神的。

“今天把你们找来，是想一起聊聊我们最有希望从哪里取得重点突破？我的初步想法是总体上分三个层次进行统一部署，即基础地质调查与资料集成、成矿理论与勘查方法技术研究和重点勘查区矿产勘查。根据成矿条件，选择安徽庐枞、铜陵、繁昌、马鞍山−芜湖、鄂东南、江西九瑞、江苏宁镇7个成矿远景区作为重点部署勘查工作；同时，在全区部署高精度航空磁测、矿产远景调查评价以及成矿理论研究、方法技术示范和成果资料集成等工作。这些想法请大家讨论。”

他的同事们也正在为《决定》的发布兴奋不已，所谓蓄之既久，其发必速，内心的想法如大江决堤，滔滔奔流。

副主任李君浒研究员（80年代中期曾任安徽省地矿局327地质队队长）首先回顾了长江中下游成矿带找矿的基本态势：

“长江中下游成矿带找矿前景是好的。地质大调查以来，新发现矿产地十几处；危机矿山接替资源勘查取得不少重要成果，在湖北等地多处矿山深部‘第二空间’发现了厚、大、新的矿体，实现了矿山深部找矿的突破。但目前也存在一些问题制约着地质找矿工作的进展；一是点上调查评价多，深部找矿勘查项目少；二是历史上庐枞地区虽然地质工作程度较高，但受当时的认识水平、科技水平和施工技术手段的限制，很多信息没有提取出来，特别是在90年代地质工作低潮时期，原先发现的一些地质找矿线索没有跟踪下去；三是地质综合研究与物、化、遥工作结合不够，深部成矿预测工作未能深入。要实现找矿突破，必须要总结经验教训，拓宽工作思路。”

胖墩墩的曾勇是2005年7月才从江西地矿局“挖”来的专家，他接过李副主任深部找矿的话题，插话道：

“近年开展了以物化探新技术、新方法为主的多个深部找矿试验项目，有些已取得了重大突破。如大冶铁矿一个钻孔，在孔深792.55米—819.2米处见到了26.65米厚的铁矿体，铁的品位为22.73%—51.50%，铁矿石资源量达767万吨。这证明只要工作方法得当，技术手段合理，长江中下游地区深部找矿的突破是完全可能的。”

瘦削的郭坤一副主任1978年考入武汉地质学院地质系区域地质调查及矿产普查专业，现在是主管业务工作的副主任、研究员、博士生导师。他稍作沉吟后说道：

“第一说说深部找矿。世界许多资源大国的大多数矿山开采深度可达700—1000米，我国平均在500米以内。近年研究表明，长江中下游成矿带中深部已显示出极大的找矿远景，隐伏矿找矿的潜力巨大，主要矿集区深部矿产远景不可低估。

"第二说说突破手段。我想有这么几件工作要做：全面收集并分析整理华东地区三大成矿带已有的地质、物探、化探、遥感及矿产资源评价项目和科研工作所取得的资料和成果，在三大成矿带内选择找矿远景最好、资源潜力最大的地区作为重点找矿靶区，择优突破。近期目标可以先从庐枞、九瑞、铜陵、宁芜、繁昌等铁铜资源潜力最大，在区带中占有重要的地位的区段入手，作为工作的重点地区。特别是安徽庐枞地区是一个值得重视的靶区，前人已经做了大量工作，航磁飞过，地磁也搞过，重磁同高，套合很好，什么因素引起，很值得探究。"

项目办主任陈国光说：

"我同意郭副主任的看法。庐枞地区已经发现的就有罗河玢岩式铁矿床（大型），沙溪斑岩型铜矿床（中、大型），龙桥沉积—热液叠加改造型铁矿床（大型），马鞭山铁矿床（中型），岳山斑岩型铅锌银矿床（中型）等。这些情况证明这里有充足的成矿条件。"

项目办主任工程师班宜忠补充道：

"在常印佛院士的倡导下，安徽省国土资源厅于2004年启动了庐枞地区找矿工程前期研究并已取得了明显成果。国土资源大调查专项安排的长江中下游成矿带隐伏矿找矿工作部署研究、皖赣相邻区成矿规律与找矿方向研究等综合研究项目，在实现突破的方法技术上又增加了有利因素。因此选定庐枞作为找矿靶区，开展1∶1万高精度磁测圈定异常，在这里实现突破是完全有可能的。"

陈国栋点头表示同意：

"刚才大家分析得很有道理。我看可以根据大家的意见，锁定在三个地区：安徽庐枞、铜陵、江西九瑞，在今年的地质大调查项目中，优先考虑立项支持。"

数天后，陈国栋主任召开了业务论证会，宽大陈旧的多功能厅内，有两鬓斑白的老所长、老教授，有地质找矿一线的中青年专家，有从事项目管理的技术骨干，30多位专家仁者见仁，智者见智，讨论气氛十分热烈。很快，所领导班子听取了多种意见，集合了各方智慧，在充分论证的基础上，拍板定案，将年度项目上报中国地质调查局审批。

英雄所见略同

与此同时，安徽省地矿局局长、党委书记吴玉龙也在他的办公室里思考着如何贯彻好《决定》精神，在安徽尽快实现地质找矿的重大突破。

这位1983年就从全国最老的地质队之一安徽铜陵321队来到省局当劳资处长、办公室主任，1994年就担任副局长的年轻的老干部，虽然大学是学数学、研究生是学经济的，但一直在安徽地矿系统工作，对省情、局情、队情了然于心。如今作为一把手，吴局长感到使命光荣，责任重大。他把肩头沉甸甸的责任归结为三句话：为国家做贡献，为单位求发展，为职工谋福祉；循着这个宗旨，他把治局目标、方略、措施与班子同志一商量，再上上下下一征询、一讨论，很快形成共识，全局围绕“地质立局、强队富民、找矿立功、服务安徽”十六字战略方针和实现地质找矿、地质服务、“走出去”三大突破战略目标，开始了坚韧不拔永不言弃的奋力拼搏。而这一切的核心和基础就要仰仗找矿重大突破。

那么，找矿突破点在哪里呢？

“第二空间”这个时下刚刚流行起来的找矿新词像闪电一样划过吴局长的脑际。他想起了两院院士、安徽地质界泰斗常印佛先生早在1985年就提出的深部找矿建议。常院士一直认为，长江中下游地区在深部和外围还有很大的找矿潜力，一些覆盖区如火山岩盆地基底和区域构造的转折处都有较大的资源潜力。深部找矿、“第二空间”大有前景、大有希望。他提出把攻深找盲的重点放在庐枞地区。在2006年10月的“长江中下游地区深部找矿研讨会”、2007年5月的“长江中下游地区隐伏矿床找矿工作部署方案论证会”、2007年8月的“庐枞地区深部找矿现场研讨会”上，常院士对深部找矿前景、思维方法、技术路线、工作部署都提出了具体指导意见。他已年近八旬，还亲赴大别山区，在313地质队试验钻机现场，了解深部钻探技术方法研究进展情况。吴局长与常院士是队友、邻居、同事，非常佩服常院士的大家风范，他相信常院士的远见。吴局长又想起了1976年1月，安徽省庐江县罗河地区一连下了七场大雪。莽莽江淮平原，一片白雪皑皑，地上积雪过膝，温度降到了零下10多摄氏度。在这冰天雪地间巍然矗立着数十台高耸的钻塔，时任国务院副总理谷牧亲自下令组织的庐枞铁矿大会战，在一群风华正茂的地质人热火朝天的奋斗中拉开了序幕。庐枞铁矿大会战发现和探明了储量达4.7亿多吨的大型铁矿——罗河铁矿，有效缓解了当时我国铁矿资源紧张的局面。随着地矿事业的发展，如果说过去受经济和技术条件限制，打二三百米就很费劲了，那么现在我们的技术装备、技术手段与过去已经不可同日而语，钻进千米已如同探囊取物，地勘队伍的经济状况也已大大改善，投入数百万、上千万资金也不是不可以，我们完全有条件、有能力向深部进军。吴玉龙的信心满满。

其实，不止是吴玉龙和局领导们在想突破、找靶区，全局20个地勘单位、2400多名技术人员乃至18000名职工都在找答案。

现任副局长徐小磊，在任地调院院长时就一直在找大项目。早在2004年，他就在地调院主持召开了全省地质找矿座谈会，常印佛院士与省局和多家地勘单位的老总工们共商大计，确定了以庐枞、铜陵为主要突破区的目标。经验丰富的327地质队老总工汪祥云认为，庐枞火山岩盆地成矿有内、中、外三圈，内圈矿已找差不多了，受经济技术条件限制，中圈找了一半，外圈还没有找，现在应该有条件找了。地调院多次向中国地质调查局汇报他们的想法，引起了地调局的高度重视，资源评价部龙宝林处长、张胜辉副处长多次到地调院，与技术人员共同研究在庐枞地区开展地质大调查的立项工作。2005年，地调院委派当时的副院长兼总工江来利、总工办主任陈兴仁等一行4人，带着泥河项目的立项报告去中国地质调查局汇报，在南京地质调查中心的支持下，经过严格的审查和论证，认为该项目可行，地调局正式同意立项。2006年3月，沐浴着国务院《决定》的春风，泥河项目立项成功。

好事多磨。泥河项目从立项到实施也是一波三折。

在庐江—枞阳1600平方千米的火山岩盆地内，除罗河铁矿外，已发现并探明的还有龙桥大型磁铁矿和马鞭山中型磁铁矿以及大包庄、黄屯、罗河、何家小岭4个大型硫铁矿。这些矿都分布在泥河周围，特别是罗河与泥河近在咫尺，相距不过2千米，罗河有矿，泥河就戛然而止吗？1975年，航磁就曾发现过泥河（袁庄）的异常。1978年，曾经在该区施工过两个钻孔，但未见矿。后来由于地质工作逐渐陷入低潮，对泥河的探索无果而终。近年来，通过对已有矿区的外围和整个庐枞火山岩盆地的地质成矿背景与成矿规律的深入研究，以及对找矿潜力特别是广泛分布的物探异常成因的全面解释，专家们和常院士的意见高度一致：庐枞盆地仍然具有广阔的找矿前景。

项也立了，过去钻也打了，就是不见真家伙，怎么办？安徽地矿局的当家人吴玉龙局长清醒地认识到，国家的需要就是我们的责任，既然找矿方向已定，就要咬定青山不放松，坚持下去，大胆探索！

举长矢兮射天狼

安徽省地矿局建局已经50多年了，广大地质工作者驰骋江淮大地，踏遍皖山皖水，全省已发现矿种158种，已查明资源储量的矿种101种，矿床（区）1316处。矿产资源托起了淮北、淮南、马鞍山、铜陵等四座矿业城市，支撑了淮南煤矿、淮北煤矿、皖北煤电、新集煤矿、铜陵有色、马钢、合钢、海螺水泥等八大矿业集团和一批资源性企业的诞生与发展。省地矿局作为全省唯一的综合性地质队伍，地质工作门类完整、设备齐全、技术先进、人才丰富、实力雄厚，熟悉全省地质情况，拥有翔实、丰富、全面的地质资料，是从事基础性、公益性地质工作和战略性矿产勘查的主力军，也是商业性地质工作的尖兵。其麾下的安徽省地质调查院1997年成立以来，已承担国家、省及地市级重点项目近200项，优良率达100%，是一支有很强战斗力的地质野战军。

泥河项目立项成功，地调院矿产所所长杜建国集全所之力，多次组织论证，认真总结前人找矿成果。吴明安被遴选为泥河项目的负责人走马上任后，大胆提出了大而低缓的磁异常极有可能是深部铁矿反映的观点，并果断选择了庐江泥河镇霍家院子作为首钻靶区，进行铁矿勘查。

1964年5月生于安徽全椒的吴明安，敦厚的个子，宽宽的脸膛，一望便知其精明干练。他当年在安徽省地矿局327地质队工作时，就一直在庐枞地区跑野外，对泥河一带十分熟悉，积累了丰富的地质找矿经验。作为项目或专题负责人，他承担过许多国家和省部级重点项目，主持编写的地质报告多个获奖。

大风起兮云飞扬。

后任地调院院长的彭智曾任313地质队队长、总工，在大别山区找矿多有建树，在极其困难的情况下，始终保存了一支精干的技术队伍。他深知人才重要，对泥河项目从各方面给予了大力支持。项目组成员不多，但彭智允许个拣个挑，一时强将云集。至2007年国庆节，在19台钻机同时施工的高峰期，项目组也只有地质人员13名，水文地质人员6名，劈样工1名，驾驶员2名。

这个团队每个人都是一个动人的故事，每个故事都是一首美丽的诗篇。

吴明安，作为率师一方的主将，一年也回不了两次家，有次回地调院，门卫居然不让进，连矿产所的堂堂副所长、项目主帅，竟然不认识了！地调院选先进，无记名投票，由于常年在外，职工对他的印象很淡漠，居然想不起对他提名。春节，正是泥河项目刚刚开始不久，千头万绪，忙得不可开交，吴明安在家里呆了两天就坐不住了，正月初二就返回泥河。为让亲人理解，亲眼看看在野外是怎么干的，他干脆把老婆、岳母和孩子全都带到工区，“公私兼顾”。自以为出了一个妙策，可是家里人却不领情：“这哪里是过年，简直就是在拼命！”2009年孩子高考，成绩不如人意，妻子数落他：“你没有尽到父亲的责任！”说得这五尺高的壮实汉子眼泪直掉。

赵文广，泥河项目组副负责人。一年365天，330天住在泥河，白天跑野外，晚上整理资料。2009年孩子正逢高考的关键时刻，这个当父亲的却常年不在家。他不是不想管孩子，可怜天下父母心，哪个父母不知道，在孩子温习功课时，哪怕是坐在孩子身边，也是极大的支持和安慰呀。可是泥河占据了他的全部身心。为了泥河，整整一个夏天，直到孩子考完试，他也没有回过家。大家小家不能两全，他豁出去了！孩子成绩公布了，考得不理想，孩子掉了泪，他心里也像针扎。

郑光文，古铜色的圆脸庞上写满了坚毅。他干地质工作20多年了，像泥河项目这样一个人编录3台钻机还是头一遭，而且还是绳索取心新技术，速度很快，岩芯上来也很快，如不及时编录就耽误正常工作。夏天烈日炎炎，炙热的阳光晒得人头晕目眩，手背都晒脱了皮；冬天朔风凛冽，编录时人快冻成了冰棍。编录完后还要入库、布样、采样、化验、复查。每天都要忙到深夜。有一次，由于长期超负荷劳动，他累倒了，高烧不退，但就是这样，他为了不耽误工作，仍然白天坚守在钻机机台。到了夜晚才抽时间去医院打针。当他终于支持不住倒下时，项目组全体人员都去医院看望他，让不善言辞的郑工激动得热泪盈眶："你们不要管我，把自己手里的项目做好就行了！"

52岁的汪龙云，女儿远在香港攻读研究生，妻子双眼近于失明，就是在强光下也只能看一米远。可是为了泥河，他把相濡以沫的妻子独自一人撇在安庆，自己却来到泥河和一群年轻人摸爬滚打，只有到了深夜，才会为妻子的艰难生活而愧疚、流泪。

张宜勇，一位60后的合肥工业大学的在读博士，他负责的是岩矿鉴定，成天盯着显微镜，两眼几乎每天都是红通通的布满血丝。

而泥河项目组一群年轻的"80后"，也在老一辈的带领和影响下熠熠生辉。

漂亮的东北吉林姑娘车英丹，1985年生，2007年毕业于合肥工业大学，由于长期在野外，原本娇艳的脸庞晒得黝黑，人送美称"黑牡丹"。小车2010年1月12日喜结良缘，两边的父母都特别从吉林、河北分别赶到合肥，可是新婚燕尔刚刚3天，小车14日就迫不及待地打电话要求回来，"工作太忙，我必须回去！"让接电话的吴明安又心疼，又感动。

无独有偶，2004年毕业于长安大学水文工程系的刘中刚也是2010年元月结婚，婚后蜜月过了4天，也匆匆赶了回来，理由也是"工作太忙，放心不下"。

刘中刚的小师弟岳运华，2007年从长安大学毕业到地调院，报到的第三天就来泥河，初来乍到的小岳不大适应野外气候，冬天，手冻得像馒头，肿得老高，可他咬紧牙关，一声不吭，跟着大家泥里趟水里泡，无怨无悔。

张刚，吴明安戏称为"我们的办公室主任"，整个项目组的财务、后勤、接待兼司机全包了。一身数职，忙而不乱，把一切打理得条条有理，让大家有充裕的时间忙业务。

还有像王克友、蔡晓兵、杨世学、狄勤松、洪文二、梅泓等这样一群"拼命三郎"，才使泥河项目一直驶在快车道上。

泥河的见矿坚定了中国地质调查局对长江中下游地区攻深找盲的信心和决心。

他们紧锣密鼓地采取了一系列行动。

2007年5月17日，受中国地质调查局委托，由南京地质调查中心组织编写的“长江中下游地区隐伏矿找矿工作部署方案”论证会在北京召开。

2007年8月28日—30日，受中国地质调查局委托，由南京地质调查中心主持的“庐江地区深部找矿现场研讨会”在安徽庐江召开。

2007年9月26日，由中国地质调查局、全国危机矿山接替资源找矿项目管理办公室共同主办的“全国深部找矿工作研讨会”在合肥隆重召开。会议充分肯定了泥河铁矿发现的重大意义。国土资源部部长徐绍史在对会议的重要批示中强调：加强深部找矿，开辟第二找矿空间，是贯彻落实国务院《决定》的战略举措，对于加快实现找矿重大突破，切实提高资源保障能力，促进经济社会全面、协调、可持续发展具有十分重要的意义。目前我国开展深部找矿具备有利的地质成矿条件、工作基础和外部环境，前景光明，大有作为。希望会议以科学发展观为指导，就实现深部找矿新突破的总体战略和工作部署，关键理论和技术方法，扶持政策和运行机制，以及制约深部找矿突破的突出问题深入研讨，提出对策建议。

2008年3月26日—27日，受中国地质调查局委托，由南京地质调查中心主办、江西省地质调查院协办的“长江中下游成矿带地质找矿工作部署方案专家咨询会”在南昌召开。老局长叶天竺就全国危急矿山项目近年取得的深部找矿成果和深部找矿的思路进行了专门发言，并给大家介绍了全国矿产资源潜力评价的技术方法。

这一系列会议不仅在整体战略上使长江中下游地区的地质找矿突破提速，也将庐枞地区的地质找矿工作推向纵深发展。

青山着意化为桥

泥河首孔见矿，吴玉龙局长第一时间就接到了传来的捷报，但他心中却是又喜又忧，喜忧参半。喜的是首孔既然见矿，泥河就绝不是一个小矿，很有可能抱住了一个大金娃娃，专家们苦苦寻觅的庐枞地区到底是否存在第二找矿空间的悬念即将亮明，多年来几代地质人上下求索的泥河深部到底有没有矿的谜底马上揭晓；忧的是泥河铁矿的探矿权虽然是以地调院名义登记的，但勘查许可证上却括号注明：地质大调查项目。这就意味着地调院并不实际拥有探矿权。此外，找到矿还不是目的，关键是要把资源尽快开发出来，要把成果转化成为效益。国际上三大铁矿巨头正在扼我们的脖子，我们必须有自己的大铁矿，有制衡他们的重型武器，才能体现出对国家作贡献；地勘单位只有拥有矿权，才能有用武之地；只有摆脱打工角色，创造效益，职工才有积极性，才有福祉。再者，开发不同于探矿，开发需要巨额资金，而这一点是安徽地矿局当时尚无力承担的。必须实际拥有完全的探矿权和寻找一个战略投资合作伙伴，必须探索一个崭新的机制，让公益性与商业性地质工作无缝衔接，让资本与技术紧密结合起来。但要做到这一点又谈何容易？首先，安徽的探矿权已经停止审批，即使启动审批程序，按目前的要求也必须经过招拍挂，而招拍挂是只认钱不认技术不认人，地矿局的经济实力没有把握做到以资金取胜，力扫群雄，独占鳌头。

怎么办？

只有寻求国土资源部和中国地质调查局的支持，只有寻求省政府的支持，才有可能成功。

谁能成为部、省之间沟通联系的桥梁？

谁才是能与安徽地矿局精诚合作的伙伴？

吴玉龙陷入了沉思。

蓦然之间，他的眼前闪现出一个人，敦实的身材，憨厚的神态，大眼睛里透出友善和智慧。此人是谁？——王炯辉。这也是个拼命三郎，踏实能干且可靠，认准的事非要干出个名堂，父子两代都曾在地矿系统，还都是全国劳模。王炯辉1985年毕业于长春地质学院地质系，毕业后一直在地矿部门工作，是吴玉龙在南开大学读研的同窗好友，两人脾气相投，知根知底，王炯辉现在又恰好任中国五矿集团勘查开发有限公司总经理。请他出山最好不过，这是一个最佳的值得信赖的合作伙伴。一来中国五矿是实力雄厚的央企，在中国500强企业排名中名列第13位，而且，2006年12月五矿集团和安徽省政府在合肥已签订了战略合作框架协议，在风险探矿等领域进行合作就是其中的重要内容。二来王炯辉掌管的勘查开发公司近年来依托五矿集团公司全球化经营优势和产业链综合优势，正在与青海、甘肃、广西、广东、河南等省区合作，在国内重要成矿区带上已成功获取了一批优质资源项目，而在安徽还没有找到合适的项目，这无疑是一个绝好的合作机会。

天时、地利、人和，五矿均已占尽先机。

吴局长立即拨通了王炯辉的电话，把他的思路向这位学弟娓娓道来。

接到吴局长电话，王炯辉喜出望外，立即飞赴合肥。吴局长的想法让他兴奋。

见到吴玉龙局长，王炯辉快人快语，立即谈了他的想法："老兄，你这个引入商业资金建立合作新机制的想法太好了，完全合乎部里的精神。国土资源部正在强调加大地质找矿力度。汪民副部长多次表示，希望大企业提高资源保障能力。他还多次说过，庐枞地区是整装勘查区，泥河铁矿要作为切入点，撕开一个大口子。我看，这个大口子要我们俩共同来撕。怎么撕？照老传统，预查、普查、详查、钻探按部就班不行。没有速度就没有效率。安徽地矿局与中国五矿都是百分百的国有单位，提高国有资本对矿产资源的控制力，就提高了对国家和安徽省经济社会发展的资源保障力。你出探矿权、勘查技术和施工队伍，我出资金。我们强强联合，优势互补，有效整合资源，共同管理，就可以促进公益性与商业性地质工作有机衔接，从而形成地质工作大投入、大突破的体制和机制。至于探矿权的问题，我们共同来争取。我相信这样的好事部领导一定会支持。"

回到北京后，王炯辉立即忙着拜会徐绍史部长和兼任中国地质调查局局长的汪民副部长。

两位部长获悉五矿集团和安徽省地矿局的想法后非常高兴。徐部长当即表示：这是一件好事，我们正在探索建立地质找矿的新机制，其中一个重要内容就是公益先行之后，商业立即跟进，实现公益与商业的无缝对接。你们的想法很好。公益性工作的定位就是前期工作，要尽可能吸引社会资金尽早进入。政府不应与市场争权、与企业争利。汪民副部长很痛快地应允：探矿权问题可以商量。公益性地质工作如果不能直接引入商业勘查资金，成果就可能束之高阁。国土资源部近年一直在探索中央、地方、企业联动机制，公益性地质工作要拉动商业性地质工作，地质勘查要引入大企业的商业资金，你们这种对新机制的探索和实践，应该全力支持，为将来公益与商业的衔接提供一种模式。

与此同时，吴玉龙也在抓住一切机会与省政府、省国土资源厅和省直有关部门沟通，力求取得各方面的了解、理解，进而支持。吴玉龙有个很大的担心，按照计划经济的一平二调模式，把优质资源无偿配置给大企业曾是惯例，由此导致一些企业占而不采或采富弃贫的现象较为普遍，安徽的一些优质资源因未能及时开发利用而影响经济社会发展也有先例，如果省政府也搞地方保护，那与五矿的合作就难了。吴玉龙直言不讳地把他的担心向分管副省长田唯谦汇报，田副省长明确表态，应该按市场原则办事，应该将矿权优先转给找到矿的国有地勘单位，支持地矿局引入央企加快勘查，尽快把资源开发出来，带动地方经济发展。田副省长还直接找了王金山省长，谈了他的意见，金山省长也表示赞同。吴玉龙又抓住机会与省内大企业的主要负责同志沟通，取得了他们的理解。吴玉龙的心里踏实了许多。

在徐绍史部长的大力支持和汪民副部长的直接推动下，在安徽省政府主要负责同志的关心支持下，安徽省国土资源厅迅速作出回应，安徽地调院可以将泥河项目与五矿公司合作。于是一切顺理成章，泥河铁矿的勘查和开发按照吴局长心中的蓝图逐步展开。泥河模式已然进入孕育之中。

2007年6月26日，一份关于合作开发泥河铁矿的战略合作协议经过双方反复协商后破壳而出，在安徽省地矿局三楼会议室举行了隆重的签字仪式，王炯辉作为中国五矿集团董事长周中枢的全权代表与吴玉龙局长在协议上郑重签下了各自的大名。

协议规定：

中国五矿集团公司和安徽省地矿局共同组建一个矿业有限公司，该公司为泥河铁矿勘查权益主体；

在勘查阶段，安徽省地调院登记的泥河铁矿大调查项目探矿权变更至双方共同组建的矿业有限公司，中国五矿占70%股份，安徽地矿局占30%股份，体现了“谁投资谁受益，谁投资谁承担风险”；

中国五矿集团公司承担公司注册资金6000万元，为补偿国家前期公益性投入，中国地质调查局此前的工作投入由资本金偿还；

在开发阶段，安徽省地矿局最高可享有30%股份，其中20%为技术股，10%用资金投入。以后不论企业规模如何扩展，安徽地矿局的股份恒定，不得稀释。

公益性地质工作与商业性地质工作实现成功对接终于由此开了一个好头。

7月，双方合作成立的安徽省五鑫矿业有限公司应运而生。

8月27日，在宁夏召开的全国地矿局长改革与发展研讨会期间，安徽省地矿局吴玉龙局长、徐小磊副局长、地调院彭智院长一行向汪民副部长专题汇报了泥河铁矿勘查开发进展情况。当听到安徽省地矿局已与中国五矿集团达成战略合作协议并已成立合资公司，即将联合勘查开发泥河铁矿时，汪民副部长非常高兴，给予了充分肯定。他认为安徽局走与央企联合的路子是对的，不仅可以发挥双方的优势，而且能够尽快推动矿产资源勘查开发一体化进程。他希望公益性地质工作与商业性地质工作的对接，能在更大的战略目标和更高的层面上加速运作，尽快由中国地质调查局、安徽省国土资源厅、安徽省地矿局、中国五矿集团公司签订一个合作协议。

经过几个月的反复讨论协商协调，《四方协议》终于孕育成熟。

2007年11月9日，北京香格里拉大酒店会议室里，中国地质调查局、安徽省国土资源厅、安徽省地矿局、中国五矿集团公司四方《共同推进安徽省庐枞地区矿产勘查合作协议》成功签字。

这是一次高规格的仪式。国土资源部副部长、中国地质调查局局长汪民，五矿集团总裁周中枢出席签字仪式。中国地质调查局副局长钟自然，安徽省国土资源厅厅长张庆军，安徽省地矿局局长吴玉龙、中国五矿集团矿产资源部总经理王炯辉亲自签约，并分别致辞。吴玉龙在致辞中郑重表示要在泥河项目上探索出公商结合模式、深部找矿模式。

根据协议，中国地质调查局在公益性地质调查中发现了有价值的成果后，及时退出，以便加快向商业性矿产勘查工作转化。中国五矿集团公司及时跟进投入后续勘查资金，安徽地矿局承担地质勘查工作，并联合五矿开展商业性勘查与矿产开发。合作四方将以安徽庐枞地区泥河铁矿为突破口，统一部署国家财政资金和企业资金投入的各项地质勘查工作，加大勘查评价力度，整装勘查，尽快实现找矿重大突破。同时，在深部找矿理论、技术方法和勘查机制的创新等方面起示范作用，建立与市场机制相适应的地质勘查新体制。

具体到利益和义务划分，《四方协议》形成了较为合理的利益分配和经济循环机制。

关于公益性与商业性地质工作分工：国土资源大调查重点开展泥河铁

矿勘查示范，指导区域找矿，开展罗河以南地区铁矿区找矿，以及沙溪外围、查巴岗和寨基山等地区铜矿普查，并寻找新的远景区，提供新的勘查靶区。中国地质调查局及时汇总分析区域整体勘查工作进展，组织专家进行现场指导和必要攻关，研究解决勘查过程中出现的难题。安徽省地矿局与中国五矿集团公司率先在泥河地区合作开展商业性矿产勘查，加大勘查投入，加快勘查步伐，按照统一部署的实施方案，及时跟进公益性地质调查工作，参与庐枞地区区域找矿和前期勘查，并及时向中国地质调查局和安徽省国土资源厅汇报工作进展。

关于成果处置和权益保障：安徽省地矿局和中国五矿集团公司合作组成矿业公司，拥有泥河铁矿的探矿权，按照统一实施方案开展商业性矿产勘查，风险自担，收益自享，同时，返还公益性地质调查投入，继续用于庐枞地区其它公益性地质调查工作。中国地质调查局和安徽省国土资源厅拥有地质资料。安徽省国土资源厅保证出资人依法取得探矿权，确保矿业权人的合法权益。安徽省所属马钢公司享有泥河铁矿开采的矿产品的同等优先购买权。

这是一个四方共赢的成果。它在深层次上体现了国家公益性地质工作、地方矿政管理、地勘单位技术、商业资本投资的紧密结合。

签字后，汪民副部长对各方表示了热烈祝贺。他高兴地说：《四方协议》的签署，是贯彻国务院《决定》的实际行动，是对在合肥刚刚召开的全国深部找矿工作研讨会精神的有益尝试，也是对《安徽省人民政府与中国五矿集团公司经济技术合作框架协议》的具体体现，有利于规范推进中央、地方、企业多方投入联动，促进公益性地质调查进一步有效引导和拉动商业性矿产勘查，加快实现找矿重大突破。安徽省庐枞地区矿产勘查合作的实施，将在深部找矿理论、技术方法和勘查机制创新方面起到重要的示范作用。

在安徽省国土资源厅的支持下，泥河探矿权顺利变更到新成立的五鑫矿业公司名下，为商业跟进奠定了基础。

“泥河模式”由此诞生。

安徽省国土资源厅副厅长兼总工程师项怀顺，谈起泥河铁矿和《四方协议》，颇为自豪。他认为：“作为矿业权管理的行政部门，我们有两个突破：一是为地质调查授予了探矿权。泥河项目在地质大调查中成功立项后，我们批准了地调院的探矿权申请。二是在探矿权由地调院向五鑫公司变更转移时，我们从支持公益性地质工作与商业性地质工作对接的角度，批准了探矿权的协议转让。这两条很重要，这是五矿与安徽联手合作的核心和基础。”

的确，正是有了政府的开明，按市场经济和地质科学规律办事，中国地质调查局及时果断的立项支持，见矿后明确让地勘单位使用公益性成果，并支持其向商业性转化，通过“深部找矿研讨会”等多种形式，提供政策和技术支撑，真正发挥了引导作用；安徽省和地方政府及国土资源厅等有关部门不求所有但求所在，不搞地方保护，不搞行政配置，才有“泥河模式”。正是有了企业的聪明，善于抓住机遇及时跟进，五矿公司很有远见地先与安徽省政府签订战略合作协议，然后抓住泥河项目为契机，利用其央企的规模、信誉、资金、市场优势，迅速联手地勘单位。而地勘单位手握矿权、携手央企，既可以获取勘查劳务收入，又可以实现地勘成果商品化，两家都表现得很聪明，才有“泥河模式”。如果说政府开明是外因，企业和地勘单位利益驱动是内因，那么内外因结合，‘泥河模式’的形成就在情理之中了。

泥河铁矿的勘查和开发使中国地质调查局获得了大调查项目成果、公益性地质资料、引导社会资本及时进入勘查的成功经验；地方政府将获得矿业大发展，基础设施建设加快，就业、税收增长，实现乡村变城市、农业变工业、农民变市民；国有地勘单位获得找矿成果、劳务收益、探矿权股份收益、促进了改革深化；五矿公司获得了企业扩张、资源控制、投资收益。合作四方实现了共赢，何乐而不为呢!

如何全面解读泥河模式?

《地质勘查导报》指出：

首先是科学找矿的实践意义。过去都是500米以浅见矿，“泥河模式”的成功，打开了人们的眼界，拓宽了人们的思路，新技术、新方法、新手段、新工艺有了用武之地。整装勘查全面拉开后，有可能找到更多更大的矿。

其次是经济社会发展的重大意义。泥河铁矿的矿山建设初步按年产200万吨设计，目前正在考虑扩建到年产300万至500万吨，大大促进了地方基础设施建设和产业结构调整。

再次是对地质找矿改革发展大讨论的推动意义。“泥河模式”从实践层面对地质找矿改革发展进行了有益的探索，从思想认识到创新体制机制、从深部找矿到推进整装勘查、从勘查开发统筹设计到市场化施工组织，多方面的创新把地质找矿工作思路真正落了地，见了效。“泥河模式”丰富了地质找矿改革发展大讨论的内容，为大讨论提供了实证样本。

更为重要的是，通过泥河模式，可以引导和促进地质找矿，加速矿产开发，减少铁矿石进口和外汇支出，平抑节节攀升的铁矿石价格，不再被人卡住脖子。

2010年1月28日，徐绍史部长在全国国土资源工作电视电话会议上宣布，安徽的“泥河模式”，河南的“嵩县模式”以及新疆的“358”专项，这三大整装勘查的找矿模式都为地质找矿新机制的构建提供了实践的范例。

泥河模式由此名扬天下。

作为泥河模式的探索者和实践者之一，吴玉龙局长感到了极大的欣慰。

风景这边独好

2007年6月16日，庐江泥河铁矿第二钻开工，23米高的崭新钻塔格外引人注目。上午10时，省国土资源厅巡视员杨先静、副厅长兼总工项怀顺，安徽省地矿局局长吴玉龙、副局长袁明共同揭下了钻机上的红丝绸，随即，鞭炮齐鸣，马达轰响，第二孔正式开钻。

这是又一个激动人心的时刻。

安徽省政府、省国土资源厅、市县政府大力支持，中国地质调查局陆续投入项目资金约3000万元，中国五矿集团投入1亿多元资金。泥河勘查在《四方协议》之后突飞猛进。

作为承担勘查任务的安徽省地矿局，集中全局优势技术和人员装备联合作战，专门成立了庐枞地区铁矿勘查指挥部，由吴玉龙局长亲自担任总指挥，徐小磊副局长担任指挥长，指挥部下设办公室、地质技术部、探矿工程部。以安徽地调院为主体，举全局之力，统一组织和协调技术与施工力量。首先从设计上打破常规，预查、普查、详查、勘探四突破的精髓在于各个阶段工作统一部署，66个钻孔（之后调整增加到76个）一起设计，地质、物探、化探、遥感、水文、工程、钻探多工种、多方法综合运用、整合施工。可是，这样做势必有违原来固有的规范。有人担心了，这样的设计能不能通过专家评审？要是出现“白孔”怎么办？吴局长坚定地回答：只有高速度才能带来高效益。何谓科学发展？就是既要讲地质科学规律、也要讲市场经济规律，更要讲政治大局。讲政治就是要敢于担当，急国家所急，解政府之难，把资源尽快开发出来才是根本，讲政治就是在加快这个问题上不容迟疑，不换脑筋就换人。我们是打有把握之仗，不是蛮干。即使出现几个“白孔”也不可怕，速度上去了，提前一年进入开发的话，会产生多少效益？区区几个钻孔的成本，与增加国家在铁矿石价格谈判中的话语权和巨大的开发效益相比，根本就不在话下！只要我们在钻探过程中及时发现问题，及时调整实施方案，我们就会把损失降到最低。

局长的死命令显示了权威。从指挥部到项目组，人们的思路、眼界被打开了，信心和决心更大了。从前苏联沿袭下来的预查、普查、详查、勘探按部就班的传统工作模式被完全打破，勘查各阶段与后期开发兼顾，一步设计到位，统筹全局，同步实施，及时调整方案，及时补充完善设计。

徐小磊副局长现场办公，决定调集19台先进钻机归326地质队副队长何世中现场统一指挥。五矿集团调来了精干的管理团队，以五矿资源公司副总黄冬梅挂帅，进驻泥河。“空中飞人”王炯辉老总尽管忙于各省的大项目，但他每月不少于一次，只要有空，就不断地飞来扎在泥河。中国地质调查局原局长叶天竺、中国科学院院士翟裕生等20多位专家参与设计论证，两院院士常印佛给予具体指导，聘请多年在庐枞地区工作的原安徽327地质队总工程师72岁的老专家汪祥云担任五鑫矿业公司总地质师，聘请原安徽327地质队副队长、钻探老专家王维新现场坐镇，项目负责人吴明安更是成天泡在工地上，加上中国地质调查局、安徽地矿局的专家，共同组成了强大的专家队伍，提供技术支撑。安徽省、巢湖市、庐江县政府协助配合。

寒暑易节，不知多少个不眠之夜，不知多少个“诸葛亮”会议，不知多少次论证修改方案，为了一个目标，泥河人的智慧在研讨中聚集，在聚集中放大。如果按照老规范，仅找矿过程就有4次设计、4次评审、4次阶段报告、4次验收，至少需要8—10年时间才能完成。当年庐枞地区罗河铁矿从1966年发现，1978年会战结束，1983年提交勘探报告，周期长达18年之久，而泥河集两个大型铁矿、一个中型石膏矿于一身，埋藏更深、钻探难度更大，现在只用了短短不到三年的时间就完成了钻探工作量8万余米，钻孔76个，实现千米孔斜在1度以内，优质孔率100%，无安全事故，8万多米岩芯完整采集，为科学研究、矿物填图提供了完整的标本资料，这在全国矿山中几乎没有，在找矿历史上也不多见，创造了常人难以置信的成果。这一组令人振奋的数字，组成了“泥河速度”，让泥河这块亘古的地层提前揭开了它的神秘面纱。

泥河铁矿勘查与矿山建设设计同步进行，也为世界矿产勘查史上所罕见。尽管整体勘探还没结束，但开发矿山的力量已经及时跟上。采矿、选矿的技术人员已经到现场做可行性研究。更令评审专家们惊叹的是，这么多钻孔，这么多钻探工作量，竟然全都用得对，没有造成浪费。对于下一步开发，相关各方已胸有成竹，只要采矿权获批，矿山建设即可开工。

在泥河项目中，项目的组织运行机制也颇具新意。安徽地矿局与五矿公司合作成立的“安徽五鑫矿业有限公司”，发挥了安徽地矿局雄厚的勘查技术、强大的施工力量和五矿公司先进的经营理念、充裕的资金保障优势。双方强强联合，开矿而不是炒矿、投资而不是投机，共同的目标使二者结成利益共同体，为快速开展商业性勘查开发奠定了基础。整个项目采用市场化运作，公司化管理，提高了效率，降低了成本。

泥河速度上去了，泥河成果也在扩大。在中国地质调查局的指导下，南京地质调查中心会同安徽省国土资源厅、安徽省地矿局和五矿公司，组织专门人员系统分析了庐枞地区的已有地质工作成果，研究了其成矿地质背景和已有矿床的成矿特征，总结了成矿规律，对这一地区勘查工作进行统一部署，在泥河矿区安排了大比例尺面积性重力测量、高精度磁法剖面和可控音频大地电磁（CSAMT）剖面、复电阻率（CR）剖面，并对见矿的首孔开展了井中物探工作，利用先进的物探仪器进行磁、电等多参数测井，还开展了土壤酸解烃地球化学测量等工作，获取铁矿体的深部地球物理、地球化学参数，建立了庐枞地区深部找矿数据平台和深部找矿模型，为泥河铁矿的勘探提供基础服务和方法技术支撑。与此同时，科技部、中国地质调查局、中国五矿等拟共同投资，并联合国内外部分高校、科研机构、地勘单位积极参与，以泥河为基础的深部找矿研究项目已在酝酿筹划之中。

“泥河速度”、“泥河模式”取得了惊人的找矿成果。目前勘探阶段的工作已全部完成，在地表600米以下圈出磁铁矿体11个，磁铁矿1.87亿吨，还提交了一个1.4亿吨大型硫铁矿和一个1373万吨的中型石膏矿。

安徽省国土资源厅张庆军厅长在向国土资源部党组汇报“泥河模式”时算了一笔账：

“首先是资源效益。不仅仅是在三年的时间内探明提交了两个大型矿床综合勘探报告，提高了矿产资源的保障能力，而且坚定了深部找矿的信心和决心，拉开了安徽在第二空间寻找矿产资源的序幕，对全国深部找矿也具有重要指导意义。

“其次是企业效益。由于降低了时间成本，国有资产得以快速增值，按管理成本占项目经费的10%—15%计算，可直接减少项目管理成本3000万元—4500万元。据测算，泥河铁矿潜在经济价值约500亿元，（不含硫铁矿和石膏矿价值）销售利润总额可达270亿元，净利润157亿元(按铁精粉均价1037元/吨计）。按服务年限30年计算，平均年利润为9亿元。除了可观的经济收益外，安徽省地矿局还锻炼了地质找矿队伍，积累了矿业开发经验。

“第三是社会效益。一方面，在铁矿石价格持续走高的背景下，泥河铁矿的快速勘查、尽快开发，有利于减少铁矿石进口量，也使我国在国际铁矿石价格谈判中掌握更多的话语权。另一方面，有力地促进了地方经济的发展。泥河铁矿的矿山建设初步按年产200万吨设计，按现行税费计算，包括企业所得税、增值税、资源税、资源补偿费、营业税等在内的纳税总额约103亿元，平均年纳税3.4亿元。并且，泥河铁矿的选矿、采矿，还能为当地带来4000个就业岗位。目前正在考虑扩建到年产300至500万吨，效益会进一步增加，这样就会大大促进地方基础设施建设和产业结构调整。

“第四是环境效益。大企业在规模开发、集约经营中能有效地承担其发展的社会责任，更加重视当地生态环境建设，实现经济效益和环境效益的双丰收。”

安徽地矿局已在省政协会议上正式提出在庐枞地区建设新兴工业城市的建议，这个建议一旦被采纳，庐枞地区的发展就更会如虎添翼。

泥河离北京很远，泥河离部长们的心很近。

2007年9月29日，在合肥召开的全国深部找矿工作研讨会刚刚结束，汪民副部长就直奔泥河。

在施工现场，吴明安向汪民副部长汇报了工作进展情况，汪副部长频频点头，十分高兴，还特别询问第一钻的布钻选择情况。他同钻工们一一握手，并代表国土资源部对奋战在一线的钻探人员表达亲切的慰问。他嘱咐大家，泥河铁矿勘查要有总体的工作方案，要有大分工。商业性的工作由省地矿局承担，有困难时，中国地质调查局给予支持。中国五矿公司要有大投入，加快勘查评价步伐，努力形成一批集中的找矿成果，争取在明年全球铁矿价格谈判前，拿出几个大成果，不能让外国公司牵着鼻子走。

汪民副部长对陪同的吴玉龙局长说：安徽地矿局要抢抓当前地质工作面临的大好时机，乘势而上，以泥河铁矿为突破口，争取在整个庐枞盆地，乃至整个长江中下游地区有更大的找矿突破。

2009年5月24日，这是一个让泥河项目组和全体勘探施工人员难以忘怀的日子。

初夏上午的阳光分外明媚，田野上一片金黄。国土资源部徐绍史部长在安徽省倪发科副省长陪同下，身着白色短袖衬衣，步履矫健地走在工区的田间小道上。他首先来到泥河铁矿勘探现场，与地质项目组的技术人员和钻机工人们一一握手问候。在高耸的钻塔下，吴明安铺开图纸，向徐部长汇报了泥河铁矿勘探情况。随后，徐部长走进机台，观察了钻进情况。在工地新取出的岩芯前，徐部长蹲下身子，拿起还湿乎乎的岩芯仔细观察。他对跟在身边的领导们说：泥河深部找矿工作中取得的成绩值得充分肯定，我们要在这一次地质找矿改革发展大讨论中，认真总结泥河经验，并在全国范围内推广。

下午，徐部长在庐江现场召开的地质找矿改革发展大讨论座谈会上作了重要讲话。

他说，今天看了泥河铁矿勘查现场，听了大家的发言，感到很高兴，也很受启发，泥河模式从实践层面对地质找矿改革发展进行了有益的探索，要通过深入总结泥河经验，把大讨论进一步引向深入。

徐部长强调，大讨论应该对地质找矿改革发展当中的问题进行全面的梳理，一是全面梳理思想认识层面中不符合、不适应地质找矿改革发展的一些问题。要打破自我封闭，主动融入经济社会发展的主战场；延长工作链、开拓新领域；树立矿产资源、土地资源不单单是一种自然资源，还是资产，更是资本的理念，有了这个认识，才能找准地勘单位自身发展的方向。二是全面梳理体制、机制问题。中央、地方、企业如何联动；公益性地质工作、商业性地质工作以及中央、地方的勘查基金怎样衔接；勘查与开采怎样结合；地质找矿和矿业权设置以及地勘单位的改革发展怎么样配合。三是全面梳理地质工作部署的思路。按照地质规律“找新区、上专项、挖老点、走出去、依靠科技和人才”，把地质工作布置在重要成矿区带上、重要地质问题区、重要经济区、重大工程建设区，甚至海洋。在工作部署上，产、学、研要紧密结合，寻求区域上的重点突破。对于工作方法、技术的应用，要进一步解放思想，需要一个革命性的变化。

5月25日上午，徐部长专程来到安徽地矿局机关，亲切看望了常印佛院士等老专家、局驻合肥单位党政负责人和局机关全体同志，发表了热情洋溢的讲话，对安徽局找矿突破、“泥河速度”、“泥河模式”给予了充分肯定，对老专家们的贡献给予了高度赞扬。他勉励大家要进一步发挥主力军作用，多找矿、快找矿、找大矿，拓展地质服务领域，为安徽和国家的经济社会发展作出更大贡献。

徐部长的讲话如暖暖春风在大家心里荡起阵阵涟漪。

前任安徽省委书记卢荣景、前任分管副省长黄岳忠、副省长王秀智，现任分管副省长倪发科、副秘书长余焰炉等领导分别专程视察泥河。

常印佛院士多次参加专题研讨会，陈毓川院士、原中国地质大学（北京）校长吴淦国等专家、学者亲临泥河现场指导。

中国地质调查局、兄弟省局的领导，参加有关会议的各方代表，安徽地矿局副局长方达、李从文，党委副书记兼纪委书记程农也先后来到泥河。

泥河被越来越多的人所关注、所熟悉。

尾声　东风吹过万重山

在泥河外围，让人振奋的消息还在不断传来。

沙溪地区深部找矿取得突破性进展。完成7个钻孔，其中一个钻孔在500米至840米的深处，见到315.14米的基本连续铜矿化体，铜品位0.38%，伴生金品位0.22克/吨。初步控制13万吨铜金属量，整个地区有望新增30万吨铜金属量。

庐枞南部新区可望取得新突破。庐枞南部城山－石矶地区最近完成的钻探工作，证实局部矿体厚达十多米，一个新的突破区有望形成。

勘查示范工作稳步推进。正在实施的长江中下游地区深部矿找矿勘查技术方法示范工作，建立了庐枞地区1∶10万—1∶5万地质图数据库，初步完成了安徽泥河实测模型建设，在安徽枞阳高甸地区勘查示范完成了热液型铜矿的勘查方法试点工作，为深部找矿提供了技术支撑。

整装勘查，“泥河模式”可望再取新成果。

2010年4月25日，中国矿业报社王家华社长率国土资源部地勘司、中国地质调查局发展中心联合调研组来安徽，专题总结研究“泥河模式”，提出把“泥河模式”扩展为“安徽模式”，进而推广到全国的“路线图”。

国土资源部将庐枞地区划为全国重点整装勘查区，中国地质调查局将庐枞地区的整装勘查工作纳入矿产资源保障工程，一轮新的地质找矿工作正轰轰烈烈地展开。

中国地质调查局南京地质调查中心已经勾勒出整个华东进一步实现找矿突破的蓝图，在长江中下游地区、南岭成矿带东段地区、钦—杭成矿带东段都将有相应的工作部署。

这是一首宏大壮丽的史诗。

泥河突破的精髓在于：冲破了规范的束缚，创造了前所未有的探采一体化的“泥河速度”；公益性与商业性地质工作的无缝对接，矿政、资本与技术的完美结合，创造了地质找矿的新机制。“泥河模式”已渐成燎原之势，一些实现找矿重大突破的地方，都可以找到泥河模式的影子，不仅成为许多地勘单位的热门话题，也成为他们竞相努力的目标。

找矿机制的重大变革正在向纵深推进。

地质找矿硕果累累的季节已经指日可待了！

深海探冰

中国海域天然气水合物发现始末

陈惠玲　康　平

2007年5月的一天，一个振奋人心的消息从南海传回广州，传到北京，中国科学家在南海钻探的第一个站位即成功获取天然气水合物实物样品。

取自南海北部神狐海域1250米水深海底以下的深海海底沉积物，细腻、密实，细小的白色冰晶分布其中，一旦暴露在空气中，又迅疾消失。这些白色冰晶，即是被誉为21世纪新能源的“可燃冰”——天然气水合物。

天然气水合物释放出高纯度的甲烷气体，被科学家收集、点燃，跳动的蓝色火焰编织着中国人的新型能源梦。

西沙首航

1

早在18世纪，英国化学家在实验室里用水和一些气体合成了一种新的冰状固体物质——气水合物。100多年后，人们在自然界陆续发现了这种物质。

20世纪30年代，前苏联，人们发现天然气的输送管道中经常被一些“冰雪”所堵塞。后来美国人也遇到同样的问题，还发现这种“冰雪”确实是个“Trouble Maker”（麻烦制造者）。它存在于一些深海海底，一旦分解，往往造成海底大滑波，引发海水动荡，威胁船舶和海底设施安全。一些学者还将百慕大魔鬼三角区等舰船、飞机神秘失踪现象与之联系……

但科学家同时也注意到，这些“冰雪”主要由甲烷和水构成，可以燃烧，因此，将其称之为“可燃冰”，又名天然气水合物、甲烷水合物、固体甲烷、固体天然气等。

1968年，苏联人在西伯利亚北部的冻土带中发现了天然气水合物矿藏；1972年，美国人在阿拉斯加的永冻层也采到天然气水合物样品……

1979年，美国“挑战者号”科考船执行深海钻探计划(DSDP)第66、67航次，获得了一个重要发现：凡赋存可燃冰的地方，其反射回来的地震波界面随同海底起伏，与海底平行。他们把这种现象，简称为“BSR”(似海底反射)。科学家们反推认为，凡有“BSR”之处，皆有可能指示可燃冰的存在。据此，在1981年后的20多年间，世界各国的科学家们在大西洋、太平洋、印度洋海底先后发现可燃冰80多处，并逐步得出结论：海洋大陆坡、半深海海域是“可燃冰”形成的最佳场所。

科学家们分析认为，天然气水合物在海洋中有条件成矿的面积约占全球海洋总面积的10%以上。因此，乐观估算，世界上可燃冰矿藏中所含的有机碳的总资源量相当于全球已知煤、石油和天然气的两倍，可满足人类1000年的需求。

因此，有人大胆预言：谁掌握了可燃冰，谁就能主导未来全球能源！

2

对于可燃冰这种新资源的调查研究，中国曾经远远落后于世界。

20世纪70年代以来，美国、日本、印度等国被可燃冰这一新型能源可能带来的巨大商业利益乃至政治利益所诱，纷纷将天然气水合物列入国家级研究开发计划，对它展开了广泛深入的研究，并在世界各地展开钻探，不断获得新的成果和研究进展。

但直到1985年，中国学者才开始在学术杂志上介绍了这种新的资源。

早期，将可燃冰介绍给国人的有时任地质矿产部南海地质调查指挥部(广州海洋地质调查局前身)总工程师金庆焕。1984年，金庆焕出席在莫斯科召开的第27届国际地质大会，关注到“固态天然气”这一新的信息。

回国后，他在《海洋油气勘探概况及石油地质学动向》一文中，以不到300字的简单篇幅介绍了“固态天然气——未来的重要能源”，亦即后来统一定名的天然气水合物，即可燃冰。

十一年后，1995年，中国地质科学院矿产资源研究所研究员、博士生导师吴必豪获知ODP（国际大洋钻探计划）164航次在美国东部近海海底发现了具有商业价值的可燃冰这一重大消息，迅速调整研究方向，先是展开《西太平洋气体水合物找矿前景与方法的调研》，1997年又积极启动《中国海域天然气水合物勘测研究的调研》。进而，申报了国家高技术研究计划“863”项目《海底气体水合物资源探查的关键技术研究》，很快获得批准。

1998年，广州海洋地质调查局副总工姚伯初教授利用多年从事油气调查的经验，以寻找可燃冰的新视点，重新查阅了大量南海油气勘查的地震剖面图，搜寻与海面平行的地震反射曲线。他惊喜地发现：在东沙群岛南部、西沙群岛南部、西沙海槽北部的海底，隐隐约约地有BSR出现，以此为据，挥就《南海北部陆缘天然气水合物初探》，刊载于《海洋地质与第四纪地质》杂志，对南海可燃冰前景做出乐观预测。

3

“我们必须选择具有前瞻性的、十年内不落伍、前景看好的项目。”这是时任广州海洋地质调查局副局长马申达在部署起草“新一轮海洋国土资源大调查”项目建议书的会议上提出的要求。

1998年4月，新成立的国土资源部酝酿着一项跨世纪的宏伟工程——新一轮国土资源大调查，提出以新机制、新思路，运用新理论、新技术，摸清我国资源家底，满足国民经济和社会发展对国土资源的需求。

广州海洋地质调查局迅速行动，认真调研准备。9月，主持全局党政工作的副局长马申达亲自出马，和局总工程师一起召集科技人员，围绕新一轮国土资源大调查的要求，对下一步开展的海洋资源调查项目建议进行研讨，以理清全局未来发展方向。

年底，包括可燃冰项目建议书在内的8份项目建议书以《海洋国土资源大调查项目建议书》的总名，按时呈报国土资源部，后移交新组建的中国地质调查局。

1999年7月，中国地质调查局迅速发出了以高新技术、新思路开展新一轮地质大调查的号召。远在广州的马申达迅即赶赴北京，径直找到首任局长叶天竺和主管业务工作的副局长张洪涛，汇报海洋国土资源大调查项目建议。

“叶局长，天然气水合物是新型后备能源，在南海有很理想的成矿条件，我局专家查阅了大量资料，认为南海北部资源前景非常乐观。我们希望能尽快开展工作。”说完，马申达又递上事先准备好的姚伯初教授刚发表的《南海北部陆缘天然气水合物初探》论文复印件。

叶天竺接过文稿，快速地阅读起来。他深知我国能源紧缺的形势，如果能在我国海域寻找到可燃冰，将具有重大的战略意义。叶局长当即拍板，“我同意将海洋天然气水合物探查作为地质大调查第一个项目提前启动。先从地调局下半年经费中拨给你们220万，你们今年就可以开展野外工作。”

4

1999年10月，广州海洋地质调查局“奋斗五号”驶向西沙海域。

“奋斗五号”是一艘工程地质勘探船，装备有高科技设备——“高分辨率多道地震系统”，刚刚完成国家高科技计划“863”课题的采集技术试验，获得成功。采用这套系统采集到的资料，分辨率远远高于常规方法采集的资料，可以清楚地分辨出10米厚的海底地层。因此，要寻找海底BSR（似海底反射），“奋斗五号”是首选。

220万元的经费，尽管这是叶天竺担任中国地质调查局局长以来出手最大的一笔经费，但对于海上调查而言，动用数千吨的调查船出海，220万元是不够的。但马申达没有在费用上多说，他深知，当时最关键的，是要把可燃冰项目列入新一轮国土资源大调查工作的范畴，如果在经费问题上斤斤计较，很可能使这一项目长期搁置。

拘于经费不足，出航准备时有人建议，“不如利用其他海上工作船只顺便完成西沙可燃冰前期调查，‘奋斗五号’继续创收，一举两得!”

“尽管现在勘查经费很紧张，我们也没有把握一定能有所发现。但如果因为海上勘探精度不够，而最终影响到天然气水合物勘探的成果，损失将是巨大的。”关键时刻，马申达权衡利弊，果断决策：“必须保证调查资料质量。如果经费超支，局里拿自有资金补偿。”

结果证明，采用这一高技术调查手段的决定是正确的。“奋斗五号”在我国南海北部西沙海槽区完成了500千米的深水高分辨率多道地震调查，取得突破性进展，发现这一海域存在可燃冰的地震指示标志——似海底反射（BSR）。调查工作迅速打开局面。

初战告捷。那么，除了西沙，神秘的“可燃冰”还深藏在什么地方？

东沙弄潮

5

与陆地地质工作相比，海洋地质工作的风险性更大，探索性更强，投资数额也相对巨大。为了给国家可持续发展寻找到新型后备能源，在可燃冰前期调查获得实质性的进展之后，如何保障这一项目持续进行，中国地质调查局决定：将可燃冰项目提升为国家专项。

为了实现这个目标，中国地质调查局历任领导班子做出了不懈努力。

鉴于在西沙首次发现了可燃冰存在的标志——BSR（似海底反射），马申达领队前往北京，先向局长叶天竺汇报，接着由叶天竺带领，前往国土资源部汇报。

2000年初，联合国海底管理局在牙买加开会，我国大使在会上获知：一些国家正积极寻找石油天然气的替代能源——天然气水合物。这位大使立即给李岚清副总理写了一封信，建议国内也能把寻找天然气水合物提上议事日程。李副总理阅信后很快做出了批示。

立项过程加快了，但困难仍是不少。

可燃冰项目成为中国地质调查局上下共同努力的目标和行动……

叶天竺多次组织专家并亲自带队到国家有关部委汇报。寿嘉华出访欧洲，也专门邀请财政部人员随团了解德国可燃冰的研究进展，力促“财神爷”深入了解勘查可燃冰的战略意义。

一次次的汇报、研讨、沟通，使官员和地质学家们就可燃冰的战略意义达成了共识。2001年，可燃冰国家专项的审批提速了，国家发改委有关领导明确表态："可燃冰项目有战略意义，非常重要！"财政部当年下拨3000万元作为项目启动经费。

此刻，叶天竺已临近退休，他完成了任期内最后一件事：从3000万的项目启动费中划出一部分，在青岛海洋地质研究所建立起可燃冰模拟专业实验室，其余拨到了广州海洋地质调查局开展野外调查。

由此为起点，青岛海洋地质研究所建成了设备齐全的国内一流可燃冰模拟专业实验室，包括可燃冰低温物性实验室，经过多年的努力，研制了适合激光拉曼光谱测定水合物的小型低温高压反应装置等试验设备，开发掌握了多种实验技术，成功测定了大量的实验室内合成的可燃冰，以及中国地质大学苏新教授从IODP（综合大洋钻探计划）获得的天然可燃冰的分子结构。实验室研究人员们以海洋沉积物为主要介质，进行了可燃冰形成的热力学条件及动力学过程的研究等，取得了一批成果，并测定出2007年我国在南海北部陆坡成功钻获的可燃冰样品的分子结构。

2002年初，可燃冰项目被确立为国家专项的批文正式下达。广州海洋地质调查局为项目承担单位。

6

可燃冰项目被提升为国家专项后，如何将项目成果推上一个新的高度，中国地质调查局提出了新的要求，按照副局长张洪涛的说法就是：显示度！

2002年初，可燃冰项目负责人、广州海洋地质调查局总工程师黄永样按规定向项目办汇报年度工作计划，张洪涛听完汇报后，毫不客气地说：

"黄总啊，你不能总是报告BSR、BSR（似海底反射）！"他进一步说道："（可燃冰调查）必须在地球物理、地球化学、地层古生物等多方面不断有新发现，不断拿出新的显示度来！"

一句话，简明扼要，准确地概括了对本阶段调查工作的要求。

BSR是地质学家们寻找可燃冰的主要特征之一。全球100多个宣布发现了天然气水合物的地区，大部分也是通过获得BSR标志来确定的。广州海洋地质调查局经过1999—2001年三年的海上调查，已经在西沙海槽区、东沙陆续发现了大量的BSR标志，但毕竟，还缺乏其他方面的有力证据来互相印证。

如何取得新发现，如何拿出新的显示度来？

黄永样是一位富有海上工作经验的海洋地质学家。水合物是个全新领域，大家都没有经验，要获得新的发现，海上现场判断非常关键。尽管已经56岁，但黄永样决定，亲率“海洋四号”调查船出海。

“海洋四号”船曾多次到东太平洋进行海底多金属结核调查、结壳调查，还远赴南极执行科学考察。如果说，获得BSR主要依靠“奋斗五号”船的高分辨率调查手段，那么，找显示度就得“海洋四号”了。

为了提高海上调查的现场测试能力，黄永样经过周密思考，决定将新引进的高精度气相色谱仪带上“海洋四号”。抵达东沙海域后，调查人员通过海底摄像发现了海底陡坎等地貌特征，用海底活塞取样器取得海底样品后，即用气相色谱仪对样品进行了现场甲烷含量测试，很快发现了高含量的甲烷异常。

这预示着此处很可能有可燃冰的溢出！

大家很兴奋。黄永样点点头，“亏得带来了这个宝贝！”

根据甲烷异常的数值，黄永样在调查区增设了85号、86号、87号站位，并对这3个站位分别进行了海底照相、拖网、重力取样。样品取上甲板后，黄永样迫切地亲自动手取岩芯管。

一个奇怪的现象在85号站位出现了——从海底回收上来的坚硬钢质岩芯管居然变弯，甚至还瘪了下去……

更令黄永样没有想到的是，当他敲开岩芯管的接口时，已经变为液体的岩芯哗地从管内冲出，随之冲出的还有一股极为难闻、令人窒息的臭气。

这莫非就是可燃冰融化分解后的产物呢？

返航之后，黄永样专程向中国地质调查局报告了这一新“显示度”。

7

可燃冰项目在继续，它吸引着越来越多的科学家参与……

中国地质大学海洋学院苏新教授，是国内少有的多次参加ODP（国际大洋钻探计划）航次的中国科学家。她曾经留学德国，尤其是她参与了2002年ODP组织的天然气水合物204航次，视野开阔。

2003年春节后的一天，苏新接到黄永样的电话，邀请她参与“海洋四号”当年度到东沙开展可燃冰调查的航次工作。

此前几天，黄永祥到北京，听取了来自财政部的批评意见。张洪涛向黄永祥传达道：“财政部同志说，为什么老拿不到实物啊！再这样下去，将考虑是否继续拨款的问题。”

张洪涛接着说：“我们必须尽快拿到实物，哪怕只是能证明可燃冰存在的实物证据也好啊，否则无法向财政部交代！”

带着压力，黄永祥回到广州，筹备出海调查。他决定邀请苏新上船，助自己一臂之力。

2003年4月初，“非典”肆虐，但苏新如期飞抵广州。按照预定计划，“海洋四号”启航开赴东沙，直接来到一年前出现岩芯管变形的85号站位。通过拖网取样，在原85号站位以东800米水深处，“海洋四号”拖到了海底“烟囱”——可燃冰从海底溢出形成的碳酸钙烟囱状通道，这是可燃冰存在的新的重要证据。

更重要的发现还在后面——

深夜两点，梆！梆！梆！黄永祥卧舱的房门被急促地敲响：“黄总，快起床！快起床！有新情况……”

是调查部负责人刘方兰，黄永祥来不及披上外套，穿着睡衣睡裤便赶到工作间监视器的屏幕前，只见屏幕上显示出的海底景象是：白花花的斑点，越集越多，渐渐连接成了一片，像是一张睡席。

“这是天然气水合物吗?”刘方兰满怀希望地问道。

“可能是菌席。”黄永祥兴奋不已，但他慎重地回答说：“天亮后再请苏新教授看看吧，她有经验。”

第二天一早，苏新教授刚刚起床，便被黄永祥请到了海底摄像系统监视屏幕前，她仔细查看了前一晚的摄像资料。根据经验，她判断那些白茫茫的物质为菌席——即以甲烷为食物的菌类生物集中在一起而形成，这是可燃冰存在的新的有力证据，再次证明了东沙可燃冰前景的光明。

这是一次收获巨大的航次。除了海底摄像记录的银白色斑块状物质外，还获取了一些与可燃冰伴生的瓣鳃类（贝类）生物。黄永祥将此区标注为“海洋四号区”。

通过连续4年的调查，广州海洋地质调查局已经获得了可燃冰存在的多种证据，包括BSR、碳酸盐烟囱以及海底陡坎、菌席的影像资料等，并判断认为，东沙的可燃冰资源前景比西沙更好。由此，东沙海域成为这一时期海域可燃冰调查的重点。

九龙甲烷礁的等待

8

4年海上调查，中国科学家一直没有获取到可燃冰的实物，到底有没有可燃冰，人们心存疑虑……

德国科学家埃文·休斯（Erwin Suess）任职于基尔大学海洋地质研究所，是天然气水合物领域的资深科学家和领军人物。从1992年开始，他多次率“太阳号”科学考察船远征各大洋，获得可燃冰样品或有关实物。

2003年，年过花甲的休斯已萌生退意。但，一封来自中国广州的邮件悄然改变了他的主意——

广州海洋地质调查局将“海洋四号”在东沙取到一个双壳类生物制成标本，寄给了远在德国的休斯，请他就此发表高见。

休斯据此判断：这个双壳生物肯定与天然气水合物有关。

那据此判断，在获取这一双壳生物的区域，天然气水合物存在的可能性到底有多大？

休斯的回答是，55%。休斯补充道，在作科学预言的时候，我给的百分比一般不超过45%。

和休斯教授的友谊可以追溯到2001年。那一年的初夏，寿嘉华出访欧洲，第一站即是德国。这位颇有谋略的女副部长早已耳闻德国在可燃冰研究领域处于世界领先地位，因此，她特别安排了这段行程，并安排黄永样参与。

此行，使黄永样开阔了视野，了解到世界先进国家在可燃冰的最新进展，同时，建立起中德两国科学家的友谊。

2003年春节，休斯教授携夫人到他的中国学生家过春节。黄永样借此盛情邀请休斯来到广州，向休斯教授提出了合作的提议。看到中国可燃冰调查的迅速进展，休斯决定携德国“太阳号”科考船到南海开展联合科学考察。

合作进程在政府和科学家的努力下不断推进。

休斯回国后，很快发回电子邮件交流进展：“我已正式向德国科技与教育部申报了。”广州海洋地质调查局也以最快的速度向国家科技部正式提交了《关于与德国基尔大学海洋地学研究中心开展南海北部天然气水合物合作调查研究的请示》。

2003年12月，从德国方面传来了合作项目已获批准的喜讯。2个月后，黄永祥拿到了中国政府的批文。合作方案确定，除利用德国政府提供资助的“太阳号”船28天的工作航次时间外，中国方面再租用“太阳号”14天，累积42天，中德两国启动《南海北部陆坡甲烷和天然气水合物分布、形成及其对环境的影响研究》。科学家和政府官员的共同努力，使中国可燃冰项目得以借力世界最先进的调查手段。

9

2004年6月4日，载有中德两国科学家的德国“太阳号”考察船驶离香港码头，穿越南海风浪，昼夜兼程，朝东沙海域驶去。

本航次代号为SO−177。德方首席科学家埃文·休斯（Erwin Suess）凭栏而立，一任海风抚弄他棕色的卷发和茂密的胡须。本航次上船的科学家共21人，其中中国科学家11人，德方科学家10人。

中国科学家阵容强大。中方首席科学家黄永祥携广州海洋地质调查局、中国地质大学、中国地质科学院、国家海洋局杭州二所的一批优秀科技人员。

“太阳号”作业范围确定在东沙“海洋四号区”，这是“海洋四号”通过2002年、2003年的调查工作后圈定的异常区，也是获取可燃冰实物样品希望最大的地方。同时，黄永祥还安排“海洋四号”5月出航，为“太阳号”做前期“侦察”。

6月11日，清晨，身着桔红色工装的广州海洋地质调查局副总工吴能友准备到后甲板参加取样，休斯将一个漂亮的航次标志粘贴在吴能友后背上，风趣地说：“戴上这个，运气会好些！”

这天的取样作业十分顺利。在海底照相的配合下，可视抓斗伸出两只巨大“手掌”，源源不断地将海底的碳酸盐岩“烟囱”、贝壳“捧”上甲板。其后，科学家结合其他调查资料，圈定出面积达430平方千米的碳酸盐岩区，这是目前发现的世界上面积最大的碳酸盐岩区，是可燃冰存在的极为有利的证据。

更令人兴奋的是，在这些结壳的裂隙中还发现了一些特殊的菌席和双壳类生物。这说明，在这里，仍有甲烷气体溢出。

两位首席科学家高兴极了。休斯建议，请黄永样为这片碳酸盐岩结壳区起个名字。黄永样沉思片刻，娓娓说道，“太阳号”此行从香港九龙附近出发，龙代表中国，“太阳号”上工作的科学家们正好来自中德两国的9个单位，命名为“九龙甲烷礁”最恰当不过了！

“Very good（太好了）！”休斯完全同意。

样品经过同位素测年后，确定九龙甲烷礁区碳酸盐岩结壳最早形成于大约4.67万年前。对此，休斯教授幽默地表示说：“我们晚来了4万年。”

不久，黄永样接到来自“海洋四号”的新消息——

在东沙308号站位发现碳酸盐岩及其“烟囱”；在东沙214号站位发现菌席、贝壳、冷泉气泡；在神狐4号站位发现像纸杯般粗细的管状碳酸盐岩。

可燃冰海上调查的新发现吸引着休斯。他和黄永样商量决定：把“海洋四号”的工作海域作为SO-177航次第二航段调查取样的靶区。

10

6月23日，“太阳号”第二航段开始了。

对于“可燃冰”，人们总是期待能一睹它的芳容。但由于它形成于低温、高压这一特殊的环境，要撩开她的神秘面纱，不仅要周密调查，找准位置，还需要借助高技术的保温保压取样技术。

张洪涛亲自登上“太阳号”船，参加第二航段的科学考察。这一航段有一项主要任务，就是要利用德国先进的可燃冰保温保压取样技术和海底电视观测技术在有利区域进行取样，力争获得可燃冰实物。

至此，中国海洋地质工作者经过4年的海上多种手段综合调查，已基本找到海底“可燃冰”的藏身之处。因此，此行将借助德国先进的调查取样技术，在我国东沙海域获取可燃冰的实物证据，中国地质调查局副局长张洪涛充满信心。

张洪涛有着科学家的稳重沉着，却也不乏浪漫豪情。临行前，他向寿嘉华局长立下“军令状”——获取海底浅表层的可燃冰实物，表示：“保证拿到，如果拿不到我辞职。”

7月的一天，“太阳号”实施本航次第一次保温保压取样——

黄昏，休斯和张洪涛相谈正欢，置放于后甲板的保温保压取样器上，涂满了五花八门的文字和图案，那是两国科学家的即兴抒怀，是对即将开始的保温保压取样的期待和祝福——

休斯写的是：Somebody up there loves me！（上帝保佑）

张洪涛画了一匹马，旁边的文字是：马到成功！

女科学家苏新、韩喜球则把可燃冰画作飞翔的小天使，用德文高叫着：我在这里，我来啦！

到了指定站位，保温保压取样器徐徐放入海底。不久，海底样品被完整地取了上来。根据压力变化情况判断，很遗憾，样品中没有可燃冰存在。于是，第二次取样，但取样器球阀密封不好，取样失败。

大家将希望寄托在7月10日的第三次取样。

这一天恰逢休斯生日。休斯说：“我最希望得到的礼物，是上帝把天然气水合物送来。”

无疑，这是两国科学家共有的愿望！

为了取到更深的样品，取样器被特意加长，但下放到海底时却碰撞到坚硬的结壳，特意加长的三节管被顶成了弯弓，第三次取样宣告失败，保温保压取样器也被碰坏了，一时无法修复。保温保压取样的最后机会失去了。

当然，中德合作开展的南海可燃冰SO-177航次取得的调查成果无需置疑，在东沙发现的面积达430平方千米的“九龙甲烷礁”，预示着大面积可燃冰的存在；并可据此推算甲烷释放数量及其对环境的影响程度等等。

但，没有获取海底可燃冰的样品，成为两国地质学家们的一个深深的遗憾……

然而，这也促使科学家们形成了一个共识：既然赋存可燃冰无疑，在浅表层难以获取，那么，寻找可燃冰的目标是否应放在海底深部呢？

张洪涛回到北京后，按照此前承诺向寿嘉华局长提出辞职。

寿嘉华先是一愣，“现在并不能证明南海没有可燃冰啊！”她笑笑，继而答道：“既然你要当真，那就‘戴罪立功’吧！”

战略西移

11

2005年，可燃冰项目开始步入钻探准备阶段，中国地质调查局成立以张洪涛为组长的钻探筹备工作领导小组。钻探准备工作主要包括两方面，一是，为确保精确布置钻探井位，广州海洋地质调查局引进了世界上最先进的“海豹”地震数据采集系统装备在“奋斗四号”，大大提升了地球物理调查能力。二是，组团到国外考察，挑选合适的钻探船舶。

为准确确定井位，按照中国地质调查局的部署，2005年，广州海洋地质调查局组织“奋斗四号”对东沙海域目标区进行单源单缆三维地震调查，这是对钻探目标区展开的“精耕细作”。

出乎意料的是，调查工作刚刚开始，随即受到来自海上持续不断的强烈干扰。

迫于无奈，“奋斗四号”暂停海上作业，撤回广州。

第二年，“奋斗四号”再次出航东沙，但干扰持续不断。调查工作无法如期进行，原计划在2006年实施的钻探工作不得不延期了……

12

2006年7月，酷暑。

由于东沙海域开展的加密调查严重受阻，可燃冰钻探工作一时无法向前推进，下一步工作向何处去？

除了东沙，还有没有新的调查目标区可以实施钻探？问题尖锐地摆在了面前，官员和科学家们陷入思考之中……

19日，中国地质调查局组织的钻探目标选区研讨会在北京召开。

半年前，年满60岁的黄永样退休离开了广州海洋地质调查局总工程师岗位，让位于“60后”小生杨胜雄。

杨胜雄，一位儒雅、斯文的海洋地质学家，历经大洋风浪洗礼，多次担任我国大洋科学考察项目及航次的首席科学家。1999年，他主持实施了“西沙海槽区天然气水合物资源调查与评价”项目。2001年初，又主持国家863计划“天然气水合物地震识别技术研究”，是较早介入可燃冰研究领域的专家。

在这次钻探目标选区研讨会上，杨胜雄就可燃冰国家专项进展情况和钻探准备情况向领导和专家们进行汇报。

他概括了广州海洋地质调查局从1999年开始执行专项工作的总体情况，展示了在东沙海域调查中获得的多方面成果后，肯定地指出：“东沙海域是我国海域天然气水合物资源前景最好的区域，是专项实施钻探最有利的目标区。”

同时，他坦言项目遇到了巨大困难，“由于当前遇到严重干扰，致使优选钻探目标任务难以按计划完成。受勘探程度所限，近期内要在神狐、西沙和琼东南三个地区优选出理想钻探井位，技术条件尚显不足。”

进而，杨胜雄代表广州海洋地质调查局提出三项建议：“首先，力求东沙实施首钻。”他进一步说明，东沙海域九龙甲烷礁是实施钻探首选的重点目标区，应采取各种有力措施，继续开展这一重点目标区的准三维地震调查。

“其次，备选神狐有望尽快实现。

“第三，西沙和琼东南可作后续备选钻探海域。”

关注并支持水合物工作的院士、专家们纷纷建言。

中国地质调查局领导班子非常重视可燃冰项目的进展。为了寻找可燃冰钻探的新目标区，时任中国地质调查局局长孟宪来、副局长张洪涛在会场和专家们一起讨论，综合了专家的意见后，慎重而果断地对可燃冰专项的下一步走向做出决策：将原计划在其他海域的工作量调整到南海（原计划在东海，因外交问题一直没有开展工作），尽快做补充调查。

13

备选钻探调查区到底该选择何处？技术专家们在思考、在研究。

神狐海域位于南海北部陆坡的中段，在东沙海域的西南面。从2003年开始，广州海洋地质调查局在神狐海域完成了5个航次的海上调查，在琼东南海域也完成了多个航次调查，初步认为，这两个区域都具备形成可燃冰的优越条件。但无论神狐还是琼东南，离“布钻的程度”都相差较远。

神狐、琼东南，难以决断！

杨胜雄安排两位同事张光学、张明牵头组织技术人员加快研究，提出意见。

张光学，广州海洋地质调查局副总工程师，可燃冰国家项目的负责人之一。他早在1996年开始关注这一新领域，并在国家“863”计划的支持下，先后开始了关于可燃冰探测技术的多项研究，关于在南海北部陆坡开展可燃冰资源调查与评价的项目建议书即是由他执笔。

为提高我国实施天然气水合物钻探目标的命中率，2005年，“863”计划紧急启动了“南海北部海域天然气水合物首钻目标优选关键技术”研究，由广州海洋地质调查局牵头，与中国地质大学一起展开攻关。张明是这一课题的负责人。

只有一周的时间，要确定新的备选钻探调查区，技术人员们连夜查阅资料，加紧分析研究。张光学、张明召集20多位一线技术人员，再次分析、研究和比较神狐、琼东南调查工区的调查资料，斟酌衡量两个区域的战略前景，讨论确定下一步补充调查方案。

通过集体讨论研究，科技人员们的思路逐渐统一。张光学最后总结道：“南海北部神狐海域水合物具有两种典型的水合物地震响应成藏模式，从地震角度可与国外水合物引起的BSR相媲美。目前工作程度较高，如果及时部署开展补充调查工作，能够保证在明年3—5月实施钻探。”

方案迅速送达北京。抢时间、抢海况，可燃冰专项的步骤在加快。

2006年7月28日，中国地质调查局快速行动，召开了局长办公会，孟宪来充分听取了来自一线科技人员的建议，果断决策。他指示：海域天然气水合物调查要进行战略转移，“东沙不放弃，工作重点转到神狐，神狐的工作要达到布钻的程度”。

14

我国可燃冰资源调查战略西移的行动开始了！

此时，作为国家海洋地质调查“野战军”的主力部队，广州海洋地质调查局拥有4艘用途功能不同的调查船，要对神狐海域展开补充调查，必须“奋斗四号”、“海洋四号”两船联合出动。

但此时，4艘调查船全部都在海上执行国家其他海洋地质调查任务，尤其是“奋斗四号”尚在黄海执行一项国家重点调查任务。对此，广州海洋地质调查局领导反应迅捷，立即决定：调动“奋斗五号”北上黄海，接替“奋斗四号”完成剩余任务。“奋斗四号”则立即南下，到神狐海域实施可燃冰补充调查。

关键时刻，广州海洋地质调查局展示出老牌海洋地质劲旅善打硬仗、行动快速的铁军风范！

几天的短暂准备后，“奋斗四号”从广州起航，直奔神狐海域，广州海洋地质调查局派出了强有力的海上调查与现场资料处理的技术力量。按计划，9月14日，中国地质调查局将组织专家进行钻探选区的可行性论证，能否在不到1个月的时间里拿出更充分的证据，就要看海上的进展了。

往年的8月底，南海已是风波迭起，但这一年，却风平浪静，任由“奋斗四号”驰骋。为了赶在钻探选区的可行性论证前提出有力证据，调查人员们使尽浑身解数，每天完成近200千米的测线调查，几乎达到这艘船所能达到的极限。

更加令人兴奋的是，采集的地震资料品质相当好，经过现场计算机处理，剖面图所显示出的可燃冰存在的地球物理证据非常明确、清晰。

但意外却在不经意中袭来……

某公司的两艘地震勘探船也先后来到了神狐海域同一区域。

当前海洋地震勘探，普遍采用瞬时释放高压空气作为震源，向海底“放炮”，然后由接受设备记录从海底反射回来的地震声波数据，据此分析。在同一区域内，如果有两艘以上的船一起进行地震勘探作业时，“炮声”将相互干扰。由于这两艘勘探船的震源容量10倍于“奋斗四号”，受此影响，“奋斗四号”采集的资料根本无法使用。

无奈之下，“奋斗四号”船紧急呼叫新来的这两艘石油勘探船，主动沟通，希望协商解决这一问题，但石油勘探船根本无视其存在。

9月14日，中国地质调查局如期召开论证会，杨胜雄带着“奋斗四号”船刚刚获得的一系列成果进行了汇报，神狐海域作为2007年可燃冰备选钻探区的论证获得通过！

海上，僵持的状况还在持续着，1个多月过去了，3000千米的调查任务仅完成了1/3。海上工作的最后一个黄金期眼看就要结束，照此进度，补充调查将难以在年底前完成，明年实施可燃冰钻探的计划眼看就要泡汤……

危急时刻，马申达以他一贯的魄力和决断力，做出决定：“不惜代价，派‘探宝号’为‘奋斗四号’护航，保证完成神狐补充调查！”

“探宝号”是广州海洋地质调查局拥有的一艘国内一流的二维地震调查船，也是当时国内震源能量最大的地震勘探船，此船运行一天仅耗油一项便高达十几万元，为“奋斗四号”护航，一去一回，没有上百万元下不来。

事实证明，这一招果然高明！

当“探宝号”船来到神狐海域，发动了它那强大的震源系统，瞬间，形势发生逆转。在同一工区调查的另外两艘勘探船终于低下“高昂的头颅”，主动提出协商，并最终达成相互谦让、均分作业时间的协议。

“奋斗四号”调查工作逐渐走上正轨。

2006年8—10月，“奋斗四号”历经62天苦战，在神狐海域完成“三维”地震调查3000多千米，同时“海洋四号”也完成新一轮地质和地球化学调查，为合理布钻提供了一系列科学数据。

15

本文还要补充述及的是，8月14日，按照战略西移的部署，“海洋四号”船出航了。但1天后，当它航行到珠江口外，本应向南直驶神狐海域，却左转往北，向着东沙海域快速而去……

难道战略西移的部署有了新的变化？

这里要提到：国家“863”计划对可燃冰勘查给予了持续不断的支持。2002年启动了“天然气水合物探测技术”课题研究，到2006年的5月，广州海洋地质调查局与浙江大学联合研制的深水保温保压浅层取样器通过

“海洋四号”船进行试验，成功获得了长度超过15米的海底沉积物样品。

能否用这套设备到东沙一试?

还记得在2004年，中德合作开展研究，德国“太阳号”调查船在东沙海域进行可燃冰科学考察，由于取样器的损坏，仅实施了3次保温保压取样，没有获得可燃冰实物样品。德方首席科学家休斯教授曾断言，东沙自生碳酸盐岩发布区海底数米以下可能存在可燃冰。调查资料也显示，在东沙存在可燃冰的可能性非常大。科学家们非常迫切地期待，能在东沙早日实现可燃冰的突破。

但，也有观点认为，东沙位于低纬度地区，海底温度高，海底表层存在可燃冰的可能性不大。

为了早日实现可燃冰勘查突破，只要有1%的希望，不惜付出100%的努力！广州海洋地质调查局决定，利用“海洋四号”执行神狐海区补充调查的机会，秘而不宣、出其不意直奔东沙，用863新成果——保温保压浅层取样器取样。

带着秘密指令，“海洋四号”出发了。但令人遗憾的是，经过312个小时的努力，技术人员多次、多区块采用了保温保压浅层取样器进行取样，都未能如愿获得可燃冰样品。这一结果更加坚定了开展可燃冰钻探的决心。

2005年，经多方调研、考察，并鉴于价格和船期安排，最终选定辉固国际集团公司的钻探船“巴弗尼特号”承担中国海域可燃冰钻探航次任务。

中国地质调查局授权广州海洋地质调查局与香港“辉固”谈判和签订钻探合同。广州海洋地质调查局大力宣传该局在国内海洋地质领域的领头地位和国际影响力等优势，争取到“辉固”公司给予的最优惠价格条件。同时，组成了由局长助理严兴华牵头的商务组负责法律条文的确认和价格的谈判，由吴能友牵头的技术组负责技术方案的制订以及与相关单位的沟通和协调。两个谈判组对上百个合同的具体条款，进行逐条解释、讨论和艰苦谈判后，终于达成共识。

2006年12月12日，在广州海洋地质调查局会议室，马申达与香港“辉固”公司法人代表在合同书上正式签字。

历经八年艰苦调查历程，中国海域可燃冰调查工作终于步入最后的钻探组织实施阶段。

神狐大捷

16

木棉花绽放，广州的春天来啦……

2007年3月23日，可燃冰专项技术专家委员会第三次会议在广州召开，专门听取院士、专家们对钻探孔位的意见。

这是可燃冰钻探启动的关键时刻。

这是一次充满希望的会议。

总工杨胜雄向到会领导、专家汇报了主要调查成果后，接着说，“我们面临着希望与挑战。国外已在100多个地方直接、间接地发现了天然气水合物。尤其是2006年印度已成功在南海南部获得可燃冰样品，辉固公司也取得了一些相关的信息，这进一步加大了我们对南海存在天然气水合物的信心。但，水合物勘探很难琢磨，去年印度总共开展了113天钻探，打了39个钻，仅在一个井位取得样品。”

杨胜雄用“谋事在人，成事在天!”结束了他的汇报。这句结束语表达了中国海洋地质科学工作者努力探索可燃冰的不懈勇气，也表明当前人们可燃冰这一新的资源赋存规律还没有完全掌握的科学态度。

作为广州海洋地质调查局基层科技人员，从项目成立之初，梁金强和他的研究室科技人员们一直专注于可燃冰调查资料的综合分析和解释工作，他主要针对钻探井位的建议报告进行了汇报，“在充分借鉴国际上天然气水合物勘探成果的基础上，我们开展了优选的钻探目标区天然气水合物地震属性综合检测和钻前预测，提出了东沙海域天然气水合物钻探井位6个，神狐海域钻探井位8个。”他表示，“我们有信心在南海钻探获得水合物!”

这是激战前的布局。

专家们纷纷发表了宝贵的建议。

中国工程院院士金庆焕，回忆起30年前在珠江口石油勘探的情景，动情评价，“资料齐全，分析深入，希望水合物实现突破，成为广州海洋地质调查局的第三个里程碑。”

中国海洋石油总公司副总工程师曾恒一院士是可燃冰项目的积极支持者，他的建议是：“要重视现场专家的作用。”

来自国家海洋局的中国科学院院士金翔龙提醒道，“水合物钻探工作中首席的责任非常大，担子重，时间短，科学组织非常重要。”

斯文的中国地质大学苏新教授根据她的经验建议，“钻探井位中应选取一个非BSR的方案。”

专家委员会主任、中国科学院院士李廷栋将可燃冰钻探比喻为淮海战役，具有战略意义。他激动地说：“选区有科学依据，流程是科学的。打响这一炮，是我们大家的共同愿望，是我们共同的期望。要做更精细的准备。预祝航次成功！”

张洪涛的总结发言充满激情：

“今天，通过大家的共同努力，我国海域天然气水合物资源调查与评价专项实施钻探条件已经具备。神狐海域可作为天然气水合物钻探目标备选区。可以说，现在已经是万事俱备，只欠东风。

“我们要树立必胜的信心。

“经过近8年的艰苦努力，专项承担单位广州海洋地质调查局、青岛海洋地质研究所和国家海洋局二所、一所和三所高度重视天然气水合物钻探工作，组织了最精良的专业技术队伍，充分运用先进的技术方法和最新的理论，开展了东沙、神狐两个重点海域天然气水合物钻探目标优选和井位预选工作。今天，两个重点海域天然气水合物钻探井位报告能顺利通过专家的评审论证，充分体现了我国一流专家的集体智慧。

“下一步我们还要制定各种应急方案，把困难想得充分一些，把措施准备得充分一些，工作做得越细越好。

“总之，今天的会议极其重要，也极为成功。我特别重视今天一早的集体合影，如钻探成功，它就是纪念、见证；如果失败，也是下一次成功的开始。

“刚才杨总说了，钻探能否成功，‘谋事在人，成事在天’。我要在后面加一句，‘马到成功，老天保佑’。这个老天，就是我们的祖国，就是我们的信心！”

钻探方案通过了，钻探航次的准备进入倒计时。

17

2007年4月20日，天蓝云白，阳光灿烂。首席科学家张海啟率中国科学家在深圳码头登上了“巴弗尼特号”钻探船。

此外，参加第一航段钻探工作的中方科学家还有：首席科学家助理、广州海洋地质调查局副总工程师吴能友，中国地质大学教授苏新、广州海洋地质调查局教授级高级工程师梁金强，陆敬安博士以及中国海洋石油总公司东部公司高级工程师罗俊丰。

为保证海上钻探航次的顺利，国土资源部、中国地质调查局指令有关部门主动提供服务，广州海洋地质调查局成立“后方领导小组”，局长马申达亲任组长，并规定“前方”须向“后方”“每日一报”，总工杨胜雄、副总工张明的手提电脑24小时开机，随时收发邮件，以保证前后方信息全天候畅通……

“巴弗尼特号”钻探船隶属香港“辉固”集团，有来自多个国家的工程技术人员和科学家28人及一批俄罗斯船员，俨然一个小“联合国”。

钻探航次的外方首席专家为皮特（Peter），一位英国地质测试分析专家，他曾先后8次参加可燃冰钻探航次。他的夫人也在本航次担任古生物和测井方面的专家。

第一个施工的钻孔——3号孔经过测井后，发现了共4个方面的异常，包括井温、放射性、声波、电阻率等，但每项异常值都不算高。

一个现实而紧迫的问题摆在了面前：是否打主孔取样？

按照常规，每个钻孔先施工先导孔，之后再根据对先导孔的测井结果，来决定是否打主孔取样。如果先导孔的异常明显，就在其旁边打主孔取样，否则，移至下个井位施工。此前施工的为先导孔，现有了测井结果，但并不理想，是否打主孔取样便成为中方科学家们，尤其是首席科学家必须当机立断的问题。

关键时刻，前后方同时开始对这一问题的论证。

首席科学家张海啟向皮特再次确认：“测井数据是否可靠？”

皮特答：“没有问题，你放心。”

“既然测井数据没问题，又有一定的异常显示，”张海啟果断地说，“我认为，应该打主孔取样。”

中国科学家同意这一主张，但皮特提出异议：“异常并不很理想。要不要打主孔希望你们慎重考虑！”他还提醒说，“如果你们在这个钻孔投入太多时间，后面的时间就少了。”

后方传来了同意打主孔的意见。张海啟拍板：“打主孔取样！”

4月29日清晨7点半，主孔开钻。第3天（5月1日）即钻获3个样品，其中非保压样品1个，保压样品两个（13P、15R）。当天，科学家对非保压样品首先进行红外扫描、温度测试。长度为118厘米的样品温度为14度，其顶、底板的温度在20度以上，相差6度多，是明显的低温异常，符合可燃冰的低温特征。为进一步证实，苏新、皮特和美兰妮各取回一段样品分头进行化学分析，证明是可燃冰无疑。

张海啟在第一时间向张洪涛报告这一喜讯。张洪涛极为高兴，但他强调：“融化掉的不算，只能叫发现！”

言外之意是拿到实物才算数。

大家把希望寄托在其余的两个保压样品（13P、15R）上。

第二天，张海啟等正在餐厅吃饭时，皮特走了过来，报告最新测试结果：

“我用红外扫描了两个样品，发现了白雾一样的东西，很可能是天然气水合物！”

大家信心大增，恨不得立刻处理保压样品。但遗憾的是，“巴弗尼特号”处理保压样品的工具没有带上。

等到工具上船已是5月5日——“巴弗尼特号”钻探船在结束3号钻孔的施工后，又先后施工6号、1号两个钻孔。其中，6号孔的先导孔测井结果不理想，没有打主孔取样；1号孔也没有发现可燃冰。

按照原定计划，下午开始进行15R样品的处理。吴能友的日记中记载了样品处理过程——

晚上8点，大家和皮特、美兰妮、约翰·罗伯特（皮特的助手）一起来到实验室，准备处理保压岩芯15R。事先进行了充分准备，用来保存天然气水合物样品的液氮罐就不用说了，连用来包装样品的厚衣服、锡纸、取样工具、照相机、热像仪……能想到的都准备了，甚至冷却用的一小碗水也都准备好了。我和苏新随皮特、约翰·罗伯特到冷库实验室打开并取回保压岩芯，随着皮特一声令下，约翰·罗伯特打开释压阀……忽然“砰”的一声，取心管冲出取样器，沉积物也随之冲出取心管。只见大部分岩芯膨胀变形，被分散冲稀，也就不值得存入液氮罐。

虽然没有能够如愿将样品保存下来，但在看到以上的现象后，大家仍然激动不已，因为已经确实证明这是天然气水合物。

2号钻孔被选定作为第一航段的最后一钻。

开钻前，苏新以女性的细腻，把两张红纸条贴在了钻探孔位布置图上。

在业已竣工的3号孔位贴的是：开门红。

在即将开工的2号孔位贴的是：关门喜。

正如中国科学家共同的期待，2号孔成功取得两个保压样品：12R、15P。

按照计划，12R样品在释压后进行了点火。15P样品从岩芯管取出后，包上锡纸，用白布样品袋装好后，放入液氮罐内保存。

首席科学家张海啟博士欣喜地报告：“在第一航次28天完成的4个钻位中，我们在两个钻位上实现了突破，两处所发现的天然气水合物饱和度均高于美国布莱克海台的天然气水合物饱和度，最高达43%。仅仅在一段直径5.6厘米、长约40厘米的沉积物中就收集到26升纯度高达99.7%的甲烷气，从世界范围来看，这都是一种令人振奋的全新类型。”

高纯度的天然气在实验室点燃，跳动的蓝色火苗点燃了中国人的新能源梦，展现了中国海域天然气水合物巨大的资源潜力。

可燃冰点火燃烧的照片在第一时间传输到北京，中国地质调查局副局长兼总工张洪涛回复邮件祝贺——

海啟、能友、苏新并中外所有科学家：我代表汪民副部长和局党组，谨致以诚挚的问候和热烈的祝贺！望再接再厉，好中更好，十全十美！我将到深圳为你们接风！张洪涛

中国新能源梦想

18

历经艰辛，海洋地质工作者终于在南海海底找到了可取代石油、天然气的新能源——天然气水合物（俗名可燃冰），并成功获取样品。

这是中国新能源史上重大发现！

6月5日，国土资源部召开新闻发布会，宣布这一消息。中国地质调查局副局长兼总工程师张洪涛来到国土资源部新闻发布会，宣布——

5月1日凌晨，国土资源部中国地质调查局在我国南海北部成功钻获天然气水合物实物样品。此次采样的成功，验证了我国有关基础地质工作的可靠性，证实了我国南海北部蕴藏有丰富的天然气水合物资源，也标志着我国天然气水合物调查研究水平一举步入世界先进行列。

天然气水合物存在于海底或陆地冻土带内，是由天然气与水在高压低温条件下结晶形成的固态笼状化合物。纯净的天然气水合物呈白色，形似冰雪，可以像固体酒精一样直接被点燃，因此，又被通俗而形象地称为“可燃冰”。

1立方米的天然气水合物可以释放出164立方米的天然气。据估算，世界上天然气水合物所含有的有机碳总量相当于全球已知煤、石油和天然气的2倍。国际科学界预测，它是石油、天然气之后最佳的替代能源，一些发达国家将利用该能源的时间表定在2015年。

采集天然气水合物实物样品是世界性难题。国土资源部从1999年开始，启动天然气水合物海上勘查，历时9年，累计投入经费5亿元。本钻探航次由中国地质调查局统一组织，广州海洋地质调查局具体实施，委托“辉固”国际集团公司“巴弗尼特号”钻探船承担。首次实施钻探航次即获成功。……

第一航段首席科学家张海啟补充了如下情况——

我国是继美国、日本、印度之后第四个通过国家级研发计划采到天然气水合物实物样品的国家，是在南海海域首次获取天然气水合物实物样品的国家。我国在南海发现天然气水合物的神狐海域，成为世界上第24个采到天然气水合物样品的地区，是第22个在海底采到天然气水合物实物样品的地区，是第12个通过钻探工程在海底采到天然气水合物样品的地区。

此时，南海可燃冰第二航段仍在海上实施。首席科学家由杨胜雄出任，这一航段获得了更加辉煌的成果——实施的7号孔，在含可燃冰沉积层厚度、可燃冰的丰度、气体中的甲烷含量方面，都大大超过第一航段获得突破的孔位；获取到的原生态可燃冰样品，被成功收入液氮罐保存。至此，中国在南海实施了8个井位的可燃冰钻探，并其中的3个井位钻获可燃冰实物样品。

到2009年，我国海域天然气水合物资源调查与评价专项全面完成海上调查工作。累计利用“海洋四号”、“奋斗四号”、“奋斗五号”、“探宝号”、德国“太阳号”、辉固“巴弗尼特号”共6艘中外调查船开展25个航次的调查，完成调查报告18份，全面完成了国家可燃冰项目的全部任务。

中国海域天然气水合物资源调查从“零”开始，艰苦探索，高起点，高科技，通过广泛合作，聚集国内外科学家的集体智慧，借鉴国际成功经验，实现首钻见“冰”，不懈努力，追赶着世界的脚步。

可燃冰的探索还远远没有结束。

由我国自行设计的“海洋六号”天然气水合物综合调查船已于2009年10月18日入列广州海洋地质调查局，将承担起中国新的海洋可燃冰计划的重任。

我们期待，地质工作者早日摸清我国可燃冰资源家底。

我们期待，丰富的可燃冰能早日成为我国经济社会发展的推动器，为我国经济社会可持续发展提供有力的资源保障……

雪域寻火

中国陆域冻土带天然气水合物发现始末

郭友钊

时任国务院参事、国土资源部总工程师、中国地质调查局副局长张洪涛要来青海木里的消息，就像蓝天上的云朵一样，有目共睹，工地上人人皆知了。总工程师来钻探现场有何任务？许多人并不了解，唯中国地质调查局天然气水合物的项目主管叶建良、首席科学家祝有海、总工程师张永勤是心知肚明的：一为“认物”，二为“发布”，三为“看景”。

“认物”者，确认木里的冻土层下是否真的存在着天然气水合物。2008年，当要在祁连山冻土区进行天然气水合物科学钻探时，张洪涛已多次听取了汇报。当我国陆域第一口天然气水合物科学钻钻遇“疑似天然气水合物”之时，多条证据显示它就是“天然气水合物”，全国甚至全世界的能源界都为之振奋。但只是少了权威部门对“疑似天然气水合物”的认定。2009年，第二个钻孔又钻取了“疑似天然气水合物”，已进行了更全面的检测与鉴定，可证明“疑似天然气水合物”就是人们梦寐以求的天然气水合物。虽然如此，但张洪涛仍然要来现场看一看，听一听，摸一摸，触一触，这样心里会更踏实些。

“发布”者，即要召开新闻发布会。国土资源部关于天然气水合物的新闻发布会，已召开过一次，那是在2007年6月5日，张洪涛向中外媒体报告了中国地质调查局在我国南海北坡钻获天然气水合物的消息，当时就引起了沪、深两股市的上扬，特别是能源板块的股价飞涨。鉴于开采陆域天然气水合物比开采海洋天然气水合物的技术更为成熟，更具有工业意义，因而更具有战略的优先性。为此，国土资源部拟就木里天然气水合物的勘探成果召开一次新闻发布会，向世界正式报告我国新能源勘探所取得的新进展。

“看景”者，非游山玩水的“观景”，而是高瞻我国乃至全球陆域天然气水合物能源勘探的远景。木里的天然气水合物，是一地之见，毕竟仅限于青海省的木里地区。但它的发现，仅仅是一根火柴划出的星星之火，还有待于燎原。我国的冻土带，东有东北的北部，西有青藏高原以及多条高山峻岭，面积215万平方千米，占陆域面积的五分之一还多。这些冻土区是否还存在着储量更丰富、质量更优异的天然气水合物？地球上的长年冻土带，青藏高原只是地球的第三极，还有南极、北极，三极均具有天然气水合物的形成温度、压力条件，是否存在着可观的天然气水合物矿藏？这些远景，都在国土资源部领导者们及专家们脑海里绘制着的精美蓝图。

我国陆域冻土区的天然气水合物勘探突破，即将公诸于世。在追赶国际新能源研究、勘探的崎岖道路上，我国地质工作者所走过的不平凡的科研、调查、勘探之路，又一一呈现在叶建良、祝有海、张永勤等人的言谈之中。

众里寻她

2001年的国庆节，礼花照亮了北京的夜空。那时，有一位老院士正在思考着天然气水合物的勘探与开发。他的脑海里一会儿是铁架高耸的钻塔，一会儿是潮流澎湃的海洋，一会儿是冰天雪地的高原，一会儿是熊熊燃烧的气焰，思考再三，写下了“关注青藏铁路沿线的天然气水合物”一行大字。以此为题，老院士继续写下了“天然气水合物将会为人类提供一种可持续性、替代性能源”；写下了“在高寒长年永冻层中也存在着天然气水合物，而且开采起来比在海上开采要安全得多，容易得多”；写下了“可以考虑将天然气水合物列入中国国土资源大调查计划”；写下了“一旦探得有资源并求得一定的储量，即可投入开采。这样既可解决沿线燃料紧缺问题，又可对支援西部大开发做出更大贡献”。

那时，年近八旬的刘广志院士“关注青藏铁路沿线的天然气水合物”的文章发表在2001年10月8日的《光明日报》上。文章产生较大社会影响。2003年，刘广志院士向中国工程院郑重建言，提出了“关于开采天然气水合物的重要技术方针的建议”。他基于我国后备能源的战略考虑，建议尽速研究天然气水合物勘探、开发所需要的设备、工艺、方法，并在青藏铁路沿线进行天然气水合物的钻探。他的这一建议得到了中国工程院的批准。

刘广志院士的一篇文章、一则建议，代表着地质界对调查、勘探、开发天然气水合物的深思熟虑，为我国多年冻土区进行天然气水合物勘探添了砖、加了瓦、提了速，带来了光明。中国地质调查局先后启动了化探、遥感、地质、钻探等的调查研究项目，国家地质工作正式向多年冻土区的天然气水合物资源推进，从200多万平方千米的雪域冻土区寻找天然气水合物矿床，希望点燃未来新能源开发的火种。

1

先行的研究，往往是“预研究”。2002年4月，中国地质调查局向甘肃地质勘查局正式下达了任务书，设立《青藏高原多年冻土区天然气水合物地球化学勘查预研究》项目，从国家地质工作层面正式开展了冻土区天然气水合物的研究。

雪域高原，海拔高、温度低、压力低、氧气缺，不仅人有高原反应，仪器也会水土不服。仪器要现场检测与天然气水合物可能相关的指标如甲烷、乙烷、丙烷、氢气和汞气，其量微乎其微。好在仪器十分灵敏，且有主人细心的照料，仪器倒也争气，使用起来没有太明显的问题，在此就避冗不说了。

2002年，是“预研究”的第一年，沿青藏铁路的青海西大滩到西藏安多路段进行，长556千米，每1千米分布1个采样点。每个采样点要用铁镐击碎冻冰，再用洛阳铲打入一个一米多深的洞，全靠两臂，使用的是纯粹的生物能，不说一个人两只胳臂，就是三个头六只胳臂，一天要打三五个孔，两个月内完成557个孔，这样少氧的全体力劳动，辛苦自不必说了。

可第二年，也就是2003年，非典“SARS”之浪扑面而来。6月中旬疫情趋缓，人们终于可以走出自己单位的大门，可以向实验区出发了。“非典”过后，项目负责王造成高工率领冉德甫、坚润堂、张宏、陈玉忠、金国禄等人，清一色的男性，开着两辆汽车，驮着数辆摩托车，沿青藏公路抵达了那曲县，再用了7天的时间，行驶了620千米，抵达了碧洛错—昂达尔实验区，历尽艰辛，完成了343个点的野外采样任务。

“预研究”项目达到了预期的目的。探测方法技术可行，虽然在野外使用困难，“刀还不够锋利”，但至少人力可为。2004年，西北汉子王造成高工提交了预研究的报告，还提出了在多年冻土的腹地如昆仑山口—乌丽、唐古拉山口两侧等地段，可能存在着甲烷、丙烷、二氧化碳为主的天然气水合物矿床。

2

冻土区的工作条件相对恶劣。有无更好的勘探方法技术——“更快的刀”？为此，中国地质调查局向中国国土资源航空物探遥感中心下达了另一个具有高新技术含量的科研项目——《青藏铁路沿线天然气水合物遥感识别标志研究》。

入选国土资源部第三批“百人计划”的甘甫平博士率王永江、陈伟涛、李万伦、周强等遥感专家承担了此项目。

同在青藏铁路沿线，但与地球化学勘查方法技术预研究项目不同，甘甫平他们选择的工区为“青藏铁路走廊带”——北起格尔木，南至拉萨，以全长为1100千米的铁路线为中轴，东西两侧再各延伸出去200千米左右，形成了400千米的走廊宽带，面积超过了40万平方千米。

在如此广大的地区，使用什么方法才能快速地获得天然气水合物的勘查信息？甘甫平他们使用了遥感的方法，利用了“天眼”即卫星所获得的数据。

甘甫平他们从2005年4月起，利用MODIS数据进行“青藏铁路走廊带”的空气温度以及由温度所决定的冻土层厚度的计算。结果是，羌塘盆地北部及可可西里盆地西部的大部分地区冻土厚度在100—180米，唐古拉山主峰两侧的冻土厚度超过了180米，两盆地的其它地区冻土厚度也多在50米以上。这样的冻土厚度，可以提供天然气水合物赋存的条件。也就是说，通过温度及冻土厚度的计算，羌塘盆地与可可西里盆地具有形成天然气水合物矿床的温度、压力条件。

低温、高压仅仅是天然气水合物形成的物理条件。而富含烃类的岩层则是天然气水合物形成的物质基础。为此，甘甫平他们在温度、冻土厚度计算的基础上，使用了ASTER数据进行了与天然气水合物密切相关的物源遥感探测研究。结果认为，青藏铁路以西的羌塘盆地碳酸盐岩地层发育，具有天然气水合物形成的物源基础，为水合物形成的有利地区。

温度、压力、烃类物源三位一体，遥感信息可为天然气水合物资源的远景区评价提供有用的信息。甘甫平博士率领的项目组，“快刀斩乱麻”，在2005年12月向中国地质调查局提交的《青藏铁路沿线天然气水合物遥感识别标志研究成果报告》，首开天然气水合物遥感识别的先河。同时报告也指出了青藏高原羌塘盆地南界至唐古拉山之间形成天然气水合物的条件要好于青藏铁路沿线北部的可可西里地区。

3

“青藏铁路沿线”也好，“青藏铁路走廊带”也罢，毕竟面积有限，不能代表我国冻土区的全貌。2004年，中国地质调查局启动了《我国陆域永久冻土带天然气水合物资源远景调查》项目，其任务是：

> 在系统收集国内外各种相关资料的基础上，以我国东北和青藏高原永久冻土区为工作重点，应用先进的技术手段寻找我国陆域存在天然气水合物的证据，分析形成和保存条件，确定寻找和评价陆域天然气水合物的标志，圈定资源远景区，初步评价我国陆域天然气水合物的资源潜力。

面对我国东北、西南两大片冻土，面积之大，如同无边无际的海洋，区区的一个水合物矿床，规模大概只有数平方千米吧，无疑像一根针一样的大小。如何进行“大海捞针”？项目负责祝有海研究员在中国地质调查局、中国地质科学院矿产资源研究所等单位领导的大力支持下，组织了17人的团队，兵分两路，分头开展东北冻土区与青藏高原冻土区的调查研究工作。

青藏高原冻土区的调查，由祝有海自己负责。室内案头的工作，既烦琐，又乏味。旷野的工作，既辛苦又危险，但新发现带来的愉快，却是终生的美好回忆。2006年3月至5月，祝有海率领张志攀等人进入青藏高原的羌塘盆地，对冷泉的观察、对冷泉涌气可能与水合物有关的思考，仍然历历在目——在羌塘盆地比陇错的东北角遇见了冷泉群：刚见时，结冰的湖面塌了个大洞，面积约有200平方米，还以为是哪类好玩的动物在冰面游玩时掉下所致呢。但走近一瞧，不见动物的遗骸，只见水面略带浑浊，有气泡连续冒出，咕咕地响，大小不一，小的如鹌鹑蛋，中的如鸡蛋，大的似鹅蛋。采气样分析，成分还是以地壳深处来的二氧化碳为主，其次为氮气，只有少量烃类气体。持续的涌水冒气，温度略高于冰点，使湖水没有结冰，因此留下了“冰洞”，而“冰洞”之下的湖底，是否存在着水合物呢，真令人产生遐想。

与青藏高原冻土区的天然气水合物研究程度相比，东北冻土区的水合物资源远景还少有人问津。但大庆油田在东北，丰富的油气资源则广为人知。地质，特别是石油地质研究与勘探程度很高。承担东北冻土区天然气水合物远景调查的负责人，正是对东北地区石油地质十分熟悉的赵省民博士。这位从中国地质大学能源系走出的高材生，熟悉沉积学、石油地质学、层序地层学、天然气水合物地质学、地球物理学，同时善于组织研究队伍——他请了吉林大学的教授研究冻土，请中国地质大学的教授研究气源，并让自己单位的邓坚副研究员分析东北冻土区的成矿地质背景，自己则从理论上计算东北冻土中可能赋存天然气水合物的温度、压力条件，从野外实践中分析地球物理、地球化学可能反映的水合物异常特征，最后站在东北冻土区全局的角度，给出了东北冻土区发育天然气水合物最有远景的地区——漠河盆地。

总面积达到38500平方千米的漠河盆地，位于环北极冻土区的南缘，处东北寒带–温带永久冻土区，冻土厚度达50—100米，发育着侏罗系、白垩系以及古近系等含煤地层，气源充足，具有天然气水合物的资源远景。

两路人马，都带着累累的果实会师了。2007年，祝有海、赵省民、卢振权、邓坚、张志攀、刘国兴等人集成了前人的认识与项目的成果，终于完成了《我国陆域永久冻土带天然气水合物资源远景调查》成果报告的撰写。12月15日，中国地质调查局组织专家进行了评审，认为青藏高原的5个远景区与东北的1个远景区，是我国陆域永久冻土带天然气水合物的远景区，可进一步开展调查工作。同时认为，我国陆域永久冻土带天然气水合物的地质资源量为756000亿立方米，显示出了巨大的资源潜力。

一见钟情

2005年，中国地质调查局审时度势，在下达三个陆域天然气水合物远景调查研究的项目之后，领导与专家们意识到迟早都要开展天然气水合物的勘探与开发的，研究我国天然气水合物的钻探技术已势在必行，就果断地向中国地质科学院勘探技术研究所下达了《陆地永久冻土天然气水合物钻探技术研究》项目研究的任务。

钻探项目任务有三：完善钻具，优化低温泥浆，打口井试一试。前二者是打造一个拥有自主知识产权的“金刚钻”，后者则是一个“瓷器活”。

“瓷器活”，就是找到一个可能存在天然气水合物的地区，部署一口钻井，用整装待发的“金刚钻”，去钻取发现可能存在的天然气水合物矿体。

4

在数十万平方千米的天然气水合物远景区上，找到我国天然气水合物科学钻探第一钻的地区，比海中捞针要困难许多。

故事的转折点是《陆地永久冻土天然气水合物钻探技术研究》项目负责张永勤教授像一条大鱼一样被人“网”去了的时候。

“网”走张永勤的单位是青海煤炭地质105勘探队。隶属于中国煤碳地质总局的105勘探队转战于祁连山南北东西，常遇冻土。而在冻土区的钻探时遇技术困难，因此向中国煤田地质总局申请设立一个科研项目——《高原高寒地区永冻层绳索取心钻探技术研究》。105勘探队的技术人员申请立项、实施研究的同时，也向见多识广的大专家请教。请谁来指导呢?时任105勘探队队长的蔡玉良是位“猎头”高手，他先在互联网搜索相关的人才。蔡队长进入了中国地质科学院勘探技术研究所的网站，一一审视着出类拔萃的工程师、高级工程师们。但不知道是因为见到了“新技术一室主任”，或看到“1999年被破格评为教授级高级工程师”，还是所罗列的一条条工作经历，反正蔡玉良队长做出了邀请张永勤为项目技术顾问的决定。

张永勤也愿意“被网去”，因为作为全国勘探技术支撑单位的技术人员，解决遇到的钻探技术难题，是勘探技术研究所的职能所在，也是自己的责任。

但与往常不同，这次“被网去”的事，还改变了天然气水合物勘探的现状。

冻土钻探技术难题之中，最严重的是钻孔的“报废”。钻孔一报废，活就等于白干了。而105勘探队当时接连出现了两次报废的事——木里镇某煤矿区一井田施工的5—33孔因孔壁坍塌，钻至137米时再难以钻进，未能抵达预期的600米深的煤层，不得不作废；在原孔位上往北移动50米再钻，仍然难以钻进，钻孔再次作废。而之前，钻孔报废的事已发生过多次了。

“什么原因？”

“因为气体喷涌而出。”105勘探队生产科科长贾志耀肯定地说。气体喷涌而出的事件发生于2004年10月9日0时10分，当班的钻工衣凤龙对这一事件记忆犹新——5—33孔钻至56.45米时，一股灰黑色的泥浆突然上涌，在井口咕咕地冒了几下，接着喷涌而出，射向帐篷的尖顶，高度超过立着的钻杆，约七八米，然后掉落下来，重重地摔在井台上，立时泥浆四处飞溅开来；约过两三分钟，泥浆少了，气体则连续不断地喷薄出来，吹得帐篷鼓鼓的，并呼呼作响。贾志耀也难于忘怀——5—33孔钻至100多米时，钻孔内仍然涌出大量的气体，对孔壁带来巨大的冲击，孔壁的岩石不时坍塌，钻工不时清理塌方，每天的钻探以毫米计，若要钻达600米深，不知何月何年何世纪才能完工！此孔不得不作废。

“是煤层气吗？”

“不清楚。50、60米的深度，地层仍然为冻土层，一般煤层气赋存在煤层中，约处于600米的深度。”贾志耀提出了自己的看法。

“难道是天然气水合物出现的征兆？”张永勤自言自语道。他进一步了解到5—33孔在钻进过程中使用的仅仅是普通的泥浆，其温度高于地下冻土层的温度，并有可能导致天然气水合物的融化分解——此时，张永勤在脑子里形成了假设：“5—33孔喷出的以甲烷为主的气体很可能源于地下天然气水合物矿层”。

张永勤越琢磨越激动——5—33孔的喷气，是天然气水合物存在的相关异常标志，木里地区非常可能存在天然气水合物！这一看法，让张永勤意识到自己肩负的任务能够完成了——研制的“金刚钻”，有可能找到“瓷器活”来干了！至少，在木里地区可以找到井位，试试我国冻土区第一口天然气水合物科学井的钻探！这样，自己承担的项目《陆地永久冻土天然气水合物钻探技术研究》也就功德圆满了！

张永勤负责的钻探技术研究项目，由中国地质调查局科技外事部归口管理。为此，张永勤立即向科技外事部主任叶建良作了专题汇报，重点描述了5−33井井喷的情况与可能的指示意义。作为我国首部《天然气水合物的勘探与开发》专著的主要作者之一，叶建良对天然气水合物情有独钟，自然心领神会——5−33井的井喷可能喷出一个“重大发现”！于是，他指示张永勤，在精研“金刚钻”的同时，密切跟踪木里地区的情况，尽快用《陆地永久冻土天然气水合物钻探技术研究》项目研究成果在木里实施水合物钻探施工，准备干个漂亮的“瓷器活”！

5

向领导汇报的同时，张永勤也向《我国陆域永久冻土带天然气水合物资源远景调查》项目负责人祝有海提供了祁连山木里地区出现天然气水合物存在征兆的情报。于是，这两位天然气水合物研究专家携起手来，共同点燃了木里地区勘探天然气水合物的第一把火。

2005年8月20日，在105勘探队贾志耀科长的带领下，祝有海、张永勤兴致勃勃地直奔木里，直奔木里的5−33号钻孔，直奔报废快一年的钻孔。

“但愿一息尚在”，张永勤架起了摄像机，烟瘾十足的祝有海默契地掏出了打火机。“咔嚓”一下，火没有点燃！“咔嚓”、“咔嚓”二下，火没有点燃！“咔嚓”、“咔嚓”、“咔嚓”……三下、四下、五下……火还没有点燃!!

深知高山缺氧、打火气不易打着火苗的贾志耀掏出了火柴盒。祝有海接过，随着“吱”的声响，井口跃出了一团火，不急不缓，如一面轻轻舞动的小红旗。

如同红旗的火团，照亮了祝有海、张永勤的科研之路，也照亮了我国陆域天然气水合物的勘探开发之路。

2005年的冬天，祝有海、刘亚玲、张永勤靠着点燃的火酝酿智慧与思想。2006年2月，他们联名发表了“祁连山多年冻土区天然气水合物的形成条件”文章。

这首篇论述木里地区可能存在天然气水合物的文章，通过对5—33钻孔的气体组分、当地年平均地表地温、地温梯度、冻土层厚度等的数据分析，认为木里地区基本具备形成天然气水合物的温度、压力条件，计算结果显示水合物稳定带的顶界和底界埋深分别为171米和574米，稳定带厚度为403米。就是说，5—33孔在171米深处即可能存在着天然气水合物。

然而，5—33孔，一孔也。一孔涌气，也许只是一孔之见。

但很幸运，在发表的文章预告木里地区可能存在着的天然气水合物后不久，出现了“二孔之见”。青海煤炭地质105勘探队仍然在木里地区进行煤矿勘探，紧张施工中的7—10号钻孔突然于2006年5月19日3时50分涌出气体，并在井口见火即燃，情况与5—33孔涌气燃火的现象相似。

得知新钻孔再次出现涌气现象的消息后，张永勤深受鼓舞，明晰了中国第一口天然气水合物钻探应放在木里地区的信心。为准备第一钻的设计，2006年9月24日，张永勤一人再次来到木里钻探施工现场，或观察钻出含冰的、不含冰的岩芯，或瞭望有路的、无路的地表，或了解有雪的、无雪的天气，这些都是影响钻探的因素。

返回西宁，张永勤来到了105勘探队，向时任勘探队队长的蔡玉良提出了合作在木里实施陆地永久冻土带天然气水合物钻探施工试验的建议。两人一拍即合，拟定了合作计划，草签了协议——2007年在木里地区发现涌气的钻孔附近打一个试验孔，整个钻探施工的设备及器具使用张永勤等人已研制出的“金刚钻”，施工方案也由深知天然气水合物特性的张永勤来制定，而50万元钻探施工费也由张永勤所在的单位来筹措，施工人员则由青海煤炭地质105勘探队提供。

至此，我国陆域冻土区之大，天然气水合物远景区之大，已有一个立钻塔之地——青海省海西州天峻县木里镇。

回眸一笑

50万元的钻探施工费，让张永勤伤透了脑筋。自己承担的《陆地永久冻土天然气水合物钻探技术研究》项目虽然有钻探施工费的预算，但仅仅是30万元。当时20万元的缺口，难倒了张永勤，2007年的夏天、秋天、冬天，我国陆域天然气水合物科钻第一井无法开工。2008年的春天已来了，第一口井仍然无法施工，因为还是那没有着落的20万元缺口。尽管中国地质调查局科技外事部叶建良主任、肖桂义处长多次催促张永勤尽快抵达青海木里钻探，但没有那20万元，科钻第一井的钻杆却无法旋转起来。

20万的人民币，虽然不多，但误事。误事，总有误事的原因，误事的源头。找到了误事的原因，误事的源头，所误的事也就不算什么了，事也就有了突破性的进展。木里地区天然气水合物勘探的进展，就是从那落实20万元钻探经费为起点的。

6

协调？整合？

人力物力的整合？研究方向的整合？

不是已设立有天然气水合物的两个项目吗？一个地质调查评价，一个钻探开发研究，合二为一，不就珠连璧合了吗？不就如虎添翼了吗？

天然气水合物科钻第一井因没有20万元而迟迟未能开钻的事，引发了中国地质调查局科技外事部叶建良主任的思考——我国陆域冻土区的面积达到200多万平方千米，可能存在着无法估量的天然气水合物资源远景，但实现开发利用的远大目标，还有许多艰苦而细致的科研、调查、评价的工作要去作，不是一个单位孤军奋战就能解决的问题，而是要依赖许多单位，许多科学家、工程师的团结协作才可以实现的！

左思右想之后，叶建良迈开了坚实的步伐。

第一步，要让木里的钻机轰鸣起来，让木里天然气水合物的钻探成果一鸣惊人。强调陆域天然气水合物科学钻探第一井的战略意义，也许是一张好牌，叶建良主任打出这张牌时，张永勤所就职的单位领导表示一定克服这个钱的困难，怎么挤，也要挤出这20万元的钻探施工费，让张永勤带着数年来研制的“金刚钻”去完成前所未有的“瓷器活”，实现我国陆域天然气水合物勘探的突破！

因此，张永勤启动了到木里进行钻探的各项准备工作。

第二步，要实现两个项目的整合。一个项目是2005年就已启动的《陆地永久冻土天然气水合物钻探技术研究》，由张永勤主持，是揭示冻土层下是否存在天然气水合物的技术支撑，为必不可少的工具。另一个项目是《青藏高原冻土带天然气水合物调查评价》，为中国地质调查局于2008年1月下达给中国地质科学院矿产资源研究所的项目，由祝有海负责，其研究的内容一方面为寻找天然气水合物的存在的可靠证据，进行青藏高原天然气水合物资源远景的初步评价，另一方面则是研发天然气水合物的钻进工艺、研制孔底冷冻取样器，集成合乎实际需要的天然气水合物的调查评价方法。

因此，木里天然气水合物的科学钻探，有了较为明确的分工，张永勤负责钻探，祝有海负责地质，同时仍然执行张永勤与105勘探队所签订的钻探协议，由105勘探队进行钻井的施工。这样，“231”的格局形成——2个项目、3个单位将走向一起，共同承担1口钻井的任务。

第三步，第四步，第五步……叶建良主任率领着陆域天然气水合物调查研究的团队，已迈开大步，走向光明的未来。但至关重要的是高潮迭起的前几步，令人难忘！

7

2008年的夏天即将过去，祝有海、张永勤着手编制“祁连山冻土区天然气水合物科学钻探实施方案”。一个完整的方案，不外乎由经济、技术、管理等方面组成。经济方面，祁连山天然气水合物科学第一钻的钻探经费已由中国地质科学院勘探技术研究所解决。技术方面，祝有海、张永勤把技术方案分解为井位优选、钻探施工、配套研究等3个子方案，分别就钻探前最重要的井位选定、钻探过程中的钻具及钻进工艺、钻探取心后对岩芯和孔壁的观察研究等做出具体安排。

钻探施工方案，在张永勤的心中已酝酿了许久。2006年9月曾到木里地区及105勘探队，已收集了大量的地质、地理、地貌、气候、人文等资料。基于此，钻探过程的每一步骤，张永勤已在脑子里模拟了N多遍，对于钻探过程中可能出现的问题，亦了然于胸。钻孔的结构，地表的孔口多粗，中间如何使用套管护壁，深部的孔径多大，如何达到地下600米的深度，使用直径为多少毫米的钻头、什么样的钻杆，树多高的钻塔，以及为取得天然气水合物的样品，使用什么样的低温泥浆，如何使用并在什么情况下使用专门设计的保压钻具去采集天然气水合物样品，等等，一一明晰地从自己的脑子里输送到了大家都可见的电脑中。

井位优选与配套研究的方案，均属于地质领域，由祝有海负责编制。

井位选择何处？祝有海与张永勤等人有共识，选在2004年涌气的5-33孔附近，或选在2006年涌气的7-10孔附近，因为这两个孔的涌气现象，他俩都认为是天然气水合物的异常标志，井下深处非常可能存在着天然气水合物的矿层。

好消息不断。在编制井位优选方案的时候，又出现了两次非常有利的现象。2008年6月21日的凌晨，天刚蒙蒙亮，青海煤炭地质105勘探队正施工的12-43钻孔突然涌出不明气体，遇火即燃！三星期之后，12-43孔旁边的12-45又突涌不明气体，遇火还燃烧！这两个钻孔，又给祝有海、张永勤带来钻取地下天然气水合物的信心——也可以在这两个孔的附近布井打钻！

但祝有海并没有一时冲动就做出决定。他是个科学家，并且是项目的首席科学家，是位有逻辑、有原则的严谨学者，布一口井，自然也要提出布井的优选原则。

优选原则中，第一条为“成矿条件有利”——具有天然气水合物形成与赋存的气源条件、水源条件、冻土条件、温度和压力条件，这些条件均满足时，才可能有天然气水合物的形成。但是，木里地区数十平方千米甚至上百平方千米的区域内，这些条件都满足，每个地方都有可能赋存着天然气水合物。因此第一条原则作为主要依据时并不能确定具体井位，这样就轮到第二条原则出场——“异常标志有利”：4个钻孔的涌气现象，已被认定为“异常”，是天然气水合物存在的可能指示，可作为布孔的重要依据，因此这4个钻孔附近的地方均可作为候选的井位。

祝有海把上述确定井位的想法与105勘探队的总工文怀军、地质处主任李永红等人商议时，他们提出了建议意见——50万元钻探600米的施工费并不多，布孔尽可能与队上在木里地区的生产任务结合起来。为此，“尽可能与105队生产任务结合”成了优选井位的第三条原则。

4个钻孔中哪一个孔附近地区还有生产任务？成为选优井位的最后一条根据。5-33孔，位于工区的西边，早已完成了煤矿的勘探任务；7-10井，位于工区的东边，已于2006年完成了钻探。差不多处于5-33孔与7-10孔中间的12-43孔或12-45孔附近，105勘探队在勘探煤田时设计的

12–43孔，因报废还要重新打钻呢，那就以12–43井作为天然气水合物的首钻井位，可一石二鸟。

这样，我国陆域天然气水合物的预选井位就确定了！

2008年8月30日，中国地质科学院矿产资源研究所、勘探技术研究所、青海煤炭地质105勘探队等3个单位正式向中国地质调查局提出了《祁连山冻土区天然气水合物科学钻探实施方案》。

8

刚来井场的第一周，张永勤、祝有海都有相似的几种感觉，一是冷——老家在山东的张永勤，以往感觉过冷，但没有这样的冷，冷得让他的手都不敢直接握住铁器或钻具，带着汗水的手套也不行，唯恐被冻上，与铁器连成一体，那就要“金蝉脱壳”，被粘去一层皮，流下鲜红的血，方能自由；而老家在江西的祝有海，也在青藏高原工作过，但在草长蝶飞的夏日，晚上纵然冷，也没有这里的冬天冷得彻底——如从口袋掏出含体温的圆珠笔，手颤抖着，写不了几个字，笔就被冻住了。

第二感觉是睡不好觉——井场附近水的沸点为60.4℃，因为空气稀薄，压力低，与山东、江西、北京的气压相差很多；低压力下，心脏在扩张、肺腑在扩张，身体的各部件都在调整，自然睡不好觉。年过半百的张永勤，平躺着身躯，睡不觉；侧着，睡不着；躬着，也睡不觉——翻来覆去，试着不同的方法，不同的方式，最后找到了一种最佳的睡觉方式——仰面躺着，后背垫上衣物，头下的枕头用书、资料加高，这样半仰着，胸部所受压力最小，方可入睡。而祝有海呢，连走着路打着哈欠，躺在床上也打着哈欠，就是睡眠不足。

但过了不久，两种感觉渐轻，因为其它感觉袭来了。

张永勤增加了严重的疲劳感——作为钻探取心施工的总负责，他每天都要工作在钻机轰鸣的井场，随时注视着钻具的提上与落下，注视着每一段岩芯的变化，因为这针对冻土区天然气水合物研制的钻具，号称“金刚钻”，但只是人们的溢美之词，第一次使用它，在实践中能否顺利，他常忐忑不安。而钻工们第一次使用这种钻具，难免掌握不全要领，时而出现技术问题。这个时候，他就要和钻工同事们一起拧卸钻杆、拆卸钻具，处理完毕，钻机恢复钻进，常常是夜深了，风停了，天上的星星也更明亮了，深一脚浅一脚地回到了自己的帐篷，还得以自己研究的仰面半躺的样式，稍稍睡上几个小时的浅浅的没有梦的觉。

与张永勤不同的是，祝有海增加了焦虑感——钻头一米又一米地钻进大地，先是一米一米的冰心见到了阳光或星光，接着是含冰的岩芯也一米一米地摆在岩芯架上，但五六十米深的地方，会不会有天然气水合物的出现？5−33井在56.45米深的时候，就涌出了气体，一年后还能燃烧，涌气未曾停止过，说明这个深度应存在着气源。已报废的12−42井，也在62米左右开始涌出不明气体的。这个深度，没有煤层，自然不是煤层气，为冰冻层，自然含冰，温度低，但埋深浅而压力小，是否可以形成水合物呢？但甲烷气源是存在着的，如何解释？会不会是计算冰冻层的压力时没有注意到其它因素而导致压力被过低地估计了？理论上还不好解释的。但在实际中，会不会像12−42孔一样突然出现涌气呢？会不会就在这五六十米的深度打到天然气水合物呢？

然而，张永勤等人的疲劳归疲劳，祝有海等人的焦虑归焦虑，DK−1钻孔钻进到50米，没有出现异常，到70米，还没有出现异常，钻进到了100米，仍然没有出现任何天然气水合物的异常标志！

9

101米、102米、103米……张永勤等人时刻注视着DK−1钻孔钻进的深度，页岩、粉砂岩、泥岩…张永勤等人时刻观察着钻孔岩性的变化。要知道，是否含天然气水合物，所使用的钻具是不一样的，如在不含天然气水合物的地层钻进，要使用“单动双管取心钻具”，否则要使用专门研制的“高原冻土天然气水合物保压钻具”。而让张永勤十分警惕的是，何时出现天然气水合物的异常标志，何时使用自己的杀手锏——特制的保压钻具，才可能获得天然气水合物的岩芯样品。

109米、110米、111米……还没有出现天然气水合物的异常标志！119米、120米、121米……仍然没有出现天然气水合物的异常标志，真是望眼欲穿！守候在井场的张永勤，不时取下厚厚的眼镜，用他那块绒布拭擦，一遍又一遍，复又戴上，时而注视着钻机卡盘下的钻杠、泥浆，时而观察着岩芯的细微变化。

前赴后继的钻杠连接得越来越长，钻进深度也越来越深，张永勤的心里也越来越紧张。紧张之中，不知何时日出，何时日落，时间在飞逝。

突然，一段刚刚取出的岩芯上，从一条小缝中冒出了一个小气泡，几秒钟后又冒出了一个小气泡，接着，冒气泡的频率加了快，卟……卟…卟、卟卟，张永勤的心跳也加了快——水合物，水合物！张永勤立即捧起这段岩芯，向驻地急忙奔走而去，向项目负责人祝有海报告发现异常的好消息。年过五旬的张永勤走到了祝有海的帐篷内，但喘着气，一句话也说不出来了！

祝有海见状，急忙从简易的办公桌旁站立起来，接过张永勤手上捧着的岩芯，见到岩芯的小裂缝中还冒着气泡，便仔细观察岩芯，发现新鲜的岩芯面上不断有水渗出，时间一长，逐渐聚集成水珠，之后，从口袋摸出打火器，咔嚓咔嚓咔嚓地打着火石，对准冒起来的气泡，检查是否可燃。

“不可燃，因为冒气的量少。”祝有海看着缓过一口气的张永勤说道，“但有冒气，且岩芯中不断有水渗出，应是水合物分解的标志，这是因为水合物分解后能释放出水和气体，这附近有可能发现天然气水合物！”

这一天，是2008年11月5日，一个满天飞雪的日子，似乎老天也存心凑热闹，凛冽的寒风裹带着片片雪花，把大地和钻机装扮得分外妖娆，考验着项目组的意志，也好似瑞雪兆丰年。

14点30分，祝有海、张永勤、卢振权、贾志耀、李清海等项目组全体成员冒着风雪、冒着严寒，早早地来到钻机现场，期待着见证这一历史性时刻。

张永勤一丝不苟地检查着泥浆的配料与温度。当班的钻工小心翼翼地控制着钻速。祝有海一根接一根地抽着烟，等待着岩芯的出现。

这一时刻，是2008年11月5日的15点50分。

新一回次的岩芯取出，一位钻工正在用铁杵推出一段段的岩芯，另一位钻工则小心翼翼地取出岩芯，项目组全体成员期待的目光紧紧盯住这一回次的岩芯。

突然大家的目光不动了，集中在了一段岩芯上——只见这段岩芯十分不同，纵横交错地分布着亮白色的网纹，像晶体一样闪闪发光，像冰！

会不会是天然气水合物？张永勤激动地拿起地质锤，轻轻地朝着这块亮白色的岩芯敲击了一下，岩芯立时断成两段，便取出其中较小的一段，只见断口有两个斜交的平面，每个平面上均分布着厚约半厘米的亮白色晶体。

“水合物！水合物！！快点火！！！”大家激动得高喊起来，祝有海颤抖着摸出打火机，咔嚓、咔嚓，由于风太大无法点亮这一期盼的火光。

“到背风处点火，到钻机内点火”“快照相!”“快录像!”现场充满着希望、期盼、焦虑的高喊声和嘈杂声。

祝有海捧着这块岩芯找到钻机内的一个避风处，再次打着打火机，“咔嚓”乳白色的晶体上蹦出了一团金黄色的火光！张永勤、卢振权等打开了照相机、录像机记录下这一激动人心的时刻。贾志耀、李清海细心地寻找着其他岩芯，并快速送到祝有海手中，让他尽兴地点燃心中的快乐。

“我们发现了水合物!”这一声音响遍了井场。

“我们发现了水合物!”这一消息传遍了工区。

“我们发现了水合物!”这一消息也迅速报告到远在北京的张洪涛、叶建良等领导的手机中。

10

DK−1孔轻快地钻进着，并不断地提取出专家们所期待的岩芯。

5日，获得第一层天然气水合物，厚2.0米，赋存于地下133.5米至135.5米间的细砂岩地层中；7日，获得第二层天然气水合物，厚4.8米，赋存于地下142.9米至147.7米间的泥质粉砂岩地层中。

这比预期提前而来的成果，早生的婴儿，让祝有海手舞足蹈之际，也感措手不及。8日，他赶紧派车去购买液氮罐。天峻县城？煤气罐或许有。西宁？青海省的省会城市，一定有！但跑遍了西宁市，费了半天的时间，没有！兰州？工业大城市，应该有吧？汽车飞快地奔到兰州，果真找到液氮罐，然后就是马不停蹄地返回工区。

准备好液氮罐的第二天，2008年11月10日，又喜获第三层天然气水合物，厚虽然只有0.2米，赋存于地下165.3米至165.5米间的含泥粉砂岩地层中，但采集了天然气水合物的样品，并放在液氮罐中。

11

2009年1月10日，北京的天空灰蓝，一阵阵的西风吹过，寒意十足。但会议室里，暖气袭人。张洪涛早早来到了会议，他迎接着每位大专家的莅临。六位头发全白或花白的院士来到了——中国地质科学院的李廷栋院士晃了一下手中印有红色火苗的成果报告，陈毓川院士笑眯眯扫视了一眼会场，肖序常院士则欣赏地看了一眼正注视着自己的张洪涛，中国科学院地质与地球物理研究所的汪集旸院士则热情地挥着手，从上海同济大学来的汪品先院士、从广州海洋地质调查局来的金庆焕院士则从从容容地入了座。10位两鬓斑白或一头黑发的专家来了——科技部社会发展司的沈建忠、国土资源部地勘司的彭齐鸣、国家自然科学基金委的柴育成、中国地质调查局的王达和张海啟、中国地质大学的苏新、中国地质科学院的吴必豪、中国科学院广州能源研究所的吴能友、青岛海洋地质研究所的业渝光，广州海洋地质调查局的张光学，一一来到了会议室。

由中国地质科学院矿产资源研究所、勘探技术研究所、105勘探队提交的《我国冻土区天然气水合物调查阶段成果报告》，已呈给了专家们。

中国地质调查局钟自然副局长主持了会议。评审会上，除探讨未来如何部署我国冻土区天然气水合物的战略问题外，把焦点集中在DK−1孔在2008年11月5日、7日、10日钻出的岩芯是否为“天然气水合物”的问题上，对阶段成果报告提出的证据一一进行了评估。

证据之中，最直接的证据当是你今天看得见，他明天也能摸得着的“样品”。

“样品何在?”有位专家问道。样品已存液氮罐，送青岛海洋地质研究所天然气水合物实验室检测了。

但已送的样品，是不是天然气水合物，需要权威的检测结果，并且结果可与世界上已知的天然气水合物的资料对比。

“有无激光拉曼光谱曲线？与世界上其他国家已知天然气水合物的光谱曲线对比结果如何?”

“测定结果还没有出来?”

一阵沉默之后，张洪涛拨通了青岛海洋地质研究所天然气水合物实验室的电话……

能够重复验证，这是科学的基本原则。拿不出可验证的“天然气水合物样品”，则不可说我国天然气水合物勘探已“大功告成”。

祝有海说：“很遗憾，没有完好地保存样品。”

张永勤也说道：“样品没有完好地保存下来，是由于准备不足。”

“在《祁连山冻土区天然气水合物科学钻探工程实施方案》中的配套研究方案中写道，‘如有天然气水合物则尽快将样品直接取出置于液氮罐中保存’。这怎么会准备不足呢？”后来有人提到。其实，还真是准备不足，原因如下：

第一，大家想不到这么快就见到天然气水合物。10月18日开钻，11月5日在133.5米的深度即见到天然气水合物，比原先估计的天然气水合物的稳定带顶界171米的深度要浅。这样，还没有完全准备好，天然气水合物如仙女降临，对着人们回头一笑，就飘然远去了。祝有海去兰州买回液氮罐，只保存了第三层的样品，但厚度薄，样品质量不佳，没有测定样品含天然气水合物。

第二，大家想不到DK-1钻井只打了182米。原先计划打600米，将是个漫长的过程，工作还可以从容准备，进尺到171米以后才能见到天然气水合物，准备液氮罐来保存天然气水合物的样品，有的是时间。但到11月中旬，天气已非常寒冷，晚上的温度已降到零下20摄氏度，水早已结冰，低温泥浆的温度也降低超过了凝固点，泥浆循环不了，钻机也就无法再钻进了。这样，完整的计划就不能实施了。

第一钻，虽然见到了天然气水合物，但如昙花一现。这回头一笑，身影虽然远去，但百媚已生，令参加阶段成果评审的专家们看出了问题，也看到了前景——要针对取得的珍贵样品，加快开展系统测试，以深入开展天然气水合物形成机制、成藏规律和分布特征的研究；要加强部门合作和国际对比；有关部门进一步要加大投入，加快天然气水合物勘查评价、开发技术和环境效应研究——这就是阶段成果评审的建议意见。

玉壶冰心

我国冻土区天然气水合物的科学钻探第一井并不完美，但已摸着石头过了河，到达了发现我国冻土区很可能存在天然气水合物的彼岸，给我国天然气水合物的研究与勘探注入了前所未有的活力。

2009年，中国地质调查局科技外事部叶建良主任对我国冻土区天然气水合物资源调查评价项目进行了重新部署——要进一步在祁连山冻土区进行科学钻探，获得实实在在的可检验的天然气水合物样品；要在已发现天然气水合物存在的木里地区开展调查方法技术试验，为其他地区开展天然气水合物勘查工作提供技术保障。

年度任务一旦明确了，中国地质调查局则一给经费、二给单位、三给人才。

参加单位组成中，在原有中国地质科学院矿产资源研究所、勘探技术研究所、青海煤炭地质105勘探队参加的基础上，增加了吉林大学、中国地质科学院地球物理地球化学勘查研究所、中国地质大学（北京）、北京化工大学、青岛海洋地质研究所、国家地质实验测试中心等10个单位——两只手，十个指，握起来将是有力的两拳。

整个参加项目的技术人员多达91位，其中博士22人、硕士16人，这样的专业队伍，即将开赴冻土区，完成光荣的使命！

12

2009年4月17日，中国地质调查局组织专家对《青藏高原冻土带天然气水合物调查评价》项目2009年度工作方案进行了评审。老院士——陈毓川、肖序常、翟裕生，大专家——叶天竺、张洪涛、王达、王瑞江、吴能友、张光学等，一致通过了该年度工作方案，并明确了任务，其中之一就是要打井二口或三口，钻探总进尺要达1200米或1600米，主要目标是将“天然气水合物样品”装入液氮罐，并在权威机构检测以获得样品的光谱曲线，来证明该样品是一不折不扣的天然气水合物。

2009年3月上旬，祝有海、张永勤等4人再次来到了青海，与105勘探队的老朋友们探讨三口井的部署，再次到木里地区确定钻探井位——2008年DK–1井仅打了182米，喜见三层天然气水合物的存在，但182米下还存在厚厚的天然气水合物稳定带，是否还可能存在多层天然气水合物？为此，宜在DK–1井附近重新打钻，就布置DK–2孔吧，深800米，目的就是要完整地揭示自浅而深天然气水合物的存在状况。主孔DK–2已定，副孔DK–3、DK–4井则各布置在主孔的南、北约1千米的位置，设计深度各为400米。这样的部署，由2008年孤零零的一个点扩大到2009年的一条线上，剖面线虽然很短，也就是2千米多，但从点已扩大到了线，无疑是个很大的进步。

如何在井口可能突然涌气、井壁可能突然坍塌的木里钻到800米的深度而又能获得天然气水合物的样品，已成为钻探组组长张永勤伤神的大事。2008年冬天，可依赖寒冷的气候条件对钻井泥浆进行冷却；但过冷了，却难以使用。而这次，在夏日钻探，地面温度较高，对泥浆进行有效的冷却，应是保证钻进的关键因素之一。为此，张永勤准备了两个方案。方案一为勘探技术研究所提出，只采用简单的人工制冷方法，使用大型冰柜制备温度达到零下25摄氏度的冷却液，然后把它送到泥浆池中的冷凝器中，这样通过热交换，泥浆即得到冷却。方案二为吉林大学提供，研制一套钻井液制冷系统，含制冷、循环和泥浆三大部分，泥浆通过管道进行循环，通过制冷部分时被冷却，保证入井时泥浆具有较低的温度。

如何采集保存即将重见天日的天然气水合物样品？是今年工作的重中之重，宛如足球场上的临门一脚。为此，地质组组长卢振权不敢怠慢，他早早地在北京购买了不同型号的8个液氮罐，罐内液氮的温度达到零下200多摄氏度，以运到井场保存可能采集到的天然气水合物样品。

如何保障钻井的顺利实施呢？青海煤炭105勘探队在选派已有水合物钻探经验的502机组的同时，又增加了501机组来承担钻探任务。502机组的机长为史春清，他的青春已无怨无悔地奉献给祁连山煤矿钻探事业；副机长为刘阁，也是一条硬汉，他的脸圆而黑，唇厚而紫，日常要靠吃安乃近以舒缓头痛的老毛病，坚持高原缺氧环境下的一线工作。

近百人的队伍携带着设备，相继向井场汇聚。一场具有特别意义的探索新能源的会战即将拉开序幕。

13

春风得意，轻度玉门雄关，唤醒祁连山水。五六月的木里草甸，地表的冰雪渐渐融化，带着泥土的浊水汇成激起水花的溪流；冻胀草丘的周边积起温暖的融水，莎草、牦牛草、芨芨草在残冰尚存的黑土地上探出绿茵茵的芽尖，不知名的五瓣小黄花一团团迎风盛开；河滩上的马兰花踮起深蓝色的花瓣，伸向白云飘飞的湛蓝蓝的天空；蓝天下、山坡上，一群群绵羊如一片片毛绒绒的白云，缓缓地移动着。

春风得意之时，铁蹄也疾。意在钻取天然气水合物的DK-2孔在国际儿童节的前一天开钻——16时16分，502钻机那坚硬的金刚钻头呼啸着投入了大地的怀抱，直入冻土层深处。6月5日，在地下近百米的位置，钻孔涌出了异常的气体，带来了孔下即将钻遇天然气水合物的期望。6月9日，第一层厚达7.6米的“天然气水合物”岩芯展现在了春风吹拂的井台上。6月10日，在156米处开始钻遇富含有机质的泥岩、油页岩，直到6月12日达到192米的深度——这数十米厚的黑色岩层，可能是烃类物质的来源，是天然气水合物存在的异常标志层。6月18日，岩芯含有白色冰晶，浸水起泡，但遇火不燃，被确定为“疑似二氧化碳水合物”——在国内也是一大发现。6月24日凌晨到6月25日傍晚，取出的岩芯闪烁着玻璃光泽，红外温度仪显示其温度显著偏低，又是“天然气水合物”！

与此同时，乐滋滋的祝有海、卢振权以及专门到井台取样的天然气水合物实验室的刘昌岭等人等待着“天然气水合物”的“上生”。一见冰心，他们取出含冰最富的一段岩芯，用厚厚的锡纸包上，置入液氮罐中，然后将玉壶中的冰心送去权威部门检测，以验明冰心的正身——是否为天然气水合物。

权威部门？检测天然气水合物的权威部门，当然是青岛海洋地质研究所天然气水合物实验室。2000年的春天，该实验室开始筹建，集国内外同类实验室的优点及优势于一体，根据国情自行设计了实验设备，从图纸的设计到机件的加工，从制造、组装到调试，步步均由国内的专家亲手研制完成。2001年11月3日，在该实验室成功地合成了天然气水合物，其点燃的火光映照着我国第一个拥有自主知识产权的天然气水合物实验室。

然而，2008年DK-1孔的“天然气水合物”样品送达，青岛海洋地质研究所天然气水合物实验室并没能检测到天然气水合物的存在。其原因，有人怀疑所送的样品可能不存在着天然气水合物成分，或在检测之前天然气水合物的成分已逸散殆尽。没有水合物怎么能检测出它的存在？也有人怀疑，实验室检测方法技术可能存在着某方面的缺陷，无法检测出天然气水合物的存在。然而，推测只属推测，目前尚无证据来说明那种原因的合理性。

为此，张洪涛十分重视青岛海洋地质研究所天然气水合物实验室的权威性，并于2009年1月20日到该实验室视察，重点询问了激光拉曼光谱仪测定水合物的使用情况——这是检测天然气水合物是否存在的关键。

权威毕竟是权威，天然气水合物的样品，还应当送到青岛海洋地质研究所天然气水合物实验室来进行权威的检测。

6月14日一早，DK−2孔第一层天然气水合物的6个样品被稳稳当当地放在了汽车的后备厢内——装有天然气水合物的液氮罐，属航空禁运物品，只得利用汽车运输。虽然路途遥远，从木里到青岛，单程就要4天，然而是唯一的选择——地质组组长卢振权博士、实验室刘昌岭研究员坐上了车，他们要一路护送这6个样品不受损耗地到达东海之滨的青岛——项目首席专家祝有海来了，总工张永勤来了，许多现场工作的技术人员也来了，都要目送这辆负有特殊使命的汽车离开木里井场，因为人们对已在车上的6个样品寄予了十分热切的期望！

汽车走后，首席科学家祝有海不时地叼起香烟，抬头远望山那边飘逝的白云，心中默默地数着日子与行程——14日，车当过了西宁、兰州；15日，当过了西安、洛阳；16日，当过了郑州、泰安，会到达青岛海洋地质研究所……17日近中午时分，一阵手机的铃声，震醒了愣着神的祝有海，也震落了他手上那段长长的灰白色的烟蒂——6个样品，没有1个能检测出天然气水合物！

消息也传到了国土资源部总工程师、项目领导小组组长张洪涛处。他一面吩咐现场人员不要惊慌、不要气馁，一面筹划着下一次的检测——要成功，当一而再，当再而三——第三次送样检测的机会终于到来了：随着6月24日与25日取上白花花的天然气水合物样品，27日将从木里井场送出14个天然气水合物样品的同时，张洪涛令中国地质调查局科技外事部肖桂义处长飞抵青岛，祝有海也飞抵青岛，共同检测这14个样品。

2009年7月1日的早晨，青岛海洋地质研究所天然气水合物实验室的气氛显得十分的紧张。青岛海洋地质研究所周永青书记来了，中国地质调查局肖桂义处长来了，项目首席祝有海来了，都想共同见证可能出现的历史性时刻——实验室的刘昌岭研究员熟练地打开液氮罐的塞子，取出用白布缝制的样品袋，掏出用锡纸包裹的样品，在不锈钢的方盘上打开锡纸，腾腾的白雾之中，一手用镊子压着天然气水合物岩芯样品，另一手用螺丝刀刮擦着样品的表面，然后把样品放在了激光拉曼光谱仪的由液氮冷却的载物台上，用双筒显微镜观测着样品的表面——一旦发现可怀疑为天然气水合物晶体的地方，十字丝锁定，然后按下控制按钮，啪一声，一束激光打在了十字丝锁定的样品位置，左边计算机控制的液晶显示器上便跳出了一条曲线。

大家紧紧盯着跳动的曲线——那曲线，如一面长着高草的山坡，锯齿分明，上坡的一段偶尔突出来，呈峰状，但较宽、较低，那是水分子存在的响应，是天然气水合物之中“水”存在的标志。但光有“水”的标志，是不够的，还需要“天然气”的标志——下坡处应突然出现一小段峰，是那很窄很窄的峰，是那很高很高的峰——然而，1号样品没有出现窄而高的峰，2号样品没有，3号样品也没有，4号样品还没有出现……空气似乎凝固住了。肖桂义处长看了看周永青书记，轻声说了一句，让首席科学家试试。

试试，那就试试吧。祝有海走近了激光拉曼光谱仪的载物台旁，摘下眼镜擦了擦，双眼靠近双筒显微镜，双手不时地移动着样品。时钟的指针嘀哒着，嘀哒着，不知过了多长时间，也许只有几秒或几十秒吧，在祝有海突然按下按钮之时，曲线的下坡立时跃出一个又高又窄的峰——那是“天然气甲烷”存在的标志！上坡处也存在着既宽且缓的峰，那是“水”存在的标志！既得“天然气甲烷”，又得“水”，无疑就是“天然气水合物”！

14

实实在在地获得天然气水合物样品的同时，冻土区天然气水合物领导小组组长、国土资源部总工程师张洪涛早已运筹帷幄了——“如果说上一个10年，我们解决了‘有没有’天然气水合物的问题，那么接下来的10年，我们就是要回答‘有多少’天然气水合物的问题。下一步要继续开展天然气水合物调查工作，同时要针对不同地质条件研发合适的勘探方法。”

点燃的星星之火，应将燎原。我国天然气水合物的勘探，将走出祁连山，走向青藏高原的腹地、东缘、西缘，从西部的青藏高原应走向东北部的漠河盆地——祖国的每一片冻土区，都可能存在着天然气水合物，都将得到调查与勘探，将形成一批共和国的后备新能源基地。况且，南极、北极地区，非常可能存在着巨量的可燃冰，是人类的共同财富，我国也不能漠视。

中国地质调查局科技外事部主任叶建良思考着星火如何燎原的途径——当然是从已知到未知，把已知的木里当成一个活生生的“实验室”，进行探测方法技术的试验，建立寻找天然气水合物的有效管理模式、科学找矿模式与勘查方法技术标准，这样就可以利用这种模式与标准向外扩展，在未知区寻找可能蕴藏的天然气水合物。为此，叶建良主任在中国地质科学院地球物理地球化学勘查研究所（简称物化探所）召开了部署会议。

会上，韩子夜所长坚定地表示，物化探所将克服一切困难，在人、财、物上给予最大支持，动用可能的物化探方法技术进行试验研究，以便确定有效的选区、定位、评价的物化探方法技术系列，突破天然气水合物勘查技术的瓶颈，为天然气水合物的勘查提供技术支撑。

但2009年“青藏高原冻土带天然气水合物调查评价”项目给物化探所的实验经费只有100万。如何有效地开展工作，尽快地把天然气水合物勘查技术体系建立起来？这个问题，摆在了业务副所长胡平的面前。100万，只够开展地震勘查、电磁法勘查的方法试验，而这两种方法，还远远是不够的。为此，胡平副所长报请韩子夜所长，决定动用100万元的所长基金，资助高密度电阻率测深法、油气化探方法等在木里开展试验工作。

经费，虽然有限；方法技术，也虽然不是物化探所拥有的全部技术，但关键在于人才、在于专家。因此胡平副所长征召物化探所造诣深厚的同志参加此项目的试验研究工作。

油气与深部物探研究室主任方慧博士担起了重任。年富力强的方慧博士，2009年的研究任务本十分繁重。5·12汶川—映秀地震之时，他忙于排险救灾，地震之后，又承担了地震区深部地质构造的地球物理调查任务；同时，松辽外围，是大庆油田稳产保证的后备战场，他忙于地质构造的研究，试验油田的布设……但方慧主任坚决执行领导的指示，把天然气水合物的有效探测方法技术的试验研究，作为战略任务来完成——在DK-2孔开钻之际的6月初，方慧即到木里“试验室”踏勘，踏冰趟水、登山上坡，走遍现场，制订试验研究方案；8月、9月、10月，沐冰雹、穿沼泽、过草地，身先同事，开展电磁法的试验工作。

与方慧主任同到木里踏勘的还有地震研究室主任徐明才等同事。徐主任虽然刚过五十，但这位享受国务院特贴的专家，上世纪著述《抗干扰高分辨率浅层地震勘探》，本世纪又出版《金属矿地震勘探》，深刻地影响着地震勘探的业界，已称得上老专家。老专家一到处于高原少氧的木里，硬生生地把张永勤博士年龄为老大的座位抢来，率领着研究室的年轻人，一起布设一串串的检波器，一起启动一次次叩问地下宝藏的震源——面向陆域天然气水合物的地震勘探试验，在我国是第一次，毕竟它是新领域，毕竟在这新领域可能会遇到新问题。老专家不仅仅坐镇指挥，而且还要亲临一线，亲身体验试验过程的每一个环节。

高密度电阻率测深法的试验则由王书民博士负责实施。王博士同时负责在长江中下游开展中大比例尺深部地质填图的项目，科研作风严谨，并富有洞察力，地下电阻率的稍有变化，都会引起他强烈的关注——天然气水合物层所具有的高电阻率特征，在高密度电阻率测深法的试验中会有什么的响应？在国内，也许他是为数不多的研究者之一。

油气化探，也是物化探所研究与应用最早的探测方法技术之一。上世纪五六十年代始，谢学锦院士领导的团队，曾在东北上辽河与大庆、西北赶玉门与新疆、东南下胜利与中原，在全国各地的油田开展工作，功绩卓著。作为曾经参加上述工作的技术骨干，油气化探方法技术研究的负责人孙忠军博士接触过冻土、非冻土等种种类型的化探景观，了解各种景观的地球化学异常模式，在物化探所所长基金的支持下，自然而然地领衔开展冻土区的天然气水合物这类新能源矿床的地球化学勘查方法技术的试验研究。

2009年的试验成果，已由胡平副所长、方慧主任向主管领导叶建良主任进行了汇报——物探、化探方法技术具有探测地下深处的天然气水合物的能力，在进行钻探之前可用之探测天然气水合物的可能存在，用之进行扫面，就像渔民那样在浩荡的大海撒开大网，具有捕捉隐伏的天然气水合物这条大鱼的可能!

在木里点燃勘查新能源的星火，将在冻土区燎原。

15

7月、8月的木里沼泽草原，气候多变，但晴多于阴，高原上灿烂的阳光和煦、温暖，偶尔会有突如其来的乌云席卷而来，夹雪带雹，倾盘而下，但在随之而来的阳光照耀下，不久便消融了。此时，当是最有生机的季节。冻土层的表层，约1米多厚的冻冰也已完全融化，冻胀草丘已如浮在水中的一块块碧玉，其上生长的各种植物，欣欣向荣，隔三差五地，总有一种花儿迎着清凉的露水盛开。滩边、坡上，总有马兰花的身影，婷婷玉立于风雨之中，美好的花季相对较长。花簇草丛之中，时有不知名的小鸟飞起，直上白云飘飞的天空，欲与翱翔的大鹰为伍。

置身如画的风景，沐浴如诗的希冀，受已发现天然气水合物喜讯的鼓舞，木里井场的工作人员满怀希望，一为发现更多的天然气水合物矿层，二为在入冬前可如期完成今年的任务。

在这林林总总的植物趋于成熟的时节，天然气水合物科钻DK–3井和DK–4井陆续开钻了。有了已完成的两口井的施工经验，人员与设备，都经过了严峻的考验，能与施工环境融为一体，不管是钻探还是地质的人员，干起活来，均已得心应手。环境条件虽然严酷，工作条件虽然简陋，工作时间虽然漫长，但许多人从中得到了终生难忘的快乐，得到了愉悦一生的体验。

吉林大学青年老师郭威的手机里一直保存着一条短信，仅有“Ok”一词。那是研究生赵江鹏在DK–3井的井台上发出的，时间是2009年8月26日凌晨3时20分。短信写得简简单单，但在郭威的心中，却是无比的厚重，也无比地欣慰——3天前，DK–3井已钻至130米，即将钻遇预期中的天然气水合物层；但恰巧泥浆冷却系统中的控温电子模块发生了故障，无法正常工作。如果使用高温泥浆钻探，定然取不到天然气水合物样品的，还很有可能因泥浆的高温导致井下天然气水合物层的分解，引发大量的气体溢出，产生不可预测的钻探事故。为此，现场总指挥祝有海急令钻机停钻，尽快修复“天然气水合物钻井泥浆冷却系统”。负责该系统维护的赵江鹏等人立即前往西宁，大海捞针似的跑遍相关电子商店，有幸购得了相匹配的控温电子模块，并连夜赶回工地，进行模块的安装调试，终于使泥浆温度降了下来，钻进又恢复了正常。

8月26日，对郭威和赵江鹏而言，是难忘的日子。对于矿产资源研究所的王平康而言，更加难忘。因为这一天，他值班时见到了从地下139米的地方提取的岩芯含有DK–3孔的第一层天然气水合物，第一次见到了早已耳熟能详的天然气水合物的实物。见到这能够燃烧的、能够带来温暖的天然气水合物，他认为是大地母亲送给他的生日礼物，也是神秘的地质工作送给他的情人节礼物。

七巧节的晚上，没有值班的年轻人或收或发一条条温馨的短信。也有几人一拨走出了狭小的帐篷，走到了旷野，走到了高原上繁星闪烁的夜空下。不知是谁大喊了一声“星空!”没有多久，几个人不约而同地高声背诵道：

我仰望星空，
它是那样辽阔而深邃；
那无穷的真理，
让我苦苦地求索、追随。

我仰望星空，
它是那样庄严而圣洁；
那凛然的正义，
让我充满热爱、感到敬畏。

我仰望星空，
它是那样自由而宁静；
那博大的胸怀，
让我的心灵栖息、依偎。

我仰望星空，
它是那样壮丽而光辉；
那永恒的炽热，
让我心中燃起希望的烈焰、响起春雷。

现代年轻的地质人都知道这首《仰望星空》的诗作者，共和国的总理温家宝。他也曾是地质工作者，也曾在这样晴朗的夜晚，在祖国的高原上仰望过无数次星光灿烂的夜空。

夜晚的星空可以有滋有味地仰望，白昼的天空也可有景有致地观赏。不管刚到的还是在木里工作已数个月的地质队员，多喜欢找一面干燥的阳坡，和衣躺下，背朝黑土面朝天，看溜溜的云，看翱翔的鸟，看深不可测的蓝天，或有乌云从山那边升腾而起，滚滚而来，带来斜落的雹，飘来漫天的雪，但总会有霁之时，天空又万里地晴朗起来。

仰望天空，亦没有忽略脚下的大地。含有丰富资源的大地，受关注的程度自不必说。能够存留一时的雪地，亦带来了许多欢乐。谁见过高原上的雪地足球？找一片较为平坦的雪地，两边各插上两面旗帜，权当球门。

有人高呼一声，踢球了！雪地里就出现了球与雪花齐飞，人与雪团共蹈的浪漫景观，不管球场有无边界，也不管带球能否进门，只是踢，只是舞。原本只是男人的娱乐，在场观看的北京化工大学研究生武淑娇忍不住加入了混战。原本是足球比赛，不久便成了飞雪大仗——祝有海临空一脚接球之际，左脚一滑，倒在了雪地之中，大家见状，蜂涌而来，双手铲雪，把祝有海“雪葬”起来。而待祝有海爬起来，已成了一个活动的“雪人”。这情景，让站立在帐篷边上的一个个雪人都咧开了嘴，笑弯了腰。

天空星移斗转、阴后复晴之时，DK−4也钻遇了预期中的天然气水合物。

天下特闻

天然气水合物在地球上的存在，可能与生物的存在与生俱来，已有数十亿年的历史了。人类在冻土区发现天然气水合物的历史不足50年，而在我国冻土区找到天然气水合物，只仅仅用了10年的时间——1999年，徐学祖等人发表我国首篇关于青藏高原冻土区天然气水合物研究前景的文章，揭示了我国冻土区有可能存在着天然气水合物，但犹如藏在深闺的冰美人，让科学家们热忱地追求着。中国地质调查局终于在2008年钻获天然气水合物样品，2009年把天然气水合物样品珍藏在温度在零下200度的“玉壶”之中，并确认其冰心为纯净的天然气水合物——十年磨一剑，我国冻土区天然气水合物的研究与勘探到达了一个里程碑的辉煌高度。

16

雪霁之后，木里的天空湛蓝蓝的，飘荡而过的白云如上天赐给大地的哈达，阳光晒融薄雪，大地湿漉漉的，正在收藏金秋由西风摇落的种子，以期来春时再发芽，再绿遍天涯。

9月17日上午10时许，张洪涛在青海省国土资源厅副厅长李志勇等人陪同下，在木里驻地换上了鲜红的工装，戴上了亮红的安全帽，坐上了由履带式拖拉机拉动的铁爬犁，穿过沼泽地，来到了天然气水合物DK−3孔的钻探现场。

握手。拥抱。大家欢呼着。

看一箱箱的岩芯。听一位位的汇报。张洪涛一直处在兴奋状态。他对随行的同志说：国土资源部在启动海域天然气水合物调查时，同步部署了陆域永久冻土区“可燃冰”调查、研究和立项。在短短几年时间内，我国已迎头赶上先进的国家，对天然气水合物的认识水平和勘探能力已几乎与世界同步了。

他握着前线指挥者的手说：木里地区冻土区天然气水合物的发现，其意义不亚于大庆油田的发现！

17

9月下旬，祖国首都北京鲜花盛开，彩旗迎风招展，行人喜气洋洋。我们的共和国即将迎来六十大庆。

9月25日上午，国土资源部召开了非同寻常的新闻发布会。参加木里地区天然气水合物研究与勘探的单位领导、前线工作人员来了，中央电视台、中央人民广播电台、新华社、人民日报、科技日报、国土资源报等40多家新闻媒体记者也来了，他们将共同见证这历史性的时刻。

国土资源部办公厅副主任孙家海宣布新闻发布会开始。国务院参事、国土资源部总工程师、中国地质调查局副局长张洪涛与冻土区天然气水合物项目的首席科学家祝有海坐在了发言席上。

张洪涛穿着灰黑色的西装，字正腔圆地宣读新闻通稿——

2008年11月，国土资源部在青海省祁连山南缘永久冻土带（青海省天峻县木里镇，海拔4062米）成功钻获天然气水合物实物样品；在此基础上，国土资源部2009年又部署了一批钻探实验井，6月再次钻获天然气水合物样品，经现场红外热像仪检测证实为水合物的矿层，并经当今世界上最先进的激光拉曼光谱仪检测，显示出标准的天然气水合物特征光谱曲线，其特征与墨西哥湾实物样品和我国合成样品完全一致。目前，地质工作者仍奋战在雪域高原第一线，确保全部任务的完成。这是我国继2007年5月在南海北部钻获天然气水合物之后的又一重大突破。

新发现的天然气水合物位于祁连山南缘永久冻土层之下，井深130−396米，呈薄层状、团块状，赋存于泥质粉砂岩、细砂岩、泥岩的裂隙面上，组分主要是甲烷气体，还有少量乙烷、丙烷等烃类气体，是一种纯度高、类型新的水合物资源。

首次在我国陆域发现天然气水合物，使我国成为世界上第一次在中低纬度冻土区发现天然气水合物的国家，也是继加拿大1992年在北美麦肯齐三角洲、美国2007年在阿拉斯加北坡通过国家计划钻探发现天然气水合物之后，在陆域通过钻探获得天然气水合物样品的第四个国家。这一重大突破，证明了我国冻土区存在丰富的天然气水合物资源，对认识天然气水合物成藏规律、寻找新能源具有重大意义，同时也再次证明了我国天然气水合物的调查与研究处于国际领先水平。

天然气水合物又称“可燃冰”，是由水和天然气在高压、低温条件下混合而成的一种固态物质，外貌极像冰雪或固体酒精，遇火即可燃烧，具有使用方便、燃烧值高、清洁无污染等特点，是公认的地球上尚未开发的最大新型能源，被誉为21世纪最有希望的战略资源。目前研究结果表明，天然气水合物分布广泛，资源量巨大，是煤炭、石油、天然气全球资源总量的两倍，为世界各国争相研究、勘探的重要对象。

我国是世界上第三冻土大国，冻土区总面积达215万平方千米，具备良好的天然气水合物赋存条件和资源前景。据科学家初略估算，远景地质资源量至少有350亿吨油当量。

之后，依旧身穿红色的印有“中国冻土水合物”工装的首席科学家祝有海打开了计算机，把幻灯片投影在了巨大的白色屏幕上——先介绍世界上天然气水合物的研究勘探概况，继之介绍在祁连山冻土区木里钻探发现天然气水合物的过程，再逐一地介绍木里地区天然气水合物存在的十条证据，然后，是一一致谢。

新闻发布会后，祖国六十大庆前，“我国陆域冻土带”、“天然气水合物”、“发现新能源”、“国土资源部”、“地质大调查”等词，成为新闻媒体最常用的词，也成为老百姓茶余饭后常常使用的新鲜的词。

奔涌的“三江”

张亚明

古往今来，苍凉博大、广袤辽远的西部始终都是文学的圣地，她以无与伦比的真的广大与深厚，以无容躲避的美的力度与震撼，刺激着人们的想象与激情，让每个面对她的人只能为之动容敞开心扉去大声地嘶吼……

魂牵梦绕“特提斯”

1

今年上半年，我两次游走于西南“三江”大地。回到繁华的闹市，面对宽阔的马路，高高的楼房，拥挤堵塞的车流，熙熙攘攘的人群和灯红酒绿的喧嚣，眼前却仍是晃动着挑战“西南三江成矿带”的一群不屈身影，仍在回味特提斯女神魅力无比的诱惑，且常常产生一种莫名的感动，冥冥之中似乎又坐着越野吉普重新颠簸在横断山脉的峡谷剑锋之间，心悬在金沙江畔的峭壁边缘，于是久闭的心界缓缓打开，许多情景和细节叠加映现，许多人世和自然、环境的片断在心灵的河床激起层层波涛。

2

春节的喜庆还在四处洋溢，突然接到紧急通知——中国地质调查局启动《为祖国寻找宝藏》一书采写活动。其中，云南省“三江成矿带”羊拉、普朗铜矿勘查取得重大突破，新增铜资源量500多万吨，远景储量可望达到1000万吨，加上发现的其他矿产，潜在价值超过5200亿元，有望缓解我国铜资源过度依赖进口的紧张局面。望你能够立即前往采写。

高山大河纵横驰骋的“三江”地区，在世界铜工业的辞典中有一个名字——“油气的中东”！

大平掌、羊拉、普朗，震惊世界的大型、特大型铜矿都有一个共同的名字——“三江”云南段。

“特提斯女神”在这里现身，意味着什么？

3

当人们对海洋演化史无法解释的时候，往往借用古希腊神话故事进行描述。

1893年，英国地质学会举办的研讨会上，奥地利地质学家休斯发表了一个世界著名的演讲——《海洋的深度是永恒的吗？》，将横贯欧洲大陆的巨型山系及两侧地区描绘成波澜壮阔的海洋，并以希腊女神的名字为其命名——特提斯。休斯提醒人们：特提斯古海的隆升形成了青藏高原高入云霄的喜马拉雅山系和欧洲大陆上的阿尔卑斯山，而隆起为高山大川的切割过程，可能就是各种矿藏的形成时期。

特提斯海的主题一经地质学家休斯点出，特提斯成矿域便以希腊女神般的魅力成为全球地质学中神秘和朦胧的命题，诱导着世界各地一代又一代地质学家与哲学家不断地提出对特提斯海的理解和解释，不停地寻找着打开特提斯的密码与钥匙。

地质学界先驱的心血没有白费。半个多世纪以来，特提斯成矿域的西部和东部，发现了世界级的天然气田。气田所在的土库曼斯坦、塔吉克斯坦与东南亚国家，数以万计的牧民或渔民摇身一变就成了采气工人，一个个坐地收钱。

那么，特提斯距离我们有多远？中国有没有特提斯海？

回答是肯定的——青藏高原就是属于特提斯成矿域。

有着五千年智慧的中国人，应当也能够抵达人类思想的新高度。

一代地质宗师孙健初20世纪30年代起率队在青藏北缘柴达木盆地、祁连山山麓的山野中跋涉，发现了中国第一个大油田——玉门油田，为中国现代工业的初创建立了殊勋。

中国内陆的准噶尔盆地、柴达木盆地和陕甘宁盆地，相继探明了规模巨大的天然气储量。

昔日驼铃声声的丝绸之路，正在变成风笛嘹亮的油气畅想之路。

4

中国在“特提斯成矿带”可以找到油气田，处于特提斯成矿域南部的“三江”并流地区，难道就没有深藏不露的大型有色金属矿田？

这个研究课题，始终萦绕在那些地质专家及科研人员的心头，始终催动着他们“向地层宣战”、破译大自然奥秘的脚步。

春的妖娆娇艳在天府之国漫流。5月上旬，我正在姹紫嫣红的成都参加审稿会，一个消息从云南传来——国土资源部党组书记、部长、国家土地总督察徐绍史再一次踏上了“三江”大地。

这一信息引起了我的关注。

矿产资源危机的警报早就在共和国的天空频频拉响，如何加快步伐建设国家的有色金属矿产资源后备基地，是徐绍史部长苦苦思索的问题。

2009年初，徐绍史曾专程到云南地勘部门调研，而时值全国地勘系统“地质找矿大讨论”开始不久，这位掌管着共和国资源家底的部长，在国土资源大调查即将收官之际先后两次来到了“三江”大地，说明了什么？

我移动起鼠标，一组现场特写镜头映入我的眼帘：

5月的香格里拉尽显着青春的斑斓与洒脱，处处阳光明媚，处处鲜花盛开。随风舞动的格桑花以飘溢的浓浓清香迎接首都北京的尊贵客人。

2010年5月11日上午，国土资源部部长徐绍史在香格里拉县刚下飞机就跨上越野吉普，风尘仆仆赶往普朗铜矿区。

海拔4000多米的普朗山上没有了春风拂面的轻盈，凛冽的寒风吹卷着徐绍史部长和刘平副省长一行人的头发和衣角，但人们心中仍然感觉暖意融融。

“现在这个矿集区的首采面积有多大?”徐绍史边看图纸边问云南省地质调查局局长李文昌。

“现在主要有3个点在开采，已经发现35个矿床(点)，有11个点的地质工作程度已经较高。”李文昌回答。

徐绍史继续问:“最深的钻孔打了多少米?”

“900多米。”

李文昌回答后，又介绍说，普朗铜矿是“三江”成矿带核心地段的超大型铜矿床，目前控制铜资源量430万吨，还处于进一步勘查开发的规划设计阶段。

李文昌表示，除了普朗铜矿，格咱乡辖区内目前已探明铜资源量650万吨，还伴生金129吨、银3000多吨、钼25万吨。他非常乐观地预测，格咱矿区仅铜矿储量就应在1000万吨以上，找矿前景非常乐观。

鼓舞人心的信息，令人振奋的前景。徐绍史兴奋地连声鼓励:“现在看这里的找矿潜力了不得，要抓紧实施整装勘查，争取搞个大项目，尽快找个大家伙。”

“尽快找个大家伙”——部长脑海里勾画的是“三江”成矿带如何整装勘查开发、建成我国有色矿产资源储备基地的宏伟蓝图!

“尽快找个大家伙”——时代呼唤高速度。资源攸关着民族存亡，共和国的部长对普朗再来一次突破寄予着深切期望与冀盼。

“尽快找个大家伙”——跨专业、多学科联合勘查、联合攻坚，黄钟大吕般的宏音预示着“三江”找矿将要再次发力。

“三江”潮涌连天波

5

“西南三江找矿”无疑是“新一轮国土资源大调查”伟大实践中一场出彩的战役。

“你买云南有色金属股票了吗?什么股?云铜、云铝、云锡!”这曾是中国A股市场上诸多投资者见面欣然而谈的话题。扶摇直上的云南有色金属股票行情带来的赚钱效应，不知让多少人陶醉其中。

历史往往是一个因果相涌的长河。谁能否认“有色金属王国”与“西南‘三江’”那种密不可分的血缘关系？谁能忘记当年那场轰轰烈烈的“西南‘三江’特别找矿计划”？从某种意义上说，“西南‘三江’特别找矿计划”活动为这次地质大调查“西南‘三江’”项目的突破奠定了基础。

我国所谓的“三江”成矿带是一个“大三江”概念——指青海南部，西藏东部，四川西部和云南西部地区，面积约为39.91万平方千米。

“三江”云南段地处横断山脉，北起滇、藏交界处，南至越南、老挝、缅甸接壤边境线，总面积18.6万平方千米，因其地质构造复杂，有蕴藏丰厚矿藏的优越构造基础而闻名天下。

云南既是世界级多金属成矿省，也是我国最重要的有色金属和贵金属的资源大省。新中国成立后，国家一直把云南作为重要的有色金属工业基地进行规划和建设，仅投入云南的地质勘查费用就高达71亿元。

国土资源大调查的开局之年，中国地质调查局和成都地质调查中心对历史资料和现实状况深入分析，把“三江”成矿带列为全国14个重点靶区之一，云南羊拉、大平掌等一批“‘三江’特别找矿计划”项目，自然而然地被纳入新一轮国土资源大调查首批实施项目。

抢抓“地质大调查”的难逢机遇，揭开“‘三江’成矿带”的神秘面纱，就能把资源优势转变为经济优势，形成“有色金属王国”争雄市场的主动权——这就是云南得出的结论！

6

说个真实的故事。

上个世纪90年代初期，美国一个地质学家在审视卫星拍摄的地球图片时，忽然发现在青藏高原东南，条条巨大的山系成南北走向，山系之间切割纵深，三条大江（澜沧江、怒江、金沙江）由青藏高原奔腾而下并列前行。这位地质学家惊异不已——如此壮观的地质自然景观竟然深藏险关狭隘，那么漫长的岁月为什么不相识？报告一直打至联合国本部，喻为全球地质构造“百慕大”的“‘三江’并流”区域由此走进世人视野，也轰动了全世界的地质学界和探险界。

美国人并没有想到，神秘莫测的“三江”热土，早在上个世纪60年代就一直备受中国地质学界关注。在一代伟人毛泽东“开发矿业”的号召下，一支支中国地质队伍金戈铁马、义无反顾地闯进了崇山峻岭，勒紧腰带进行了“三江”找矿的勘查实践……西藏玉龙铜矿、四川呷村银矿、云南兰坪铅锌矿、老王寨金矿、来利山锡矿这有名的“五朵金花”的横空出世，足以让很多地质前辈引以为终生的骄傲。

从上个世纪80年代中期起，国有、集体、民营“大、中、小一起上”，“大矿大开，小矿小开”，超强度开采，掠夺式开采，越界开采……“五朵金花”的光彩逐渐黯淡。

原地质矿产部把“‘三江’地区找矿科研”项目列入了“七五”“八五”科技攻关项目。中国地质科学院、中国地质大学、成都地质矿产研究所以及中外合作公司的广大地质工作者，积极开展了系统的基础性地质和大规模科研和勘查工作。

科研攻关收获了硕果满枝。潘桂棠、徐强、侯增谦等地质专家合著的《西南“三江”多岛弧造山过程成矿系统与资源评价》一书中有这样一段记述：

“20世纪70年代以来，中国西南‘三江’地区一直是我国区域地质调查、资源评价、基础研究的重点片区。20世纪80年代以来，先后出版了《‘三江’地质志》《‘三江’地质图》《‘三江’地区构造岩浆带的划分与矿产分布规律》《西南‘三江’地区特提斯构造演化与成矿（总论）》《东特提斯地质构造形成演化》等一系列丛书和专著。”

大量的科研成果认为，在“三江”为主体的大型有色金属和贵金属矿集群中，除已发现的外，仍有一大批“处女地”显示优越的成矿地质条件，一大批浅覆盖找矿盲区显示喜人的找矿前景。

7

20世纪90年代，是我国经济建设与市场经济发展、经历重大考验的年代。一位世纪伟人南巡时振臂一挥，中国的改革开放出现“东风吹来满眼春”的转折。然而，陶醉于“地大物博”的华夏民族已经面临着经济规律的惩戒，在“地球村”赛场上高速朝前赶的东方列车遭遇了可持续发展的警告。从历史的沧桑、历史的忧患中走来的共和国，严重的资源危机已是不争的现实。

“几十年地质勘查的老本吃完了怎么办?”

我国经济的高速发展和工业化进程的提速，一是国内资源供应不足，二则是国外资源垄断，矿产资源对中国工业的“瓶颈”制约日益凸现，寻找接替资源基地成为共和国地质人的当务之急。

“‘西南三江’有没有大矿？光讲抽象的地学理论不管用。中央领导迫切想知道的是，我们中国的地盘上，在那么大的西南‘三江’地区，到底有什么矿？储量到底有多少？你们是搞地质的，只有你们最有发言权!”

在地矿部一次地质专家的学术讨论会上，地矿部部长宋瑞祥焦灼的眼神从分管地质找矿的叶天竺脸上扫过，信任二字明明白白地写在了脸上。

原地质矿产部“有色金属勘查向西部转移”的战略决策迅速出台，“三江”成矿带被寄予厚望。

叶天竺现在是全国矿产资源潜力评价项目办总工程师和危机矿山接替资源找矿项目办总工程师。流火的7月，记者如约来到北京学院路的一间办公室。叶天竺与记者畅谈一个下午，详细回忆了那一段“三江”找矿的特殊历程。

中国战略性的矿产资源短缺使寻找新的接替资源基地成为必须。1995年6月，原地质矿产部直属管理局常务副局长叶天竺组织一批地质专家来到云南滇西，在云南省地矿局副总工程师周耀军、地矿处处长阎景耀的陪同下走进了“‘三江’并流”的神秘峡谷，进行了长达一个多月的野外勘查，雪鸡坪、大平掌、红山、多宝山、拖顶等靶区都留下了他们把脉问诊的足迹。为了掌握第一手资料，叶天竺一行餐风宿露，骑马拄棍，终于翻越甲午雪山站到了羊拉山巅，在羊拉矿区的紧张地工作了两天，往返用了10天时间。

叶天竺的西南“三江”之行，为高层决策提供了理论和实践的科学依据。根据三江地区地质调查和普查资料反复筛选，根据对羊拉找矿的大量资料分析，“‘三江’矿产勘查开发特别找矿计划”在科学家睿智的大脑里孕育诞生。

“‘三江’成矿带”的地质图，悬挂到了中南海决策层的办公桌前，“西南‘三江’特别找矿计划”方案顺利通过。

1995年10月22—24日，原地矿部与云南省政府联合召开的“西南三江特别计划找矿会议”在昆明举行，地矿部部长宋瑞祥、云南省副省长李自俭出席会议，云南、四川、西藏三省区分管矿业的副省长副主席各自带领下属地勘系统负责人共100多人参加了这次盛会。

叶天竺在会上对“‘三江’特别找矿计划”进行了战略部署，实施方案科学合理——突破地域局限，资源优化配置，主攻方向明确，措施具体周密。

叶天竺说，这次“‘三江’特别找矿计划”，一开始就提出了“必须与科研院所相结合，与航遥航测相结合，与物探、化探相结合”。

我国著名地质专家、时任地矿部成都矿产资源研究所所长的潘桂棠理所当然成了“座上宾”，作为青藏高原科学研究的权威代表，他在会上作了“‘三江’找矿”的技术报告。

会上论证的“‘三江’特别找矿计划”第一批项目，云南省羊拉铜矿、大平掌铜矿、白秧坪银多金属矿等列入其中。

这次会议如同一次战前总动员，中国的大西南燃放出“三江”找矿的璀璨光焰，政府部门高效运转，地质系统群情激奋，“三江”找矿被注入巨大的推动力。地矿部与各省区达成共识——有钱出钱，有力出力，密切配合，全面推进，合力开发“三江”!

中国地矿史上具有深远意义的“‘三江’特别找矿计划”会议，拉开了“三江”地区找矿的序幕。

首战告捷。一系列重大突破就化成了纷飞的捷报：四川夏塞银铅锌矿，探获E+D级银储量3000吨，达特大型规模；嘎拉多金属矿，仅金储量就增加了1.6倍；首次发现的盐泉铜矿，探明50多个金矿岩体，有的钻孔见矿层厚230多米，控制规模已达中型以上；

连战连捷。滇西北地区的羊拉、大平掌、白秧坪矿区也有了重大发现……

“‘三江’找矿特别计划”收获的累累硕果，为未来地质大调查的再次立项提供了一个良好的铺垫。

羊拉开局大突破

8

世纪之交的地球村正在发生着令人目眩的动荡。

来势凶猛的“亚洲金融危机”，导致了基础产业的矿业成为重灾区，除石油之外，煤炭、钢铁、有色金属……全部深陷经济的漩涡，有色金属王国云南也未能独善其身。

1999年，国土资源大调查项目的启动，犹如一颗红色的信号弹划破了西部的天空，契机骤然降临古老而骚动的大西南。

温家宝总理曾经提出，要“在重要成矿区带，创造出有宏观影响的大成果”。作为我国战略性矿产资源勘查的重点工作区域和寻找大型、超大型矿产资源基地的重要战略选区，“三江”地区找矿突破的出路在哪里?

羊拉，奏响了我国地质大调查第一曲动听的音符!

2007年12月28日，中国有色网发布了这样一则消息：

> 新一轮国土资源大调查最先探明的富铜矿资源量达134万吨的云南羊拉铜矿，近日正式建成投产。

羊拉铜矿属于“三江”成矿带核心区。承担勘查任务的云南省地矿局地调院、地质三大队等科技人员按照新的找矿模式，开展了大面积地质调查和部署工程验证，探明品位富的铜资源量134万吨。从2005年开始，羊拉铜矿分两期动工建设。2010年二期工程完成后，年产值可达30亿元。

2007年，《云南省德钦县羊拉铜矿勘查评价》荣获国土资源部找矿一等奖。

羊拉找矿的意义，岂止是提交了一处大型铜矿床?

全国地质大调查的100多个项目，这项成果之所以脱颖而出，重要的是其具备的“三个突破”，即找矿理论的突破、找矿方法的突破和找矿成果的突破。

在负有西南5个省区地质管理、协调职能的成都地质调查中心采访，中心主任丁俊表示，当年度十大地质找矿成果评选结果具有三大特点：一是围绕国家紧缺矿种的找矿成果显著，特别是在深部找矿和油气勘查领域成效显著；二是基础地质研究领域瞄准世界前沿；三是金属矿产、油气资源、放射性矿产勘查评价方法技术创新实用。羊拉铜矿的“三个突破”，均在其中得到了印证。

9

如同一张满布填空题和选择题的试卷，在岁月烟尘的覆盖下，历史在静静等候着回望的目光。

上个世纪60至70年代，为“有色金属王国”构建立下赫赫战功的云南省地矿局开展了对滇西北“‘三江’并流”的区域调查。

资料显示，1958—1962年间，原滇西地质队就对羊拉地区铅锌多金属矿点及石棉等各类矿床（点）进行了勘查。

1965—1967年，云南地质局新建的18地质队，在德钦县羊拉的普查评价工作中首次发现了羊拉铜矿，勾绘出羊拉里农铜矿的矿体长1.2千米，出露宽在100米以上。

1973年，四川省地勘局区测三队在1∶20万得荣幅区域地质填图时，明示羊拉矿床属矽卡岩—斑岩型铜矿，铜金属储量6万吨，区域内还有加仁、宗亚等铜矿（化）点。

1977年，云南地质局7大队在进行区域调查时对里农铜矿进行踏勘，发现了可溶斑岩物质。负责滇西北区域调查的地矿局第二区调队随之跟进，进行了1∶20万区域地质调查，直至80年代初结束。

1992年后，除云南省地矿局第三地质大队在羊拉一带开展普查找矿外，中国地质大学、宜昌地质矿产研究所、成都地质矿产研究所等多家单位先后对羊拉铜矿开展了科研和评价工作，一致认为羊拉铜矿具有大型矿床规模，在区域上找矿潜力很大。

羊拉有铜矿，已成定论。但在科学研究领域，不少地质学家对羊拉矿床的成因却存在较大分歧。

战明国等教授从成矿地质背景和控矿条件出发提出了复合成因观点，

认为羊拉矿床由三种类型矿化叠加而成，包括华力西期喷流–热水沉积型、印支期接触交代型及燕山期–喜马拉雅期破碎带网脉型；

路远发教授等从矿物流体包裹体、矿床元素地球化学及碳、氧同位素角度论证了层状矽卡岩矿体属喷流沉积成因；

潘家永等地质学家则通过矿床稀土元素地球化学和硅质岩成因的研究，指出海底喷流热水沉积作用在羊拉矿床的形成中起了主导作用……

众说纷纭，莫衷一是。

早在1994年，在云南省地矿局三大队总工程师霍乡生、副队长朱建德的指挥下，分队长赵凤廷、技术负责人董方浏带领的三大队找矿小分队就开展了羊拉探矿工作。但羊拉矿区的地质勘查一度处于徘徊阶段。

到底哪一种理论更适宜羊拉矿区的地质找矿？

遗憾的是，过去羊拉的地质工作从未开展过中–大比例尺的区调及物化探工作，对金沙江结合带、澜沧江火山岩带研究不够，对与中酸性岩体有关的铜多金属矿没有足够重视，特别是区域图幅相接部位地层时代矛盾，远离公路地段矿产空白，羊拉铜矿的勘查仅仅是开展了地表地质工作及浅深部坑道施工，矿床类型仍然没有真正的定论。

进展极为缓慢的羊拉矿区勘查，被人带有讽刺意味地形容为："羊拉，羊拉，就是'羊拉的工程'！"

1996年6月，原地矿部地质调查局副局长张洪涛在云南地矿局副局长费宣、副总工程师丁俊、周耀军的陪同下，来到羊拉矿区。作为著名的地质专家，张洪涛对矿床研究有着较深的造诣，厚实的专业理论基础与长期的实践经验。这次现场考察，他根据大量的地面露头和勘查资料，基本确定了里农矿段的矿床特征、铜矿资源的远景。

张洪涛站在羊拉峰巅，向同行的领导叮嘱，一定要形成科研带动勘查、勘查支撑科研的良性互动，充分发挥科研勘查一体化的群体优势，尽快实现羊拉找矿的突破！

10

1997年，羊拉矿区已初步探明铜资源量24万吨。云南省地矿局羊拉项目技术负责人董方浏去读博士，具有丰富找矿经验的范玉华顶了上来。

这次"三江"之行，我采访了范玉华。中等个头，胖墩墩的，显得浑身都是力气；西部荒原的风把他的脸膛镀成黑红色，双手格外粗壮、结实。他说，羊拉还能不能有大的突破？刚进入阵地，他的心里也没有个谱。

范玉华根据对当时的“火山喷流型”成矿层位继续追索，发现羊拉矿床具有斑岩-矽卡岩型矿化的特点，已知“矿化的层状、似层状矽卡岩”沿走向变化也非常大。但突兀间，矿化却呈现出减弱尖灭的趋势。

问题出在哪里呢？新的“矿化体”在什么地方？

范玉华笑了笑说，“开始的时候，这个项目真把我折腾苦了，总想抽烟，用烟消愁，用烟解闷，一天能抽两三包。有人说我每天抽的烟比吃的饭还要多……最后我下定了决心，必须采用地质测量、大比例尺物探、槽坑钻等山地工程揭露验证相结合的方法开展评价工作，引入矿产资源快速评价系统，多方法、多手段综合找矿。”

范玉华在描绘了上百幅岩、矿石素描图，磨制了数百个岩、矿石薄片、光片之后，在野外、室内、宏观、微观地反复鉴别、分析对比之后，得出了结论——大的矿体暂时没有发现的原因，是因现有掘进深度不够，没有到达矿层。

范玉华做出了矿层推测图，明确提出了矽卡岩型成矿的二次叠加论，按照这一观点，他们对原定的地层岩石学、岩性组合及同位素、化石等特征进行研究、细分，首次建立该区泥盆系里农组、江边组的新观点，两个岩组断续分布两套碳酸岩与三套碎屑岩组合。

然而，预测也好，推论也罢，这都不能视为结论。找到了地表矿脉，只是见到了乌云缝隙中透出的一缕阳光。地下深部矿脉如何展布？矿脉连续性怎么样？矿体的薄厚、走向、品位的高低……都需要潜心探索与研究。

实践，永远是检验真理的唯一标准。预测的正确性必须在实践中去证明。

范玉华把实践的观点引入了认识论，加强野外工作成为揭开“三江找矿”的金钥匙。

地调小分队先后采取槽、坑、探相结合的手段揭露矿体，一个个地质队员在高山峡谷之间往返奔波，对重点研究区域进行踏勘、地质编录、测量、系统采样等，足迹踏遍了羊拉数百平方千米的每座山峰，谁也说不清他们收集了多少个矿石样品，做了多少次化验分析，只知道那一幅幅地质图，一本本地质报告，都被他们几乎翻烂……

羊拉矿区的地质勘查，在艰难中向前推进。

11

新一轮地质大调查的启动，为“三江”找矿真正意义上的大突破奏响了时代的强音。

按常规，提交了地质报告的矿区，地质大调查就不能再立项。这时已是云南地矿局地调院副院长的李文昌则用新的成矿理论推断，认定羊拉地区的铜矿不单是矽卡岩型矿床，而是多阶段复合成矿的结果，具有深入工作进而再找大矿的条件。加上羊拉勘查项目一直是著名地质矿产专家叶天竺关注的重点，羊拉铜矿勘查便破例安排再次立项，水到渠成地进入地质大调查的盘子，项目资金不愁，勘查进度大大加快。

李文昌和范玉华的两颗装满科学细胞的脑袋靠在了一起，科学的思维便在找矿实践中放飞，于是，调整工作重点，精心部署，对探槽、坑道施工进行指导，及时进行地质编录取样。随着区调、物化探、地质预查等工作快速推进，一块块珍贵矿石标本的收集，一个个含铜矿化物的出现，无不表明羊拉含铜品味之高，很可能抱个大“金娃娃”!

中国地质调查局和成都地质调查中心专家及有关领导悉心指导部署，羊拉找矿的每一个环节，都在信心与科学的攻坚中度过，科学的“利剑”迅疾向周边拓展。继后两年多，一个个堡垒被攻克，一个个“盲点”被突破，江边铜矿、通吉格铜等一个个矿脉群在出现，在其外围和深部都发现了新的富铜矿体，矿床规模展现出可喜远景。

2000年8月23日，国土资源部副部长寿嘉华及矿床地质专家黄崇珂、原中国地质调查局总工程师周家寰、资源评价部主任陈仁义、副主任薛迎喜一行17人亲临羊拉，在时为云南省地矿局地调院副院长的李文昌陪同考察了“羊拉第一钻”的施工现场。

时值一场大雨刚过，“羊拉第一钻”的硕果将考察组一行的路途疲惫一扫而光——专家们仔细看了闪闪发亮的湿漉漉的岩芯，根据“第一钻”的大量地质资料推算，矿区远景储量完全可以超过100万吨，达到两个大型铜矿山标准!

雪原放射出希望的曙光，寿嘉华一行和地质队员一起合唱了《勘探队之歌》，藏族百姓跳起了迎宾的锅庄舞蹈。时至今日回忆起那个狂欢之夜，已是云南省地调局地调院院长的范玉华仍是激动不已。他说，那天晚上会餐，北京以寿嘉华为首的地质专家17人，云南地矿局地调院地质队员15人，加上扎西副县长带来的几个人，载歌载舞，兴奋不已……

羊拉首战告捷，无疑为隆起在西南的“三江”高原找矿踏出了一条探索之路，也为高层决策提供了有力的理论和实践依据。寿嘉华副部长对羊拉突破高度赞扬的同时，宣布了一个令人振奋的信息——国家将在“三江”成矿带加大工作量和投入，力求探明各种有色金属储量，为政府提供决策依据。

新一轮国土资源调查推动了“‘三江’找矿”的再一次提速。白秧坪矿、大平掌、托顶等一批靶区大规模地质调查和矿产勘查也纷纷拉开序幕。地矿局三大队二分队承担白秧坪项目，分队长周文光、主任工程师杨伟光带队；四分队承担拖顶项目，由分队长张必宏、主任工程师张继荣带队……

党心所望，民心所向——都在“三江”找矿实践中淋漓尽致地演绎着。

2001年，中国地质调查局安排资金对羊拉深部施工钻探进行验证。云南省第三地质大队队长朱建德亲自筹集资金，修建了8千米的矿区路，巍巍钻机傲耸羊拉山顶，锋利的钻头穿过坚硬的岩层，它向大自然宣布：云南地质人钢铁般的意志敢于挑战危机，永不言败的精神也能够战胜一切困苦与阻力。

“羊拉找矿阶段最多时上了13台钻机，场面特别壮观，一共完成钻探5862米，打钻66孔。当然，看到辛辛苦苦打下的钻孔有几百米遇险报废，许多机长虽然感到惋惜，但我们却‘钻’出了一个大型铜矿床，值!”

时任钻探现场总指挥杨夕辉的话语，流露出对惨重损失的惋惜，但更多的还是为羊拉的重大突破感到由衷的骄傲。

2002年钻探任务完成，羊拉地区矿产资源潜力犹如海底冰山，逐渐显现出清晰的轮廓。细致的填图和外接触带的矽卡岩层位追索，除揭露到厚大的KT2外，还揭露到KT5矿体，证实了矿体延伸稳定——羊拉铜矿规模达到大型以上!

范玉华喜滋滋地告诉记者：

“复合型铜（多金属）矿的成矿观点，2005—2009年被应用于羊拉铜矿的外围找矿评价项目，2010年2月28日，中国地质调查局成都地质调查中心组织专家验证，认定了4个达到中型以上远景的矿产地，新增铜资源储量50多万吨，铅锌达20万吨。十多年地质工作者的辛勤奋战，羊拉地区已探获近两百万吨的铜资源储量，为建立滇西北国家级铜矿基地提供了坚实的保障。”

12

科学的理论在羊拉闪烁着迷人的光焰。

现任云南省地调院羊拉项目外围找矿负责人的杨淑胜告诉记者，国土资源大调查从开局之年就捷报频传，先后发现了羊拉铜矿的五个矿段以及里仁卡铅锌矿、红坡牛场铜金矿、日都铅银矿、格亚顶铅银矿、吉东龙铜矿、西当铜铅锌多金属矿、永支铅锌银多金属矿等矿床、点。其中有五处矿产地的工作程度及资源量都达到了新发现矿产地的要求。

突破，就是对原有历史高度的超越。

金光璀璨的岩芯标本，羊拉找矿的成功实践，让人们看到了“地质大调查”的希望所在——伴随羊拉矿区的开发，工业文明将在这片以农牧为生的崇山峻岭中发展起来。

羊拉矿区的勘查与突破，实现了由传统经验找矿到科技理论指导找矿的重大转变，凝聚着科技人员在领略科学险峰的风光的背后奋力跋涉和理性升华的实践史，地质研究的深化与理论上的突破成为科技创新的重要支撑。

羊拉矿区的勘查与突破，创造了国有企业与一流科研院校合作的新模式。新的找矿理论和灵活的运作机制，使地层深处沉睡亿万年的矿产资源迅速成为企业的产值、利润。

羊拉矿区的勘查与突破，作为我国“九五”期间十大找矿成果，在共和国地矿史上竖起了一块丰碑。云南地质人的心血和汗水，连同他们的名字，已经牢牢地浇铸在共和国的丰碑之上！

这一重大的找矿成果，让云南地质人欣喜异常，多年的探索，多年的追寻，终于有了结果，有了回报，不少职工流下了激动的泪水。

然而，云南地质人没有在耀眼的金光里陶醉。

面对远古特提斯女神的呼唤，还远远没到欢呼胜利的时候……

普朗腾空舞东风

13

如果说，羊拉铜多金属矿的突破是我国国土资源大调查中振聋发聩的第一声春雷，那么，普朗特大型铜金多金属矿的发现，则是从我国“西南‘三江’成矿带”腾空翘首的一条巨龙。

不可否认，普朗在我国地质大调查的伟大实践中具有里程碑意义。

普朗，你为什么是普朗？普朗的背后，又隐藏着多少鲜为人知的故事？

拂去历史的烟云，这一切也许并不是那么神秘。

14

20世纪90年代中期，云南地矿局资金短缺，只有羊拉、白秧坪、大平掌三个项目上马，分管生产技术的副局长李晓明焦虑异常。地矿局要生存，接替项目跟不上，全局职工2万多张嘴，下一步怎么办？

李晓明想到了迪庆州的香格里拉（中甸地区）。这里地处“三江”成矿带的核心部位，矿产资源得天独厚，20世纪60年代，已发现铜、铅、锌、铍、金、银、铁等矿床（点）数十处，但勘查程度不高，其中仅有麻花坪钨铍矿、红山、雪鸡坪铜矿探明了D级以上的储量，均为中大型规模。

能不能在中甸再找出一个接替矿区？

时为局科研所所长、总工程师的丁俊心领神会，一个以科研所高级工程师杨家瑞为组长的综合组迅速成立，专门负责“三江”找矿的综合研究，系统收集和分析已有地质、物化探和勘查工程资料，开展岩体产状、规模、形态变化及其含矿性预测，补充完善成矿专属性和成矿模型，加快中甸地区找矿的一批具有科学价值的珍贵资料形成了。

在勘探矿藏方面，丁俊往往能从别人容易忽略的极细微处，洞察出潜在的矿藏信息。早在上个世纪的80年代，丁俊就参加了1∶20万孟连幅、沧源幅地质填图，滇西澜沧群变质岩构造的研究成果被《云南省区域地质志》采用；在云南地质科学研究所期间，就是因主持云南哀牢山金矿成矿带和云南滇东南地区金矿成矿规律及找矿方向等研究颇有建树，提为所长兼总工程师。

1996年底，丁俊亲自整理的一份报告飞向了北京——普朗地区找矿前景可观，建议立项，开展工作。

中国地质调查局很快有了反应。1997年初，原地矿部地质调查局总工程师办公室副主任王保良带队来到昆明，同意启动普朗项目。但考虑到云南地矿局任务多，恐怕力量跟不上，提出最好从其它省份调来一个精干队伍施工。

云南地矿局当然不同意。这时已是云南地矿局副总工程师的丁俊据理力争：云南局从上到下多年为“三江”找矿殚精竭虑，自己的项目让别人来干岂不是笑话？

双方各执己见，意见相悖，普朗项目暂时搁置起来。

就因为资金紧张，普朗项目就这样不干了？李晓明成天苦思冥想，吃不香，睡不甜。

穷则思变。穷得没钱，囊中羞涩的客观现实，又要开拓未来创造辉煌，这就迫使我们的改革家必须在夹缝中杀开一条血路！

一个普朗找矿的新机制逼了出来。

“借船出海，借鸡下蛋”——李晓明的构想成为现实。

1999年，南非比利顿矿业公司的人员和资金“引进来”，与地质三大队共同组建了“云南高山矿业公司”，对普朗矿区进行风险勘查，比利顿投资最高占70%股份；中方出区块，占30%股份。

李晓明亲任董事长，说得一口流利英语的丁俊不仅以副总工程师的身份和三大队队长朱建德同任中方董事，还多了一个“翻译”的头衔。比利顿公司的克拉克、皮特任外方董事，马歇尔任高山矿业公司总经理。

现代企业制度带来效率与激情，高山公司运作与国际接轨，普朗找矿前期准备工作快速推进。

由朱建德直接领导和管理的项目组迅速成立。在组长杨朝志的带领下，效率与激情、青春与活力，在王外全、陈兆富、刘宇淳、王莫、把灿辉、张仕权等一批地面勘查的地质人身上尽情地释放。

如何有效寻找普朗隐伏在地表深处的矿产资源？高山公司不惜代价，

地矿部航遥中心的飞机在普朗大山的上空盘旋，采用直升机电磁测量、地表瞬变电磁法（TEM）测量、土壤采样测量等手段对重点区段进行了深入探测。航空物探仪表在高空中一次次剧烈地抖动，一次次释放着地球深处传递的信息——普朗发现“地质异常”！

李晓明为首的高山公司员工也个个欢欣鼓舞，人人兴奋异常。

15

历史，拒绝遗忘！

普朗位于迪庆州香格里拉县的格咱乡，最高海拔5090米，最低海拔2520米。格咱乡是云南进入四川藏区的“北大门”，也是藏区通往内地的前沿，属“茶马古道”之要冲，地理位置十分显要。

格咱乡最为明显的就是缺氧！空气中的氧气含量只有海平面的50%左右。故而人们把这里称为“高原极地”。

正是这样一个环境，李晓明运筹帷幄，把他的精锐部队、地质三大队的精兵强将一个个调了过来。

一支特别能战斗的勘查队伍迅速组成。三大队总工程师杨夕辉为地质勘探总指挥，三大队副队长唐彦负责钻机施工，杨善乐、黄开明两个钻探队副队长分别担任钻机机长，30多名地质勘探技术员迅速调集施工现场。

要摸清地层构造和准确的储量，就要进行钻探。但这里海拔较高且悬壁陡崖，连个“路眼”都没有，上一台钻机，各种物资设备加起来几十吨，怎样才能运到山上？

“老外”下了决心——飞机空投。但山高谷深，飞机无法飞行。怎么办？进口的钻机全部拆卸化整为零，塔座、塔角、天车、横梁、钻机、钻杆、水泵、柴油机，哪一样不是动辄数百公斤？朱建德现场指挥，硬是人扛马驮把钻机竖到了4500米的普朗山上……。

选择了雪域高原，就等于选择了奉献；选择了普朗，就等于选择了危险。每个在普朗参战的地质人，都意味着时刻要挑战自己的极限，挑战生命的极限。

一群模模糊糊的人影在茫茫的雪线上艰难地跋涉。蠕动。滑动。移动。滚动。杨朝志、谭康华、王建昆、李志明等在普朗矿区开展地质找矿，发现了普朗的第一个矿化点。

“普朗铜矿的发现，杨朝志功不可没。”朱建德这样介绍说。

1999年，杨朝志带领的项目组完成了大范围的野外踏勘及找矿靶区筛选，新登记探矿权区块9个，重点是普朗铜矿、热林铜多金属矿、欠虽铜铁矿、松诺铜矿、卓玛铜铅锌多金属矿、休瓦促钼矿、洛吉铅锌矿等矿权。

朱建德说，杨朝志最大的贡献在于，他带领的项目组完成了9个区块的野外踏勘及异常查证，打出了第一块矿石标本，取得了第一个化学分析打块样品，通过野外追索圈定了多条斑岩型铜矿矿化露头，为第一、第二、第三个钻孔的定位提供了重要依据。

第一个钻孔打在哪里？坐标位置至关重要！

李晓明、丁俊、皮特、马歇尔一连几天都在会议室里度过，在审视标满各种数据的图纸中度过，在复杂数据的计算中度过，根据航测资料和地面物探资料，最后敲定：“钻孔定位在地质异常的中心！”

开钻了，隆隆机声惊醒了沉睡了亿年的荒凉雪原。

第一个钻孔打下去，穿过千万年的冰碛层，海拔4000多米的普朗雪山发出了回声——不到30米，就见到了矿！

钻机高歌猛进，100米，200米……直到300米深，仍在矿层中钻进……

然而，钻塔的微笑，有点儿神秘，有点儿意味深长。

接下来布置的第二、第三个钻孔，钻下去几百米深，矿石的品位竟然越来越低，仿佛一条刚刚逮到手里的大鱼，矿体在忽然间从人们手中溜走了。

李晓明心急如焚。专家们心里也直打鼓，难道当初的判断有误？如果没有矿，那么航测的磁异常与地面物探出现的富矿钻孔又作何解释？

矿区的人们就像被当头泼了一盆冰水，心一下就凉了。

祸福不明的事情接踵而至。

2001年初，南非比利顿矿业公司和澳大利亚BHP矿业公司合并为必和必拓，成为当今世界矿业巨头，且由BHP公司控股。新公司调整了全球风险勘查投资策略，大幅削减风险勘查而转向成熟项目并购，普朗一度成为其取舍难定的棋子。经过外方专家多次评估，最终以项目地处“三江”环保风险大、投资所在国别和地区不符合其条件等，最终宣布暂时放弃普朗，并无偿将已投入400万美元获得的成果移交中方，但同时约定，必和必拓退出后，由中方继续投资，保留三年之内以中方投资3倍的价格回购其股权。

其实，普朗已一钻定乾坤，大型斑岩型铜矿已无悬念。然而，未见矿的钻孔说明了什么呢？抑或是不忍普朗被外方控制而幽了一默？

结果是，以丁俊为首的中方谈判代表用智慧谢绝了三年后外方的回购权，普朗又回到国人的怀抱。

云南地矿局领导班子则暗自高兴，“三江”有眼，普朗完璧归赵！

业内有人打趣说：必和必拓中了“大彩”，但彩票不幸又丢失了！

16

2000年，中国地质调查局一纸调令，云南地矿局总工程师丁俊到中国地质调查局成都地质矿产研究所挑起了重担。而这时已走上云南地矿局局长位置的李晓明慧眼识珠，李文昌由局地矿处副处长、副总工程师走上了地矿局总工程师的位置。

这两人的角色转换，无疑都是踏着进步的旋梯进入了一个施展自身才华、实现人生价值的更为广阔的空间，相对于“三江”找矿，也可谓是提供了一个更为有利的条件。

作为丁俊，到了成都地质矿产研究所显然担子更重了，除了所里正常的工作开展，还要负责整个大西南5个省区地质大调查的管理和协调工作，其中包括青藏高原西南“三江”找矿等等。他在用激情与效率进行着创造性劳动，尽可能做到未雨绸缪，对项目加强协调和监督，严把成果质量关，使找矿项目技术管理工作走向标准化、规范化、科学化，提高了地质勘查和科研成果的质量水平。

但缘于大学毕业就一直在云南“三江”摸爬滚打，丁俊对云南“三江”则多了一份特殊的感情，关注的目光一直没有离开那块隆起的地质高地。多年来，他与李文昌经常保持着热线联系，进行成矿理论的探讨，交换勘查工作意见——羊拉是当务之急，要分秒必争；普朗要创造条件，尽快进入场地；涉及三江找矿的兰坪等一批项目，要精心组织……

对于李文昌来说，普朗找矿则是他人生转折不可忽视的一个优美“音符”，也可说是一个华彩“乐段”。

早在外资撤走普朗矿区勘查处于“停摆“阶段，时为云南地矿局地调院常务副院长的李文昌和“‘三江’找矿”理论科研组并没有停止对普朗地区的研究。他们根据对格咱地区地层结构和岩浆演化的研究，根据测出的磁异常和矿体赋存的地质规律，一致赞同李晓明局长的判断：矿区的深部外围都有未发现的矿体。为此，“理论指导、技术优先、探边摸底、拓展外围”的原则确定下来。

李文昌告诉记者，“这里的岩石很‘湿’，我们认定这个地方一定‘有搞场’”。

“岩石‘湿’说明了什么?”

面对记者困惑的眼神，李文昌笑着解释说，这是干地质的一种行话，是指一种岩石的“蚀变”，是岩浆上侵形成的热液蚀变和矿化很强的反映。只有老跑野外并具备丰富经验的地质人，才会一眼看出岩石是“湿”还是“干”。

随着研究的不断深入，巨大的找矿潜力更为清晰地展示出来，李文昌兴奋之余，陷入了深深地思考——一切的判断，都要由勘查验证，勘查，就要布孔打钻。打钻，钱从何来?

国土资源部正在开展的新一轮国土资源地质大调查，半数以上的调查资金投向了西部地区。只要你的项目真正有价值，有科学依据，从勘探经费的“大盘”中切出一块“蛋糕”，并不是没有希望。

李文昌和卢映祥风尘仆仆来到北京。目的很清楚——争取普朗勘查资金。

钱，是那么好要的吗?

地质大调查的投入是国家的专项资金，从1999年开始，每年10亿元的投入要为国家拿出产品。地质调查的成果要为社会经济发展服务，要为国家的规划、管理提供科学的决策依据。这样一种性质的工作，中国地质调查局的决策层岂敢掉以轻心？每一分钱的投入都要“听响”，都要讲究高质量、高效率。

中国地质调查局总工程师周家寰、资源评价部主任王瑞江和多位副主任及处长们听取了汇报。

李文昌详细陈述了新近的研究结果，并一再强调中甸普朗巨大的找矿潜力，强调加强普朗矿区勘查的必要性和重要意义。他以见到富矿体的第一孔钻探为例，形象地把“三江”找矿比喻为“黎明前的黑暗，就差捅破那层纸了，千万不可半途而废”。

周家寰不动声色，两眼射出逼人的剑光：“真像你说的那么好吗？你们认为普朗属斑岩型，有哪些特征？”

李文昌从“三江”地区的大背景到成矿类型，从普朗属斑岩型的种种特征再到新的成矿理论的建立和验证，充满自信地回答了周家寰的提问，并邀请地质调查局领导现场考察。

“矿肯定很好，我不仅要找矿，还要把路修上去，轰轰烈烈大干一场！”李文昌雄心勃勃的话充满了激情。

事业至上的赤子之心溢于言表，感人至深的精神令人动心，中国地质调查局的老总周家寰被李文昌感动了：“从项目经费中先给你挤出100万。但这100万不是给你修路，只能用在找矿上，下个月我们实地考察！”

李文昌心花怒放——绿灯大开，高速前进。

一个月之后，在卢映祥、杨夕辉、刘宇淳等人陪同下，中国地质调查局总工程师周家寰和资源评价部的王瑞江、薛迎喜、王全民等一行出现在普朗山巅。他们看到新挖的条条探槽都暴露出好矿富矿，忘却了骑马上山的艰辛，忘却了雪域高寒的挑战，也不知是激动的心跳抑或是轻微的高原反应，只是手拿着闪亮的矿石连连赞叹：“好……真好……确实很好……”。

2002年，普朗被列入国土资源地质大调查重点勘查项目，每年给以650万元的项目经费支持。

社会各界关注的目光，中国地质调查局的大力支持，大大鼓舞了云南地质人的士气。这时的羊拉铜矿勘查已获重大突破，云南地矿局局长李晓明一声令下，范玉华从羊拉被召回，担任了普朗找矿项目的技术负责人。曹晓明、张世权、曾礼传、黄定柱、李冰、尹银寿、王文献等到外围开展地质填图和矿点检查……

一条长13千米的简易公路终于修到了普朗矿区，一个崭新的高山营地迅速形成，海拔4200多米的矿区，排排简易平房快速耸立，职工宿舍、物资仓库、简易办公室、厨房、餐厅……一应俱全。时为云南省地矿局三大队办公室主任的鲁慧，充分表现出他杰出的组织、协调能力，在担任普朗找矿的后勤保障总指挥的那段难忘的岁月，他面向一线调度车辆，千方百计改善职工生活，一批批生产设备、生活物资源源不断地运入矿区……

普朗找矿的每个环节都在紧张有序地向前推进。

2003年，云南地矿局联合云南铜业集团等单位组成迪庆有色公司，从2003年起对普朗铜矿首采区开展地质勘探。新成立的迪庆有色公司给普朗铜矿投资6000万元，其中，云铜出资47%，云南地矿出资38%，迪庆州出资16%。

公益性、商业性地质工作相互衔接，理论探索、实践验证相互促进，普查、详查、勘探、开发一条龙设计……普朗找矿大会战再起硝烟。

17

有人说："唯有跃出经验和常识的层面，思维才能高屋建瓴；唯有冲破貌似合理的传统规则，思想才能破茧而出；唯有跃出人所共知的技术边界，智慧才能一马平川。"

总结前一次勘查的经验教训，第二、三个孔没有打到矿，这一次必须慎之又慎。钻孔定位坐标在哪里？

根据地表工作掌握的大量信息，李文昌认为：原来的钻孔打偏了，见矿孔的北面应该是矿体的延伸方向。

雪域高原再次响起了钻机悦耳的轰鸣。

飞旋的钻头带着舍我其谁的气度，像一根巨剑直刺地层深处；又像一只科学的大手，探索着抚摸着地下岩层的构造；无数双充满期盼的眼睛，似乎要穿透幽深的历史隧道，看清地下千年的秘密。

一个值得纪念的时刻到来了！

云南省地矿局地调院地质高级工程师曹晓明，是后期羊拉、普朗项目负责人，曾经"三上普朗"组织施工。他在回忆录中有这样一段记述：

> 2003年9月的一天，普朗矿山已终了6个孔。多数钻孔已打到铜矿(化)体，见矿效果不太好。我正在编录2003年施工的最后一个钻孔，编号为ZK0401，设计孔深400米。
>
> 傍晚我刚回到住地，钻机上一个小伙子气喘吁吁地跑来，一进门就兴奋地大叫："曹工，打到基岩了。"我立即跑到ZK0401钻孔施工现场，就见岩芯箱中湿湿的几段岩芯闪着银光，中间是淡淡的红点。我的心中一阵狂喜，"这该不会是钾化的长石吧？"

用放大镜仔细一看，果然是一段钾化的石英二长斑岩，红点正是钾长石，周围还夹杂石英、长石、黑云母等其他矿物。最让人激动的是岩石中间嵌有大量细脉状、浸染状的黄铁矿、黄铜矿，偶尔可见星点状辉钼矿，目估铜品位已达工业品位要求。我马上打电话将这一消息告诉了时刻关注的范玉华、李文昌……

普朗施工现场沸腾了，昆明总部这边也沸腾了！

10米、50米、100米、140米……全是铜矿体！

什么叫柳暗花明？什么叫欣喜若狂？那时，只有在那时，地质队员们仿佛突然间统统体会到了。

更大的惊喜还在后边——除了有一个孔见矿情况不甚理想，其余两个孔，都打到了300多米厚的矿体。

资料显示，“ZK0401孔终孔深450.8米，除0—10.5米为松散冰碛层外，其余440.3米全为铜矿（化）体，且尚未揭穿矿体。”

加上前次成功的一个孔，普朗铜矿的主脉被逮住了。

普朗超大型矿床的面纱终于被揭开。

2003年7月15日，新华社发布了这样一则消息：

云南省地质工作者在我国著名的“‘三江’成矿带”新发现了一批大型、超大型有色金属矿藏。

1999年开始全国地质大调查以来，国家安排了8000万元资金在“‘三江’成矿带”找矿，约1000名地质工作者经过4年工作，继在川滇交界的迪庆藏族自治州德钦县羊拉乡发现储量130多万吨的大型铜矿之后，香格里拉县的普郎又发现大型铜矿。专家估计，普郎铜矿储量将达到超大型铜矿规模。在著名的兰坪铅锌矿附近白秧坪找到超大型银矿，已探明银储量5669吨。

云南省地质工作者乘胜向南推进400多千米，在红河、元江以西的澜沧江、怒江中下游地区，找到了一批大型、超大型的多种金属矿产。在腾冲县明光乡，一处超大型铜、铅、锌多金属矿获得突破，探明铜矿资源储量200多万吨；滇西南南汀河地区，找到储量达200多万吨的铅锌矿，滇南红河流域找到一处大型金矿；思茅大坪掌找到一处铜、金、银共生的多金属矿，初步探明其中铜储量已具备大型铜矿规模。

联结着历史和现实，铺展着希望与生机，沉睡千年的地下巨龙呼啸而起，一个个特大型整装铜金多金属矿石破天惊，一个将改写中国有色金属资源现状的矿群横空出世，一向鲜为人知的普朗引起了世人密切的关注。

2005年6月下旬，中国地质调查局局长孟宪来、总工程师周家寰一行专程前来普朗，详细考察了新近施工的钻孔和探坑，看到其中一个钻孔已达700多米仍没有穿透矿体，他兴奋地连连说道：

“奇迹！高原找矿的奇迹！时间这么短，自然条件这么差，作业量这么大，成果这么突出，奇迹！”

孟宪来说：“普朗找矿成果是新一轮国土资源大调查取得的重大成果，证明国家部署资源大调查的政策、措施及选项是完全正确的。”

科学之光耀日月

18

2006年1月26日。北京。人民大会堂。

全国科技成果表彰颁奖大会隆重召开。

国务院总理温家宝沉稳庄重的声音宣布——“由云南省地质矿产勘查开发局、中国地质科学院、中国地质大学、成都地质调查中心承担完成的《西南‘三江’铜、金多金属成矿系统与勘查评价》，获国家科技进步一等奖……”。

这项成果的问世，不仅仅是“国土资源大调查”的产物，更是中国地质人发出的一个宣言——特提斯，这个古希腊女神，现在应该轮到她为我们带来福祉的时候了！

资料显示，“三江”云南段发现并评价了12个大型超大型矿床。如果以大型矿床国家标准的下限折算，探明的资源量相当于15个大型铜矿，20个大型铅锌矿，8个大型银矿，24个大型金矿。

据专家评估，该项目已查明的资源量，相当于全国保有铜资源量的11.6%，铅锌的7.8%，银的6.8%，金的11.2%，如加上发现的中小型矿床，所占比例都在10%以上。

“西南‘三江’铜金多金属成矿系统与勘查评价”这个全新的“‘三

江’成矿理论”的出现，对于中国地质科学追踪世界地学前沿、发展自己的大陆造山带地质理论，无疑具有重大的理论意义。

国内外专家认为，这项成果及理论代表了中国造山带较高水平，也是世界新地学革命的重要组成部分。同时，对国民经济可持续发展和西部大开发中开发矿产资源、保护生态环境等都具有重大的现实意义。

“‘三江’特别找矿计划”重大发现令世界震惊。美国地质学会主席博奇菲尔院士评价说：“这是被地质实践所检验的全新的构造—成矿模式。”

国土资源部总工程师张洪涛则站在国家经济安全的战略高度说，“西南‘三江’将成为未来中国重要的铜业基地，作为我国寻找新的接替资源基地的战略行为，‘三江成矿带’的重大突破，不仅是国土资源大调查的重大成果，还将提升中国有色金属在世界的排名。”

19

地质大调查加快了“三江”找矿大提速，新的矿产地不断发现，矿床规模呈跨越式扩大，纷飞的捷报雪片般飞向首都北京。

在中国地质调查局“1999—2000年矿产资源调查评价项目取得的十项重大成果”上面，记者还发现了这样的记述：

云南哀牢山南段金平铜厂地区：共发现9个原生金矿体，3个主矿体长1000—3900米，矿体较厚，平均含金品位较高；此外新发现的红土型金矿无论是展布长度、矿体厚度和含金品味，都更为可喜……据初步测算，总体控制金资源量有望成为云南的百吨级金矿。

一个环链状的庞大矿脉群，在科学的成矿理论和凝聚的党心、民心面前，撩开了金碧辉煌的神秘面纱。

在接受记者采访时，原国土资源部副部长寿嘉华曾经说过，西南“三江”因为勘查工作力度不够，很多丰富的矿产资源基地未被发掘。因此，在资源日益紧张的今天，系统地研究“三江”流域中南段的成矿机理和矿产分布情况显得极为迫切。新一轮国土资源大调查正式启动以来，矿产资源调查评价取得了突破性进展，如羊拉里农铜矿、红山铜矿、尼仁铜矿等矿区，都具有较大的开发价值，展示了“三江”地区具有较大的找矿潜力。

她特别举例说，1999年开展地质大调查，白秧坪矿区勘查继续予以重点支持，两年投入资金750万元，钻探工作量达5000米以上，坑探300米，控制资源量银一下就增加到5669吨。后来又在外围发现吴底厂、核桃箐等一批重要矿产地，全区银的远景资源量预计在1万吨以上。除此之外，白秧坪矿区伴生的铜、铅锌，都达到了大型矿床规模；钴达到中型矿床规模。据专家估算，白秧坪矿区的潜在经济价值约800多亿元。

2003年12月5日，云南省地矿局提交的“三江”云南段首批羊拉、白秧坪、大平掌3个大型、超大型多金属矿床最终评价报告，经中国地质调查局组织专家评审通过验收。

“三江”云南段有色金属基地勘查取得重大突破——科学宣告了胜利。

20

一位著名的矿床学家说过：“一个矿床的发现，就是一个发明。”

发明，就是颠覆传统，就是理性超越，谈何容易！

“三江”地区是全球最复杂的造山带，既经历了特提斯的构造演化，又遭受印度—欧亚板块碰撞和高原隆升的强烈改造，因而地质规律的认识难度极大；

这个地区岩浆活动最为强烈，成矿流体最为活跃，已有的成矿理论不能完全解释“三江”地区成矿规律，难以有效指导该地区的找矿工作；

这里的地貌为高山峡谷深切割，极其复杂，缺少有效的勘查技术。

认识难度大，找矿难度大，技术难度大——三大难题摆在科研团队面前。

前人曾总结出了“沟、弧、盆”系统的地质构造模式。但他们以一沟、一弧、一盆的简单构造模式指导找矿，无疑局限了找矿的思路和靶区的选择。

李文昌、潘桂棠、莫宣学、侯增谦……项目组的科学家们徜徉在自己绘制的遮天蔽日的图纸堆，跋涉在线条的五线谱和纷繁的方程式中，用一次次智慧的风暴，冲击着一个个理论的盲区。

潘桂棠为首的成都地质调查中心的科技人员在充分搜集野外第一手资料的基础上，闪烁着科学之光的“‘三江’地区多岛弧成矿论”研究出来，解决了“在哪里找矿，找什么矿”的问题。

在成都地质调查中心采访时，面对潘桂棠这位有着学者风度的长者，我真想知道他的大脑有着怎样的特殊构造，装进了怎样不同于别人的东西。很遗憾，他无暇接受采访，匆忙中几句话就把我打发了："地质科学的探索永无止境。我们对这个'三江成矿带'的课题研究，现在看来是个极其简单的观点，但多少年来没有人系统地认识它。我们认识了它，就取得了成功，并没有多少神秘的地方。"

"多岛弧盆成矿论"解决了1亿年前印度板块俯冲过程中"三江"地区的成矿机理。1亿年后呢?

于是，以侯增谦为首的研究团队立足于野外实际情况，根据第一手材料和有效数据的不断总结不断完善，一束闪电般的弧光刺破了茫茫迷雾——"陆内转换成矿论"问世了。

这个理论，总结出由地球运动大转换、大走滑、大推覆及壳幔物质流动迁移等陆内转换系统控制的斑岩型铜矿、热液多金属矿、剪切带金矿等大型成矿系统，解决了"在什么部位找什么矿"的问题。

"我们提出的创新性理论，实践证明是正确的，许多新发现的矿床，其成矿机理与矿床模型，与两个成矿论是十分吻合的。"侯增谦如是说。

与此同时，以李文昌为首的研究团队针对不同成矿背景和矿床类型探索总结出5套勘查集成技术，比如重（重力测量）磁（磁法测量）电（电法测量）的有机结合，对寻找与隐伏岩体有关的矿床卓有成效。这些集成技术为"三江"乃至整个西南地区的地质找矿实现快速高效评价，提供了强有力的技术支撑，勘查水平和质量大幅提高，为国家节省资金数以千万元计。

莫宣学及其科研团队"两套成矿系统"理论的相继推出，在地学界理论界再一次掀起冲击波。勘查部门认为，"这两套理论为矿产勘察的战略部署提供了重要依据"，"对'三江'地区的基础地质和矿产勘察有长远影响"。

……

创世之神与科技相拥，理论和实践，主观与客观，就达到了完美的和谐与统一，一种美学现象的出现也就成为必然。

理论创新以前，评价兰坪金顶铅锌矿大约用了15年时间，评价思茅镇沅100多吨的超大型金矿用了将近12年，而现在，评价类似普朗的超大型铜矿，三四年就基本摸清。项目组5套集成技术"对症下药"，针对不同类型的金属矿使用不同的方法，分别收到了理想的实践效果。实践已经证明，"三江"找矿效率达到了全国平均效率的3.5倍以上。

中国工程院一位院士认为，"'三江'找矿"的理论突破，也许是刚刚掀起了"冰山一角"，它就好比一个婴儿，还远未长大成熟。但无容置疑，"三江"成矿带的理论研究，实现了"三江"找矿从点到面的重大突破，已凸显出重大的理论价值和应用价值，必将为我国青藏高原和"三江"找矿、以及开展矿床空间的定位预测探索出一条新路。

云南地质人用自己的意志和智慧，在与传统的成矿理论对抗中颠覆了"传统"的内涵。在这轰响着千年历史回声的横断山脉里，奏出了"时代精神"的最强音。

喜看南国再提速

21

又是一个凌晨，半轮残月钻进我的书房。月亮是昨天的，日历却揭开了新的一天。我下意识地点燃了一棵烟，遥望着夜幕迷蒙的天宇，静静地思考着这样一组命题：

面对金钱的爆炸、物欲的横流，精神在我们的时代应该处在一种什么样的位置？

我们应该怎样认识新时期的地质人？怎样来认识他们对历史、对时代、对人类文明所作出的巨大贡献？

什么样的信念支撑云南地质人多年砥砺默默耕耘，甘愿化为三江地区的流沙，坚守着与地下数亿年的矿藏相约？

什么样的动力驱使他们奋战在雪域高原无人区，历经风雨坎坷曲折，唱响了一曲21世纪版本的地质队员之歌？

22

李文昌办公室。

环顾四周，到处都是寄托着他太多激情和梦想的形状各异的石头。记者在想，矿石是什么？是物质的？是精神的？是物质与精神的共存、共在？这每一块矿石的背后，是否都有一个不平凡的故事？而每块冰冷的矿石，是不是国土资源大调查12年风雨历程的见证？

在真正认识"三江"、明白"三江"的地理环境和历史作用，弄清"三江"找矿与地质大调查的渊源之后我发现：握手特提斯女神的"地质大调查"实践，不仅是新中国地勘体制变革的一个缩影，也是熔政治、经济、科技、人文、自然于一炉的大部头著作。

我没有忘记，谈到"三江"找矿过程公益性和商业性地质工作的无缝对接，现在是云南省有色地勘局局长的郭远生，当年曾经是云南省地矿局副局长，他一一列举了原地矿部和国土资源部那些决策者的名字，对他们高度的时代责任感和历史使命感钦佩之情溢于言表："国土资源部副部长寿嘉华、中国地质调查局局长叶天竺、总工程师周家寰因势利导，及时果断地把羊拉、普朗找矿作为'三江特别找矿计划'项目和地质大调查项目立项，尽可能降低了找矿风险、明确了找矿靶区。有了成果后又支持地勘单位向商业性转化，多种形式提供政策和技术支撑，真正发挥了引导作用。"

我没有忘记，谈及新一轮国土资源大调查刚开始那个最为困难的历史阶段，丁俊的眼睛曾经瞬间燃起激情的火焰："陈西京任云南省地矿局局长时虽然资金那么困难，仍是想尽一切办法找矿，每年投入的找矿资金都达到2000多万元，其中包括削减'人头费'的钱。'三江'找矿科研经费紧张，每次找到陈西京局长，他都会挤出资金保障科研工作顺利开展。李晓明继任局长时曾经拍着桌子说过，必须坚持一个原则，就是要用全局业务水平最好的人员、最好的装备，全力以赴地做好国土资源大调查项目，一定要把隐藏在'三江'的矿找出来！"这难道不正是地质人正视自己特殊社会使命的体现？

我没有忘记，从"摸着石头过河"第一个吃螃蟹到寻路出击与狼共舞直到地质市场火爆的今天，"三江"找矿从实践层面率先在全国进行了有益的探索，从思想认识提升到创新体制机制，从局部找矿到整体推进，从勘查开发统筹设计到市场化施工组织，多方面的创新把地质找矿工作思路真正落到了实处。重要的是，它为我国地质找矿改革发展提供了活生生的实证样本。

我没有忘记，时任云南省地矿局三大队副总工程师的李文昌，在老挝一家合资公司担任项目总工查明一处品位较高的中型金矿，外方老板感激之余，承诺给李文昌一系列优厚待遇：月薪1000美元聘为技术总负责，让其技术入股，将全家户口从大理迁到省城昆明，赠送一套标准住房。面对金钱的诱惑，物质的承诺，李文昌毅然回国参加“三江”找矿的实践。他的回答是：“我的家在云南，我的根在‘三江’！”

在探索地球奥秘的人们面前，假如《三江成矿带科研》项目组不是毫不犹豫地跨出了挑战传统成矿理论这一步，新的“三江”成矿理论或许还要推迟多少年。诚如“金无足赤，人无完人”，“三江”找矿理论的创新也同样并非无可挑剔，也同样需要不断探索不断完善。但“三江”找矿突破的伟大实践，本身创造了许许多多的中国之最，当我们翻阅着如此宏篇巨制的时候，作为一个中国人，我们难道不感到莫大的欢欣、鼓舞和自豪？

23

历史覆盖了昨天的一切。

“三江”，在我的思索中声声轰鸣，在我的踌躇中滔滔奔泻。

我思维的触角延伸到了云南省地质矿产图，这张地图挂在云南省国土资源厅总工程师张明晶的办公室墙上。一条代表铜金属，充满生机的绿色成矿带从横断山“三江”地带纵贯云南，一直走到滇南，延伸到国外。这条绿色的飘带，洋溢着云南有色金属王国的青春色彩，也成为雄鸡报晓般的共和国版图上充满神韵的华彩乐段——

距普朗矿区仅10多千米的红山地带，追索矿体向北延伸400米，施工钻孔，孔孔见矿，新圈出3个铜矿体，品位较高。以此推断，该区深部可能存在规模较大的隐伏矿化斑岩体，具备寻找大型以上铜矿的条件和前景；

地质大调查第一个突破的大型矿床羊拉铜矿，继续向深部和外围扩大找矿，探明伴生有铅锌、金、银等多种矿物有益成分，有望实现“羊拉外围再找一个大矿”的目标；

位于“三江”南段的保山核桃坪珑阳地区，经深入勘查，评价了一处大型的铜铁铅锌金多金属矿区……

“三江”科研项目组多学科综合研究和找矿实践证实，“三江”成矿带在云南省向南延伸到了中缅、中老、中越边界，其间新发现的思茅大平掌、金平勐拉和临沧的南角河、南汀河等铜银铅锌多金属矿，均已展现出可观前景。

矿产资源丰富多彩的“三江”成矿带，已被世人誉为“油气中东”，“摘金揽银挂铜”的聚宝盆。在全球矿业盛宴的极具诱惑下，“点石成金”在云南已经不是一个神话。

2003年，一家来自桂西北的民营企业蒙自矿冶，以3500万元的价格买走了当时几乎无矿可采的白牛厂矿矿业权，一年后就爆出了一条爆炸性新闻——蒙自矿冶投入商业性风险勘探资金2000万元，探明白银储量7000吨以上，铅锌储量400万吨以上，铟金属储量1000吨左右，成为我国数一数二的大银矿，年产值可达10亿元，利税3亿元。

国土资源部的相关统计显示，2004年起商业勘查中的资金有一半以上来自民营和外资企业。有色金属的飚升使云南矿业权转让市场热火朝天，一些过去看来矿老山空的老矿、贫矿、末期矿山，通过中深部探矿开始重焕青春。各种资本每年流入云南矿业开发、勘查的资金高达100亿元。20世纪90年代以来，云南地矿局已累计引进外资达8000多万美元。

“云南的资源前景不是一般的大，到处是断裂带，未开发的处女地还多得是。”云南省国土资源厅总工程师张明晶兴奋地告诉记者：

“‘十五’以来的云南地质找矿，仅铜的新增储量就超过了以前的总储量。国家地质大调查项目给云南带来了一个机遇，有色金属王国的神秘面纱才刚刚被揭开，新的矿床和矿山还会被大量发现。”

张明晶的话并不是耸人听闻。

我们在采访中闻悉，云南省地矿局已经为此做出了精彩的注脚。

“十一五”以来，以付军为首的云南省地矿局确立了“勘查立局、开发强局”战略，加强“三江”地区重要成矿区带成矿理论、成矿规律的创新研究，加大了地质找矿投入，创新了地质找矿机制，重点推进6个项目的勘查、开发一体化建设，先后实现了滇东北金沙铅锌矿、保山西邑铅锌矿等隐伏矿藏地质找矿重大突破，为云南省矿产支柱产业的发展提供了新的资源基地。

24

“三江”找矿的朝圣路，仅仅是行程的开始，科学技术露出的微笑，也不是结束。

国土资源部副部长、中国地质调查局局长汪民指出：

“我国资源危机的警报并没有解除，面对国土资源大调查的阶段性胜利，前方的路途仍很遥远。我们没有任何理由停滞不前——前脚已经跨了进去，后脚必须紧紧地跟上来!”

对于西南“‘三江’成矿带”的找矿，中国地质调查局副局长钟自然提出了具体要求：围绕铜、铅、锌等国家急缺矿种，以寻找大型、超大型矿床为目标，选择普朗、羊拉、松诺等矿区外围7处找矿远景区开展深部远景控制和探索。

中国新一轮西南“三江”找矿的帷幕悄然拉开。

《科学时报》消息：

2008年12月26日，“973”项目“‘三江’特提斯复合造山与成矿作用”启动会议在京举行。科技部先后两个“973”项目关注“三江”（怒江、澜沧江、金沙江），足以说明这个地区成矿规律的科学研究有多么重要了。

此次启动的“973”项目“‘三江’特提斯复合造山与成矿作用”，项目首席科学家、时任中国地质大学（北京）副校长的邓军教授提出，要主攻“三江”特提斯，揭开“三江”成矿之谜。

科学的步伐在“三江”迈出了高昂的跨度。人们从这跨度中看到了未来。

面对时代的召唤，云南省地质人以腾跃之势，责无旁贷加入了这次高难度的“973”科研项目的攻关队伍。他们深深地知道，“三江”找矿的伟大实践，不是幻想中的海市蜃楼，不是嘴上撼天动地的呐喊，更不是期盼中的那个遥遥无期的梦想，它需要扎扎实实的脚印，需要科学的技术操作，需要……

特提斯女神的全身亮相，似乎不再遥远……

东疆旭日

银 宝 郭淑珍

2009年初，构建地质找矿新机制成为“地质找矿改革发展大讨论活动”要着力解决的核心理论和实践问题之一，大讨论活动有力地推进了新机制的构建进程。很多人为构建和实践找矿新机制呕心沥血，甚至献出宝贵生命……

一年后，徐绍史部长自豪地讲道：“更可喜的是，我们总结了安徽泥河的整装勘查模式，总结了河南嵩县整合勘查的嵩县模式，还有我们新疆的‘358’专项，这些找矿模式都为地质找矿新机制的构建提供了实践的范例。”

国土资源部副部长、中国地质调查局局长汪民也高兴地说：“一是总结出‘公益先行，基金衔接，商业跟进，整装勘查，快速突破’的地质找矿新机制基本思路框架。二是总结提炼出安徽泥河、河南嵩县和新疆‘358’项目、青藏专项等机制创新的实践模式。”

2010年11月4日—5日，国土资源部全面推进地质找矿新机制座谈会在河南省郑州市召开。国土资源部党组书记、部长、国家土地总督察徐绍史在讲话中强调，地质找矿工作正处于可以大有作为的重要战略机遇期，国土资源系统、地质勘查行业及相关单位要抓住机遇而不可丧失机遇，坚定不移地贯彻落实“公益先行、基金衔接、商业跟进、整装勘查、快速突破”的地质找矿新机制。在这次会上，明确提出了确保地质找矿实现“三年有重大进展，五年有重大突破，八年重塑地质勘查开发格局”的“358”

宏伟目标。

“358”被赋予新的内容。同时也标志着全面推进地质找矿新机制完成初期的探索，进入了一个新的时期。

然而，推进地质找矿新机制探索时期的轨迹，值得我们追寻。

构筑“358”高地

2006年金秋，美丽的新疆瓜果飘香，到处是一派丰收景象，胡锦涛总书记来到新疆视察。当他在民族地区看到仍然落后的生产生活状况，心里很着急，特别强调要加快民族地区发展。听了总书记满含深情的指示，中共中央政治局委员、新疆维吾尔自治区党委书记王乐泉深知自己肩上的担子沉重。他历数新疆家底，觉得最具优势的是资源，其中在较短时间内能发挥作用的是煤炭。

与此同时，中央有关部门也积极行动起来。2007年4月，根据胡锦涛总书记视察新疆时的重要讲话和温家宝总理两次重要批示精神，由国家发改委、财政部、国土资源部等国务院20多个部委及有关中央企业、研究院所100多位成员组成的中央调研组到达新疆，分为南、北疆2个综合调研组和农业、能源、资源、水利等9个专题调研组，在新疆进行综合调研。

调研意见认为：从全国的情况看，中东部地区的矿产资源经过几十年高强度的开采，许多大型、超大型的矿产基地已经进入枯竭期，需要找到一些新的矿产资源接替基地来支撑国家高速发展的资源保障，保证资源供给。新疆是我国很重要的资源大省，有着丰富的矿产资源，但勘查开发程度较低，无论是地质找矿还是开发都有很大的前景，资源优势显而易见。以资源转换战略为发展途径，主动承担起国家东部矿产资源基地向西部转移的使命，会给新疆人民带来前所未有的发展机遇。

2007年9月28日，根据调研成果，国务院下发了32号文，充分肯定了新疆在中国经济发展中的重要地位，并对新疆优势资源转换战略提出了纲领性建议。加快新疆地质工作步伐的序幕，徐徐拉开。

国土资源部紧急行动起来。2007年的国庆节刚过，乌鲁木齐的大街上还洋溢着节日的喜庆气氛，国土资源部副部长汪民受徐绍史部长重托，带着工作组来到新疆，落实国务院32号文件精神，与新疆主要领导共商新疆地质找矿和资源转换战略大计。

中国地质调查局、西安地质调查中心、新疆国土资源厅的地质专家们认为：世界上分布着三大巨型成矿域，一条是环太平洋成矿域，一条是中亚成矿域，还有一条是特提斯成矿域。这三条成矿域有两条在新疆通过，一条为中亚成矿域，在新疆的北部通过，另一条为特提斯成矿域，在新疆的南部通过。在中亚地区，新疆西邻的哈萨克斯坦、吉尔吉斯斯坦、乌兹别克斯坦分布有许多特大型的矿床。在新疆周边的所有大型、特大型矿床的发现，令世人瞩目。因此预示着新疆的找矿前景非常巨大。

2006年，国务院《关于加强地质工作的决定》出台后，地质事业的发展也面临着新的机遇与考验。地质找矿工作要取得大成果，就必须建立地质找矿长效机制。要找到大矿，需要构建能找到大矿的新机制！国土资源部部长徐绍史提出：要积极探索中央、地方、企业三者相互联动，公益性商业性工作有机衔接，勘查和开采紧密结合，地质找矿、地勘单位改革发展和矿业权配置协调配合的体制机制。

但令人遗憾的是，长期以来新疆矿产勘查投入偏少、资金渠道分散，发现大型、超大型矿床寥寥无几，铜、金、铅锌等多数优势矿种探明储量甚至不到预测储量的10%……

面对现状，新疆的找矿人心急如焚，有位远在西安的汉子也在为此茶饭不香，他就是最终为探索找矿新机制献出宝贵生命的西安地质调查中心主任李向。

李向作为一个勇敢的探路者，探索着西安地质调查中心该走的路，该打的硬仗。2002年，一个偶然的机会，李向在西安地质调查中心承担的“鄂尔多斯盆地地下水勘查”项目实施上，有意无意地做了一次“联合地质找矿”试验，得到了各省区的积极投资与支持。从那以后，仅有两名水文工程师的西安地质研究所，迅速成长为一支有70多名水文专业人员的水工环队伍。其经济收益，撑起西安地质研究所的半边天。

这使李向看到了一线曙光，心里有了与地方政府合作找矿的思路。几年后，这个思路逐渐清晰起来。他把与各省联合找矿的想法提到西安地质调查中心的议事日程上后，一些同志提出这么大的动作要是不成功怎么办？做不好又怎么办？畏难情绪比较严重。李向斩钉截铁地说：“有些事，肯定得有人去干，因为国家需要！……凡事你第一次干出来了，哪怕不完美，那就是成功！……我们肩负着为国民经济发展提供资源保障的重任，我们不干谁来干?!”

2008年5月，新疆迎来了一个不寻常的春天。李向带着西安地质调查中心李文渊副主任、腾家欣副总工等几位专家来到新疆，与新疆国土资源厅的领导共商联合找矿大计。“统一规划、统一部署、统一实施、统一管理”四个统一的理念一提出来，与新疆维吾尔自治区人民政府主席助理、国土资源厅党组书记田建荣的想法不谋而合。田建荣随即给中共中央政治局委员、新疆维吾尔自治区党委书记王乐泉和自治区主席努尔·白克力汇报。王乐泉书记高兴地说，热烈欢迎、积极支持，相信新疆一定能找到比吉尔吉斯斯坦等国家还要大的大矿、好矿来。

然而，更繁重、更艰巨的任务已经摆在李向他们面前。联动方案怎么拿？整装勘查怎么搞？实施意见怎么写？利益分配怎么平衡？规划部署怎么统一？面对提出的一系列疑问，又有人犹豫了，觉得太复杂，害怕干不成。李向坚定地说：“你没有干，你咋知道不行！我们就是要从体制上，形成一种前面带、后面推，齐努力、共突破的新机制。要调动各地勘单位、各企业集团的积极性，集中投入，把每个项目做实，一定能出大成果，实现大突破。”

大风起兮云飞扬。新疆矿产整装勘查从此拉开了绚丽的序幕，部省合作项目在新疆开始全面推进。正是王乐泉、徐绍史、汪民等领导高瞻远瞩、果断决策，国土资源部、新疆维吾尔自治区、中国地质调查局等单位携手合作、精心组织，许许多多李向这样的地质人孜孜以求、架桥修路、添砖加瓦，甚至献出宝贵的生命，才寻找到并且构建了部省合作的找矿新机制。

从那时候开始，李向在构建新机制的路上进行着长跑运动，这个长跑又是一次又一次的冲刺构成！为了在西北五省建立部省合作机制，李向不断奔跑于北京、西安、乌鲁木齐、西宁、兰州、银川之间，直到他在青海献出宝贵生命！

探索、建立和实践这个新机制，成为地质工作者的使命。根据国土资源部的意见和中国地质调查局的部署，提出了中央部委与地方政府以合作的方式，以“四统一”的原则进行地质矿产勘查开发。

2008年7月11日，美丽的乌鲁木齐市正在举行一个具有里程碑意义的签字仪式，国土资源部与新疆维吾尔自治区人民政府签署《关于加快开展新疆公益性地质调查和重要矿产勘查合作协议》。签字仪式上，中共中央政治局委员、新疆维吾尔自治区党委书记王乐泉对开展新疆重要矿产勘查工作提出明确要求：“3年有好的眉目，5年出鼓舞人心的成果，8年有令国人为之振奋的重大成效。”

国土资源部徐绍史部长提出“要举全国国土资源系统之力，加快新疆地质勘查的进程，积极推进整装勘查，引进大企业、形成大投入，把新疆建设成我国重要的战略资源接替基地”。

因为王乐泉“3年有好的眉目，5年出鼓舞人心的成果，8年有令国人为之振奋的重大成效”的殷切期望，即将实施的《关于加快开展新疆公益性地质调查和重要矿产勘查合作协议》，被简称为“358项目”，成为省部合作进行地质矿产勘查开发新机制的一次经典实践。

2008年12月，新疆地矿局总工兼“358”专项总工董连慧带着新疆地矿局庄道泽副总工程师、李凤鸣主任，地调院王克卓院长，地调院综合室杨万志主任到达西安，与西安地质调查中心的李文渊副主任、董富城、陈建新研究员等组成方案编制组，在西安地质调查中心的组织下集中办公，编制《新疆公益性地质调查和重要矿产勘查2009—2010年度总体实施方案》。

这个方案，早在8月份已经确定了方案的总体目标和阶段目标，10月又在北京邀请陈毓川、叶天竺、周家寰、黄崇珂等著名地质学家，对《方案》进行研讨。专家们认为定位太低，不能做到全疆工作的统一部署，需要进一步修改完善。

在西安的半个月时间里，专家们埋头苦干，很多人干到晚上12点左右才休息，还有一些人甚至干得更晚。时间太紧，大量的资料要汇总、研究，这样大的方案还没有过，更没做过。一要和自治区的规划配套，二要和大调查的工作配套，还要把新疆今后8年的地质找矿工作统筹安排好，近期的工作要部署到位，可以直接去工作。他们把每个步骤变成目标，变成蓝图，再把每个蓝图变成目标。这是一个要耗费巨大人力物力财力的系统工程。

这么大的方案，要在这么短的时间里拿出来，光翻一遍资料也得把这些人累个半死，何况还要规划、设计出一个整体方案！这么大的方案，这么短的时间内完成，董总他们谈起来竟然如此平静、淡然！似乎只是说了几句话，写了几行字一样再正常不过。

其实，董总没有谈他自己当时的身体状况，也没有谈大伙工作中的那个艰辛过程。董总身边的人告诉笔者，就在到西安编制方案的前几天，董总刚做过耳膜修补手术，正在恢复阶段，按照医生要求的话要休息一段时间才能上班，还不能太累。但董总刚出院就开始工作，而且连续半个月天天加班，累了，耳膜就痛，有时候晚上疼得睡不着。他怕影响大家的工作，不和别人说，承受着痛苦一遍一遍地研究、统稿。后来，有人发现他吃止痛药，他才轻描淡写地说出了一点点痛苦。

其他人也一样。新疆的省部合作机制启动仅一年时间，担任“358”项目办公室常务副主任的李向先后6上新疆、15次往返北京，共组织办公会、论证会、研讨会、交流会、野外现场考察等22次。

李文渊博士是西安地质调查中心副主任，经常有所里、中心的事情需要处理，他承担的编写任务能在白天干的时候不多，经常是通宵达旦开夜车。那段时间，李博士经常是一对熊猫眼。好在，有眼镜片挡着，大多数人注意不到。

勇气、钻研和持之以恒是成功王冠上必不可少的钻石。半个月后，他们完成了方案初稿。几个月后，“358”项目领导小组汪民、田建荣等主要领导莅临西安。当时，李向曾主持会议向领导小组专题汇报了修改后的《方案》，领导小组总体上肯定了《方案》。汪民副部长高兴地说：“目标很振奋人心，按着这个目标达到了‘358’的目的。”

2009年5月25至27日，国土资源部和新疆维吾尔自治区人民政府在乌鲁木齐召开“358项目总体方案汇报会暨新疆地质找矿成果交流研讨会”，经过再三研讨、多次修改的《方案》在这次会议上通过，并得到国土资源部、新疆维吾尔自治区、“358”项目领导小组领导和专家评审组的高度评价。

《方案》确定从2008年到2015年，中央和地方财政投入40亿元，在天山、阿尔泰山、昆仑、阿尔金山三大山系展开地质找矿工作，重点勘查煤、铁、铜、镍、铅、铀等重要资源。

《东疆地区煤炭预查》为“358”项目实施的头一个整装勘查项目。说起煤炭资源，2.19万亿吨的预测总量让所有新疆地质人眉飞色舞，但说起煤炭资源产量，新疆的地质人沉默了。绝大部分新疆的“黑金”一直沉睡着。

《东疆地区煤炭预查》项目由新疆地矿局牵头，新疆煤炭局配合。这个整装勘查项目包括库木塔格–沙尔湖煤田、大南湖–野马泉煤田、淖毛湖煤田、伊拉湖－艾丁湖煤田和三塘湖煤田5个子项目。地矿局九队承担其中两个子项目，其余子项目由地矿局一队、煤炭局一五六队和一六一队承担。地矿局物化探队、煤炭局综合队等承担物探、测量等工作。还有来自新疆和全国各地的10多家地勘单位承担部分钻探任务。

新疆地矿局自2000年以来，以九队、一队为主，完成大量煤炭勘查任务。九队是全疆煤炭资源远景调查和资源量预测、准东煤炭勘探以及东疆地区煤炭预查选区工作的领头羊，这个队2008年一年完成56万米钻探任务，已经成为我国煤炭勘查行业名列前茅的地勘单位。

新疆煤炭地质局自1956年进疆以来，一直从事煤炭地质勘查工作，是新疆煤炭地质勘查的主要力量。一五六队曾被原来的煤炭部授予“找矿功勋地质队”称号。近年来一六一队、综合队的勘查力量得到壮大，在新疆三大煤田勘探工作中发挥着更大的作用。

2008年12月30日下午，新疆自治区主席助理、国土资源厅党组书记田建荣就加快东疆地区煤炭资源勘查工作进行动员和全面安排部署。

其后，各支队伍奔赴有“百里风区”之称的野外一线。

大南湖：唤醒沉睡的能源

大南湖位于哈密地区蕴藏丰富矿产资源的戈壁地带。哈密是新疆的东大门，区位优势非常明显。哈密风光秀丽，名胜众多，同时也是一块宝地，现已探明的矿藏有76种。主要优势矿产资源有煤、铁、铜、镍金、石油、天然气、石材、芒硝等。东西部广袤的丘陵、戈壁蕴藏着丰富的地下宝藏。

2009年2月6号，一个庞大的车队驶进大南湖。曾宪军带着新疆地矿局九队的大南湖分队进驻这里，他们要把沉睡亿万年的“黑金娃娃”唤醒。

两天后，901钻机率先开钻。曾宪军计划着12号前所有钻机全部开钻。

10号那天，下了一场暴风雪，把曾宪军的部署全部打乱了。大风卷着雪花呼呼地叫着，像个疯狗那样到处乱窜，站在外面连眼睛都睁不开，更不要说干活了。曾宪军竟有一点高兴，因为从2号出来踏勘，5号晚上回到队部，6号又出队，出队后千头万绪的事情忙也忙不过来，他浑身酸痛，想着在那个风雪天好好休息一天。

曾宪军万万没有想到，夜里两点钟，探矿公司经理汤涛打来电话说车陷在一个小河里动不了啦。这地方哪来的河，大不了是个干沟，怎么会把大车陷住，曾宪军这样想着叫上祁志泉就开皮卡车出发了。

来到现场一看，曾宪军傻眼了：大雪把原先的沟谷整个填平了，白茫茫一片，根本分不清楚哪里是平地，哪里是沟谷。祁志泉把皮卡车往前开了开，轮胎慢慢地有多半个就在雪里边了，赶紧又退了回来。只好先把一部分人拉回分队部。

曾宪军和汤涛从附近几个机台调了几辆车去往外拉。雪下面还真的有冰层，看着冰层很厚实，车好像能从上面开过去。大伙经过仔细观察，认为冰面的厚度可以开车过去拉。但是，车一开到冰层上就掉下去，先后一共有五辆车陷到冰雪里。40多岁的老司机王硕伟开着车过去，突然四个轮子一大半掉到了冰层下，冰沿子一下把汽车水箱戳个窟窿，王师傅也困在车上。

困在车上的人不知道冰雪下面的沟有多宽，更不知道雪下面是否都有冰层，不敢下车。

气温在零下25度以下，这样的气温在2月份的吐哈盆地是常见的。小车停了几分钟，再启动的时候，竟然冻在地上开不动。困在车上的人也冻得鼻涕眼泪流，王硕伟师傅被冻得哭了。王师傅的哭声正在影响其他人员的情绪，又有人开始抽泣，不能再耽搁了。

这时候，汤涛建议大伙手拉手摆成一字长蛇阵，把蛇头慢慢地延到冰层上面，逐渐接近被困车辆。那层冰总算还能承受住人的重量！很快把人救了出来。可从车上下来的人，已经冻得不会走路。

第二天一早，曾宪军打电话调来了沙漠车，也就是轮胎很宽、四轮驱动、轮子上面有扒齿的那种越野卡车。沙漠车也不能顺利把车拉出来。经过20多个人又挖又垫的几个小时的努力，才把被陷车辆全部拖了出来。

后来，有人问王硕伟师傅哭的时候是不是后悔到大南湖来了？王师傅说他当时并不知道自己哭了，可能是脑子里没有指挥，眼睛自己就哭了。

大南湖，给这些可爱的人上了第一堂课。才第一堂课，竟然这么难，这让曾宪军等人做好了迎接和战胜更大困难的思想准备。世界上从来没有不流淌汗水的成功，越是骄人的成绩越有不平凡的故事。

曾宪军上午刚指挥大伙把被陷的车辆解救出来，下午又有了技术上的烦恼。

曾宪军正吃午饭，901机机长张健打电话汇报说打出的岩芯好像是花岗岩，他放下饭碗直奔88勘探线。901钻机首先打的是最有希望见煤的88线3号孔，设计孔深为400多米，应该在400多米处见到老地层或花岗岩，怎么这么快就见到了，他不太信。可张健是个老机长，能顶半个技术员，花岗岩他还是认得的，这让曾宪军有些惶恐，一种不好的预感在心里越来越占了上风。

果然打到了花岗岩。曾宪军仔细看了几箱岩芯后发现，刚在104米处打穿第三系地层就打到了花岗岩，也就是说：不要说煤，连煤系地层都没有见到。含煤盆地变小了！他甚至悲观地觉得大南湖东部地区的含煤盆地会非常小，甚至不存在。

原来，第一批开钻的10个钻孔，首先是要控制含煤盆地的南部边界，好给二维地震工作确定工作区南界，其次才指望打到煤层。为了一举两得，这个孔位已经很保守了，设计在400多米的深度才能够打到盆地边界，没有设计得更浅一些、更偏南一些。

最有希望见煤的钻孔竟然连煤系地层都没有打到！曾宪军赶紧给大队主管大南湖项目的王平副总工程师汇报了这一情况。

王平接完电话，觉得事态出乎意料，马上向周继兵总工汇报。周继兵打电话叫来吴明福副总工，他们三个打开地质图开始研究起来。可是，二维地震工作还没开始，地表又全是第四系覆盖，钻孔部署本来就有一定的盲目性，可以参考的资料很有限。他们几位在图上画来画去，觉得含煤盆地比预计的小点，但不会太小，决定往北移一段距离再打个孔。

那一夜，曾宪军没有合眼。他既担心含煤盆地变小，整个设计方案要做大的调整影响工作进度，最终影响到“358”整体成果和“西煤东运”大计，更怕大南湖东部真的没有含煤地层，翻来覆去怎么也睡不着，眼睁睁思考到天亮。

王平赶到大南湖，经过与曾宪军等项目技术人员认真研究讨论，最终确定在88线3号孔以北1.8千米处再打一个孔。

88线4号孔于2月14号开孔。开孔后，曾宪军的压力更大了，如果这个孔再不见煤怎么办？二维地震工作已经开始施工，可往南边做到什么地段合适？这个孔必须尽快完成！曾宪军要求机长张健在保证安全的前提下，抓紧施工，能提前一小时就提前一小时，尽快打完88线4号孔。为保证安全和进度，张健每天在机台的时间超过了12个小时。钻进非常顺利。

2009年2月19号，是“358”专项和“西煤东运”征程上的又一个里程碑。这天，新疆地矿局“东疆地区煤炭预查”项目副总指挥、局总经济师赵伟光刚好到大南湖项目检查工作，曾宪军正在给他汇报工作，电话响了，传来张健激动的声音：“曾工，167米开始见煤了……”曾宪军一下子就从凳子上跳了起来，环顾一圈后大喊“见煤啦！”在坐的所有人都站了起来，掌声雷动，互相拥抱、握手、祝贺……赵伟光激动地说：“走，到钻机看看去。”

这是整个“东疆地区煤炭预查”项目打出的第一管煤炭！这管煤，在前人没做过工作的大南湖东区打出，使找矿前景不太好的区域变为好的区域！这管煤，对关心、关注和参与实施“东疆地区煤炭预查”项目的所有人吃了一个定心丸，关键时刻起到了振奋人心的关键作用！

大南湖打到第一管煤炭后，国家发改委副主任兼国家能源局局长张国宝、新疆自治区主席努尔·白克力、哈密地委书记郭连山、哈密行署专员古丽·帕尔先后到野外实地视察指导。曾宪军还清楚地记得，努尔·白克力主席站在岩芯箱旁，拿起煤心激动地对张国宝说：有了煤炭，大公司、大企业都要来了……

88线4号孔在2月27号终孔时，总共见到十多层煤，总厚68米，煤质好，含灰粉、磷、硫等有害组分都是低到特低，而且埋藏浅，可以露天开采。19号最先打到的那层煤，也是这个孔打出的最厚煤层，厚达20多米。

这个孔的成果，为设计的及时调整和下一步工作安排提供了可靠依据，使大南湖项目最终取得骄人成果。好消息一个接着一个，大南湖项目的成果不断扩大。

烈日晒不透古铜色的肌肤，冰雪冻不坏钻塔般的脊梁，狂风吹不倒

“三光荣”精神！经过几个月的艰苦努力，大南湖地区包括企业项目共完成钻探任务13万米。13万米，相当于马拉松全程的3倍！项目组共圈出赋煤面积1474平方千米，提交煤炭资源量505.14亿吨，各项工作质量在21位国内煤炭专家的验收中获得“优秀”。它与三塘湖、沙尔湖、淖毛湖、艾丁湖四个子项目一起，为“西煤东运”和“358”项目赢得野外找矿的辉煌开局！

戈壁大漠铭刻着新疆地质队员辛劳的身影，狂风暴雪继续着地质队员豪迈的歌声……

三塘湖：确立勘查开发新格局

三塘湖位于巴里坤哈萨克自治县境内。穿越白雪皑皑的天山山脉，横穿几百千米荒无人迹的大漠戈壁，在新疆东北部距离中蒙边境几十千米处就是三塘湖工区。

这里高高伫立着杨拯陆烈士的铜像。50年前，爱国将领杨虎城将军的女儿，对三塘湖做首次地质普查时，因遭遇特大风沙袭击，献出了年仅22岁的宝贵生命。她身挎地质包，左手拿图纸，右手紧握地质锤，永远保持着昂首阔步的青春形象。能够告慰杨拯陆烈士的是三塘湖从不寂寞。有着丰富矿产资源的三塘湖盆地，历来是地质人梦牵魂绕的地方……

2009年农历大年初八，徐惠忠来到三塘湖乡。他是一六一队的副队长，一位五十开外，工作起来风风火火、雷厉风行的汉子。

从事地质勘探工作30多年，徐惠忠还从未碰上这样大的项目，东西长260千米，南北宽30至70千米，面积6500平方千米，相当于半个海南省，加上便道难行，越野车跑一天也走不穿工区东西。这无疑是一个困难重重、充满挑战的项目，但深深地吸引着徐惠忠和他的同事们。

很快，第一批钻孔全部定位。

钻机就要进场，可是没有到达机台的路。徐惠忠举目茫茫戈壁，找不到半点路的痕迹。必须修路！这让他想起自己在出队大会上的表态：“有路要上，没有路创造条件修路上！”如果不尽快修路让钻机进场，几十号人，食宿都成问题。徐惠忠赶到修路队，下达了死命令："任何单位任何人，不能摆困难讲条件，必须在三天之内把通往钻孔的道路修通，机场平好，把钻机送到位。"

徐惠忠开着越野车不停地在戈壁上奔驰，与测量人员一道设计通往孔位的最佳线路。有时为找到一条最佳路线，徐惠忠的小车经常往返上百千米。

修路工作热火朝天地开始了。几台铲车分片区作业，机械轰鸣，车辆飞奔，恒古寂寞的戈壁充满了生机。工人们饿了，啃几口干馕，就一包榨菜，喝几口矿泉水；困了，累了，越野车的座位就是睡觉的温床；飞沙走石的时候，车里就是避风的港湾。

对这些可爱的人来说，吃些苦没有关系，可修路的铲车不能没有燃料。最近的加油站离工区一般有100多千米，远了就有200多千米，油料供应又成了大难题。

油料决不能断！运输队的司机们没日没夜地干上了，他们往返一趟，几百千米都是搓板路，颠得人腰酸背痛，五脏翻腾。

通往工区、通往机台的路在一米一米地延伸，钻机一台台有序进场。不断有17米高的钢铁巨人在三塘湖这片黄色的海洋中站立起来。很快，钻探人为50多位钢铁巨人穿上绿色塔衣，等待开钻。

要开钻了，又缺施工用水。三塘湖预查区设计钻孔深，施工用水量大，如果不能就近解决施工用水，勘探工作根本无法顺利展开。戈壁大漠里水资源奇缺，生活用水可以到三塘湖乡拉运，但80多个钻孔的施工用水如何解决水，成了摆在徐惠忠和项目部面前的头等大事。

两辆越野车开始在广阔的戈壁滩上奔驰。一辆车从指挥部出发向南，一辆从指挥部出发向北，分头找水。戈壁滩上根本没有路，车在砾石上颠簸着，一天、两天、好几天，人被颠得浑身酸痛，也没有找到一丝有水的迹象。

巴里坤县煤炭局的有关领导得知情况后，提供了两条信息：勘探区西部废弃的硝石矿有处水源，勘探区北部边巴里坤县的一个煤矿有深水井，都能为施工提供水源。终于有了施工用水，徐惠忠悄悄地攥紧双拳，一场大战在戈壁大漠里铺开……

开钻了，想着打到煤炭的日子不远了，大伙天天盼着打到煤层。但一个孔打下去，没有煤，又一个孔打下去，还是没见煤。头一批16个钻孔全部打完后，还是没有见煤！整整一个月时间过去后，居然连煤的影子都没有看到。这大大出乎徐惠忠等人的意料！与此同时，不断有大南湖等地打到煤层的消息传来，三塘湖的地质工作者们如坐针毡、焦躁不安。

徐惠忠要求各钻机机长，不管是哪一个钻孔见煤，哪怕是在半夜，都要在第一时间向项目部报告。张相队长要求三塘湖项目部：不管什么时间见煤，立即报告大队。何深伟局长要求一六一队：我24小时开机，随时见煤随时报告。

3月10日，24线2号孔见煤了！那一刻，项目部里的所有人高兴地跳了起来，绷了一个多月的神经终于松弛下来。

那两天，煤炭局的人们见面先说："见煤啦!"脸上洋溢着幸福的笑容。

好消息一个接着一个，探明煤炭资源量不断攀升。最先见煤的24线2号孔最终打到7层煤炭，都是低灰粉、低有害组分的优质工业用煤，最厚的一层达到67米厚。

整个三塘湖工区捷报频传。随着50多台钻机，上千名地质勘探工作者的日夜奋战，6500平方千米的区域，被一点点地揭开神秘面纱，煤炭储量从"85亿吨"到"100亿吨"、"200亿吨"……找矿成果不断扩大。

不断见煤的同时，好成果激发了所有机组的工作热情，各钻机也在创造着全新的钻进记录。202钻机成功打出1021.68米的深孔，03钻机打出1097.18米的深孔，209钻机创造了1118.86米的新纪录。徐惠忠自豪地说："施工上千米深的钻孔成了寻常事……"

然而，辉煌成果的取得伴随着太多的艰辛。

"4月份以后，三塘湖地区与大南湖没有什么区别，整日风沙弥漫"徐惠忠这样告诉笔者。"站在三塘湖的戈壁滩上，你可以看见风是从哪里吹来的。只要起风，就能看见小石子在地上打着滚乱跑，沙粒在空中翩翩起舞。站在风沙中，眼睛、鼻孔、嘴巴和耳朵里，沙粒像找到了避风的港湾拼命往里钻，耳朵总是轰轰作响。人与人说话都是眯着眼睛、扯着嗓子高声'歌唱'。北风夹杂着沙粒吹打在地质人的手上、脸上，就像竹柳抽打在身上。身上穿着棉衣，棉衣外裹着大衣，整个人还是冻透了……"三塘湖项目的钻工宫辉这样描写二三月份三塘湖的风沙，这是风小的时候。很难想象四月份以后的大风季节这里的地质队员是怎样过来的。

在与风沙战斗的日子里，找矿成果不断扩大。到5月31日，三塘湖项目已施工50个钻孔，终孔24个，进尺达到39600米，已有20个钻孔揭露可采煤层，可采煤层达到7层，单孔见煤最厚达到70米左右。在这段日子里，顶风工作的填图组、物探组、测量组先后完成6500平方千米内的全部生产任务。

6月份以后，三塘湖气候炎热，地面温度最高可达50多摄氏度。烈日发威，工人们抬钻杆的手被烫得难受，但是坚毅的表情始终浮现在每一个人的脸上，谁也没有怨言，大家争着干活。坐镇一线指挥的徐惠忠觉得，干了一辈子煤田地质，从来没有见到大伙像2009年这样劲头十足，钻机之间都在暗地较劲。

5月14日，三塘湖的203钻机创造了一个纪录，从上一个孔位拆塔到下一个孔位立塔，只用了一天时间。行内的人都知道，这是个奇迹。

没有什么能难倒他们！没有什么能让他们退缩！艰难的环境磨砺了地质队员的意志，使他们比以往任何时候更加坚强，更加有力量，更加有信念。狂风在地质队员面前变得温顺舒缓，烈阳在地质队员面前变得温暖舒适，戈壁在地质队员面前打开丰厚的胸怀。

从初春到深秋，历经严寒与酷暑，三塘湖煤炭预查项目野外工作质量和成果在验收中评为“优秀”。初步查明含煤区面积1340平方千米，提交煤炭资源量344.3亿吨。

新疆煤炭局王俊民总工如是评价：“三塘湖勘探出丰富的煤炭资源，与地矿局九队承担的淖毛湖项目一起预查出天山东段北麓的煤炭资源，确立了天山南北两翼齐飞的煤炭勘查开发格局。”

沙尔湖：全国最厚的煤层

从哈密魔鬼城往西70千米，西起库姆塔格沙漠边缘，东西长170千米、南北宽最大40千米的狭长戈壁荒漠，就是“东疆地区煤炭预查”5个子项目之一的“新疆吐哈煤田库姆塔格—沙尔湖煤炭资源预查”项目区域。

2008年12月31日，新疆地矿局一队的会议室里弥漫着紧张的气息。党委书记胡建鸣主持召开党委会，要求集中一切人力、物力、财力，把沙尔湖煤炭预查大会战打好。会议决定组建项目指挥部，决定花巨资配备高科技勘查设备。

大队总工程师桑总立即给项目负责王世新和副技术负责陈茂健下达工作任务。桑总传达了党委会议的决定与安排，要求他俩8天内必须拿出预查区设计送审稿，10天之内准时送到国土资源厅。桑总的话不容置疑。

王世新与陈茂健躲进会议室，一头扎进资料堆里。王世新一辈子都不会忘记那10天，快乐的假期变成了苦不堪言的煎熬。他当时正患重感冒，白天开会、整理资料，晚上加班做方案设计，利用中午一点时间去输液打点滴。感冒引发的咳嗽，在三四个月以后仍不见好，咳得嗓子都哑了。

2009年2月3日，是大年初九，大多数人还沉浸在和家人团聚的喜悦笑谈中，沙尔湖项目组的地质队员告别家人，迎着呼啸的北风，向着大漠出发。

沙尔湖项目除了王世新、陈茂健、黄铁栋3个老地质外，其余13位都是近几年刚分来的小伙子。有些人接触过金属矿找矿，但大部分人没有实战经验。

刚到驻地的第二天，他带着十几个年轻人一起去踏勘。每个岩层，每块标本，他都耐心细致地给年轻人分析讲解，甚至把其它驻地的岩芯用车拉了过来，让他们观察、分析、记录。他说："岩芯是一本最好的书。"通过讲解后，让大家仔细辨认煤与泥岩的区别，算是临阵前的演习。

时间就是效率、就是资源、就是命令，如何在最短的时间里准确地找到煤，成为这次预查工作的首要任务，成了桑总和王世新的心事。原设计方案里本来是最先要在预查区中心位置做条剖面线，进行布点勘探，可桑总和王世新总感觉不太稳妥。桑总找来王世新、陈茂健、黄铁栋等几位技术人员仔细研究，借鉴沙尔湖以往的成煤规律，项目区靠北与靠东两个区域见煤可能性更大，于是大胆提出将方案里的剖面线移到预查区的东面与北面。后来的事实证明，他们的决定非常正确。

项目区东面、北面很快见到了煤，而中部几乎就没有煤。王世新给笔者算了笔帐，如果按原来的设计方案，项目区中间的十字剖面上得布36000多个二维地震点，少说也得一个月才能完成。就按600元一个点计算，光这项费用就是2100多万。更严重的是，如果剖面线不进行调整，直接在原设计的主剖面上布点钻探，钻孔很有可能出现“白眼”。

然而，等待见煤的日子是那样地难熬。2月20日，KS83ZK8号孔开钻了，这是整个沙尔湖预查项目所开的第三个钻孔。物探资料显示这个区域有煤，可钻孔连续打了10天，已经300多米深了，仍然没有见到煤层。技术总负责王世新急了。能不急吗？第一个钻孔打了100多米时就已经打到基底了，第二个钻孔打了很多天也没见着煤，要是这第三个孔再见不着煤的话，对整个预查项目的预期就心中无数了。

王世新连续几天躺在寝车上瞪着眼睛，翻来覆去睡不着。于是沙着嗓子对同寝车的李茂健说，会不会我们的设计出问题了？怎么还不见煤啊。我们的工作是不是就要结束了？两个伙计沉默着、思索着，不时却又相互鼓励着。会有的，会有的，相信一定会有的。睡不着了，干脆又爬起来研究下步工作部署。

山重水复疑无路，柳暗花明又一村。3月2日，编录员李光禄报告打到了煤系地层，这是本次预查工作开始以来第一个见到煤系地层的钻孔，这迟来的希望让同志们很兴奋，王世新、陈茂健、黄铁栋他们像守护一个待产的孕妇般，天天轮流去机台了解钻进情况和煤层线索。

见煤了，见煤了，一阵欢呼声响彻在辽阔的戈壁滩上。3月8日，KS83ZK8号孔打到392.64米深度时，终于打到了这个项目的第一个“黑金娃”。这是这次预查工作的第一层煤，只有薄薄的0.25米厚，却像一剂“强心针”让整个工区都沉浸在喜悦与兴奋当中。是啊，见煤了，见煤了，见着了煤，也就证明了这片区域深藏着煤，深藏着希望，深藏着要找的“黑金”。

好事接踵而至。3月12日早上8点钟，钻机机长报告早上6点又见煤了，而且连续几个回次打出的岩芯都是煤层，煤层厚度已达7米。陈茂健一听，连早饭都没吃就和编录员李光禄来到机台，查看煤心，进行编录。

就是这个原本让人失望的钻孔，打出了充满希望的煤。王世新他们更没有意料到的是，这个钻孔最终竟打出整个东疆地区煤炭预查项目最厚的煤层。煤心从10米、20米、50米、100米、150米，最终达到153.55米。153.55米单层煤厚，这是一个什么概念？打个比方吧，就相当于50层高度的大厦，而且不是一栋，是一片大厦林，地下全是巨厚的“黑金”。

钻机下架了，在KS83ZK8号钻孔旁边立起一块丰碑。它不仅是一个单层煤厚的数字记录，更是沙尔湖煤炭预查乃至全国每层厚度突破的一个标志。

世间自有公道，付出总有回报。他们的汗水没有白流，经过艰辛的努力，沙尔湖预查区新发现含煤矿产地两处，估算资源量221亿吨，发现153.55米的巨厚煤层，沙尔湖地区企业项目还打出厚度达217.14米的巨厚煤层。一个新的大煤田在他们辛勤汗水中沐浴而生。

这场大会战，地质一大队打得依然是那么地漂亮与酣畅。探寻“黑金”之旅远没有结束，前方的路依然是那么曲折与艰辛。

淖毛湖：真理像胡杨一样耸立

淖毛湖曾是哈密王流放犯人的地方。这里没有“淖尔”（蒙古语“湖”之意），只有一望无际的戈壁滩。由于风大，淖毛湖镇的树木乃至老大爷的胡子都是歪的。大风刮起的时候，两个月的羊娃子在天上跑。

淖毛湖煤炭预查项目区北面、东面均与蒙古国交界，距哈密市200多千米。工区面积几千平方千米，东西长120千米。项目区东10千米处，就是面积达47万亩的世界三大胡杨林之一。老胡杨粗壮的躯体扭曲成各种形态，犹如耸立的雕塑，金秋时节叶子金黄灿烂，像是金箔编织的世界。而这些，都不是胡杨和胡杨林最美的地方。

胡杨的最美，美在恶劣的自然环境里“活一千年不死，死一千年不倒，倒一千年不朽”的精气神。

2009年2月6日，一个庞大的车队不顾冰天雪地从乌鲁木齐市出发，经过哈密市，再翻越东天山，向东穿过乃楞格尔草原，7日先抵伊吾县城。8日北出伊吾县城，进入茫茫无际的戈壁，到达淖毛湖煤炭预查的项目工区。这支队伍由新疆地矿局九队年轻的高级地质工程师杨森带队。

10日那天，第一批钻孔的施工队伍全部到位。在零下二三十度的低温天气里，钻工们手握冰冷钢硬的钻机组件开始安装，一台台钻机站立在寒风里。

开钻了，马达声隆隆作响，带动着套管旋转而下，淖毛湖地区展开一幅热火朝天的劳动画卷。杨森看着最先开钻的几台钻机，心里升起一股豪气。他说："当时真想朗诵一首豪迈激情的诗歌。一时想不起来，就唱了几句《勘探队之歌》：我们有火焰般的热情，战胜了一切疲劳和寒冷……"

杨森的这种好心情没能保持几天。填图组出队快10天了，仅做了一点点工作。没两天，填图工作的负责人范本峰和填图组长李斌对含煤地层单位归属问题产生了分歧，这个分歧使他们陷入一个讨论、争吵的泥潭。这个泥潭比踏勘路上的冰窟窿更深，更难走出。填图组的工作不能正常开展，严重影响到项目进度。

杨森找来范工、李工，委婉地说："有分歧是正常的，是动脑子的表现。不管怎样，先找证据，工作中打个问号，回头再综合分析。"可他们两人各持己见，都认为自己的看法是正确的，都认为自己在坚持真理。

真理是不能够放弃的，可工作还是不能正常开展。原来，通过开始两天的工作，李斌觉得淖毛湖地区的含煤地层在岩石组合上更接近西山窑组，而且在本地区的很多地质工作者都曾把这套地层划为西山窑组，应该按西山窑组地层的认识去开展工作。而范本峰觉得地层单位不是随便就能改的，要有大量的证据来证明和支持改动。他们刚开始工作，还没有多少证据。而且，同一套地层，范本峰并没觉得岩石组合更接近西山窑组，应该就是八道湾组的地层。两个人，谁也说服不了谁！

按着常理，这时候李斌要服从范本峰，因为范工是填图工作的负责人。可李斌认为这个问题不解决，没办法开展工作不说，认识不同有可能导致连图的困难。

杨森后来解释说："西山窑组和八道湾组虽然都是侏罗系含煤地层单位，八道湾组为早侏罗纪时形成，西山窑组为中侏罗纪，两套地层之间还有一套三工河组地层，都含煤。但含煤的层数、具体位置都不同，我们一边在填图，一边在勘探，地层单位的归属直接影响着钻孔部署位置、深度以及找矿问题。而且，这一地区覆盖很大，要提前带着一定认识去填图，否则，很可能达不到路线目的。"

杨森亲自翻资料，研究前人为什么把这套地层划归八道湾组。结果发现，从石油局收集的所有资料都把这套地层划为西山窑组，而煤炭局的资料在大区域上也有划为西山窑组的。再看前两天取得的野外资料，岩石组合确实更接近西山窑组地层。所以赞同划为西山窑组，但一时还不敢明说。因为煤炭局从50年代开始一直从事煤炭地质工作，如今既是合作伙伴，又是竞争对手，把他们以前的成果做大的改动，心里有顾虑。

一天后，杨森把范本峰和李斌叫来，说："我经过研究，也赞同把含煤地层归为西山窑组，你们就先按西山窑组去工作。"后面的话还没出口，范工就不干了："你们刚跑两天，凭什么随便推翻前人的结论？太随意，太不负责任。我负责填图工作，我不同意这么随便乱改。"

填图组很多天不能正常工作，杨森心里本来就很着急，这时候"啪"一声突然拍了桌子："那你说怎么办?！就这样干等着?！"范工也拍了桌子："这是技术问题，总不能你官大你就说了算吧?"范工发火也有道理，才工作两天，就想推翻前人结论，是不可取。再说，1∶5万的中比例尺填图，野外工作最重要的是如实填绘，如实收集资料，回头再根据第一手资料和各类样品鉴定、分析结果，研究形成环境、形成时代、单位归属等问题，哪能带那么多成见去工作！

杨森觉得自己过火了，调整语气接着说："你在地质填图方面最有经验，为了把淖毛湖项目的填图工作做好、做扎实，队上把你从金属矿项目调了过来。可是，我是项目负责，你有三条证据支持你的观点，我有四条支持，你得听我的。你有三条，我也有三条，你也得听我的。队上每天问填图组的工作进度，着急呀。总不能一直不干吧?"范工不吱声了，可心里还是不能接受。

那一段时间，杨森经常睡不着。心里烦躁，害怕发火，自己住一个寝室，躲着，最后还是发火了，他很难过。其实，作为工作多年的技术人员，任何艰难困苦都能克服，都只是一时的，但技术问题带来的困惑烦恼一般要很长时间才能解决，甚至解决不了，留下遗憾，最折磨人。

正在这个时候，总工办的检查组来了。周继兵总工、王平副总工、吴明福副总工都来了，淖毛湖项目填图工作迟迟不能正常开展，几位老总全部到来，要在实地会诊！他们首先带着技术人员到周边已经开采的煤矿点进行调查，发现这些矿点的含煤地层虽然都定为八道湾组，但岩石组合、古生物组合、测井资料、二维地震资料都支持是西山窑组。他们又带全体技术人员在填图区跑了一天，大伙讨论后定了几条剖面线位置，在岩石露头最好的地方穿了一条线，经过对比，觉得岩石组合也更接近西山窑组。实地会诊并与周边以及准东煤田的含煤地层对比后，决定先按西山窑组的思路开展工作。

在充分调研和研究的基础上，周总做出的这个决定无疑是正确的。2009年12月31日，“358”项目总工董连慧在乌鲁木齐市翼龙酒店主持会议，会议主要听取各单位对报告编写情况的汇报，其次是研究解决片区资料对接问题。淖毛湖项目拿出52组自己采样后由西北石油局鉴定的孢粉样品成果、岩石组合很清楚的深孔资料、地质剖面、地震波资料等丰富有力的地层单位划分依据，说明了将那套含煤地层划分为西山窑组的正确性，得到与会领导和各单位专家的认可，东疆地区五个项目区的这套地层以淖毛湖项目的划分为准。

就像淖毛湖的胡杨，没有狂风暴沙的摧打，就不会有吸人眼球的千姿百态，就不会有撼人心魄的威武雄壮。正因为有杨森、范本峰、李斌等人的讨论争吵，才使各级领导和项目组技术人员高度重视采集孢粉样品，重视收集划分地层单位的各类依据。看来，任何学术问题都不怕争论，不怕有分歧，就怕不动脑子，人云亦云。

淖毛湖项目为东疆地区基础地质研究和含煤地层厘定做出了重要贡献。

胡杨的叶子发芽了，淖毛湖的钻机在不停地钻进；胡杨的叶子碧绿了，淖毛湖的钻机在不停地钻进；胡杨的叶子金黄了，淖毛湖的钻机在不停地钻进。站立千年不死的胡杨挂上了冰凌，死了千年不倒的胡杨穿上了雪衣，倒了千年不坏的胡杨冻结在大地的胸膛上，淖毛湖的钻机还在钻进。

9个月后，项目取得了丰硕成果。共完成1∶5万地质简测2854平方千米；1∶1万勘探线剖面测量14条，357.8千米；完成钻孔30个，完成钻探任务24266.8米。在面积为1204.45平方千米的含煤区内，初步估算出煤炭资源量189.5亿吨。

淖毛湖的胡杨有三千年岁月。地质人的求索万古长青。地质人的事迹，将在淖毛湖地区流传……

艾丁湖：三光荣闪耀新时代光芒

东疆地区煤炭预查的五个子项目里，艾丁湖是唯一有水的地方。

艾丁湖是维吾尔语，意思是“月光湖”。它位于吐鲁番市以南50千米处，湖面低于海平面155米，湖底最低处海拔-161米，是我国当之无愧的最低点，也是仅次于约旦死海的世界第二洼地。曾经在明月皎洁的夜晚，湖水里倒映出一湾明月。现在很少有人能看见湖面映着月亮的美景了，除西南部还残留一些湖水外，大部分是褶皱如波的干涸湖底。

再远就是茫茫戈壁了。从茫茫戈壁上传来隆隆的钻机声。钻机声来自新疆煤炭局一五六队艾丁湖项目组。他们要让艾丁湖地区袒露出丰满的胸膛，发出另一种美丽的光亮。这支队伍由年轻的高级工程师杨希带领。

2009年2月7日，第一台钻机在艾丁湖地区开钻，其它钻孔陆续开钻。2月13日，216线1号钻孔开钻。2月20日早晨，216线1号机场传来钻工们欢腾的声音，艾丁湖项目打到第一层煤炭。

后面有更大的惊喜。3月17日早晨，王红伟钻机114米开始见煤，那层煤一直打了18米厚。机长王红伟在电话里说：“不好了，出事了。”电话里鸦雀无声。“太不好了，从114米开始见到18米厚的煤层！”他听到了电话那头的欢呼声。艾丁湖地区沸腾了……杨广立副队长拿起一段煤心，块状，发亮，很轻很轻。他对李总和张希说：“不错啊，煤质不错！”

一五六队沸腾了，新疆煤炭局沸腾了……“358”项目指挥部在当天收到煤炭局的喜报。艾丁湖的美丽不再凄楚。钻孔一个接着一个打到煤层，艾丁湖变得年轻而火热。

可是，成功的道路总是艰难而曲折，世界上原本就没有平坦的大道通向美丽的风景。项目负责张希告诉笔者：“因为216线已经见到的煤层埋藏很浅，项目组在216线1号孔北边7千米处布了2号孔。这个孔在艾丁湖南部的沼泽地里，光修路成本就得20万左右。因为成本太高，当时很犹豫，想移到别的勘探线。可是，一移就是8千米，并不能充分说明216线的煤层情况。杨队长、李总和张希等项目人员研究后，觉得还是不能移，这个孔必须打。方案报到了队上，队领导班子开会研究，张彦队长说：‘一定要控制住煤层，成本再高也要打’，最后领导班子一致决定要打。”

3月18日通往钻机机场的路修通了。两天后，216线2号孔开钻。这个孔，成了王吉强机长永远也忘不了的一个钻孔。它给他的记忆是辛酸的，却又是昂扬的。

3月29日，正是王吉强机长当班，216线2号孔开始涌水。开始的时候水压比较小，不影响钻进，但到了第二天早晨，水压突然变大，水头在钻杆里上到10米左右，王吉强机长当机立断，经请示指挥部下了直径168毫米的套管，下套管后又用水泥封水，钻进开始正常。

9天以后，钻孔又开始大量涌水，水头在钻杆里上升到17米的高度，水压太大，封不住了。经请示项目指挥部，又在4月10日下了127毫米的套管，可是水泥再也封不住水了，水压随时可能达到钻机能够承受的极限。王吉强机长捏了一把汗，心里也没底了。但有一个信念没有动摇，这个孔一定要达到施工目的，他把困惑和想法如实汇报给指挥部。

一五六队领导班子亲临一线研究解决方案。4月11日，张彦队长在艾丁湖项目指挥部主持召开指挥部扩大会议，专门研究216线2号孔涌水问题，队主要领导、项目技术人员和部分钻机机长参加会议。听了王吉强机长的汇报后，个别队领导不同意继续打，因为这个孔已经亏损，这么大的水压也几乎没有办法解决。会议进入激烈辩论。

任何困难也难不倒锐意进取、勤于思考的人，更难不倒一个有强大执行力和荣誉感的集体。经过激烈的辩论后，有人提出用重晶石粉封水的方案。可是这个孔总费用才70多万，重晶石粉一吨就得700多元，这得多花多少钱?！会场上静悄悄的，没有一丝声音。张彦队长慢慢站了起来，他看见王吉强机长期盼的目光，他看见杨副队长握紧的拳头，他坚定地说：打！代价再大也要达到地质目的！

这个孔考验和锻炼了一五六队的钻工队伍。从90米深的地方开始涌水，钻工们在下了三次套管后，一边用膨润土、水泥、重晶石粉等封水，一边不停地垫实被水淘空的钻机底座，保持钻机平稳。当底座被水淘空两米多，没办法垫平后，又用水泥筑成水泥底座。当重晶石粉都封不住水的时候，钻工们又开始掺铁粉进去封水，成本越来越高，钻进却异常艰难和缓慢。

这个孔最终达到了设计目的，控制煤厚达9米多。6月下旬，当新疆自治区国土资源厅总工程师胡建卫站在岩芯箱旁，拿起一段黑黝黝的煤心，看着水井一样的孔口，掂掂手里的煤心，发出："这个孔打得真不容易呀"的感慨时，心里一定有着酸甜苦辣涩五种味道。

当钻工们欢呼216线2号孔胜利终孔的时候，已经用去96吨重晶石粉、52吨膨润土、13吨水泥、1吨铁粉，总共往这个钻孔里填了162吨东西！一个预算70多万的钻孔，连修路、封水、加固底座等最后形成200多万费用，钻孔严重亏损，那么，延误工期等间接的损失有多少呢？艾丁湖项目组没有算过这笔账，他们只知道钻孔达到了设计目的，控制了9米厚的煤层。他们太累了，但很自豪和满足。

他们是一群了不起的人，是一群一门心思找矿的人，是一个有战斗力的集体。艾丁湖就是戈壁的眼睛，明澈清亮，地质人的劳苦和贡献她尽收眼底。

216线2号孔刚胜利终孔，艾丁湖就一改往日的文静，掀掉盖头，抖弄起一人高的浪花，发出狂野的吼声。艾丁湖地区从四月份以来经常刮着这样的大风，七级以上的大风不下六次。

"有一次刮大风，我机台的周永康连人带房子差点被风吹走。幸运的是板房被风吹得滚了19米后停下了……"101机机长王继强回忆着。那天一早，住在活动板房里的刘天庆首先醒了。外面刮着大风，他感到板房在摇晃，赶紧叫醒了王继强、周永康、张新巧三人。

板房的摇晃变得很明显。但是，风太大，人走到外面就睁不开眼，没法再次进行检查。王继强就说："我们搬到其他房里去。"几个人赶紧到其它房里选地方，开始搬行李。

出事了。王继强、张新巧、刘天庆三人夹着行李刚进入旁边的房子，风突然大了，狂吼着。发现门外有个黑影子过去了，房里明显比刚才还暗了一下。心里觉得不太对劲，但风太大，不敢出去，一时也没有反应过来。

大概五六分钟后，风小了一点，刘天庆突然大叫着周永康跑了出去，王继强、张新巧也本能地追了出去。

他们几位刚刚住着的房子不见了，十几米外有一个很大的黑影。风太大，睁不开眼，也看不清。他们三位本能地往那个黑影跑过去。

果然是房子。他们刚刚住着的房子被吹得滚了19米远！周永康还在里面！他们三个人大喊周永康，其他人也闻声赶了过来。

6.8吨重的钢板房竟然被吹滚了19米远！房底子朝天，周永康还在里面！“周永康”、“永康”的喊叫声比尖利的风声还要尖利。

仅仅一两分钟后，有人已经拿来地质锤，砸掉了剩余的窗玻璃，想爬进去。这时候，里面传来周永康的声音：“我没事，你们别紧张。我能自己出来。”听到他的声音，很多人反而开始哭了。哭声、喊声和着尖利的风声，使荒凉的戈壁滩平添了一些悲壮的气氛。

原来，周永康正在收拾行李，房子突然翻了，他想：完了，活不成了。一念之间，他发现自己已经在床底下，本能地抱住了床板。床板是固定在板房上的，房底和床板保护着他滚了很多个滚，滚到19米远时，他的意识竟然还是清楚的。

不幸中的万幸！

当月亮一样的艾丁湖终于恢复平静的时候，钻工们发现那个板房原来的地方多了一个大坑，板房底下早就被风掏空了一半的地基。

月亮一样明亮的艾丁湖，远没有地质人的双眼明亮。地质人能看穿时空，能看到几十亿年前，也能看到地下几千米。

吃尽苦中苦，求得甜中甜。经过几个月的奋战，新疆煤炭局一五六队伊拉湖—艾丁湖项目初步圈定含煤区面积451.28平方千米，估算煤炭资源量26.35亿吨。

艾丁湖文静地追逐着太阳和月亮，地质人豪迈地追逐着能源和胜利。艾丁湖不会忘记这些可爱的人。

“358”照亮群山

本次煤炭资源预查中，钻探、二维地震、1∶5万填图等完成的工作量，相当于以前几十年全疆煤炭勘查完成工作量的总和。通过预查，在5个预查区共圈定了赋煤区域4260平方千米，初步估算新增煤炭资源量1000多亿吨，为进一步普查提供了地质依据和资源量支撑，为整装勘查积累了经验，为“358”项目赢得了辉煌开局，为“西煤东运”蓝图夯实了资源基础。

“358”项目总工程师董连慧自豪而又自信地对笔者说：“我们在东疆地区经过将近一年的煤炭预查工作，已经取得新增1100多亿吨以上煤炭资源量的重大成果，并已经完成150亿吨可供设计利用的资源量……在2010年提交300亿吨可供设计利用的资源量，是完全没有问题的。”这仅仅是“358”项目实施以来取得的第一个成就，已经为新疆人民描绘出一幅富裕美好的明天。

在东疆地区煤炭预查取得找矿重大突破的同时，“358”项目在祁漫塔格、阿吾拉勒、塔什库尔干等找矿远景区也取得找矿重大进展。迪木那里克–长清磁铁矿矿集区，铁矿石潜力在10亿吨以上；吐拉–白干湖铜、铁、钨、锡矿集区，铜矿潜力在1000万吨左右，钨锡矿潜力700万吨；维宝–军正岭铁、铜、铅锌矿集区，铜矿潜力在200万吨以上，铅锌矿500万吨……

这些成果的取得，极大地鼓舞着新疆人民，使“358”项目“3年有好的眉目”已见成效，“5年出鼓舞人心的成果”显出端倪，“8年有令国人为之振奋的重大成效”取得辉煌开局，为全国地勘行业树起了一面改革发展的旗帜。

“358”项目闪耀着熠熠光辉，其深远意义首先在于：中央与地方合作，企业有序跟进，初步实现了地质工作“统一规划、统一部署、统一实施”的宏观战略；探索和建立了具有“358”项目特色的整装勘查模式，有利于大宗矿产资源快速找矿突破的实现；实施了全新的整装勘查模式；“统一规划、统一部署、统一组织实施、统一规范标准、统一时间节点”的“五个统一”原则，是组织很多家地勘单位实施同一个地勘大项目的基本原则；大区中心和项目办公室发挥了显著的桥梁作用。这些经验对全国范围内新机制的构建将产生深远而重大的影响。

其深远意义其次在于：丰富的矿产资源吸引国内外大企业在新疆掀起矿产勘查开发热潮，将极大地推进新疆经济社会发展进程。中石化、神华集团等20多家国内大型企业集团和新疆企业集团，已经实施30多个煤炭勘探项目，已投入勘查资金几亿元，还将带动资金数千亿元。

“358”项目正在成为融汇区内外、贯通企事业地质找矿工作的桥梁，成为构建和实践部省合作找矿新机制的一面旗帜，它提供的实践经验和精神食粮，将对我国地勘工作尤其是建立找矿新机制产生深远影响。

“358”像一轮初升的太阳，正释放着温暖而柔和的光芒，照亮了一片又一片的山野。

2008年11月20日，国土资源部中国地质调查局与青海省人民政府签署了《国土资源部中国地质调查局、青海省人民政府关于开展公益性地质调查及重要矿产勘查合作协议》。

西安地质调查中心主任李向为了新机制在青海实施献出了年富力强的宝贵生命。

李向是部省合作机制的开拓者，也是坚定的实践者，他走过雪莲地又寻找丁香园。在推动“358”专项的过程中，李向已经有了青海也要搞部省合作，青海的部省合作不能照搬新疆模式，一定要符合青海实际的思路。他对青海部省合作项目的看法和思路，指导完成了《青海省公益性地质调查及重要矿产勘查总体部署方案》(简称《方案》)的编制，将对青海地质工作产生深远影响。

2009年9月，李向在青海筹备《青海省公益性地质调查及重要矿产勘查总体部署方案》审查会议。国土资源部部长徐绍史和青海省委书记强卫、省长宋秀岩要亲自参加。会上要讨论通过《方案》和9个整装勘查方案，以落实56亿元的地勘资金如何合理地投入。

这次会议原计划在9月中旬召开，后因多种原因突然提前，使筹备工作更加紧张。8号那天，天刚蒙蒙亮，会议总指挥李向开始一个一个地打电话询问会议筹备情况，当了解到一些安排不够细致、不够完美时，他开始布置各项工作；8点半召开筹备组会议，他再次部署工作后，抓紧给青海省厅有关领导打电话，强调一定要邀请青海省各地(州)、县(市)行政一把手参加会议，让地方各级领导了解青藏专项(青海片区)工作对青海省国民经济持续发展的重要性；中午休息，他了解到参加会议的国内顶级专家不够多时，又开始一个一个地亲自打电话邀请，一中午他打了十几个电话；下午2点，他同滕家欣副总工讨论会议安排；下午4点，他再次主持召开筹备小组会议，至6时半结束；晚9点，又同滕总讨论会议问题，直到10时左右才回房间休息。他真的太累了。

李向能不累吗？他是8号凌晨2点才下的飞机，3点多才到达西宁的旅店，天刚蒙蒙亮就开始了上述紧张的工作。何况，4月份以来，他奔波于西安、北京、银川、乌鲁木齐、西宁之间，北京他是每月必去，有时一个月还要去几趟。几个月来，他没有得到过一次充分的休息！

2009年9月9日早晨9点，李向因劳累过度，突发心肌梗塞抢救无效，永远地离开了我们。倒在青海建立起找矿新机制的时候，青海地质人肝肠寸断！新疆地质人乃至全国地质人悲痛哀悼。三江源铭刻他的音容笑貌，地质人铭记他的赫赫功劳！

如果说新机制是血汗凝结出来的昆仑玉，李向就是昆仑玉雕刻的领头羊！李向走了，他面带微笑走了，因为他开拓建立的找矿新机制正在青海开花结果，正在全国书写鸿篇巨制……

从巍巍祁连到莽莽昆仑，从祁漫塔格到巴颜喀拉，从柴达木盆地到沱沱河两岸，呈现出一派繁忙景象。钻塔林立，落实着《方案》的精神和部署；捷报频传，预示着省部合作的大好前景。大场、五龙沟、卡尔却卡等8个整装勘查项目相继实施。两年时间，在祁漫塔格地区，尕林格铁矿新增铁矿石6000万吨资源量、四角羊铜铅锌多金属矿新增110万吨资源量、虎头崖铜铅锌多金属矿新增20万吨资源量；在柴达木盆地，发现多层卤水含水层，最大总厚度为694.05米；在东昆仑及西秦岭地区，沟里地区新增30吨金资源量，瓦勒根金矿新增20吨资源量，五龙沟金矿新增23吨资源量，大场金矿新增28吨资源量；在三江北段成矿带，东莫扎抓铅锌矿新增50万吨资源量，莫海拉亨铅锌矿新增50万吨资源量，多彩铜矿新增30万吨资源量，沱沱河铅锌矿新增60万吨资源量。尕林格铁矿、大场金矿、东莫扎抓多金属矿等一批矿产地由中小型矿床达到了大型、超大型矿床。

继青海之后，宁夏、贵州、河北、广东、湖南、安徽、云南、浙江、吉林、内蒙古、上海、江西等省（区、市）也与国土资源部、中国地质调查局签署了多种机制的合作协议……

一个又一个省部合作协议签署的消息，就像是春天的节拍，奏出和谐而豪迈的交响乐，这个交响乐预示着全国各地将有一个又一个的“东疆煤矿”被探明和开发，将有更多的大场金矿、五龙沟金矿闪耀金光……将有更多的省部合作机制像“358”专项一样造福地方、造福人民！为伟大祖国的改革发展不断夯实矿产资源基础！

2010年11月30日，国土资源部召开《全国地质找矿“358”行动纲要》专家论证会。国土资源部党组成员、副部长、中国地质调查局局长汪民就如何完善《纲要》、保证“358”找矿目标实现这一主线，强调打造六大机制：一是要建立动态评价机制。二是要建立大胆验证机制。三是要建立既有生产力的释放机制。四是要建立公益性地质工作拉动机制。五是要建立调动地勘单位工作积极性的机制。六是要建立科技与勘查紧密结合的机制。

地质工作的第二个春天将更加明媚而辉煌……

天山明月

窦 贤

1999年初，中国地质调查局下达任务书，开展《新疆哈密市土屋—延东以铜为主的资源调查评价》项目。主要任务是综合运用地质、物探、化探、遥感等技术方法以及钻探、槽探等探矿方法，对土屋、土屋东及延东铜矿进行预（普）查，探求铜资源量。实现新的找矿突破，其目标是提交铜资源量700万吨。作为国土资源大调查首批启动的项目之一，选择《土屋–延东以铜为主的资源调查评价》，是要对国家急缺矿种之一的铜矿资源，进一步加大地质找矿及综合研究力度，使土屋铜矿区乃至整个东天山地区成为一个国家级铜矿资源勘查开发基地，为国家实施西部大开发战略提供有力的资源保障。

项目任务下达给新疆地质调查院第二地质调查所实施，也就是曾经在土屋–延东一带进行过地质工作的新疆地矿局第一地质大队七分队，让他们在辉煌的历史进程中再立新功。

燃烧的孔雀石

巍巍天山，犹如一条巨龙，横卧在新疆大地之上。天山东部，经历过最新的一次大断裂之后，在很长的一段时间里，长期陷于沉降之中，似乎是澎湃的天山在喘息，几条平行山脉，以及山脉间的盆地，组成庞大山系，显示着天山山脉宁静的一面。长久的宁静之后，荒凉不期而至。深邃幽森的原始森林，落叶松组成金黄色的林带，还有他们环绕着的群山，伴随冰川、雪峰的雄浑壮丽，退隐至天山深处。东部天山只留下了寂寞与荒凉。

东天山大草滩一带1：5万区调八幅联测进入尾声的时候，应该是高兴的时候，然而七分队的年轻人们并不兴奋。他们在填图的时候多了异样的目光，多了一份焦灼，多了一份对于明年后年甚至几年以后的期望。他们想找到矿，甚至想找到大矿。似乎是每条线路都有发现矿化线索的可能。想想，500米一条线，对于找矿是重要的，也很有可能找到矿。临上线之前，几个人相视一笑，没有说出那几句话，但谁的心底里都明白。

——“看图的时候把眼睛瞪成铜铃！”工程师们这样叮咛。

——“出野外的时候把眼睛瞪成牛蛋！”老职工们这样叮咛。

——“到野外去把眼睛瞪大！把眼睛瞪出血来才能找到矿！”大队长中队长分队长这样叮咛着。

野外区域地质调查越来越深入，重点区域的控制要打一条剖面。他们把目标定在一个叫做“土屋”的地方。此处地段露头发育较好，厚度也大，是一个值得做剖面的地方。

十几个人散开，三五个一堆，沿着大斜坡前行。确认地层，查看地层的走向。地形清楚，断裂分明。地层方面的疑虑化解，分岩性，统一认识，这是硬功夫。对各种岩性有了清楚统一的认识，才能确定填图单元。所有的地质现象才能在图上清晰地显示出来。岩性的复杂考验着每个人的眼力，争论不可避免，何况这群人正当风华正茂。大戈壁连鸟都不飞，地接着天，天连着地，苍茫之后还是苍茫。一群男人，从戈壁的这头跑到戈壁的那头，跑到天黑钻帐篷，天亮从帐篷里钻出来。日复一日，从单调蔓延到枯燥，野外生活中，争论也是一种乐趣。

李凤鸣用地质锤敲几块岩石，捡一块放在手里仔细辨认岩性。几个年轻人围过来。“噢哟，这是孔雀石吧？”有人喊了一声，但不敢确认。

“是孔雀石？怎么会有孔雀石？”有些疑问。

“孔雀石还不少呵！”有人惊叹。不知从什么时候起，似乎都在不知不觉中发现了孔雀石。没有谁能明确地说明发现孔雀石有什么意义，却不约而同地找孔雀石打样品，好像满地都是。

太阳像光芒金子一样，洒在大戈壁上。没有绿的水，没有青的山，曾经摇在漠风里的几丛骆驼草，早已没有了踪迹，漠风卷走了飞鸟。阳光下的戈壁似在燃烧，烈焰腾空。

十几个人疲惫地躺在滩头晒着太阳，汗水在脸上恣意横行。他们希望有一棵树，希望有一阵风，但什么都没有，只有一堆孔雀石，躺在他们身边，泛着青绿的光。在炽烈的阳光下，光焰升腾，似在燃烧。李凤鸣拿过来两块样品，相互击打着，样品石块并不坚硬，碎成石碴。他又拿过来一块，吐两口口水，用手搓着观察。没有说什么，放眼周围，观察着地形。姬厚贵起身，在刚才捡样品的地方转悠着，又捡了几块样品回来。搞了十几年的地质，直到现在才明白，他们有可能找到黄铜矿。有孔雀石存在，肯定存在黄铜矿体。这样的想法让大家兴奋起来。但也都知道，要进行更详细的工作，找到原生矿体，才能说明黄铜矿存在。回到驻地，第一件事，就是挑选出六块孔雀石样品，标注说明，装入样品布袋，派人送回大队部进行分析、鉴定。

一个宁静的夜晚。没有风，没有沙。明月高悬，在天山之巅。戈壁一片清辉，但那轮明月，距离这戈壁瀚海，却是遥远得很。

一个星期后，分析结果出来，铜品位在0.2—0.4%之间，太低。大家有些失望。本来也没有抱多大希望，但当真正的结果放在你的面前，失望的情绪似乎被放大。其实谁都知道，发现孔雀石与发现铜矿之间还有太远太远的距离，更多的时候是踏踏实实地工作，默默无语地等待，直到有一天，突然才发现自己干了一件大事。就像这苍茫戈壁，在更多时候，寂寞漫延千里，没有边际，或是一场大风之后，或是当被人们遗忘多年之后，你再来置身此地，才发现气象大变。

踏实与寂寞，是生命的绝大部分。人们已经适应了这种生活的方式，坚守着踏实与寂寞，任日月流逝。如果没有结果，大家或许就处于希望的过程中，或许那种希望成为他们在戈壁滩一遍一遍走过的动力，伴踏实和寂寞，走过戈壁瀚海。

而现在，有结果，却没有希望。

这样的结果，留下一条剖面图，还有一条美丽的孔雀石线索，就此罢手，谁又能说出什么？如果继续深入勘查，前头会有路吗？前人说不定也发现过孔雀石线索，为什么没有继续工作？他们可能有没继续工作的道理。但那堆孔雀石堆集在年轻人的心头，纠结着他们的心，让他们欲罢不能。

帐篷中几个夜晚的争论平息之后，他们决定咬住这孔雀石不放了。他们要继续工作，上槽探，甚至上钻机，如果地下没有结果，再放手，心也甘。他们将自己的想法告诉大队，立即获得支持。总工程师董连慧立即进入现场考查，肯定了蚀变带，认为有可能是斑岩型铜矿，值得工作。随即，矿产组进入现场，进行地表揭露，野外调查的阶段性重点发生变化，集中力量于矿产调查。

转眼已经是7月份，天热起来。而这里的热，不是一般的热，属于那种暴热。虽然从地质概念上称为东天山，却看不见冰川雪山的影子，倒是那种低矮的盆地相连，把东天山坦荡荡地铺在太阳底下。盆地中没有绿洲，甚至没有一棵树，没有一棵草，没有一片湖，更没有一溪水。戈壁滩是盆地的主宰，被太阳灼晒的砾石泛起青黑的色彩。没有人迹扰动的时候，没有风沙光临的日子，这是一片黑黑的大戈壁。黑黑的戈壁，从一座沙丘到一座沙丘，起伏的热浪，升腾而起。

太阳从外面晒，热在外边。干活出力，热在里边。内外夹击，身体里仅存的水分升腾成汗水，不住地向外渗，从头到背，汗流成河。伸手一摸，皮肤如洗，再摸衣服，却不见湿。想想，这么热的天，怎容得汗水在衣服上存留呢，早被蒸发，汗水蒸发得快，从体内流出的汗水还赶不上呢。衣服上的汗渍，一圈压着一圈，像是测绘地图。

有人喊：这里烤羊肉不用碳火呢。

有人说：这里烤肉不用羊肉呢。

有人出注意：烤牛肉大肉也行呵。

有人闷半天不说话，一说话惊众人：我们这不是烤着呢嘛，烤人肉，最香。

众人一片大笑。笑声很快被晒成粉末，不见了影子。

有好事者，不知从什么地方找来温度计，放在地上几分钟，戴着手套拿起来一看：76度。摇摇头，不信，甩几下，归零，又放在地表上，几分钟后拿起来再看，78度。吓得吐舌头。

还有好事者，从伙房里取来鸡蛋，挖开沙子，埋上鸡蛋，十几分钟后，剥开鸡蛋，熟了。虽说蛋黄有些软，但说是最有营养。几天后，炊事员打开装鸡蛋的纸箱子，里边的鸡蛋没有了。

挖探槽没有多少技术含量，切面平整，一直挖到基岩出露就行。而见到基岩并不是容易的事，有时挖一两米就能见到，有时挖三四米不一定能见，那就只能一直往下挖，直到基岩出露。简单，重复，繁重，原来的地质队一般都设有槽探工，由刚参加工作的年轻小伙子干，算是进入地质队的第一课。或是请农民工、临时工干，有个地质员指导验收就行。而现在，是一群工程师、高级工程师自己下槽子挥锹抡镐。第一天下来，周身散架不说，却是手上磨出了血泡，汗水一浸，疼痛难忍，咧着嘴，不知是笑还是哭。三五天后，手上起了茧子，双手一举，自豪得很：这才是劳动人民的手嘛。

两个多月后，十几个人似刚从非洲回来，黑人黑面黑身板。而那戈壁滩头，横竖卧着6条槽子，深三五米不等，最长的有50多米。让他们兴奋的是，探槽内景象大异，槽内矿化程度比地表明显增强，甚至达到目测程度观察出来，最为重要的是，发现了与矿化关系密切的斑岩体。

此时的他们对铜矿已有了解：国内外，大型、超大型的铜矿都是斑岩型。

或许可以换一种说法：发现了斑岩体，预示着有可能发现一个大型或超大型的铜矿！

这样的预测让人振奋。他们在快马身上再加一鞭，进行1∶2000的草测，比原定测量比例放大25倍，对调查区的情况掌握得更加细致。

紧锣密鼓地工作中，圈定了矿化体的范围：长度1400米，宽度100—350米。初步估计铜金属量超过15万吨。其后，48万字土屋铜矿地质报告出炉，结论是：规模巨大！

一个月朗风清的夜晚，他们为未来的矿区取名为“土屋铜矿”。

天空明月一轮，见证一片戈壁的变迁。

激情交叉大戈壁

东天山是荒凉的。地质汉正是从荒凉之地迈出人生第一步，地质工作正是从荒凉开始走向繁荣的。置身于荒凉之地，东西南北尽天山，愁云惨淡，万里凝聚，百丈冰雪消融之后，万里西风不期而至，狂沙骤起天半阴。岁月沧桑，风沙远去，或是赤日炎炎如火烧，或是头枕天山明月睡。然而，东天山那些高大的山体都遁迹远方，唯留下山间盆地展现其巨大的空间。山间盆地也没有什么风景可言，只是茫茫戈壁沙滩一望无垠，座座沙丘绵延起伏。冬天，是无雪的冬天，夏天就是一地的烈火了。

东天山是旷远的。此时，虽说只有十几个人，孤零零3座帐篷1辆寝车，毕竟，土屋开始热闹起来。

普查工作紧锣密鼓地展开。地质草测、激电剖面测量和槽探揭露工作同时推进，开展得有条不紊。引入物化探扫面，查证异常，更有针对性。物探组长张征站在刚搭起的帐篷里，开始贩卖他的“摸象理论”。十几年不改的一口秦腔：找矿就是瞎子摸大象嘛。谁能一眼看见地下就有矿？没有吧。搞地质的瞎子，能摸到大象的鼻子；搞矿产的瞎子，能摸到大象的腿。俺们搞物探的嘛，能摸到大象的身子。这几个瞎子，把自己摸到的大象放在一起，就摸出一头大象来。

几个同事笑他老生常谈，却瞪着牛蛋大的眼睛看着他。

物探组长张征就踌躇满志起来，展开一张图纸，口若悬河，滔滔不绝地说将起来。普查过程中应该在什么地方挖槽子，在什么地方布孔，都得看他用激发极化法追索到的数值。但按照这个数值进行下一步的工作会出现两种结局，一种高数值是硫化物引起的，那就一路高歌，继续工作，直到发现红红的条带，硫化物之后不是黄铁矿就是黄铜矿。

但这几天野外工作的结果是，按照张征提供的高数值，选点后挖开槽子，黑黑的条带横在地下。碳值能引起的高数值，让人垂头丧气。

张征有些泄气。这个西安地质学院毕业的高级工程师，在学校学的是物探，在野外地质队又干了十几年的物探，没有办法区分哪一种高数值下可能是硫化物铜矿化，这让他非常苦恼。

张征身材不高，却结实。脸本不黑，在野外呆3天，就成了包公。但要回到老婆跟前，再呆3天，那就是一个白面相公了。现在的张征不但脸黑，而且掉皮。现在，不只是被晒得掉皮的事情。在这样的戈壁滩，张征腿脚好像迈不起来。头顶着太阳干晒，守着发射极，心里发急，看着接收数据的两个小伙，蹲在太阳底下不知干什么，半天采集不到数据，张征心里不只是急，有些发躁。

张征四下里张望，一只跳鼠跳到眼前。本是一个死寂的世界，却来了这么一只活物，张征心里怦然一动，静静地站在原地。一团棕黄色，拳头大小，伏在一块石头旁，像老鼠，却又不太像。张征以前见过，这是跳鼠。想这家伙应该是在夜里活动，大白天里竟然也跑出来了，难道也是寂寞？张征心里一笑，这种笑只有自己能感受到，却是渗透到全身的。跳鼠前腿着地，后腿把身体抬得高高的，像是要倒栽葱的样子，长长的尾巴翘起，顶端长着一朵绒毛，像把刷子。

张征静静地欣赏着，太阳远去，戈壁旷远，只有一只跳鼠，还有自己。这也是一个世界，一个让人平静的世界。在这样的世界，时间是停止的。

还是那只跳鼠打破了这个世界的平静。跳鼠张望着张征，眨两下大大的眼睛，长长的后腿一蹬，便消失在戈壁滩中。

张征半天才回过神来，发现跳鼠已经离去。叹口气，守着发射极，查看仪器。脸被晒得掉了皮的张征，到了吃饭的时候，还是守着发射极，让其他人员先去吃饭，临了还说一句，别忘记找个地窝子凉快一下。说完这句话，就感觉自己的肚子咕咕叫起来，头顶的太阳好像也更烈了。

白天在野外采集资料，晚上回到帐篷处理资料。第二天早上起来，标有数据的图纸就放在项目负责的面前。项目负责依据这个图纸，安排下一步的工作。

张征走出帐篷，打一个哈欠，带着物探组，又去了野外现场。

终于，张征发现了激发极化法产生的数值中碳值与硫化物的奥秘。碳值引起的高数值，应该没有磁性。黄铜矿引起的高数值，和磁性密切相关。如果某处有极化异常，也有磁性，从物探的角度看，这个地方应该有比较好的硫化物矿化异常。

如此操作，立竿见影。张征出了帐篷，走向戈壁，不一会，传来一声秦腔，在戈壁滩上拐了个弯儿，被风吹得没有了影子。

土屋向西，一片黑黑的戈壁。远处眺望，戈壁被黑色的油漆涂了一层，泛着黑黑的光。走近方知，那戈壁沙尘之上缀着一层黑色的砾石。风吹石头戈壁跑，终是没有跑出戈壁，却是跑得没有了棱角，且浑身注满了太阳的光芒。

黑黑的戈壁，充满遐想，也充满诱惑。

黑戈壁之上，孔雀石隐了美丽的色彩。但物化探异常却是强烈，数值高得有些吓人。项目负责人带着几个骨干顺着异常而来，先是满戈壁滩寻找地表标志物，矿化的转石和戈壁上其它岩石无论从外表到色彩没有区别。几个地质员只有用地质锤不停地敲打着岩石。时有转石，目测也能识别其矿化程度，让人兴奋。平日里少言寡语的姬厚贵满戈壁地跑着，嘴也不停，一句话反复地说：这可能是个金娃娃。真是金娃娃呢。绝对是个金娃娃！

开始安排物探和槽探工作，圈定矿区范围，采取样品，并送回大队鉴定。检测后返回的信息令人兴奋——铜品位达到5%左右。物探和槽探结果也见分晓：矿化规模比想象的要大。

比起先前的土屋铜矿，这里的品位相对较富，规模更大，当是土屋矿区的主体，称土屋。先前后土屋铜矿，处其东，改名为土屋东铜矿。

两个矿脉距离2千米，地质报告里称土屋一号脉二号脉，同为土屋之子，一对双胞胎！

土屋的秋天从早晨开始。张征走出帐篷看见戈壁远处升起的太阳有一圈清晕，风里流动一股凉意，他便回帐篷加了一件毛背心。

物探化探槽探全面开花，要想摸到大象的内脏，只有上钻探了。但是钻机立在什么地方，这里边大有学问。最重要的是，几年等待，几年争取，立了项，上了钻，如果钻下去是个“白眼”，钱白扔在戈壁滩，什么结果也没有，那结局谁都明白：下马。钱白扔了不说，扔下的还有土屋的寂寞，多少人的期望。谁也不愿意看到这种结局。

在大队，总工程师董连慧心里老是惦着土屋。他有种预感，土屋要出大家伙。他也说不清什么原因，但直觉告诉他，土屋是值得期望的。在阿希金矿的时候，自己在现场，什么事情都可以冲在前边，那种期望与现场的证实，有种酣畅淋漓的快感。而现在，人不在现场，心却在现场，就是人到了北京，也是通过大队传各种资料给他，看着资料，晚上能踏实地睡觉。

在他此前技术工作安排中，土屋的第一孔成了全队战役的重中之重，并留下意见。其后，他通过蔡中举传来有关资料，指导定孔。

远在乌鲁木齐，曾经主持勘查评价过几座大型铜矿的新疆地矿局总工程师王福同的心也在土屋。此前，他力主在土屋上钻探，但这第一钻怎么打，心里牵挂。他在看了张征带来的现场资料后，告诉他们：就打异常。就是电法显示出来的异常。哪里异常最明显，就往哪里打！

在野外现场，年轻的地质汉们虽然有十几年二十几年的野外地质工作经验，爬过山走过戈壁大漠，搞过区调做过普查，甚至参加过矿区的勘探评价，还挖过槽子，看过钻机高耸在矿区，可这第一钻戳在什么地方，那时谁也没有想过。但是，现在，第一钻戳在哪一块，得他们说了算。可是谁也没有成熟的想法。

他们斟酌再三，确定第一个钻孔设计的原则是打异常。异常点好几个，到底打哪一个？争论中张征一口秦腔声音最大：激发极化法追索到数值会是什么？不就是碳值和硫化物引起的嘛。如果是碳值引起的，不打。如果是硫化物引起的，可以打。

哪个点是硫化物引起的？有人追问。

找那个红红的条带呵。张征轻松应答。

沉寂一会儿，便是一阵大笑。笑过之后，众人散去。几个项目负责人在帐篷里翻了半夜的资料，最终定下设计方案，布置了3个钻孔，报大队审查，再报省局批准。

土屋的秋天开始热闹起来。9月18日，钻机从120千米之外的康古尔矿区搬迁过来，寂寞的土屋一下子多了十几个人，那一晚上很热闹，散发出一种亲人团聚般的快乐。戈壁滩上车多起来，人也多起来，湖南话陕西话交织着新疆话，从风中飘过。国庆节是要庆祝一下的，喜庆的歌声没有歇息，钻机就在东天山的大戈壁上轰鸣起来，似一河清流，奔涌在古老的河床之上，又如沉寂了几千年之后的大漠歌者，从亘古走来，放歌一曲。

瀚海荒原在钻机的轰鸣声中颤动着醒来。那一天是10月2日。

孔深设计200米。钻杆刚开始转起来，大家眼睛就盯着钻孔，即使从野外归来，也顾不上吃饭，先要到机台上看，有时甚至守在机台上。有时在半道上碰见，相视一笑，觉得心太急了些。

地底下的情况千变万化谁也说不清。地表矿化和物化探异常显示都很好，但钻孔打下去却什么也没有，这样的例子并不鲜见。大家都在期盼着。

不只是人急，埋在地下的矿体似乎也急了些。开孔十来米，岩芯中见到黄铁矿，时不时地伴生黄铜矿，这让人兴奋。黄铁矿出现，铜矿会紧随其后，大家都这样期待着。钻机吼着，却没有吼出来人们期待的黄铜矿岩芯。就是黄铁矿，也是羊跑着拉粪似的，时隐时现。姬厚贵手里捧着岩芯，翻过来覆过去地看，也没有看出希望，他已经丧失信心，不再来机台，开始寻找下一个钻孔位置。张征不再讲他的理论，嘴里时常哼的秦腔也没有了声息。

突然，岩芯开始变化，黄铜品位增加，且矿体很连续，很稳定，平均品位达到了0.9%。

一颗颗紧揪着的心才慢慢放下来。

半个月后，钻孔终孔于200.83米，见矿视厚度竟达62米。这一钻探成果出乎所有人的意料，许多人还从未见过这么厚的矿体！

第一个钻孔打完之后，一场风过，随风而至的雪就盖了戈壁。机台上是雪，帐篷里也是雪，甚至被窝里也是雪——风携着雪无孔不入。漫天的白雪，让目前的世界苍茫起来，似乎覆盖了种种艰辛和磨难，让世界沉浸在宁静的遐想中。

钻孔见矿，士气大振。钻探施工继续进行。冬天说来就来，气温好像一下子从零上二三十度降到零下二三十度。机台旁的水池子冻住，柴油机油也冻住，只有架火烘烤。最要命的是风，夏天怎么都盼不来的风，在这个季节里连气都不喘，风的啸声时短时长。寒风像是从天山深处跑出来的狼，撕咬大家的手和脸，划出一道道的血口子，越划越深。到了夜晚，血口子钻心地疼，无法安眠。

帐篷是棉帐篷，却在这风里如一层纸，帐篷内外，气温相差无几。寒风还是不歇，挟着漫天雪花，撕着扑着帐篷，让夜晚也不得安宁。

正当大家快失去信心的时候，第二孔见矿。再鼓一气，第三个孔也见矿了。孔孔见矿，不放空炮，让大家又是一喜。

直到11月20日，天寒地冻，无法继续工作，方才收队。

土屋钻探见矿，上下热情高涨。第二年大幅度增加野外工作量，加强钻探工作。新疆第一地质大队加强勘查力量，充实30人到七分队，再上两台钻机作业，一台在土屋铜矿，一台在土屋东铜矿。土屋铜矿钻孔在打到150米深时见到矿体，一直打到428米才终孔，矿体视厚度竟达278米，铜平均品位为0.9%。

入列一号项目

土屋以西十几千米的现场热火朝天。在地表，发现有地表矿化蚀变的孔雀石，虽说是零星分布，但品位很好。通过槽探，发现斑岩体，且接触带上有蚀变带。最为重要的是，张征他们的综合物探异常明显，呈现出明显的高激发率，而且规模也很大，诱惑着所有的人。是一个值得深入工作的地方，抑或是一个大矿区呢。

这个未来的大矿区处于土屋向西延伸的地方，如取其义也是延西，然而，项目组的弟兄们讨论了半夜，却取名为延东铜矿。

前景如何？每个人的心中都有一个期望。嘴上不说，单从脸上就能看出来：上钻机。张征喊着：用不着定孔，在物探异常最明显的中心打一钻，要是没有结果，我再也不干物探了。

但定孔的时候大家也很谨慎。新疆地矿局总工程师从乌鲁木齐赶到现场，会同现场技术人员，琢磨过所有的异常点，又做了测深，最终，在数值最强烈的异常点定孔。

钻机立起，钻头旋转起来，争论又起：钻头向哪个方向打？张征的“陕西”脾气又来了：打极化异常就向北打，如果打磁化异常就往南打。话是不错，那到底向哪边打呢？张征扔了手中的工具，回帐篷去了。

最终，照着土屋的方法打延东——打直孔。

郑勇1997年毕业于长春地质学院地质系地质学专业。搞了半年区调上土屋，他本想进地质组，却被绑在钻机上做编录。他本是一个忠实的人，虽然心里有些不悦，一上钻机却没有丝毫的马虎。对提取的岩芯进行分层，观察岩芯，记录岩性，精确地描述岩芯特征，让人觉得他是在干一件大事业。

钻进到100米，没有见矿。150米，没有。200米，还是没有。而且，还有些偏孔。地质上的人没着急，机长龚素成的嗓门开始高起来，一急，还骂人。一口到死也不改的云南腔，嘴里骂的什么话，谁也听不清楚，只知道那是他在骂人。即使不骂人，也是大嗓门喊叫着，在钻机上走来走去，从白天到晚上，又从晚上到白天，好像没有人见他下过钻机，不是在机台上喊叫，就是帮着搅泥浆。半个月下来，人好像变了形，更加瘦小。一头的白发粘成黄毡一片，披盖在头顶，大风吹过来的时候，像一片瓦立在头顶。打完土屋，说不定就退休了，没有多长时间留给自己懈怠。地层也是越来越复杂。“打”遍新疆的龚素成对这点小问题有办法。换钻具，将七五口径换成五五口径，岩芯虽然细，但采取率高。

200多米，是应该见到矿体的深度，却依然不见矿体的影子。钻头一米一米地钻进，钱是一沓一沓地花着，应该见到的东西却没有见到，心里发毛。

钻头还在岩体里，不知道这岩体何时结束，也不知道是否穿过物探异常体。如果穿过岩体，没有见矿，也就死心。但到了250米，还没有见到矿。

郑勇也急，但他看上去好像很有信心。没有经验，但有书本知识。在编录的时候，看黄铁矿越来越强，伴随黄铁矿之后的肯定是黄铜矿。但也是在自己心里想想，参加工作才一年的时间，什么也不敢说，就是说了，谁会相信呢。

最艰难的时候，想过放弃，谁的心里也这么想过。打钻是打钱呢，如果是“白眼”，你打得再深有什么用呢。

放弃的声音一片。

郑勇最终还是说了：黄铁矿太好了！他不知道是给谁说的，谁也没有把他的话当回事。但谁也没有让停钻。

设计的是直孔，越打越斜，也不知道斜到哪国去了。反正谁也不敢说终孔，那就打。机长龚素成的大嗓门喊着，声音越来越高。

打到280多米，见矿了！郑勇高兴得跳起来。龚素成的大嗓门消失了。姬厚贵、王世新从大老远跑来，手里拿着岩芯舍不得放。张征走到一面坡后面，想着吼几声秦腔，张开嘴，却没有声音出来。

延东第一孔打到800米终孔。连续见矿视厚度超过500米，铜平均品位0.5%，并伴生有钼、金、银。会不会是铜矿，谁也说不清。

局领导从乌鲁木齐赶到现场，认为覆盖厚，整个异常好，建议加大钻探力度。

1999年的春天，风沙来得早。综合组长郑勇新婚，沉浸在快乐中，电话响起，通知他出野外。新婚妻子是同学，知道地质汉的苦处，没说什么，给他打点行装。从石河子，到乌鲁木齐，再到鄯善，走了两天。

等到了队部，郑勇突然明白，他和妻子的距离远了。不说心与心的距离，就是想念，请假探亲，一来一去，路上走4天，10天的假，掐头取尾，剩不了几天。

野外的冰雪还没有消融，通往土屋的路被车压出一条线，飘在大戈壁上，没有尽头。

野外的日子刚刚开始，通向未来的路满是单调与寂寞。又瘦又白的郑勇，文质彬彬的外表下，透出几分忧郁。

车刚停下，一条黑狗窜下来，满戈壁乱跑，兴奋得很。第二天早晨，帐篷顶上，立了几排鸽子。睡了一晚的郑勇，高兴得如无忧无虑的少年，跑来跑后，数着鸽子，灰的，白的，共13只。

一场风过来，鸽子飞向天空，戈壁的春天开始。

是年，中国地质调查局具体组织部署实施新一轮国土资源大调查，全国首批启动三个重点项目，东天山地区以铜为主的矿产资源勘探和评价被列其中。中国地质调查局将东天山列为矿产资源评价工作的重中之重。他们专门组织了一批国内知名地质专家、学者，全面研究了东天山地区找矿工作部署，同时还编制了设计方案，然后又聘请了常印佛院士和陈毓川院士，召集专家，进一步研讨、论证方案。除了技术上的指导，同时对东天山地区的地质勘查投人民币2000万元。《新疆哈密市土屋－延东以铜为主的资源调查评价》为龙头项目。

2000年，中国地质调查局进一步加大东天山地质勘查力度，启动《新疆哈密市赤湖铜金资源评价》等一系列项目，投入总经费5000万元以上，其中大部分项目为矿产资源调查评价项目。

东天山地区矿产资源调查评价成为关注的重点，启动的项目被称为国土资源部地质找矿“一号项目”。

沉寂了千万年的东天山沸腾起来。处在艰难中的《新疆哈密市土屋－延东以铜为主的资源调查评价》项目像被重新加满了油，注满了活力。项目分队扩大工作范围，沿土屋成矿带安排1∶2万激电、磁法扫面工作，发现激电异常20多处，并深入工作。同时，加大力量对土屋铜矿进行钻探控制。在整个延东矿区，也开始大面积布孔钻探。

钻进依然艰难。3号机钻进到150米处时跑钻，虽然说没有从脚下钻进，钻头从帐篷里出来，却是跑得莫名其妙。还是钻杆，绳索取心钻杆，使用多年，到了报废年限，没有钱，硬对付，却是钻杆断成多截。

地层也不简单，复杂得很，软地层，硬地层，相互层叠，还破碎不堪。打打停停，到最后两个立根，钻杆返不出来，钻孔被迫报废。

原点，错开三米，再下一钻，也不顺利。也是到150米左右，孔内情况恶化，断钻杆、垮孔等事故时常发生，钻进在艰难中继续。

问题一大堆。请来“老贫农”郭俊贤。一大堆问题，让他一看，只抓泥浆做文章。郭俊贤用泥浆一点也不“贫农”，抛弃了泥浆，改用地勘水泥封孔，然后再用SM植物胶、GPS广谱护壁剂护孔钻进。孔深从190米开始，到427米终孔，进展顺利。

土屋——延东钻探一路高歌，就在1999年，土屋铜矿施工8个钻孔，孔孔见矿。在土屋矿区，打到了视厚度达564米的矿体；在延东矿区，打到视厚度400米的矿体；而在土屋东矿区，首次打出铜品位大于0.5%的矿体。

星光辉映东天山

土屋延东激战正酣，外围找矿没有停止。姬厚贵像一个游神，带一个地质员，一个司机，三个人一个小组，根据物化探异常，在外围找矿化点。断断续续，在大戈壁上转了两年。

2000年初，野外设计目标，选择了两个找矿靶区。一个向东，小尖山绿洲一带，姬厚贵负责。一个向南，在路白山吉源一带，杨俊弢负责。

小尖山绿洲没有绿洲。一片软戈壁，沙窝多，石头少。走一步，陷半步，似踩在棉花上，想用力，用不上。走半天路，比干一天活累。

物探数据显示，异常在西南方向。姬厚贵不说话，背着十字镐头，低着头，一直向前走。开始，郭玉辉、俞俊杰几个小伙，背着镐头铁锨，冲在前边，到最后，在终点等他们的，是姬厚贵。

姬厚贵像座小黑铁塔，蹲在石头上，回头看三五个人，背着镐头铁锹，有点不伦不类。苦笑一声，起身扔下镐头，就地搭起帐篷，安营扎寨，准备长期作战。

只有异常显示，地表没有任何指示。他们能做的是，在异常高值点挖探槽。虽说是戈壁地带，却是沙多石少，好挖。然而覆盖层厚，挖掉一两米的沙土层，才见岩石，那槽子挖得深。头上是烈日，脚下是沙槽，没有风，只是热浪汇聚于探槽内，蒸烤着，探槽内的人大汗淋漓。

这是洗桑拿呢。那时内地正时兴桑拿浴。郭玉辉嘴上过着桑拿浴的瘾，眼睛却眨巴着，要找一处凉快地方。没有树，没有水，太阳汹涌在空空荡荡的戈壁滩头。连风都没有，大家就盼风，风一来，却裹着沙石，能把人埋葬在探槽之内。

太阳烤着，过一个月。风沙裹着，过半个月。好在有水，送水车几天来一趟，多喝水，少吃饭。瘦了，黑了。“咱们这是黑人部落呢。”俞俊杰冷不丁冒出一句话，沉默着的人群中，才迸出一片笑声。

沿异常挖探槽，见几处矿化，不成气候。姬厚贵有些泄气，却不敢松劲。眼睛像鹰一样，盯着探槽内的矿化点，搜寻着矿化点周围的每一块石头。没有结果。

没有结果的事情姬厚贵经历了太多，似乎已经麻木，不说不喊，只是埋头向前走。

姬厚贵18岁的时候，从河南跑新疆，走过戈壁，穿过沙漠，也爬过阿希的雪山。哪座山峰高，哪座山峰就有他的脚印。一个人，比雪峰还要沉默，一脚能把整个山峰踏在脚下。似乎爬山不为干活，专为爬山。个子不高，爬到山顶，觉得这世界就在自己的脚下了。

姬厚贵带着帐篷，到哪里黑了，帐篷就搭在哪里。

移师下一个异常点，在西南侧。姬厚贵、郭玉辉、俞俊杰三个地质人员，背地质包，装着放大镜、地质锤、野外记录本，再背上镐头铁锹，到了异常点。

太阳时出时没，风时来时去。是个干活的好天气。几个人先查地表，沿线查几个来回，没有收获。姬厚贵却是不死心，用脚踢着石头，石头没有动，脚却被踢疼了。取镐，弯腰，只两下，就刨出来。石头不大，仔细看过：“孔雀石！”年轻人围过来，抢在手里，恨不得把石块看成铜块。

那一天，是6月11日。

小小孔雀石，是一堆火，燃起大家的热情。第二天，在发现孔雀石的地方，布线挖槽。姬厚贵，两个地质员，还有民工，挖开几个大坑，放上炸药，定点爆破。炸响时，爆出石块碎碴，还有烟尘，形成一个绿柱，立在戈壁滩上。

松动的石块，几乎全是孔雀石。继续挖槽，铜次生富集带出露。采样分析表明，铜品位相当理想，铜品位最高达32.68%，一般在0.5%—3%。

其后，在此开展物探测量，深部显示异常。8月底，新疆地调院同意项目组实施钻探验证。钻机浩浩荡荡进入新矿点，钻探至120米时终孔，打到了两层矿体，矿体累计达50米，矿体铜品位从1.87%到3%，矿物分别以黄铜矿、斑铜矿、辉铜矿黝铜矿为主。

矿点土屋较远，约80千米，被命名为维权。有人解释说是以示维护探矿权人的合法权益。其中苦处，外人不得而知。

继续钻探，打了第二钻，铜的品位太低，让人叹气。再打一钻，不见了铜的影子，让人泄气。

矿区响当当有名，三钻下来却没有希望，如此小的矿区规模，任是谁也鼓不起士气。立项内容以铜为主，却也兼顾其他，采了岩芯的光谱样，进行化验。却发现银的品位特别高，每吨有上百克甚至几百克的含量，且规模较大。具备大型银矿的条件。

是黄色在诱惑着他们，是在找一座大铜矿，到最终却是一座银矿。有白花花的银子，黄与白交相辉映，东天山的色彩却也丰富起来。

2001年，“维权”正式立项。姬厚贵牵头组建九分队，任项目负责，成员以郭玉辉、俞俊杰等地质人员为主，进行维权银铜矿的普查。第二年直接转入详查，进行一号矿体的详查。2003年，进行三号矿矿区普查、详查。2004年，提交了维权银铜矿的独立普查报告。确认其是一个钙矽卡岩型银多金属矿床，控制矿体长250米，根据钻探已控制推断的和预测的内蕴经济的资源量：银532吨，铜超过100吨，是新疆发现勘探的第一个中型银矿，其潜在价值达10亿元。

最为重要的是，维权银铜矿的发现是在该区首次获得寻找富铜银—多金属矿产地的重要线索。线索之后的路还长，前景也更为广阔。

按照2000年初的野外设计目标，杨俊弢负责的找矿靶区在路白山-吉源一带，在土屋之南。

杨俊弢从1994年进入土屋，先是跑区调填图，再就是带化探组重点控制矿化点，后来进行钻探控制的时候进行编录。转眼间六年的时间过去了，杨俊弢成熟了，但他依然保持着那份浪漫，广袤无垠的戈壁风光依然吸引着他的目光。在杨俊弢眼里，看着那连绵不断、奇形怪状的沙丘起伏得极有韵致，就连远处淡淡的山影也令人神往。荒凉的戈壁竟也是那么旖旎，那么动人，令人新奇，令人兴奋，甚至有点令人陶醉。

不过，杨俊弢带领着他的小组在路白山-吉源一带跑得艰难。第一年没有任何发现，等于是白跑了一年。杨俊弢的目光开始迷茫起来，戈壁苍茫，心里说不清是什么滋味。到第二年的夏天，他们依据1:20万区调图进行查证，先是在路白山发现了矿化线索，然后进行调查验证。结果是戈壁不负出力的人，他们发现了与低温火山热液有关的路白山铜矿。后来经过初步综合评价，已确认有积极的勘查和开发价值。2002年，刘国辉、杨俊弢由路白山移师向西，发现了吉源矽卡岩型银铜矿，属块状硫化铰类型，可直接开发。

杨俊弢却说，土屋延东铜矿的范围内，路白山、吉源两个点都很小，然而，在其后开展深入勘查评价，两个铜矿都达到了中型水平。

最为重要的是，组织路白山铜矿和吉源铜银矿的预查评价，让杨俊弢成长起来。在野外地质生活中积累了丰富的地质找矿经验。他参与评价了土屋铜矿、土屋东铜矿、延东铜矿、路白山铜矿和吉源铜银矿等5个中大型铜矿产地，在他参与土屋延东项目的工作中，在地质找矿前辈的引导下，不善言谈的他已默默地积累了丰富的寻找斑岩型铜矿的经验。他与东天山的戈壁沙滩结下不解之缘，他放不下东天山了。

用杨俊弢的话说，不是他放不下东天山，是中国地质调查局对这块宝地不死心。其后，中国地质调查局在这里安排了地质大调查项目《红石岗到黑山铜多金属矿评价》。红石岗和黑山地处土屋延东之西，土屋延东铜矿可能向西进一步延伸，专家们在认真研究后，认为应该有工作的前景。

杨俊弢他们开始重新布置物探工作，主要是针对侏罗纪覆盖区，做一些精度深度比较大的物探工作。当时效果非常好。其后，主要是根据物探异常，申请两个钻孔进行验证。而且，是要打深孔。杨俊弢认为东疆地区隐伏矿床的寻找尚未开展，没有更多的方法和技术，在采用斑岩型铜矿“激电异常－铜矿体－磁异常有序分带”的找矿模式的基础上，深部钻探也是好方法，简单实用。

钻探结果让人兴奋，他们发现厚度达100多米的铜（钼）矿体，其铜资源量近20万吨，矿床规模达到了中型。该矿后来被命名为延西铜矿。这是继2000年第一地质大队发现土屋——延东铜矿后，在铜矿找矿过程中的又一次突破。这一突破使新疆地矿局在东天山地区找矿有了新的延伸，该区的新一轮勘查评价工作由此被带动起来。

就在姬厚贵发现维权银铜矿同时，新疆第一地质大队高级工程师胡长安正在担纲进行《新疆哈密赤湖一带铜金富集区评价》。这也是中国地质调查局在东天山开展的大调查项目之一，地点大概在土屋铜矿以东15千米外。

胡长安曾经离开土屋，到阿希金矿进行南段二号脉的勘探，其后又参加康古尔金矿勘查评价。直到2000年，胡长安重返东天山，承担大调查项目。胡长安熟悉东天山的戈壁沙丘，熟悉东天山的风沙，熟悉东天山的阳光与天空。他们带着项目组成员进东天山如回故乡。他踌躇满志，按设计要求安排野外工作。但他自己的脚被烫伤，而且还很严重，不能走路。不能走路就不能出野外，这对一个出野外的人来说，无异于被囚禁在戈壁大漠中。几天之后，胡长安就跟上了野外的队伍，不是他的伤好了，而是他觉得坐在帐篷里能把他憋死。

风沙，炎阳。地质路线调查。发现矿化线索。深化普查。然后，他们有了发现，这就是灵龙铜矿。

于是，在东天山的矿产图上，又添了个新矿点，时间是2000年6月。

至此，在东天山的戈壁瀚海中，先后发现了土屋铜矿、土屋东铜矿、延东铜矿、维权铜矿、路白山铜矿、灵龙铜矿。最远的点离土屋80千米，而最近的点，只有6千米。地质专家把它们统称为东天山铜矿。

从1998年底酝酿中国地质大调查，就有多少人寄希望于东天山，有多少人对东天山望眼欲穿。东天山终于露出峥嵘与辉煌。

然而，与东天山野外发现同样峥嵘与辉煌的还有：在东天山地质大调查中，多种创新理论、先进的技术手段和综合研究发挥了巨大作用。自《土屋－延东以铜为主的资源调查评价项目》启动以来，先后有中国国土资源部航空物探遥感中心、中国地质科学院矿床所、力学所、物化探研究所、中国科学院贵阳地球化学研究所和吉林大学、南京大学等多家单位在该区依次开展了1∶5万航放测量、典型矿床研究、控矿构造研究和物化探方法试验研究等多项工作。新疆地质调查院一所承担了1∶25万区域地质矿产调查，五所负责土屋—延东铜矿及其外围1∶2万—1∶5万综合物探扫面，七所对外围部分综合物化探异常进行了查证。

在2000—2002年，中国地质科学院矿床所芮宗瑶、杨建明、韩春明，北京大学刘玉琳同志与该项目组合作，完成了土屋铜矿典型矿床研究课题。2001—2002年，中国科学院贵阳地球化学研究所卢焕章、王碧君同志对延东铜矿物质组分特征进行了初步研究。所有这些工作对提高矿床的综合研究程度起到了一定的积极作用。

钻探交响曲

2001年1月3日，《人民日报·海外版》在经济资讯发布这样一条消息：新疆东天山铜矿勘查招标。公告是由国土资源部、新疆维吾尔自治区人民政府联合发出，将通过区块招标方式出让探矿权，以合资、合作或探矿权买断等投资方式进行铜矿勘查。包括土屋、延东、土屋东、维权和灵龙构成的土屋矿田，六年预查，专家预测资源量超过1000万吨。如果勘探开发，将是名副其实的世界级超大型斑岩铜矿床。土屋期待大手笔。戈壁瀚海应该有大气象。

1000万吨，是多么大的诱惑。这是一块大肥肉，有大口方能吞进腹内。

2002年1月11日，上海鑫风能实业有限公司与新疆地矿局签订了《土屋铜矿探矿权转让合同》，并投资1840万元，委托新疆地矿局进行土屋铜矿勘探施工。2月6日，签订了《新疆哈密土屋铜矿床勘探合同》。勘探土屋铜矿的Ⅱ号矿体。勘探以钻探施工为主，设计钻探工作量为21021米；槽探2700立方米；地形地质测量和测绘各0.6平方千米；各种分析测试鉴定的样品千余件。自2002年3月15日野外施工开始，2003年5月15日提交送审报告。

天山东去，明月跃升，要成壮观景象。

2002年2月9日，农历新年前夕。新疆地矿局组建土屋铜矿床勘探项目指挥部，以地质一队四台钻机为依托，动员、抽调区调二队、地质三队、四队、六队、七队、十一队等6个单位的17台钻机，以及其他配属单位共400多人参加土屋铜矿勘探，称为土屋会战。第一地质大队党委委员、副大队长香兴银为勘探指挥部总指挥。刚过完年，香兴银带着新疆地质一队4台钻机进入现场。其后一周之内，地质四队、地质六队、地质十一队、地质七队、第二区调队、地质三队等十几台钻机、300多人进入现场。

20台钻机到现场，沉寂在东天山戈壁瀚海中的土屋铜矿又一次热闹起来。

人勤春早。春天还没有来，风先来了。其实风一刮起来，就算是戈壁的春天来了。只是这里没有树，没有草，否则，三场风过，绿意盎然的春天就荡漾在你的眼前。可惜土屋没有这样的景象。

土屋的春天是一场接一场的风，那风，还带着沙尘。第一场风来过，随后的风沙绵绵不断，三天两头来场风，五六天一次大风，十天一场恐怖的风。风从远方呼啸而至，继而便是吼，接着便是帐篷布被风撕扯着，被沙石击打着，噼哩叭啦地响着。帐篷内外，漆黑一片，伸手不见五指，鬼见了都怕三分。平日里在戈壁滩张狂的狗，此时惊惶失措，一个劲地乱叫，令人毛骨悚然。

总指挥香兴银被称为“香帅”。那天吃过午饭，“香帅”通知钻机停工，加固帐篷机台。人问为什么，答说有大风沙。

抬头看天上，太阳正红。哪来的什么大风沙？众人不信。“香帅”手里提着收音机，口里振振有词：来，听天气预报。乌鲁木齐一变天，土屋就要刮风沙。不信？不信也不行。下午加固帐篷井架！

“香帅”下了命令。机台停下来，加固井架帐篷。103、105等几个机台在土屋有过施工的经历，加固帐篷有经验，抬几根钻杆，固定帐篷四角。301机台的队员见状，把钻杆捆成捆，吊绑在帐篷的四周。更有心细的队员，用细绳把帐篷布之间的缝隙紧死，不留一点细缝，免得让风钻缝隙，从那里将帐篷撕成布条。

也有把土屋的风没有当回事的队员，帐篷稍加固定，趁着天气好，开足马力赶进尺。

是日下午，晴天转阴，夜晚，大风来袭。风来得凶猛，容不得人喘口气，容不得人睁开眼，只一阵，就将整个土屋吞没了。人出不了帐篷，沙尘呛进来，队员用湿毛巾把鼻口捂住，听着风响，不敢睡觉。

风刚小点，地质七队的领队跑进指挥部的帐篷。喘着气，咳嗽了半天，才说他们的5顶帐篷没有了！有三顶撕得粉碎，架子被风拧成麻花。有两顶直接跟风跑了。香兴银一听就急了，顶着风跑出帐篷。队员们抱着自己的被褥，挤成一团，顶风而站。

香兴银随即引导大家进入其他完好的帐篷。一点人数，还好，没有少一个。大家心才定下来，围坐在火炉前，等着天亮。

天亮风停，兄弟单位的队员腾出床帐篷，让出锅灶。帮着地质七队的队员再搭帐篷，而且，用钻杆固定帐篷。

有人开玩笑：还得把根扎在土屋呢。

风沙终于少了，天气却热起来。高地之地像在火炉顶上，烤得人鼻子直冒火。站着汗流浃背，坐着也是大汗淋漓。穿着衣服一会儿就得拧一回汗水，索性丢剥了衣服，光着膀子。机台上的上上下下，让那些虎背熊腰的身板，更加结实。只是风吹日晒，光膀子的小伙子个个成了“非洲汉”。

103机台的机长是黎恢晴，全矿区年龄最大，却喜争强好胜。上机台，爬钻塔，以为是哪个小伙子逞能呢，近前一看却是黎恢晴。脸本来就黑，风吹日晒，胜过碳块。额头，颈部，还有脸上，横竖布着皱纹，皱纹太深，就成了沟壑。还有一头白发，在风中飘飘扬扬，随时都会被刮跑。

黎恢晴站在那里，就是一位饱经沧桑的老人。其实，他就是一位老人，行将退休，土屋要上钻探，黎恢晴说那骨头他啃得动。年过半百的黎机长，带着他的钻机成了土屋的标杆，让年轻的机长们很是不服。有前来取经者，到机台上一看，全明白了。黎机长白天黑夜呆在机台上，即使离开，也是三五分钟，撒泡尿就小跑回机台。要不就在泥浆池周围转悠，看泥浆稠度。或是，跟在取岩芯的地质员身后，询问岩芯采取情况。

取经的人还没有走，黎机长的机台让他难堪。正在钻进的钻杆出现异响，赶紧停机，是孔内坍塌，钻头被埋。黎机长刚才还兴奋如火膛的脸，转眼间成块黑碳。二话没说就跑向泥浆池，一把一把地捧着泥浆查看稠度。看了半天也没有看出个所以然，嘱人喊郭俊贤。

郭俊贤人称“老贫农”。一辈子也没有什么爱好，就喜欢抓一把泥浆。

一上钻机，就泡在泥浆池里，身上脸上都是泥浆，活活一个苦大仇深的老贫农。一说起泥浆，什么润滑泥浆，堵漏泥浆，页岩稳定泥浆，表面活性泥浆，降粘泥浆，增粘泥浆，加重泥浆，口若悬河，滔滔不绝。回到队部，先不回家，钻进实验室，测试自己配方的泥浆，搞得像个专家似的。

其实，老贫农郭俊贤就是个专家呢。“老贫农”来的时候，走路四平八稳，蹲在泥浆池边，搅动着泥浆，样子像个玩童。一句话也不说，却似“老贫农”本色。然后起身，到岩芯场，查看半日。

然后，写出泥浆比例，还有钻进速度，交给黎恢晴，转身走了。

黎机长照条办事，万事大吉。钻进速度还是一路领先。

钻机一响，编录工作就得跟上。一个编录员管两台钻机，对采取的岩芯进行分层登记，细致观察，准确描述，认真记录。十几台钻机顶炎阳冒风沙，为的就是采取那一米一米的岩芯。全面准确的岩芯编录，才能反映地下的情况，了解矿体大势。

胡长安不只看岩芯编录，每天要上机台查看两次，一次转遍17台钻机。胡长安还是一趟一趟地跑机台，查岩芯采取率，查孔深丈量，查弯曲度测量，查编录质量。到了一个浅孔机台，发现孔深和编录报表数据对不上，立时找来编录询问。再实地查对，发现是交接班时，编录员少记录了两个立根。胡长安立即督促纠正。就是钻孔完成钻探，封孔时封得不好，胡长安也会一脚踢掉封层，让重新做。

地层破碎，钻进困难重重，还要保证岩芯采取率，难度更大。越是这样的地层，胡长安盯得越紧。那天早上，胡长安站在一台钻机的岩芯场，觉得那岩芯有问题。他没有说话，回到帐篷查图查资料，然后再来到现场。询问机长岩芯采取的情况，大家面面相觑不说话。胡长安心里发慌，他害怕自己的判断是真实的。

果然，机长说出了实情。地层太碎，钻进速度太慢，再用一米的岩芯管取心，实在太慢。就用3米的岩芯管取心，结果，没有及时提取，岩芯被磨碎，3米的进尺，取出只有1米的岩芯。和孔深不符，只有将一米的岩芯打碎，人为拉长为三米。

胡长安一听就火：矿跑了你负责任吗？你负得起这个责任吗？

书生模样的胡长安平常不发火，发起火来吓人一跳。

胡长安气乎乎地站在机台木上，好像是谁领了他的工资。发完了火，像是对自己在说：咱们花这么大的代价，受这么大的罪，就是为了那么一点岩芯呢。有了这个岩芯，才知道有没有矿呢。岩芯不完整，矿体跑了也不知道。就没有办法做岩矿鉴定，没有办法做选矿实验。这活就白干了。

胡长安要求报废该机台200米的钻尺。大家一听说傻了。200米就是12万元人民币呵。

有人劝胡长安放一马。他叹口气：我也心疼钱呢。可我是这个项目的技术负责，要对质量负责任呢。

张宝佳不打了，要收兵回营。这狗日的土屋就不是人呆的地方。风沙吃了，热也受了，蚊子也咬了，把平日里没有受的罪都受了，钻机还处处不顺。先是钻杆脱扣，再是掉钻具，以前从没有经过的事情，怎么在土屋都碰上了。

香兴银赶过来，说张大人，你可不敢收兵呵，这是土屋最后一孔，土屋会战能不能画个圆圆的句号就看张大人啦。

随后，香帅在机台上查验半日，先是换来外加厚钻杆。结果，情况大有改观。张宝佳带着弟兄们，一口作气，打到设计孔深，准备放倒钻塔。胡长安不干了。从岩芯上看，矿化没有终结，怎么能终孔呢？还得打，要打到矿化层结束。

张宝佳直摇头，地层那么复杂，钻机老出问题，你这有完没有完呵。

香兴银站在机台上，思谋了半日，说张大人不能走。地层复杂，咱们换换小口径钻杆。困难大，咱们提高进尺价格。

话说到这份儿上，张宝佳知道，碰上香帅这个老江湖，是跑不掉了。只有再鼓干劲，开钻再打。

打了两日，钻机进尺突然快了起来，钻渣量增加，出浆口堵塞，粘钻啦。

关键时刻碰上这档子事，张宝佳真想把钻机放倒走人。香帅笑他没出息，说钻机出事故是家常便饭。不出事故才会出大事情呢。说话间香兴银调整了泥浆相对密度和粘度，计算出钻杆内径钻渣出口和排渣设备的尺寸，亲自控制钻进，保持速度，成功清除钻渣。

张宝佳他们钻进到700多米，矿化体结束，见到基岩，方才放倒钻塔。

这一天，是7月5日。与此同时，土屋铜矿野外勘探施工全面完成。

从准备到结束，只有4个月的时间。期间艰难困苦难以言说，而完成的工作量，在胡长安主笔的勘探报告中，记述得非常仔细：

本次勘探完成的主要实物工作量为：钻孔45个，进尺18100.52米；1∶2000地形地质测量0.32平方千米；各类样品采集8900余件。此外尚开展了地形及工程测量，水文地质及工程地质观测、槽探、浅井及物化探工作。

就在他们完成野外勘探施工后，有关方面组织了地质、矿产专家34人对土屋铜矿勘探质量进行验收。在验收报告中，专家们对土屋勘探施工给予了高度评价。而且，用热情的语句表达了他们的感慨：土屋铜矿创造了勘探施工四个全国第一。是第一个矿权转让的市场性质项目；是第一个跨越从预查直接到勘探两个阶段的项目；是第一个工期最短的项目；是第一个质量优秀的项目。

风起东天山

2002年9月19日，滕家欣重返新疆。这位曾在新疆干了20多年的地质汉，现在是西安地质调查中心技术管理处处长，从事西北地区地调项目管理工作，配合中国地质调查局组织、参与地区地调项目立项论证、设计审查、野外工作质量检查与成果验收等工作。他也是新疆东天山地区、西天山-西南天山、阿尔泰成矿带三个矿产计划项目负责人。此行他参加由中国地质调查局组织专家联合工作组，对《新疆哈密市土屋—延东以铜为主的资源调查评价项目》进行最终野外验收。经过认真细致的工作，他们提供的验收意见书认为：《新疆哈密市土屋—延东以铜为主的资源调查评价项目》“工作部署合理，技术路线正确，找矿成果显著，提交的资料齐全、完整，文字记录内容较详细，图件清晰美观，质量管理体系运行正常，各项成果质量符合规范要求，可转入报告最终编写阶段”。经综合打分评定，对野外历年各类原始资料质量给予优秀级评价。

2003年12月3—5日，中国地质调查局组织国内知名专家对新疆维吾尔自治区地质调查院提交的《新疆哈密市土屋—延东以铜为主的资源调查评价报告》进行了评审。认为《新疆哈密市土屋—延东以铜为主的资源调查评价项目》在充分研究前人资料的基础上，综合运用地质、物探、化探、遥感等技术方法以及钻探、槽探等探矿手段，对土屋、土屋东、延东铜矿进行预（普）查评价，探求铜资源量。以现代成矿理论为指导，综合分析成矿规律、控矿因素、建立矿床预测模型，多途径，多方法地发掘找矿信息，进行以铜为主的矿产资源调查评价预测，提取异常，优选找矿靶区，并进行不同层次验证，实现新的找矿突破，提交铜资源量704万吨。

专家们预计通过进一步调查评价工作，东天山地区铜资源量有望超过1000万吨！专家们最后的结论是：新疆东天山地区铜矿是我国继江西德兴铜矿和西藏玉龙铜矿之后的又一重大发现！

期间，中国工程院院士陈毓川和汤中立先后考察过土屋-延东铜矿的地质勘查。面对最后的结果，陈毓川院士激动地说：土屋-延东铜矿的发现是20多年来国内找铜工作取得的最大突破，有望成为我国最大的铜资源基地。汤中立院士感慨万千：东天山铜矿的找矿突破，充分体现了中国地质调查局在矿产资源评价总体部署上的稳、准、狠。

作为曾经领导和部署过东天山地质勘探工作的原中国地质调查局副局长王达，国土资源部总工程师、中国地质调查局副局长张洪涛，兴奋之情溢于言表。他们说，东天山土屋—延东铜矿的找矿突破，是几十年来所有在此奋斗过的所有地质工作者共同劳动的结晶，是大自然给献身地质事业的地质尖兵们最好的回报！

其后，中国新闻社和新华社都刊发“新疆发现全国最大的特大铜矿”的消息。认为该矿的开发利用将解决我国铜矿紧缺的问题，缓解我国长期依赖进口铜的压力，这将推动东天山地区和新疆经济的发展，对贯彻实施西部大开发战略有重要意义。消息引用专家的观点，认为东天山土屋—延东铜矿田开采的经济效益与吐哈油田相当，将在天山东部带动一个中型重工业城市的兴起。同时，比利顿公司、力拓公司、大韩矿振等一些国外著名矿业公司，已多次表示了对东天山铜矿勘查的积极合作意向。

这样的评价无不让人欢欣鼓舞！媒体的渲染更让东天山高耸在世人的视野里。

其实，这只是个开始。中国地质调查局原总工程师周家寰说过这样的话：新疆天山地区的大型矿产资源基地调查评价目的、工作部署可概括为一个重点，两个发现，三个展开。一个重点是，以铜矿找矿工作为重点，兼顾金、镍、富铅锌、钾盐和其他有经济效益的矿产。两个发现是，新发现一批具有大型资源远景的找矿靶区和矿产地，为评价天山地区资源潜力提供依据；新发现一批大型、特大型矿床，为国家提供一批新的后备资源勘查基地。三个展开是，将天山分为三个地区，分层次有重点地开展工作——主攻东天山，开拓西天山，探索南天山。

新疆地矿局总工程师董连慧，大学毕业后一直在新疆从事地质工作。他认为：东天山土屋—延东大型斑岩铜矿床的发现，进一步带动了新疆天山地区的地质找矿工作。自土屋—延东大型斑岩铜矿床勘探突破后，新疆地质工作者先后发现了东天山地区的卡拉塔格铜金矿，在西天山地区发现了达巴特斑岩铜矿、松树沟斑岩铜矿，在西准噶尔地区发现了哈腊苏斑岩铜矿、桑德乌兰铜矿、乌伦布拉克铜矿，依据这些发现，董连慧经过研究，提出了“环准噶尔斑岩型铜矿带”的概念。他说：如果通过地质实践证明，这将是一个世界级的铜矿带。

明月出天山，苍茫云海间！

中国西部的新疆大地，将是怎样的一番大气象！

走进祁漫塔格无人区

陆德琮

东昆仑西段祁漫塔格成矿远景区位于新疆东南部，界东跨入青海省，区内海拔一般在4000米以上，空气含氧量最多不到平原的60%，且地形切割强烈，自然条件极其恶劣，大部分为无人区，地质工作程度十分薄弱。自开展地质大调查迄今，以吉林省地矿局、新疆地矿局以及西安地质调查中心和青海地矿局为代表的地质工作者，坚持以超常的毅力行走在这片“生命禁区”里，先后发现金属矿床(点)30处和煤矿床1处，确立了迪木那里克及长清铁矿、白干湖钨锡矿、维宝铅锌铁矿3个矿集区，以及跨入青海省境内的卡而却卡铜矿，预期提交铁矿石9亿吨，铜400万吨，铅锌400万吨，钨锡200万吨，铋50万吨。三大矿集区成矿区域面积总计3.35万平方千米，已成为西北地区实现地质找矿重大突破最有希望的地区之一。

假如我们将这三大矿集区连起来，它在群峰屹立的昆仑山上，就像一只展翅欲飞的大雁，像一个以伟大的精神能量书写成的巍巍“地质人”。

2000年5月19日，承担青藏高原地质大调查任务的吉林省地矿局举行了让人血涌肠热的赴西部勘查出征仪式。那时正是地勘队伍实行属地化管理后不久，人们的思想还没有从“中央”到“地方”的变革中转过弯来。

地勘单位长期以来靠的是国家地勘费，走的是计划—找矿—核销的路子。但是在20世纪90年代，非油气地质勘查费占国家财政支出比例，从1993年的1%之后便逐年下降，到2000年仅为0.16%，已经降到1956年以来的最低点。地质队那时候的日子已经很不好过。地质找矿主业不断退后，钻探工作大幅度萎缩，所谓的多种经营举步唯艰，吉林省地矿局所属的地勘单位大部分已经开始拖欠工资。

在这样的背景下，新成立的中国地质调查局高高扬起的地质找矿大旗，便犹如春风拂面，在地质人的心里亮起了希望的明灯。所以那天的出征仪式气氛便显得十分壮烈，许多在场的干部职工都情不自禁地流了泪，就像是送子弟兵上战场。

这时候的地质大调查，从大局说，是要搞清楚国家的资源家底，为国民经济发展提供资源保障。而从小局说，从吉林省地矿局面临的如此窘迫的经济现状而言，就不仅是救急，也是重振旗鼓，坚定信心，打开局面的唯一契机。

由吉林省地质调查院具体承担的地质大调查有两个项目，分别是西藏多巴区区域地质调查和新疆东昆仑西段北带矿产资源调查评价。组成新疆分队的23人“是从全局300多名志愿报名者中遴选出来的，一多半人在原单位担任过分队长、技术负责，就连会计、炊事员，也是学地质的工程师或高级工程师，3名司机也是最棒的，有一人还是党校函授毕业生”。分队长兼技术负责刘忠这样向我介绍他所带领的这支队伍。

这一天是星期五。时任地质调查院院长的郭文秀在长春火车站和他们一一道别，他握着刘忠的手说，安全第一，身体第一。对于任务，他没有交代更多。他心里非常明白，他们将会在东昆仑山上开始一种怎样的震撼人心的奋斗历程。

这个日子，标志着新疆祁漫塔格山上的地质大调查已由吉林省地矿局拉开了帷幕。

别有人间行路难

他们第一次进山是从乌鲁木齐南下，穿沙漠经且末县城，然后再翻过阿尔金山，从吐拉牧场往东20千米插入无人区的大山里。

中国地质调查局给他们下达的任务书中有这么一段话：

“选择新疆若羌县祁漫塔格地区开展1∶10万水系沉积物测量和路线地质找矿，圈定异常范围，提取地球化学找矿信息，并在综合研究项目基础上，优选进一步工作靶区。”

这里面说的“若羌县”，就是紧挨着且末县的我国行政区域最大的县，土地面积20多万平方千米，比吉林省的面积还大，号称“华夏第一县”。且末县和若羌县归属的巴音郭楞蒙古自治州，是又一个中国之最，全州土地面积48多万平方千米，单以面积论，相当于浙江、福建、江苏、江西四省的总和，是名副其实的“华夏第一州”。所以，当他们从流动的塔克拉玛干沙漠边上实实在在地穿过去后，时空概念就似乎消失了。沙漠，戈壁，谷地，山峰……眼前晃过的景象毫无参照物地不断轮回着，总觉得什么物象都是无边无际的。从且末县城出发时是早晨7点，直到晚上8点，一路200多千米，走了十几个小时，竟然没有见着一人一车。总算是翻过了阿尔金山，车子终于以10千米的时速晃晃悠悠地沿着一条河流进入了吐拉牧场。这里本来是干燥少雨地区，这时却突然下起了雨。这天晚上，他们就借宿在牧场的小学校里。雨声中应该是极易入眠的。可没想到这雨越下越大，渐渐地从屋顶的边缘渗入，然后就快速地往中央漫延。睡是睡不成了，就坐着。就闲聊。打扑克吧。实在熬不住了，就将行李布蒙在身上，往一边倒去，任由那雨水滴滴嗒嗒地敲打在行李布上。许多人开始有了高原反应，头痛，呕吐，腹泻……

这里距离他们预定的营地只有50多千米，一夜不眠后，队员们的体力消耗已经很大，分队决定分两批走。部分队员随载重车先行，到营地后立即着手安营及其他后勤准备，车辆则返回接后续人员。预计时间是一个单程4个多小时，来回大约9个小时。虽然大家已经疲惫不堪，可是想到即将到达的营地，就有了一种快到家的期盼。但是当他们在天黑前开始接近营地的时候，意想不到的事情发生了。

雪线的位置正在发生变化。经过一个白日阳光的照射，原本是雪线上沿的雪也开始融化了，融化后的雪水一路狂奔，形成了浑浊的水流，汇集在车队必须经过的雅克拉克萨依和阿拉雅力克萨依这两条沟谷里，水流深达1.5米多，以一泻千里之势与沟谷里的巨大卵石翻卷在一起。他们乘坐的一辆卡车和一辆吉普车，分别被阻挡在了这两条沟谷间的阶地上。在这个夜晚，全队人员因此被分割成三块：营地、距营地4千米处的沟谷地（卡车）、距营地10千米处的沟谷地（吉普车）。天在这时候竟然又下起了雨。

已经过去10年了，许多具体的情景在他们的脑子里已经开始淡化。但这个夜晚却是深深地融进了他们的记忆里。他们习惯将融化了的雪水叫洪水，在夏日里，这是每天都有的现象。雪水下来的时间，一般在下午五六点钟的时候。山上的雪化透了，成了雪水，就百米冲刺地奔腾下来了。到了清晨，雪又积存下来，结成了冰，沟谷里的水便如同被一只神瓶收回去了似的立马就消退了。这也是轮回，也是一种周而复始。

于是这样的故事在他们的生活里就不可能不经常发生。所以我们把这两条陌生的沟名记了下来，尽管这两条沟名在地图上很难找到。

那天他们确实很惨。已经在营地的队员，翻过了一座山，绕着山道，给卡车上的队友们送去了食物、水和棉大衣。可他们怎么绕也绕不到吉普车边上。夜幕彻底降落下来了。天与山的接壤处有一线淡淡的光亮。高原上夏日里的夜色是和寒冷融合在一起的。气温开始降到了零摄氏度。雨停了。天上依然没有星星，也没有月亮。有人说起了野狼，他们知道这里有藏羚羊的，有藏羚羊必定会有狼。有人开始在车里打起了冷战。

大家四散开去，在河床边捡拾一些冲刷上来的干枝条。很快，他们发现这样的干枝条极其稀少，就去薅一团团的骆驼刺。高原上的植物地面部分个个都往矮小里长，但根系大都庞大。只要根不除去，它们就能生长。他们将手慢慢地探下去，轻轻地握住骆驼刺根的上部，用力一折，地面部分就被薅了起来。手刺破了，篝火在沟谷的阶地上点起来了。他们是10个人，在篝火旁围成了一个圆圈。这时候他们想到了吃的问题。所有的食物都运到营地去了，他们把车厢彻底翻了一遍，找出来两袋榨菜，5根火腿肠，5瓶矿泉水。火腿肠一人半根，榨菜就着水，权且当“手抓肉”了。

他们就是饿着肚子讲东坡扣肉，讲家乡的查干淖尔边上的冬季捕鱼，讲延边地区的石锅拌饭，讲农家人自产的老白干。还讲狼怎么会怕火光。讲着讲着就直晃脑袋了——实在是太困了。“别睡着，当心会感冒。”他们激灵了一下。在这里的高原上，任何一种小小的疾病，都可能酿成大祸。他们把后背转向篝火，脸冲着寒冷，这样就提神了，一直到天亮。

山登绝顶人为峰

以后进山，他们就走花土沟。

花土沟是青海省边界的一个小镇。从地图上看，如果我们不是很较真，它仿佛就是在新疆、青海、甘肃三省（区）的岔路口上。它过去很荒凉，后来这里发现了石油和天然气，有了油田的一幢幢房子，有了商店、饭店、酒棚子、招待所、小书店、邮政所和洗浴中心等，花土沟就成了镇，成了这片芒芒戈壁滩上的政治经济文化及社会的中心。常常的，他们穿行在花土沟的水泥地上，回想起他们的前辈找到矿以后，许多个城镇也是这么发展起来的，联想到山上正在找的矿，心窝里就会热起来。花土沟就成了他们生活中的驿站。一种精神的期待与向往。至于花土沟是归属哪儿的，为什么叫花土沟，便一点都不重要了。他们就叫它“花土沟”。

花土沟海拔3000米，这个高度最适宜作一个健康平台，去山里的人先在这里作临时的休整；从山上下来，也在这里过渡一下，然后再往下走。在高原上，一直呆在一个地方，适应了就会好一些，就怕上上下下忽高忽低地折腾。不停地去适应各种海拔，对心脏血压肯定会有影响。这是医生的忠告。但对于他们来说，这种忠告如同一件企踵而不可及的奢侈品。他们所去的地方就是一个多海拔区域，有时候，他们一天里行走的海拔从4000多米上升到5300多米，再回到4000多米的营地，心慌的，真想把肺气管切开来狠狠地充充氧，透一透。

2003年4月25日，维宝铅锌矿主要发现者、新疆物化探大队技术负责潘维良和他的19名职工带着2辆大车5辆小车，向另一个工区搬迁，途中要翻越一座海拔5000米的达坂，在昆仑山，这种叫达坂的山口，通常就意味着公路所到的最高处，因冰雪太厚，车辆在坡上打滑根本上不去，他和职工们只得在阳坡处一锹一镐地重新整理出一条道来。550千米的路，整整走了3天。由于一路上过多地付出了体力，许多人都出现了剧烈的高原反应，潘维良一整夜都在喘着粗气，心脏似要爆炸样地隐隐疼痛，听着帐篷外呼呼的风叫声，便觉得整个大地都在晃动。在这种情况下，只有服下“速效救心丸”硬挺过去。而当他们完成任务往山下返时，达坂下的积雪已经有1米多厚，底下又卧着一层冰，达坂之路在这里彻底把他们挡住了。只能绕道走了。按着地形图，一队人马在莽莽的高原上，缓缓地向着有人烟的地方靠拢。来时3天的上坡路，回时的下坡路走了5天，其中1天走了不到1千米。这种与“路”俱来的劫难，每每想起来，眼眶里总有控制不住的泪水盈盈地含着。

吉林省地矿局承担的新疆东昆仑西段北带是一个地质区域单元，面积4.5万平方千米，海拔由3700米绵延递变至5300多米，相对高差大都在500至1000米之间。这样的地形地貌落在图纸上，如同海浪一般很动感也很唯美，但是对于他们，这种动感和唯美就是一座座实实在在的山，需要他们一步步地翻越过去。

那时他们将整个区域分成四个区块，先是采水系样。从东到西500多千米，从南到北200多千米，沿着一条条沟，每平方千米采1个样。他们采的是水系沉积物，沟里有，或沟边有，顺着沟沟边边一步一步地走，一天里一个来回，就是将近70千米。有时沟头上的样就分布在雪线上了。看爬过的山峰被一圈圈的云彩忽隐忽现地围绕着，众多的大山都在脚底下了，感觉自己就是站在天堂里俯视人间。晚上睡觉时在帐篷里大伙儿一起侃，便想出了一句话：没有比脚更长的路，没有比人更高的山。

这样的精神能量在他们随后的岩屑采样中体现得特别有张力。岩屑采样即采集岩石碎屑样品，专业术语叫岩屑剖面测量。这岩屑样按规范范畴说应该不是土壤样，高原少土，海拔3000米以上大都是裸岩峭壁，就采岩屑样。岩屑样是40米范围内多组合样品，线与线之间距离400米。由于岩屑剖面为一条条直线，地形切割又十分强烈，为减少劳动强度，每个组每天的工作距离定为2—3千米，全分队编成8个作业组，2、3人一组撒开去，一天里每人采51—76个样，一个样通常在350克至500克左右。岩屑样的大小和重量是有严格要求的，大小必须是2毫米至20毫米之间。小了不行。

小了可能是从别的地方被风吹过来的。大了也不行。大了代表性就打折扣了。回营地后，每个样都得检查一遍，看有无杂质，个别有一时看走眼的，把羊粪蛋当作岩屑采了，检查时很快就甄别出来了。然后用秤秤，不够分量得重新补采。谁都不敢保证自己采的样够了350克，于是都往多里采，每个样就都有了500克，往回背时便觉得是在背着一座山，原本缺氧的呼吸就越加紊乱了，人在这时候像被截成了两段，上面一段是像要飘忽着了，下面一段又像是踩在了棉毯上，唯一的办法就是走几步停一下，大口地喘喘气，再往前走。所以在他们身上，每个人都有一段难忘的故事。我们先说王敬。在地质队里，像王敬这样的人很多。

王敬是和刘忠搭档，筹建组队上这大山里的主要负责人之一。他在祁漫塔格的时间是2000年至2001年。这个时候，已经发现了钨锡等多种矿化线索，只是尚未发现矿体。也就是说，当经过2002年的查证发现钨锡矿床的时候，王敬已经离开了分队。正如王敬所说，这都是组织决定。他是奉命调到刚刚组建成立的吉林省地质资料馆任评审室主任。于是就和祁漫塔格山上的钨锡矿重大突破交臂而过。之后，他的髋骨处又出了毛病。所以，如果我们现在从王敬的背后望过去，就可以从他的不仅是瘦小，还有点羸弱的身影里，看到一种“绿叶”后的感动。那时，王敬一度因为软肋拉伤，疼痛难忍，却依然天天跟一个组上线。他和他的队友们，曾经在4500米至5200米海拔的高原上，一天里翻过14座山。王敬说，到了山顶上，一看还是山连着山，那真是愁啊。

由于岩屑剖面测量是照着卫星定位仪直直地往前走，这样就必然要爬过面前突兀着的砬子，翻过面前横亘着的山峰。有的悬崖峭壁，搭眼看去，就是无可奈何的障碍了，却是依然不退缩，而是手脚并用，用手小心翼翼地勾住突出的岩石，再用膝盖部顶着悬崖一步一步向前缓缓地移动。这时候，千万不能往下看。太陡峭了。抬脚就是生死线。

有一段时间，他们至少有8个人因高原反应在集体拉肚子，却不见有一人请假休息。刘忠每天晚上挨个到各个帐篷里说，我们千万不能带病工作，必须坚持安全第一，生命第一。可就是不见有人和他请假，说，刘队，我今天感觉不太舒服，想休息一天。刘忠那时候就想听到这样的话。他和我说，越是在工作最紧张最繁重的时候，他越是希望有人能向他请假休息。这样，他就能知道谁的体力已经到了必须调整的边缘了。可是没有。他们似乎都是在抱定一个思维模式：实在不行再说。或许就是这样，刘忠再三和我说，白干湖钨锡矿田的发现不能说是哪个人的功劳，它是弟兄们用生命拼出来的。

在岩屑采样最紧张的日子里，地质员王正科由于连续翻山，体力消耗过大，在山上突然全身抽搐，休克过去。经队友们赶到现场实施紧急吸氧抢救，喝葡萄糖水方才转危为安。

那一天，地质员邢延安、周安顺也是非常突然地就感到浑身无力，呼吸困难，无法行走，不得不在队友们的帮助下从工作区里返回营地。即使这样，他们也没有一个人说要中途下山。

一蓑烟雨任平生

新疆干旱少雨。但新疆水多。全疆300多条河流皆源于山里。所以，在大山里的他们就必然要和大山里的水打交道。新疆地矿局第三地质大队近年来发现的迪木那里克铁矿，这个“迪木那里克”，在维语里就是一条河流的意思。2007年他们在山上进行冬季钻探施工，先后4台钻机的用水，都是用水车从山底下的车尔臣河里拉上去的。虽说迪木那里克这个地方相对来说雪少些，漫天飞雪的时候主要是从1月份开始，车尔臣河里的水在冬季里也不是全封冻，但最冷的时候也要达到零下40度。进入11月后，水拉到山上就得结冰。这一年，他们先后上山的4台钻机，一直干到12月底才停钻。水拉到山上后，转入钻机旁的一个大铁箱里，水箱底下烧煤加热，再放入适量的盐。加了盐的水可以保持在零下25度之内不结冰。维宝铅锌矿勘查区是在一个三面环山的山洼里，钻探用水也是靠水车拉水，有时候就从4月一直拉到12月。白干湖钨锡矿区则是一片开放型山地，冬季施不了工，矿区的钻探用水，是通过高压泵把古尔嘎赫德河里的水输送到山顶上的大水池里，他们叫它“天池”，再由天池里接到各个机台井口，随着孔位的延伸，已从最初的三级泵站，延长到六级、七级泵站，每天用水都在1000吨以上。有时候他们便利用河流的地势就地取水，在河水的下弯处把水憋住，形成个坝样的水池，再用高压泵把水直接抽到机台。水在这里是福音。没有水，就开动不了钻机，地质人员的成果预测就无法得到证实。

但是，在这座积蓄了地质人太多激情和梦想的大山里，水确实有过多少次地扮演了魔鬼的角色。

先是在上世纪80年代，新疆地矿局区调队的两名地质人员在过河勘查时，不幸被水无情地冲走了。两人都骑着马，却没有能抗拒水的吞噬，水流下泻的声音几乎是惊天动地，把马都惊吓了。

水乖戾了，山里的沟沟弯弯也无情无义了。狼啊熊啊是经常能看见的。2003年，物化探大队的1名职工突然失踪了。他们漫山遍野地找，部队的直升飞机也来了，足足飞了两天，也不见踪影，最后能够寻见的，只有他的那只地质包。

在新疆的大山里，沙漠里，单独行动似乎就等同于危险。但是，单独行动总是在发生着，危险也总是在发生着。

那天，潘维良所在的台班车陷入了沼泽地里，需要用车拉出去。在山上，从驻地到工作区，道路允许的话，都是司机开车将地质人员送到工作区边上。这样车与车的距离一般有10多千米。潘维良便只身一人去找另一辆车。

这时是下午，去的路上需要多次趟过一条河。他们配有专门的雨裤，可以穿到胸部。潘维良过河时就是穿了这样的雨裤的。这条路很拐，要沿着河走，然后来回过河几次，最后一次过河后，河边突然蹿出两只狗熊，他愣了一下，见前面10多米远的山坡上还躺着一只，狗熊们可能是吃饱了，正在玩耍，见了他就盯着他看，情急中他快速点燃了随身携带的“二踢脚”炮仗，把狗熊吓走了。到了目的地后已经是半夜11点多了，但却没有见着人和车。

后来知道，那辆车在半途时车轴就断了，人便回了驻地报信求救。可当时他不放心了，拿着手电筒四处找，转圈找了2个多小时后，他才确认自己是白跑了一趟。但是他再也不敢摸黑往回走了。漆黑的夜晚只有风声。飞扬起来的沙石如金属片似的在脸上刮过。听到了野驴和一些说不上名的动物的声音。听到了野狼的嗥叫。他告诫自己，千万不能睡觉，否则就可能醒不过来了。他甚至有些后悔，一个人跑到这里来干什么呀。他就在这里一直坚持到天亮，再原路返回。

空气、河流、山路、冰雪，甚至泥石流，大自然每天都在给他们制造着麻烦。就说刘忠他们在古尔嘎工区时面对的那条阿拉雅力克萨依河吧，他们如果下线早一点，每天的工作量减少一半，他们就可以赶在融化后的雪水下来之前，轻轻松松地走过河去。可他们不是这样做。有人说他们“有点虎。”东北话的“虎”就是傻的意思。那天我看他们的工作日记和照片。有一张他们在沟边“打小宿”的照片。打小宿就是露天过夜。他们倦缩在车厢里，大苫布蒙在车上面当被子用。当时他们12个人，连车带人一并被河挡住了，就这样车当床天作屋地在沟边熬了一夜。其中还有他们过河的照片。照片里，他们站在齐腰深的河里，一名队员裸露着身子，侧身仰脸，嘴巴紧闭着，河水翻腾着缠绕在他的身上。地质员张斌在日记里这样写道：“当我浑身湿漉漉地爬上彼岸，回首惊看，才发现天蓝草碧，云白风清。我在一刹那间，突然对生活充满了感谢，脚下的每一步路，仿佛都预示着某种含义，以往一切对于生活的误读都远去了，命运正在以全新的面貌重新开始。”我斜靠在供着暖气的办公室里，外面飘着雪花，我知道，张斌所说的这条河水的当时温度，与外面下雪天的温度是相似的。

此情可待成追忆

一天傍晚过后，初鸿雁走出帐篷，想迎接一下队友们。从早晨到现在，已经过去了13个小时，他们应该回来了。营地的帐篷搭在山坡上，初鸿雁顺着河沟向远里望去，见有一股黑黑的东西逼近过来，就喊着：“徐姐，徐姐，车回来了。”待俩人定睛细看，哇，是洪水，轰隆隆的，几个水头压过来，河床就满了，便知道他们今晚不是在深夜里回来就是在第二天凌晨的时候。“心里觉得好难受。”初鸿雁说，“主要是惦记他们。他们不回来，我们心里就空落落的，只有求老天爷保佑他们平平安安。”

初鸿雁叫的徐姐是徐人喻。俩人是我所知道的国土资源系统里最先踏上祁漫塔格高原的女地质队员。初鸿雁当时38岁，徐人喻39岁。两人过单身时，就住同一宿舍，情同姐妹。双方的爱人又都是在一个单位里搞地质的。后又各有了一个孩子。志愿报名时，两人一商量，也没和爱人打招呼，将孩子交给各自的父母，就报名去了新疆队。但是，她俩没想到，同意她们到这大山里来的主要目的是叫她们做饭，当炊事员。在乌鲁木齐分工时，各个岗位上的人都落实了，不见有她俩的名，就去问刘忠，刘忠瞧瞧她俩，说，你俩做饭吧。徐人喻就嘟囔，知道做饭就不来了。徐人喻那时已是高级工程师。

我们现在可以这么说，许多外省的地质工作者或大学生们到新疆来，除了怀有开发西部的政治热情，大都是冲着新疆的地质自然环境来的。在他们眼里，新疆就是一座天然的地质博物馆，搞地质的可以大展身手。

她俩就是抱着这样的目的来的。现在让她们做饭，觉得很委屈。但刘忠的眼神里好像蕴含了反问：那你们说，让谁来做饭。她们没说，就当了炊事员。后来她们知道了，这做饭也真不容易。天不亮就起床。烙煎饼，蒸馒头，熬粥，拌菜，早晨齐齐地送走了，晚上一拨一拨地回来，十一二点的，二三点的是常事。有时候搬迁，从这个工区搬到那个工区，到了新的宿营地就是半夜了，再搭起帐篷，煮好方便面，然后把第二天要做的东西准备好，头一挨着枕边便睡着了，可一会儿又被憋醒了，再折腾一下，就到了起床的时间。掀起门帘，帐篷前已经是白茫茫一片，悄无声息地积了一尺多厚的雪。仅仅几个小时，就好像又跨了个大年，时间一下子就紊乱了。俩人打小在东北长大，对雪早已司空见惯，而这里的五月雪，六月雪，七月流火也飞雪，雪一下，月光下的营地便是白茫茫的，车啊，帐篷啊，就在白雪里凸出了形态，此时立在雪中，便有一种莫名的恐惧。

身体也在一天天地弱下去，开始时，一桶水拎几次没事，后来就拎不动了，得将水桶转圈儿一步步挪。白天余暇里，她俩还要筛样，再把样品装入一个个包装箱里，贴好标签。把旧样品袋洗干净了晾干，供队员们取样用。

初鸿雁兼着报务员，每天晚上9点，是和中国地质调查局设在新疆地矿局楼里的野外工作站电台通讯联系的时间。

“工作站的那位大姐挺负责的，有时我一忙起来，晚开机一会儿，她就接连呼我，336，336，你要及时和我们保持联系。336是我的代号。”初鸿雁说，“她经常问我，336，336，你家里有什么事吗？我们可以帮你联系。”

初鸿雁对我说，“我从来没有让这位大姐给我家里打过电话。总觉得电台是要讲公家的事的。”

说到家，初鸿雁笑着的眼睛倏地湿润了。

她们想得最多的当然是怎么让队友们吃好。但是氧气少了，鱼啊肉啊吃着也不长肉。初鸿雁先是脸上胖了一圈，然后是一层层地被剁去了似的瘦下去。每个人，在这大山里，经历了一个完整的野外作业期后，都要掉去10至20斤分量。下山后就慢慢地恢复原状，再上山就再掉去这些分量，这也是一种循环往复以至无穷的规律。她俩随同分队完成了第一轮调查，身上的体重也就这样地反复了3年。那时候，她俩是真上火，便说那些男人们："你们就不能胖一点，也算我们作出了成绩。"这些男人们就笑："嘿，你们都瘦成这个样了，我们怎么能胖起来。"

她俩还是尽量想办法，把每个人的口味考虑得细一些。一次便跟着车去花土沟买菜。这次俩人好像有了返回了人间似的兴奋，见了花啊草啊的竟然也下车和它们合个影。这里是阿尔金山自然保护区，有许多国家保护的珍稀动物，一路上就见有藏羚羊、藏野驴从她们车旁越过，最逗人的是藏野驴，跟着车跑，然后就在车的前面横穿而过。汽车在这山洼里根本跑不过它。据说与汽车赛跑的藏野驴是把汽车当作了敌人，目的是通过自己的挑衅行为引开敌人，从而保护同伴或幼驴。或许是有了这样的提醒，那次她俩就给队友们每人买了一只金属哨子。然后这哨子就派上了用场。

实际上，阿尔金山自然保护区位于东昆仑中段北坡的凹陷盆地中。但是动物们的天性就习惯往外跑，特别是熊，高处低处都喜欢去瞎转悠，冷不丁地遭遇了，就很危险。那天他们登在4600米海拔的山湾上，有个黑黢黢的动物在雪地上晃晃悠悠地跑着，开始他们以为是野牦牛，近了后才发现是大棕熊，这棕熊显然是在赶着路，很快就朝雪山的对面坡翻过去了。

第二天他们依然在这一带作业。由于发现了棕熊，各个作业组都提高了警惕。但是第七组高始河、张天民还是和棕熊遭遇上了。他俩在望远镜里首先发现了这只熊，决定从一座小山头下面绕开去。不巧的是，当他们绕着小山头走了一半的时候，却和棕熊走了个对面。人和熊便都愣住了。相距只有30米。"熊！棕熊！"

所有人在对讲机里都听到了这惊恐的喊声，大家的心一下子悬了起来。各个组集中往他俩这里驰援是不现实的。唯一的办法是他俩自己要冷静，不要激怒熊。但什么是熊所理解的威胁呢，人很难把握。他俩和熊就这样对峙着。隔了会儿，熊就转过了身去。这时候地质员张天民忽然想起了哨子。哨子挂在脖子上，说是可以驱散动物的。张天民想，这棕熊如果突然转过身朝他俩冲过来就来不及了，不如先下手为强，拿起哨子就脆生生地吹响了起来。熊听了这古怪的声音居然停了下来，继而又像人一样地立起来，过了一会儿，熊可能是没发现什么异常，就慢慢腾腾地走了。

“走了。棕熊走了。”各组紧紧掐着对讲机的队友们总算是吁出了一口气。

继徐人喻、初鸿雁之后，到了2007年，女医生、女炊事员、女统计员、女计算机操作员、女地质钻探编录员等等女性人员在山上多了起来。最多时接近20人。由于她们的到来，岩石里滋长了花草，空气中吟出了笑声。但后来突然就少了下去。原因是在山上的这些女职工，下山后，已经处了男朋友的就都黄了。她们的男朋友原以为出野外如同出趟差，没想到这人一走就仿佛在人间蒸发了，便情移别处，另寻他人了。姑娘尚且如此，小伙就更惨了。上山前，有女朋友的就在火车站送，一对对的，含情脉脉，蜂缠蝶恋。下山后，出了火车站，却不见有女朋友来接，有的明白得快，低着头就走了，有的却还是抱着幻想，四处瞧瞧，看看，再等等，最后就剩下是一个人的车站了，心里特难受。野外地质队的年轻人找对象难，这是我这次从吉林至新疆的采访中留下的一个深刻印象。过去，地质队大都在城边，找对象难，现在地质队都进城了，找对象也难。这是它的新的难点。

所以我想把下面的这段文字写给尚未找到对象的野外地质队的年轻人看，或许会有一点实际意义。

迪木那里克铁矿分队地质员杨晓飞和我说，现在的女孩子一般不太看对方的身份、背景，而是注重男方是不是能够陪着她，让她高兴。我理解他说的意思是，找对象时，眼界一定要宽广。假如你找的女朋友的家是在当地城里的，那么，成功的概率或许会很低。因为现在城市里的诱惑太多了，你人在山里，久不见面，对方就容易改变初衷。而如果找当地城市里的外地姑娘，成功率一般会大得多。因为姑娘到这座城市来是求发展的，而不是承受和享受这座城市的诱惑，这样和地质队的年轻人就可能产生共同语言。因为地质队的年轻大学生们到山里去找矿，从某种意义上说，也是为了个人的发展。在这方面，这些大学生们想得非常透彻。物化探队的周晓颖是河南人，2007年在新疆一所大学的地质专业毕业，目前已经是维宝矿外围新矿点的地质分队技术负责。在昌吉市，他已经有了心上人，对方家是阿勒泰市的，目前两人就等着办喜事了。当然，婚姻和爱情不会如此直白。杨晓飞的业务领导刘建兵的新娘子就是当地人。刘建兵是分队副技术负责，去年3月结婚，妻子的家就是当地库尔勒市的。刘建兵是地质三队优秀小伙，长相才气性格个头都不错，就是因为出野外，前一个女朋友上山前谈得还好好的，下山后就不认他了。冯骥才说过，爱情的悲剧大半来源于最初的错觉。刘建兵是甘肃人，他的优秀还在于他能及时地总结经验，吸取初始的教训。他很快就摆脱了这种不愉快，又很认真地和现在的妻子说，你如果爱我咱们就结婚。刘建兵和我说，我不能再等下去了，经过四个月的交往，相互之间已经很了解，最关键的是我马上就要出野外了。于是，3月结婚，4月上山。7月回库尔勒1次，在家住了2天，然后又上山。9月收队下山。

妻子开始并不了解地质队生活。结婚3天后，刘建兵在单位就常常加班到凌晨一二点钟，妻子感到高兴，认为丈夫有事业心，在单位优秀。一个月后说出野外，妻子也不晓得地质队出野外是怎么一回事，情绪颇高地说你走吧。三个月后，刘建兵从山上下来，呆了两天又要走，妻子就蹙眉了，怎么又是走？时间久了，妻子读懂了丈夫的事业，和丈夫的伙伴们也熟悉了，便觉得做地质队的家属还是很有意思的，它很浪漫，也很忠诚，还很执著，她就说，地质队是产生距离美的地方。

季羡林大师在谈论怎样做一个好人时说过这样的话，假话全不说，真话不全说。有人说，季老的这句话，对正在处于谈情说爱时期的野外地质队的年轻人具有指南作用。

君问归期未有期

李洪茂开始是刘忠那个分队的地质员。他上山时，母亲就因病卧床了，他的家在农村，兄弟姐妹6个，兄妹间很融洽，他就将照顾母亲的事情托付给了他们。他们说，你安心去吧，反正母亲的病也不是一天两天的事。这是2001年开春后，也是李洪茂第一年上祁漫塔格大山里。在大山里过了一个多月的时间，李洪茂的心里突然开始莫名其妙地烦乱。5月6日的那天夜里，他见下山的队友回来了，想去打听一下，却又不敢去，万一母亲真是有事了呢，越往下想就越害怕。那时山上不通电话，每当有队友下山，就负责给队里的每个职工家里打个电话，顺便也是报个平安。早晨起床后，他感觉情况不太好了，队友们的眼神都在避着他，刘忠来找他，第一句话说，我不应该让你出来。接着说，你怎么不告诉我呢。他知道是母亲出事了，脑袋嗡嗡地响，眼泪唰地流出来了，但他还是强噎住了嗓子，跑到了河沟边上，方才放开声地哭了起来。

从那一年开始，李洪茂每年都在这大山里。在这之前，他就担任过分队长技术负责以及矿业开发公司经理之类的职务，到这大山里后，他从头开始，再从地质员到分队长兼技术负责，然后是地调院副院长兼会战指挥部副总指挥。这样一晃，就过了整整10年。

这大山里地质队人的故事，都是这样延续下去的。

从2007年开始，吉林省地矿局在祁漫塔格白干湖矿区展开了以局为单元的地质勘探会战，花土沟和敦煌相继有了办事处。这一年的7月27日，参加会战的地质工程勘察院的机台安全员金志杰接到母亲病逝的电话，山上的领导当即用专车把金志杰送下山。到了花土沟后，才获知坐火车已不赶趟，当日的机票也已经售完，金志杰一屁股便瘫坐在了地上泣不成声。不能养老送终，又不能送母亲最后一程，作为家里的长子，心里不是滋味啊！这时家里又来了电话，告诉母亲已入殓，第二天清晨出殡。就算他第二天上午能坐上飞机也来不及了。此时的金志杰只有望天兴叹。花土沟办事处负责人汪惠波看在眼里，决定帮金志杰做一件事。他立即去镇上买来了烧纸和蜡烛，并将办事处所有人员召集在一块，在星空下，点着了烧纸，燃起了蜡烛，和金志杰一起，齐刷刷地在院子里跪了下来，向着家乡的方向，恭恭敬敬地磕了三个头。几乎就是在这同一个时间里，院党委书记石晶已经到金志杰家里慰问，第二天清晨，石晶又带领班子成员及中层干部，和金志杰家人一起，为他母亲送葬。人生的憾事多，这件事，对金志杰来说刻骨铭心。

那时，山上已经配了卫星电话。不过这电话通话费贵，打一分钟要十几元钱，一般情况下都舍不得使。分队长黄继平是个老资格的野外钻探分队长，他知道职工和家里经常保持联系的好处，就拿着这卫星电话和职工说，你们谁想和家里人说话了就来使这个电话，通话费由分队出。职工们就向他笑笑，却谁也不来打这个电话。

黄继平所在的第二地质探矿大队是吉林省地矿局的钻探专业队，白干湖钨锡矿3号矿段的第一个孔就是黄继平他们打下来的。这个孔曾历经3年没打成功。这里面原因很多，但地层复杂是其中的重要因素。黄继平他们打下这个孔后，及时总结了一套在这大山里钻探的经验，比如在永冻层打钻停机时间不能超过3小时；在破碎带、断裂带，开口直径一定要有足够的预留，以便于之后能通过下套管的方式解决钻进中出现的问题；在钻进中，要根据破碎程度，控制好适当的转速，并注意套管的及时跟进；漏水、塌孔时要根据地层特点，及时调配出不同性能的泥浆……这些经验一度成为山上会战钻探队伍的指南，黄继平带领的分队也被视为钻探队的“王牌”。但有“王牌”不等于有钱，二大队在全局里比较，经济条件不是太好。他们的队长党委书记工会主席总经济师到山上去看望他们，一路上都是坐着火车去。有时候赶上飞机票打折，准备坐飞机了，后来仔细算了算，还是比火车票贵，最终还是坐火车。这种节俭的作风是不是影响了他们，我们不知道。但是单位还比较困难，打一次电话，五六分钟，话还没怎么说，100元钱就没了，这大伙儿都是知道的。

黄继平在职工的帐篷里出出进进，常常也这么拿着电话，和职工们说，你们谁家里有事一定不要客气，咱不差这点钱。有时候天上下起了雪，黄继平在路口迎着送着上下机台的职工，也不忘把电话捏在手上。黄继平是想满足职工们随时想起给家里打个电话的欲望，可是就是没有一个职工来打这个电话。那天我们在吉林市他们大队部楼里和他们一起座谈，黄继平说起他的副手郭志两次因过度劳累晕倒在山上，说起职工不打电话的事，眼泪哗哗地往下掉。因为他们后来知道了，那时至少有一个职工是特别需要给家里通一下电话的。这就是钻机班班长刘本清。刘本清在上山前，他的父亲就已经重病缠身。他和妻子约定：如果父亲的病能够挺到我下山的时间，你就一定要想尽一切办法让我看父亲一眼；如果挺不到我下山，你代表我把父亲的后事处理好，但你一定要及时告诉我。就这样，他满怀期待地在山上圆满地打完了最后一个孔，家里也没有传来什么信息。可回到家后，才知道父亲已经去世两个月了。

这样的事情，在山上职工们的生活里实在是太多了。2009年5月14日，工勘院钻探分队长曹立明的母亲病危，接到电话后，他立即赶回家中，母亲看到他回来很高兴，病似乎就好了一半，他在床前伺候母亲半个月。医生却告诉他，母亲最多还能活三个月。他听了心里瓦凉瓦凉的。可他知道机台上正需要他，含着眼泪一跺脚，将照顾母亲的活儿托付给了家人，毅然返回了大山里。地质员李全江，回到家后，才发现妻子身上多了条疤痕，他问妻子，你做手术怎么不告诉我呢？妻子反问道，告诉你有用吗？还不就是让你多操个心。李全江说起这事就直晃脑袋。到山上了，与世隔绝了，心静了，和家里也就没事了。他一连用了四个“了”字。我理解他的心情。我知道，地质队员的遗憾，在某种情况下，是由他们的家人在担当着的。

景宝盛第一年上祁漫塔格山时，有三个月没下山，头发长得像女人似的。那天下山的时候，他特地在花土沟把头理了。野外地质队人，但凡回家时，之前的第一要务，就是将自己整理干净了。那年他女儿5岁。正是8月份，女儿在外面玩，单位的同事和孩子说，你爸爸今天回来。女儿就不玩了，拿着个小板凳，坐在单位的门口，一直等着。终于等到了爸爸，也是不言不语的，跟在爸爸的后面，小步迈得紧紧的，一刻也不离开。2005年元旦前夕，他从昆仑山上下来，到昌吉市区已经是半夜11点多了。在大队部门口，一位同事告诉他，你媳妇肯定还在家门口等着你呢。大队部和家属区的距离也就一猫腰工夫，景宝盛不相信，说，大冷天的，不可能。走到家门口，妻子竟然真是脸冻得红彤彤的在等着他。景宝盛很认真地和我说着这两件事，眼睛里盈满了得意和感动。

景宝盛是江苏南通人，1993年毕业于成都地质学院地球化学专业，2004年后接替潘维良任维宝铅锌矿地质分队技术负责。讲维宝铅锌矿，绕不过景宝盛的名字。按世人的眼光看，他应该在烟雨空濛的江南水乡找一家地勘单位，条件肯定比他现在安居的昌吉市好得多。可他的看法恰恰相反。他说：“要干地质就到新疆，要不就不要干地质。新疆几乎没有植被，地质现象一眼就能看清楚。南方不行，植被太厚。”

在迪木那里克铁矿地质分队，11名地质人员，一溜儿年轻化，最大的两个，也是70后的，其余的均为80后。分队技术负责丁海波，今年仅26岁。最小的是张朋，1986年生人，已经是地质作业组的大组长了。他们大都是近年应聘来的大学生，很满意当初自己的选择，有的已经在库尔勒基地安了家，有的也是信心倍足地准备在当地找个心上人。他们都很珍惜能在这样的大矿区里工作的机会，对于大山里的荒凉和寂寞已经习以为常。最重要的是，他们认为干地质有一种发现的喜悦。在大山里，在营地，在库尔勒大队部的办公室里，他们讨论一块石头，这种求知过程的喜悦，也是只有他们自己才会精细入微地体悟着的。

景宝盛特别赞赏胡华伟，认为胡华伟工作踏实。他曾经给胡华伟写过这样的评语："一个身高不足5尺的汉子，怀着对妻儿的眷恋，用自己的脚步，丈量着维宝的每一寸土地。"那是他对胡华伟2005年度工作的评价。那一年正是胡华伟从和田地质十队调到物化探队，协助景宝盛任分队副技术负责。2006年以后，他开始任维宝地质分队技术负责，年年都有新的发现。他说维宝矿区现在的主矿体基本搞清了，下一步主要是做深部的工作。胡华伟在和田地质十队时，曾断断续续地在西昆仑干了10年。2009年开春，他领着几个实习生上山，到了花土沟的那天晚上开始发烧，医生说是感冒了，药吃下去后却不见好。医生问他感觉怎么样。他说浑身不舒服。医生说那就打针吧。没想到这针打下去却越打越热，最后烧到39度了，便再也不敢耽误地转院检查，结果诊断是胸腔积液肺炎。医生说，你是否在高原工作时间太长了。妻子知道后哭了，说这活咱不干了，现在都这样了，到退休时会怎么样啊。

胡华伟今年才37岁，离退休的日子还早呢。他和我说："祁漫塔格矿带下一步要搞整装勘查，单位的大部分工作都要投上去，自己一下子病了，感到十分无奈。但我身体可以的话，我就要坚持干下去，身体如果不行，我也会关注它。所以，队里研究后，决定2010年还是由我担任维宝铅锌矿的项目负责。"

那天我在分队部见到他时已经是向晚时分，他正在研读资料。屋地上摊放着好多块岩石标本。已经到了下班时间，四围里很静。他说："作为一名党员，得有实际行动做给底下人看。既然吃上了地质这碗饭，就要认真干好，不能混日子，要不就没有意义。"我问他："在工作中，你的最大心愿是什么？"他说："发现一个矿，然后从头到尾干下去。"

我们在吉林通化地质勘查院开座谈会，他们说了这样的事：学校开家长会，地质队的孩子，每次都是当妈的去。老师问孩子，你有没有爸爸？

问孩子的妈妈，你是离异的？吴玉诗的女儿今年才5岁，和小伙伴儿一起玩家家，说起爸爸妈妈。女儿说，我爸爸妈妈最喜欢我。小伙伴说，不对，你没有爸爸。女儿在电话里就和吴玉诗哭，说爸爸，你赶快回来吧……

吴玉诗6年前结婚的时候就在北疆，那是通化地勘院和新疆地调院的合作项目。2009年他上了南疆祁漫塔格，在白干湖钨锌矿的东边，即鸭子泉金铜多金属勘查区担任地质分队技术负责。这一年他们很幸运，圈定了一条长10千米，宽近5千米的矿化蚀变带，发现5条铜金矿（化）体，从资源潜力看，铜金成矿远景特别美好。这是专家们的评价。而在家里，吴玉诗的妻子也在给他做着一种评价。

今年元旦前，吴玉诗的妻子向他摊开了一摞挂历，从结婚那天算起，共6本。挂历上，凡是吴玉诗没有在家的日子，妻子都给打上了一个勾。妻子笑道，你自已看噢，6年里，你一共在家345天哦。妻子原在她的老家辽宁葫芦岛市一家小学当语文老师，本想可着吴玉诗，调到通化哪个对口学校，可是现在人到通化就意味着辞职失业。妻子说，为了你，我什么都舍了。吴玉诗对我们说，搞野外地质的，对生活的要求都不高。哦，什么叫幸福？一支歌里这样说，你幸福了，我才幸福。

于无声处听惊雷

祁漫塔格找矿远景区目前已属于新疆10个重要找矿远景区之一。该区位于新疆维吾尔自治区东南部，东以新疆与青海省界为界，隶属新疆若羌县、且末县管辖，面积约33500平方千米。区内已发现各类矿床、矿产地47处，其中近年来新发现的金属矿床（点）31处，包括钨（锡）矿床（点）6处，钨（铜）矿点2处，铜矿（床）点15处，金矿（床）点7处，及煤矿床1处。代表性的矿床有白干湖钨锡矿、维宝铅锌矿、迪木那里克铁矿和长清铁矿，以及邻区青海省境内的卡尔却卡铜钼矿等超、大、中型矿床。远景区从西往东已分别形成迪木那里克铁矿、白干湖钨锡矿、维宝铅锌铁矿等3个矿集区。

迪木那里克铁矿矿集区位于远景区西段北缘，东西长约160千米，南北宽40千米不等，面积约6000平方千米。主要矿产类型为铁矿、铜镍矿。

维宝铅锌铁矿矿集区位于远景区的东部鸭子泉以东，长约176千米，宽约36千米，面积约6600平方千米。主要矿产类型为铅锌、铁、铜多金属矿。

白干湖钨锡矿矿集区位于远景区的中部，西起吐拉牧场，东至鸭子泉，东西长330千米，南北宽40—60千米，面积17000平方千米。该矿集区自西向北东目前已形成吐拉金铜、古尔嘎金铜、黑山金多金属、戛勒赛—白干湖钨锡多金属、鸭子泉金铜多金属等5个重点勘查区。

从花土沟往西，穿过芒崖镇约180千米，在北距若羌县城100千米的地方，是由西安地质调查中心发现的长（沙沟）清（水泉）铁矿，该矿位于阿尔金南缘断裂带的中部，东西长约45千米，南北宽约2—7千米，面积约160平方千米。隶属若羌县管辖，交通相对便利，315国道从其西北及东部通过。有山间小道可通汽车到清水泉及长沙沟一带。该矿从2006年开始做地质工作，至2009年，已求得铁矿资源量6800万多吨。资源潜力巨大。

东入青海省格尔木市境内的卡而却卡铜矿，由青海省地矿局第三地质矿产勘查院经过2003—2009年的地质勘查工作，矿床规模已达中型，并具有形成大矿田的地质背景条件。目前已圈出铜钼锌多金属矿体80条。

当我们回头重新去看10年前开始的国土资源大调查时，我们不得不钦佩中国地质调查局当时的策划与决策的科学性与前瞻性。以后来发现的白干湖钨锡矿为例，当时中国地质调查局下达的任务书上还有这么一段话：

> 在对东昆仑西段北带区域地质、区域化探等成果资料综合研究的基础上，优选1∶50万化探金、铜异常区、矿化密集区等成矿远景区开展1∶10万化探工作，圈定地球化学异常，为本区矿产资源评价提供基础地球化学资源和找矿信息。

可见，当年刘忠和他的队友们挺进无人区的目标是找金找铜。当时他们手里的资料仅仅是一套新疆地质志、一张1∶100万地质图，后来在新疆地矿局总工程师董连慧的关心下，又收集到了一张1∶50万综合异常图。之后，他们发现了金铜煤矿床和多金属矿点多处，不过相比之下，在异常和岩石化学数据等各方面条件都很好的，当时是钨锡。虽然他们的目标一直放在金铜上，但是各个组撒出去，收回来的大都是钨锡的新的发现。以至于在第三年岩屑异常查证的时候，全分队10个组便都发现了钨锡矿体，即现在所称的1号矿段，但是刘忠心里并不托底。这金有，铜有，却都不理想，理想的是钨。而这钨上面认不认可呢？也就是说，金铜没能按任务书上的要求完成，但在钨锡方面有重大发现算不算数呢？刘忠是想高兴又高兴不起来。这时正值中国地质调查局组织专家组进行现场项目检查。

那天也巧，专家组的一伙人被阻在了花土沟没办法上山，而上了大山里且到了勘区现场的，恰好就是说话算数又是专家的两个领导，一个是专家组组长、新疆地矿局总工程师董连慧，另一个是时任中国地质调查局资源评价部二处处长彭齐鸣。刘忠就问，金铜的情况从目前来看还不是很好，重点找钨行不行？两位领导很干脆，说行，只要找到矿就行。刘忠的信心立马就坚定明朗了，大家的目标变得一致。很快，在1号矿段的东面，发现了2号矿段。预测钨锡资源量大于100万吨。于是，钨锡矿床的深入勘查作为一个专题，经批准延长到2004年。此时，他们在过去的3年里，已全面完成1∶10万水系沉积等地质调查5938平方千米（计划5200平方千米）、1∶2万岩屑剖面调查336.9平方千米（计划300平方千米）、槽探10835.7立方米（计划1万立方米）。此外，还发现金、煤矿产地各1处，多金属矿点21处。专家们评审了他们的原始资料和地质调查报告后认为："地质找矿成果突出，在昆仑—阿尔金地区钨锡找矿方面取得了重大突破。"

刘忠是我接触较早的一个采访对象。我第一次采访他时，他是通化地质调查所一个分队的技术负责，并是全所十大青年标兵之一。当时通化电视台正给他们拍地质找矿的专题片，摄制组人和他们在通化老岭成矿带上同吃同住同爬了几天大山后，一位电视编导就流泪了。这个编导快人快语，不像是个多愁善感的人。可他认为，现在还有这么一群人，在深山老岭里过着艰苦生活，为国家默默作贡献，是他没有想到的。那时是上世纪90年代初期，人们的商品意识已经空前活跃。因了这种剧烈的反差，专题片就有了一个很好的名字——《山魂》。题眼是刘忠的一句话"为国家寻找出更多的矿藏"。后来，我们都知道了，刘忠带队上了东昆仑西段祁漫塔格高原。

但是刘忠那时候患上了一种皮肤病。在强烈的紫外线下，他身上的皮肤就溃疡似的一块连一块地红肿起来，嘴唇也鼓得老高，吃饭睡觉都成了负担。现在，我们在他们分队的录像和摄影资料里，经常能看见一个瘦高男人，在高原的阳光下，带着草帽，裹着纱巾，他就是刘忠。他不这身打扮不行，那脸上的皮肤像鱼鳞似的，一揭一片，还出血。不在太阳底下了，就什么事也没有了。

他还不敢带饭。每年的四五月上山后的头一个多月里，带的中午饭，临近吃的时候，都是结了冰碴的。大伙儿通常是把饭袋塞进鸭绒服里捂一会儿。他的胃不好，这种表层稍稍带有那么点体温的饭，一吃，胃准不舒服。他就带饼干，饿了，便嚼几块饼干。

在这样的生活里，他和他的同伴们又一起发现了3号矿段。3号矿段就是目前已经探明的柯可·卡尔德钨锡矿床。当时他们的驻地就在2号矿段西边10千米处的地方。那天已是准备收队的时候，车到驻地附近的大沟前突然不动了。司机说你们下来活动活动，我修修车。大伙便下车四处活动舒展筋骨。地质员高始河就弯腰看见一块拳头大的黑紫色转石。高始河是学化探的，知道这是块金属矿石，但具体是什么不认识，就扔在车上了。回去后给刘忠看，刘忠用刀片割了，说是黑钨矿石。第二天，队友们又都去了路线调查，刘忠在驻地将收队的一些事情处理完后，见有余暇时间，就拉上会计邵学君，说一起去看看。两人就顺着沟前的一块冲积扇地形往山上追。刘忠由东往西走，邵学君是从西边走，这边刘忠就发现了矿体露头，于是决定推迟收队一星期，布下了两条槽探，即都见了矿。这就是和2号矿段基本并行的3号矿段。3号矿段的发现，看似带有偶然性，实际上却是他们又一种苦心痴意后的必然结果。

于是，在这时候的祁漫塔格山上，在它的中部和东部，实际上已经接连地响起了惊雷声。中部就是吉林省地矿局钨锡矿的连环式发现。而东部的惊雷，就是在这个几乎同步的时间里，由新疆地矿局物化探大队发现的维宝铅锌矿。维宝铅锌矿的发现，开辟了新疆地矿局在东昆仑祁漫塔格地区的重要找矿区域。随着后续地质勘查评价工作的展开，在该区又相继发现了维东铅锌矿、青龙岭铅锌矿、蟠龙峰铁多金属矿和攀岩峰铁矿。

维宝铅锌矿是物化探大队在对2002年圈定的36个综合异常里，经优选后进行野外异常查证时发现的。该矿发现后，立刻得到了中国地质调查局西北项目办和新疆地矿局的高度重视，即派专家到现场实地考察，并部署了下一步的工作方案。据大队总工程师王学彦介绍，在1∶20万化探扫面异常查证中直接发现铅锌矿，这在新疆地质史上是唯一的。

在采访中，王学彦对我说，维宝矿是以铅锌为主，但经过这几年的工作，在它的北面已发现了铜，南边是以铁为主，且有铅锌银，还发现了品位挺高的锑矿，是个很有潜力的多金属矿集区。新疆地矿局也始终将它视为重点项目予以重点投入。近年来，物化探大队90%的力量都投在了维宝矿上了。

维宝铅锌矿分为南、中、东段。目前，最先发现的东段已探求金属资源量61.4万吨。其他矿床、矿点或矿体深部均没有得到追索控制，勘查程度还属于很低阶段。从已做了稀疏地表工程控制的矿床看，深部具有明显膨大变富趋势，资源潜力巨大。

王学彦告诉我，物化探大队目前三四十岁的技术骨干特别缺乏，人才队伍建设上的断层现象比较明显。所以他们对找到矿的野外地质工作者有个很独特也很大气的精神鼓励法，就是以发现者的名字命名矿山。维宝铅锌矿即是取的潘维良和景宝盛两人名字里的“维”和“宝”。与潘维良的名字有关的还有维东铅锌矿、蟠龙峰铁矿、攀岩峰铁矿，“蟠”和“攀”取得是潘维良姓的谐音。

以发现者名字命名的其他矿山还有：忠宝钨矿，取之于分队项目负责人单金忠、高宝民的名字。军正岭铜铅锌矿，取分队技术负责严军武、现副大队长刘正荣的各自的名。民振铜矿，取之于现主任工程师许延民、郭振家的名字。

库尔勒这座城市给人的感觉很安稳。在它的边上，它的远处，乍一看去，似乎就是那一圈圈风干的土堆砌起来的山将它包围着。但是在它的腹地，在城市里面，从一片片错落的商业区穿过去，再经过一个美轮美奂的华厦区域，就面对着一泓蜿蜒流转的天鹅湖。那不是象征意义上的天鹅湖，而是在碧波荡漾的湖面上，成群的矫健可爱的天鹅在咕咕地飞起飞落着的真实的天鹅湖。这天鹅湖就这样望不到边地环延到了城外很远的雪山里，于是这湖水便是这样始终地跌宕起伏，永不枯竭。站在这天鹅湖前，就觉得所有的思绪与嘈杂都远逝了，耳旁只是孩提时的摇篮声。在地质三队，你会有这样安稳的感觉。这种安稳的感觉好像就是一种身处事业中的游刃有余。地质三队已经是年收入过亿的单位，所属的职工医院、测绘队、工勘公司，这些在其他地勘单位里，大都是比较难办的产业，在他们这儿却是三足鼎立，每年的经营收入都稳稳地保持在1000万元左右。职工医院还是库尔勒市乃至巴州地区的重点医院。但是队长冯金星对这些并不满意，“这都是小打小闹。”他这样说。他的目标是把矿业开发这一块做大。“三队的手里掌握着数亿吨的铁矿，如果在合作开发上能实现两个25%，三队的发展前景就很可观了。”25%是指与某大企业合作开发中占有的股份额度。第一个25%已经实现了，冯金星亲自取的名，叫智博铁矿。智慧、大气、宽广。矿山建成后，年处理矿石可达360万吨。

在新疆地矿局有这样的说法：要找大矿上三队。这里所说的大矿，是在全国或全世界排上名次的矿，比如在上世纪80年代、90年代发现探明排名世界第三的蛭石矿、名列世界首位的红柱石矿、在全国至今亦独占鳌头的罗布泊钾盐。之后他们又在西天山查岗诺尔、东昆仑祁漫塔格等地加大了铁矿勘查力度，目前已探获铁矿资源量6亿多吨，预测资源量乐观估计超过10亿吨。

在总工程师石富品的办公室墙上，贴着一张他亲手绘制的四开版报纸样大小的巴音郭楞州地质图。他和我说话时，就时常抬头看那张图，意思是让我加深感性的印象。那图上的一圈圈线儿，仿佛是即将要去打开来的新矿。他这样说，我们所处的位置就在巴州，巴州的州域面积有48万平方千米，过去我们就一直没有走出过巴州，看巴州的山脉地形就像看自己掌上的纹路，只要翻翻资料，我们就能知道哪里会有什么矿。他语调舒缓，轻松自如，那一个个矿好像就在他的话音里跳动着似的。

他说，迪木那里克铁矿的发现源于上世纪70年代的群众报矿。当时三队上去不少人，干了两个月，圈定了几个矿体，计算铁矿资源量630万吨。其时并没有发现主矿体。后来，我们在承担局里的金矿点勘查项目时，顺便到这个铁矿点去看了看。三队历来有这样的传统，在一个矿区工作时，可以到旁边或临近的地方去看一看，查一查。再说了，在高海拔的大山里，进去一趟也不容易。这一看就感觉很好，便沿着西矿区的地表露头往东追，一直追了1500米，都发现有矿，初步评价铁矿资源量1.28亿吨。这是2005年的事情。之后我们就申报了中央地质勘查专项基金，2006年后连续3年，由中央地质勘查基金分别投入171万、316万、297万元。2008年8

月实现与八钢和宝地联合勘查，八钢占60%股份，宝地占30股份%，三队占10%股份。八钢即八一钢铁公司，当年它投入1166万元。2009年列入了“358”项目，作深部勘查，目前已控制铁矿带长达50多千米，控制储量为1.5亿吨。

石富品说，现在所说的迪木那里克铁矿资源量仅指矿区的南坡，但其矿体呈现向北移动趋势，含矿层位已延伸至分水岭北侧。

去年，他们在勘查区分水岭的北侧，即北坡的沟里，发现了一块磁铁矿转石，宽近3米，长约6米，队员们站在它面前留影，如同站在一间大房子前面。研究表明，北坡的资源潜力大于南坡，最保守估算，远景资源量在4.5亿吨以上。同时，去年通过1∶5万航磁异常查证，在临近矿区的西边和东边，新发现了玉岭铁矿与河肃铁矿。两个矿和现在的迪木那里克铁矿目前虽然呈断开态势，还连不起来，但它们处于同一层位，地质特征相似，主矿体向下控制延伸均在500米左右，预测玉岭铁矿、河肃铁矿的远景资源量远远超过1亿吨。祁漫塔格西段，从而形成了一个完整的铁矿远景矿集区。

群峰屹立我歌舞

2009年8月，由中国地质调查局西安地质调查中心具体承担的新疆公益性地质调查及重要矿产勘查项目办公室（亦称“358”项目办公室）组织的专家考察团，对祁漫塔格找矿远景区进行了为期一周的野外考察后，形成了一个《专报》，充分肯定了吉林省地矿局实行的以局为单元的勘查会战形式，认为“吉林省地矿局在祁漫塔格地区的找矿实践表明，单枪匹马式的工作模式，在工作条件极为艰苦的昆仑山区是难以取得好的成绩的。”

《专报》对吉林省地矿局倾全局之力，形成规模优势的做法进行了经验性概述：

“2006年以前，由于工作经费限制，吉林省地矿局只有地质调查院的一个分队二十几个人，一台钻机在此开展工作，结果白干湖钨锡矿田的一个钻机打了3年也没打成功一口钻孔。主要原因是供水问题、修路问题等保障措施难以解决。2007年引入企业资金以后，吉林局调集了3个钻探单位十几台钻机进行集团化作业，架设了供水管线，修筑了道路，当年完成工作量5000多米，第二年进尺11255米，两年时间完成白干湖钨锡矿田柯可·卡尔德矿床的地质勘探任务。从而实现了地勘单位的技术优势和大型矿山企业资金优势的结合，体现了公益性投入资金与商业性投入资金的有机衔接。2009年。吉林局调集了8个处级地勘队伍进驻昆仑山，从且末县的吐拉到若羌县的鸭子泉，在长近500千米的战线上全面开展了地质勘查工作。目前已形成了全面开花，成片成带取得找矿发现的可喜局面，实现了面上展开，重点突破的总体勘查构想。”

我们知道，这里说的柯可·卡尔德钨锡矿床就是我们在前面说的3号矿段。白干湖钨锡矿田由3个矿床（段）组成，柯可·卡尔德矿床是其中范围最小的一个，也是至今唯一一个对其主要矿体开展了详查及勘探的矿床，目前已探求（331+332+333）金属资源量：钨13.17万吨，锡7.2万吨。

如同我们曾经表述过的那样，白干湖钨锡矿田的勘查发现直到10余年后的今天，在具体一个局的层面上，是在局长兼地调院院长郭文秀的指导和部署下进行的。而它的一线指挥员则同样经历了三任。第一任是刘忠，我们已经知道了。他在第一任上历时4年。2004年至2005年由时友东接任。接替时友东的便是李洪茂。在时友东任分队长兼技术负责的2年时间里，李洪茂协助时友东亦任技术负责。在这个大矿区，他们一般都设两个技术负责岗。之后，随着矿区的发展，技术负责这个岗位按专业细化设立，比例地质、物探、化探等都分别设技术负责。2009年后，整个矿区分为5个重点勘查区，也就是5个分队，便起码有5个分队长兼技术负责。从这个层面上说，国土资源大调查已经成为出成果出人才的大平台。在这个大平台上，还可能产生地质大师这样的领军人物。

但有些事我们还真的说不清楚。你就说刘忠、时有东、李洪茂他们三人吧，接力棒样地延续下来了，却又鬼使神差地一个接一个地病倒了。最先病倒的是时友东，他也是出征高原的第一批队员，2006年以后，李洪茂在山里接替了他。应该说时友东后来在大山里的反应已经过去了，可他却突然患上了脑血栓。在高海拔地区呆久了，记忆力会下降，“经常是说着说着脑子就短路了，56+15=81，不会数数。”他们这样地自嘲。可这种现象是暂时性的，下山以后就可以恢复了。再说了，为什么其他人都没病倒，偏偏是他们三个人病倒了呢？这谁也解释不了。后来时友东的病治好了，刘忠却跟着病上了。是心脏病，冠状动脉狭窄，一根血管被堵住了，所幸没堵死，在杭州开董事会的时候便是这种尚未堵死的一阵阵疼，董事会即是白干湖钨锡矿区合作公司的董事会，然后又接着去北京开会，他是地调院的副院长，会议也是与山里的矿有关的地质勘查基金方面的事。这时他的那根血管只有一丝罅隙在挣扎着过着血，坚持到长春后，医生立即给他的心脏安了两根支架，说你再不来就等着牺牲吧。这是家部队医院，习惯用牺牲这个词。那天正好是2009年5月1日。之后便神差鬼使地轮上了李洪茂。

有人曾描述李洪茂在祁漫塔格山上的经历是“九死一生”。刚到山上不久，他和会计去花土沟买完菜回驻地，到了大沙河边时已经是半夜12点，分队派了大卡车来接他们，没想到到了河中心时，挂在车钩上的钢丝绳被河水冲脱了扣，吉普车瞬间里就像射出去的箭，哐啷一声，那还真是幸运，吉普车卡在了一块巨石上。这是老天开眼，否则这黑咕隆咚的，暴烈的河水已经穿过车窗从他们的脖子上抹过去。李洪茂还有一件事很出名，因为那天夜里他的队友们等了他一宿。在前一天的夜里，工区周遭的上空下了一场六月雪，夏日里下雪后路况更糟糕，来接他们的车在途中全都趴窝了。他就带着民工顾德林往驻地走。从晚上10点半一直到第二天上午10点，他的对讲机始终和驻地联系不上。雨稀稀落落地下了一夜。他俩是走在了漫滩上，两边是交叉着的河流，人在这时既不能过河去，也不能停下来，一停下来就怕睡着了冻过去了，俩人就在这河漫滩上来来回回地走。到早晨6点多钟天刚蒙蒙亮的时候，俩人才敢往上走。走了十来千米，对讲机才突然响了起来，李洪茂的心脏那么一颤，眼泪簌簌地就落下来了。

我想象不出李洪茂落泪的时候是个什么样子。在他那敦实的个头里，总是让我感觉着他骨子里渗透着的那股刚毅和韧性。2006年以后，他和他的队友们把关注的目光投向了白干湖钨锡矿田西南向45千米处的戛勒赛区域，从而发现了阿瓦尔钨锡矿床，从目前已控制程度推断，阿瓦尔钨锡矿床的规模将大于白干湖钨锡矿田。专家们在上述《专报》里这样表述：“白干湖钨锡矿田与其西南的戛勒赛钨锡矿区属于同一矿带，矿化带延伸长度大于100千米，而成矿条件更加优越，充分显示了该区钨锡矿找矿潜力巨大。”表明了戛勒赛—白干湖区域极有可能成为具有世界性影响的钨锡成矿带。

应该说，这时候的李洪茂和他的队友们已经有时间和精力回过身去，重新查证分析他们当初发现的矿点的特征与潜在价值，从而进一步求证中国地质调查局在10年前提出的要“提供一批大、中型以上金、铜找矿靶区和一块新发现矿产地”的可能性。当李洪茂和他的队友们将他们在之前勘查发现的已知矿点进行了深入勘查重新细化梳理后，确定了5个重点勘查区，并经过2009年的具体实施，“形成了全面开花，成片成带取得找矿发现的可喜局面”时，他们的成果，也就和中国地质调查局当初的预想发生了惊人的吻合。这实际上意味着李洪茂和他的队友们已经功德圆满，可以静下心来去品味这颗硕果的甘甜了。但是就在这个时候，李洪茂病了。

2009年12月8日，李洪茂被推进了手术室。几个月前，李洪茂就开始便血，知道身体内的某个部位一定出了毛病，但他却一而再地拖延着没去医院。11月23日，在妻子的坚持下，代他去医院送了检样，化验后，医生即要求他作进一步检查，他却上了去北京的火车。从北京开完会返回长春，在医院作了肠镜检查，病理切片后，他才知道自己的病已经很严重，便住进医院作手术前准备。12月6—8日，西安地质调查中心的专家到吉林地调院审查祁漫塔格矿区2010年勘查项目设计。3天会，他参加了两天。他是主管这个项目的副院长，理应主持会议。这时他才和主持工作的副院长说，我得去医院做手术。这位同志听后愣了一下，这么大事，大伙儿竟然谁都不知道。手术出院后，他的脖子左侧处的皮肤里依然插着个细管，外面用医用透明胶护着。他做的是肠瘤手术。术后治疗就是打点滴，半个月1次，每次打9个吊瓶，连续打5天为一个小疗程，这药水便都是从他脖子上的这个“中心静脉支管”里滴进去的。医生告诉他，术后治疗的整个疗程需要半年时间。他说，不行，4月下旬我得出野外。医生惊讶地瞪着他，不明白他为什么要这么做。4月28日，李洪茂去了大山里。他不仅是地调院副院长，管地调院在山上的两个地质分队，他在山上还是吉林省地矿局整装勘查会战指挥部副总指挥，指挥着山上5个地质分队，3个钻探分队，近20台钻机，500多名职工，计有地质、钻探、测量、测试8个处级地勘单位。

现在的山上热闹多了。按时间轮回着说吧，这后来上山的几百名职工，还是需要把李洪茂他们之前经历的艰难重新经历一遍。不同的是，过去他们是满山遍野地拼体力，现在则是限定在一个矿区里打钻，但气候没变，空气中的含氧量没变，随时都有的暴风雪没变，对钻探来说，就有了另一样的艰辛。钻机安在山上，为减少阻力，塔衣只能穿一半，上半截裸着，这样在下雨天里，在风雪天里，你去看那一个个钻工，看那司钻，便觉得他们就是风浇雪铸的一尊尊雕像，你的心灵这时候一定会产生一阵阵的震撼。

是啊，在城市人都在追求着使生活更美好的今天时，依然还有这么一群人，远离城市，远离亲人，在大山里，在空气含氧量不到平原60%的高原上，数年如一日，十年如一日，孜孜不倦地甘用苦难书写人生的另一种辉煌，这高山上才终于形成了三大矿集区，目前可预计远景资源量已达到铁矿石9亿吨、铜400万吨、铅锌400万吨、钨锡200万吨、铋50万吨。同时还发现，该区域内主要矿产的分布既具有分段分带的特点，又具有一定的成因联系，这种成矿特色十分有利于世界级超大型矿床的赋存。想到这里的时候，我就仿佛凝视住了祁漫塔格。祁漫塔格在维吾尔族语里是花草山的意思。我们知道祁漫塔格的地质区域范围要宽广得多，但我还是喜欢祁漫塔格就是花草山的意思。那一个个地质队员的形象，就那样地在这大山谷底的花草间向山顶上蔓延，用他们的智慧、汗水、生命铸成了那样的一扇扇屏风，去和山上的三大矿集区连接了起来，和长清铁矿，和青海省境内的卡而却卡铜矿一个一个地连接了起来，我们由此就发现了，在这群峰屹立的昆仑山上，它们竟然就像这样的一只展翅欲翔的大雁，就像这样的一个以伟大的精神力量书写成的巍巍的“地质人”。

锡岭之春

范宗胜

2002年9月25日，《中国国土资源报》刊发的一条新闻引起了地质界、矿业界的关注："经过湖南地质调查院等单位地质工作者的努力，中国地质调查局首批地质大调查项目——《湖南千里山—骑田岭锡铅锌矿评价》开花结果：新发现具超大型找矿潜力的芙蓉锡矿田，预测锡资源量70多万吨，预示着一个世界级锡资源基地将崛起于骑田岭上。"

英雄所见

1999年9月的一天，北京，秋阳高照，和风习习，中国地质调查局局长叶天竺的心里也吹起一阵阵和风。是日，国土资源部启动国土资源大调查，由中国地质调查局负责实施其中的地质大调查，刚上任不久的叶天竺局长因此心绪难平。

代表不同矿产的赤橙黄绿青蓝紫交相辉映，犹如斑斓的阳光，照耀着他牵挂于心、了然于胸的神州大地。有一抹阳光停留在南岭成矿带上，停留在这条多金属成矿带上名为骑田岭的一个勘探程度不高的区块上。多少年了，骑田岭简直成了他的一块心病。

——解放前，李四光、黄汲清等老一辈地质专家在骑田岭南部一带开展过地质调查工作，根据区域对比把骑田岭岩体时代定为燕山早期，认为骑田岭地区找矿地质条件较好。

——1956年到1990年，湖南省地矿局湘南地质队、408队、区调队、物探队等为主体的地质单位以及冶金、煤炭等部门，均对骑田岭做过区域地质调查，虽然发现了许多小矿，总体结论是成矿条件好，却没有工业价值，或没有找矿前景。

——1996年，湘南地质勘察院自投资金在骑田岭开展了地质找矿工作，于1998年取得突破，先后在蔡背岭、麻子坪、白腊水等三个矿区发现了不同类型的锡矿脉30多条，预测锡资源量30万吨。

这是骑田岭的全部，还是一角？

“犹抱琵琶半遮面”的骑田岭，到了揭开神秘面纱的时刻。

时为中国地质大调查的掌门人，把骑田岭这个“小字辈”稳稳地放在心中的战略版图上。

时隔几日，数千里之外的湘南沐浴在霏霏细雨之中，雨中的骑田岭如水墨画一般朦胧而秀美。这幅画面在湖南省地质工作者的脑海中，不断地绵延起伏，或清晰或朦胧。湘南地质勘察院总工廖兴钰、主任工程师魏绍六，老工程师陈民苏、地调所所长黄革非、骑田岭矿区负责许以明等人梳理着骑田岭的地质资料，论证、斟酌着申报地质大调查项目的可行性。

骑田岭让湘南的地质工作者们品尝了太多的甘苦和无奈。

几十年间，多少地质工作者在骑田岭展开了一次又一次的地质工作，最终是“只见星星，不见月亮”——星星点点的小矿找了不少，就是找不到大矿、富矿。

1996年，湘南地质勘察院自筹10万元资金，在骑田岭开了块“自留地”，由许以明带队开展工作。他们对过去形成的《郴桂地区铅锌金银矿中比例成矿预测》、《1：5万永春－宜章幅区调报告》等地质资料综合分析，逐步摸索到了骑田岭锡矿的成矿规律，总结出了“大岩体中小岩体成矿”的思路，取得了历史性的突破。

基层的地质工作者和远在北京的高层领导不谋而合——最终，湘南地质勘查院决定申报骑田岭锡多金属矿评价为地质大调查项目。

在湖南省地质矿产勘查开发局的地质大调查项目论证会上，各方专家对骑田岭项目持有不同意见。一方认为，按照上级要求，要在骑田岭找到40万吨以上的锡矿，这是申报地质大调查项目的底线。另一方则认为，根据当前掌握的情况，骑田岭的锡矿应该在25万吨左右，要尊重科学，不能贸然“虚”报。

会议为此讨论了很久，最后敲定，就按40—50万吨的目标申报，思路打开，骑田岭还是有潜力可挖的。

10月，中国地质调查局在南京召开地质大调查项目设计审查会，湖南省地勘局总工、新组建的地调院院长车勤建亲赴南京，汇报骑田岭锡矿找矿情况及评价总体设计。以常印佛院士为组长的专家组审查了骑田岭的立项报告，经过一番研究论证，认为骑田岭有找矿前景，集中力量开展工作应会取得突破。

这次审查会上，《湖南千里山—骑田岭锡铅锌矿评价》被列为地质大调查项目，承担单位为湖南省地调院，实施单位为湘南地质勘察院。

项目目标清晰明确，为骑田岭的找矿突破锁定了方向：

以骑田岭芙蓉矿田及其外围的锡矿调查评价为重点，大致查明千里山—骑田岭地区锡铅锌矿的分布、规模及资源远景，实现区位、类型、规模上的重大突破。

开展骑田岭东南部及矿田南部隐伏岩体及成矿条件的研究与调查，寻找新的找矿靶区，同时兼顾区内岩控型铅锌银矿的调查。

预期成果：提交资源量：锡50万吨、铅锌100万吨、银1000吨；新发现矿产地6处。

排兵布阵

在地质大调查启动的同时，中国地质调查局开始组建六大区的项目办，意在确保包括地质大调查在内的各种公益性、基础性地质工作的顺利开展。

1999年10月，王方国由西南冶金局调入宜昌地质矿产研究所，负责筹建中南项目办公室。上任伊始，王方国很快完成了筹建工作，并把骑田岭项目作为第一项重要工作来抓，组织技术力量进行了研究，对湖南省地调院和湘南地质勘察院正在制定的设计方案提出了指导性意见。

2000年3月，王方国调到成都地质矿产研究所，潘仲芳接任中南项目办主任。在此之前，潘仲芳历任湖南省地矿局418地质队的副总工程师、副队长兼地勘院院长、总工、党委书记。上世纪80年代起，潘仲芳就多次到南岭地区从事过区调、矿产勘查等工作，对骑田岭的地质资料有所接触。骑田岭锡矿评价被列为地质大调查项目，他极力支持。

围绕骑田岭的找矿工作，潘仲芳和项目办的技术人员与湖南局、湘南院的地质工作者一起研究了地质资料，在靶区优选、组织实施、科技攻关等方面提出了意见和建议，并筛选敲定了重点靶区。他期待着骑田岭的奇迹出现。

至此，中国地质调查局完成了确保包括骑田岭项目在内的地质大调查工作顺利进行的机构设置和人员配置。

湖南省地矿局把中国地质调查局批准的国土资源地质大调查项目列为局“五大工程”之首。

局党组书记、局长黄永南在各种会议上多次强调说，地质大调查工作是我们的优势、品牌和形象，是我们的立业之本，一定要以科学的态度，求实的精神，运用新理论和新技术，高质量，严要求，努力探索，在地质找矿上取得新发现、新突破。

湖南省地矿局组织专家进行了研究讨论，对骑田岭锡矿评价项目提出可贵的指导性意见：在南岭这样研究和勘查程度高的地区，实现新一轮找矿突破的关键是理论创新和提出合理的集成技术方法组合，主攻深部隐伏矿体。

1999年10月，郴州市区的湘南地质勘察院。

经过两个多小时的会议讨论，湘南院拿出了骑田岭项目的人员名单和初步工作方案。

黄革非担任项目负责，全面负责骑田岭项目；许以明担任骑田岭矿区分队长，全面负责骑田岭的野外工作，同时兼任骑田岭的白腊水矿区负责；侯茂松担任副分队长，同时兼任山门口矿区负责。

这时的湘南，梅雨季节刚开头，阴雨天气一天接着一天，根本无法出野外开展工作，项目资金也暂时没有到位。湘南院的地质工作者等不及了，好不容易遇到这么一个大项目，谁也不愿意窝在家里等雨停；湖南省地矿局的领导等不及了，骑田岭是湖南局属地化后接到的第一个国家项目，虽然这个项目不是通过地矿局安排的，但他们坚定地认为，地质找矿，责无旁贷。湖南省地矿局决定给骑田岭项目垫付资金，要求湘南院尽早开展工作。

湘南院的地质斗士们毫不迟疑地投入了工作：一方面对现有资料进行分析研究搞二次开发，对遥感找矿信息进行提取解读；另一方面冒雨开拔到骑田岭白腊水矿区，在阴雨天气中进行地质填图、老窿调查、选定孔位、物化探剖面测量及少量浅表工程揭露等工作；与此同时，着手编制《湖南千里山—骑田岭锡铅锌矿评价总体设计》。

梅雨季节中的湘南院忙碌并快乐着，处处充满了生机，骑田岭项目让全院职工沉浸在精神阳光的沐浴之中，就像失而复得珍如生命的宝贝一般。

风雨骑田

2000年5月，梅雨季节终于在一轮朝阳的喷薄而出中宣告结束。

终于可以好好干一仗了。大家像是被闷在梅雨编织的牢笼里好几个世纪一样，一旦走出来就遏制不住久憋心间的豪气，在崇山峻岭中策马扬鞭。

作为“前军”指挥官的许以明果断地带领物探、化探、测量等各类技术人员组成的队伍在骑田岭摆开了战场，以芙蓉矿田为重点，围绕东坡、新田岭、香花岭、瑶岗仙、坪宝、白云仙等地区，以遥感技术、地理信息系统、卫星定位系统的“3S”技术，采用信息提取、物化探扫面及异常查证、地质填图、老窿调查、浅表工程揭露等新老方法、新旧手段，对矿区进行系统追索与控制。

骑田岭工作区地势陡峻，“V”形谷发育，海拔标高多在1000米以上，气候多变，刚才还风和日丽，转眼便大雨倾盆。

6月底的某日，许以明和三个同事早起出门，到麻子坪一带去踏勘。那天太阳很烈，他们走了没多久就个个汗流浃背，衣服都被汗水湿透了。

没过一会，却突然下起了瓢泼大雨，几个人条件反射般地往前冲，想找个躲雨的地方。可是跑了很远的路还是没有人家，他们只好硬着头皮，一身透湿、一脚泥泞地在雨中行走。

不一会天又转晴，出了太阳，他们原本湿漉漉的衣服很快就干了。满是雨水的山野被大太阳一晒，变成了蒸笼，闷得人喘不过气来，刚晒干的衣服又被汗水湿透了。

“许头，能不能从项目上抠出些钱把这军用胶鞋换换，刚才下雨鞋里灌水，现在天晴脚在鞋里打滑，咱搞地质的也该穿穿登山鞋了!”

“单位日子紧呀，项目上要花钱的地方多着呢，以后有效益了，别说登山鞋，我连这身迷彩服都给你们换掉，让弟兄们看着就是地质队员，而不像现在这样，说军人不军人，说民工不民工的。”

许以明想了一下，又补充道，只要把骑田岭搞定，我个人出钱，请你们大醉三天!

大家闻言立刻兴奋起来，憧憬着大功告成的好日子，脚下轻快了许多，很快到了目的地，他们干完一个阶段的工作后已经过了午饭的时间，便将就着吃一点干粮充饥。用完餐，被汗水浸透的衣服也快晾干了，便继续投入工作。

没干多久，老天又下起了雨。因为没有避雨的地方，他们不去理会这第二场突如其来的雨，任尔风雨飘摇，我自埋头作业。

“以明，咱也没欠老天爷钱，这雨咋追着不放呢。”一个同事说。

“毛主席说过，咱干地质的就是要与天斗、与地斗、与山斗，其乐无穷!”许以明笑呵呵地篡改了伟人的名言，却激起了大家的豪情。

对于地质工作者来说，在荒无人烟的地方踏勘是艰苦的，但最难熬的还是寂寞。队员们在一起说说笑笑侃大山，就成了治疗寂寞最好的方法。几个人你一言我一语，有时还真能弄出一些好段子。喜欢文学的许以明有时就想，有空闲了要提笔写写这帮兄弟们，肯定能写出一本书。

经过一段时间的工作，许以明和队友们在麻子坪黑山里段发现了云英岩蚀变体，认为有希望找到锡矿，便投入了一些槽探、洞探工作量，结果却不理想。

与此同时，设在奇古岭的两个钻孔也不顺利，只有一个孔见矿。

这可是他们在骑田岭的首战。许以明感受到了巨大的压力。这个夜晚，他彻夜未眠。工作中的难题、各方面的非议、领导们的期待和一些往事交织着在他的脑海里涌荡，撕咬着他的神经。

许以明清楚地记着第一次征服骑田岭。

1990年从成都地质学院毕业后分配到湘南地勘院，许以明就在南岭腹地搞地质普查，对骑田岭的情况比较熟悉，当时大家都被前人的结论所禁锢，只做了些基础性工作，没有什么突破和发现。

1996年，湘南院安排许以明带领三个人再上骑田岭，以跑面不跑点的工作原则，对骑田岭找矿前景做出新的评价。当时的主任工程师魏绍六对前人的工作成果进行了详尽分析，提出了几个疑点，重点强调“以往矿产地质工作仅局限于单矿点、单矿种，没有注重矿床规律与成矿系列的研究和矿产资源的综合评价”，提醒许以明要善于探索，敢于打破前人看似固若金汤的结论。

1997年，当自己的孩子呱呱坠地的时候，许以明正在骑田岭的白腊水矿区一处裸露的断裂带前，苦思冥想眼前的花岗岩体和岩体中间含矿断层的关系。

接到孩子出生的消息后，他次日早起搭乘唯一的一趟发往郴州市的公共汽车赶回家中。在家待了两天，许以明就急不可待地返回骑田岭。

路上，许以明脑子里一会儿是熟睡在襁褓中的孩子，一会儿是骑田岭花岗岩体中的那个断层。这两个景象让冥冥之中的许以明突然萌生了一个奇怪的念头：一边的岩体是母岩，一边的岩体是裹着孩子的襁褓。

回到矿区后，许以明把初为人父的幸福悄悄装在心里，带着队友们对这个设想进行大胆求证。经过一段时间的努力，他们终于取得成果：初步认识到骑田岭的花岗岩体不是一次形成的，有围岩和母岩之分，而矿藏就在不同时代形成的岩体之间，初步形成了“大岩体中小岩体成矿”的新认识，使骑田岭的地质找矿取得了重大发现。

可是现在，被许以明曾经征服过的骑田岭却打了他一个下马威。许多同事因此失去了信心，大家甚至私下议论，许以明的观点也许一开始就是错的。

许以明再次站在了风口浪尖。

曾被一些专家和权威所断言的“花岗岩大岩体分布区没有大锡矿”之说得到了多数人的认同。即使现在，参与骑田岭项目的部分领导和同事仍然认同这个观点，这是许以明面前最大的坎。许以明心里很明白，这是一场现代与传统、创新思维与固有模式的较量，只是这个较量中的对立双方更多地体现在个人的矛盾心态和摇摆不定的理念。地质工作是体力与智力结合很紧密的工作，在前人已经定论的区域寻求新的突破，心理上不可避免地要承受怀疑和被怀疑、固守和推翻、坚持和放弃的拉锯战。

这有点狭路相逢的意味，只不过对立双方都是“红军”，都是举着“尊重地质规律，实现找矿突破”这面大旗。

在这面大旗之下，每一个地质工作者都在用勇气反思或者维护自己的观点。

许以明是高举旗帜的反思者，只不过他很明白，自己是在继承前人成果的基础上，为实现和前人共同的理想而反思的，这种反思才是真正的继承。既然站在前人的肩膀上，就该超越前人。唯如此，才能不辜负前人和他们的成果。

一夜未眠的许以明早早起了床，摊开一大堆地质资料，满是血丝的眼睛不知疲倦地盯着上面的每一条曲线、每一个数据，进行更细致的分析，脑海中不断思考着矿藏形成的各种可能。

他并不是孤军作战。湘南院总工廖兴钰、副总工魏绍六、地调所所长黄革非坚定地支持着他，和他一起分析原因。他们有一个共同的想法：这是国家项目，无论哪方面出了问题都不好交代，即使错了也要搞清错在哪里，为今后的工作留下有益的借鉴。

许以明和项目负责人黄革非一起带领项目组成员，结合各方面的综合资料，展开紧张的分析研究。几经努力，他们终于找到了症结所在，以确凿的理论和数据证明了他们观点的正确性。

就在许以明为此庆幸，打算好好补一觉的时候，另一道坎又横在了他的面前。

湘南院的一台钻机在搬迁时，因钻机机体太大，必须从一块没有作物的田地路过。钻机还没安装好，一位老人带着一群老乡找到了机场，说是柴油流到了庄稼地里，要2000元赔偿金，不然就断路封路。机长和老乡谈，说我们在这里打出矿了，你们都会发财的。好话说尽了，道理说透了，却怎么也谈不下去。老乡说来说去就一个意思，我的土地有法律保护，不给钱就封路。

价钱谈不下来，工作被迫停顿，机长只好找分队长许以明。

许以明眉头紧锁。就在两天前，一个地质员在采样时也被村民阻拦，说是破坏了他们的风水，言外之意还是要钱，几次交涉未果。向局、队领导汇报后，两级老总无可奈何地指示，实在不行就花钱采样，无论如何不能耽误进度，不能耽误地质大调查工作。

现在又遇到了类似问题，许以明心里有种忍不住的烦躁。这些地质汉子不怕与天斗、与地斗，就怕与人斗，在这方面他们毫无优势可言。

可是许以明很明白，他只能硬着头皮去解决，在金钱和地质找矿之间，老百姓会选择眼前利益，而他任何时候只能以地质找矿为重。

许以明打听到老人的儿子是乡领导，就和副分队长侯茂松找那位领导说情，以为当干部的素质高，应该懂得道理。没想到那位领导托辞避而不见。许以明和侯茂松就蹲在乡政府门口守株待兔，终于有幸拜访到那位领导。

可是结果却让他们很失望，对方只降了一二百块钱。后来许以明专程到现场看，在那块地里怎么也找不到柴油的踪迹。钻工们说，这个亏我们以前经常吃，所以很小心，当时只滴了几滴机体里残留的油，对田地造不成什么损害。

“这事可真窝囊，当咱是冤大头，雁过拔毛!”

队伍里的抱怨声此起彼伏，许以明知道，再大的阻力都要克服，因为我们在为国家寻找战略资源。光凭这一点，地质人就不能后退。

重整旗鼓

2000年7月，中国地质调查局局长叶天竺亲率检查组莅临郴州，检查考核骑田岭项目进展情况。

骑田岭项目开展以来，叶天竺时刻关注着湘南。如果这个地方取得突破，完成既定任务，那50万吨锡的意义会远远超过其本身。当时中国的一些矿种已难以满足经济建设需要，进口量越来越大，为此国家在国际矿业市场上的地位越来越不妙，矿产资源受制于国外，将引起连锁反应，使国家的国际贸易乃至国际上的政治地位逐渐失去分量。而锡，是中国为数不多的有国际话语权的矿种之一，如果发现一个大锡矿，将明显增加我国在国际矿业市场乃至国际政治舞台上的影响力。

在这次地质大调查中，骑田岭是唯一的“锡”项目。

然而，这位地质大调查的掌门人初到湘南却有些失望。

当时骑田岭项目刚刚起步，气候条件、自然环境和人为因素都给野外作业造成了重重困难，进度一再受阻，许多工作还没结果。检查组在湘南院办公楼三楼会议室听取汇报后，批评湘南院“管理不到位，工作不够紧凑，进度太慢，时间过半了，任务还没过半”。

甚至有人提出质疑，骑田岭到底有没有矿？是不是谎报军情？

会议室的气氛一时紧张而沉闷。湘南院的地质工作者们也的确委屈，项目批下来的时候已经11月了，这时延续下了一场雨，一直下到今年5月，工作刚铺开，钻机刚上山，任务怎么能过半？

这时廖总已经退休，新任总工魏绍六向检查组解释了原因，说明了湘南的气候条件对野外地质工作的影响，就钻孔没见矿的问题进行了阐述，认为这是一个验证过程，后面的布孔设计会作必要调整，而来自老百姓的阻挠，正在通过各种渠道进行解决，“相信下半年一定会取得成果”。魏绍六表态。

检查组对魏总的解释比较满意，也充分理解了一线作业受梅雨影响和地方百姓设置障碍的苦衷，但仍然客观地指出了管理上的问题，提出了整改意见。

临近散会，叶天竺局长对湖南省地矿局的副总工蒋中和说，下半年再做不好，我打你的屁股。蒋中和转过脸对湘南院总工魏绍六说，领导打我的屁股，我就打你的屁股。魏总对身边的许以明说，听到没，后半年的工作再做不好，我打你的屁股。

许以明克制不住地笑出声来。

原本被紧张气氛笼罩的会议被这几句半真半假的玩笑冲得轻松了许多。这几句玩笑话在几级老总之间传递，道出了他们兄弟般的情谊，也道出了他们对骑田岭项目尽早取得突破的期待和渴望。

汇报会后，检查组到骑田岭去考察，才真正体验到了骑田岭的艰苦。一线的地质工作者多数租住在阴暗潮湿的老乡家里，一些小组甚至住在羊圈里，检查组的领导和专家们禁不住萌生了恻隐之心，除了询问工作情况，也更多地问寒问暖。有个地质院校的专家在由衷地佩服一线同行的同时，禁不住好奇之心，问麻子坪的区段长黎传标，你们月收入是否超过了三千元？黎传标和队友们有些脸红，一时不知道该如何回答。那时候，包括野外津贴在内，一线地质队员的月工资只有六百多元。

黎传标如实回答了这个问题。他说，现在有活干我们已经很满足了，有这个骑田岭项目，我们不用下岗，不用到处打工，不用担心被拖欠工资。

那几年，由于地质工作不景气，许多地质队员到外地打工养家糊口，黎传标也于1993年、1995年两度到广州打工，尝尽了背井离乡、寄人篱下的苦头。现在他们回到单位，来到骑田岭，工资已成其次，他们在乎的是又重新站在了自己舞台上，虽然这舞台下没有多少观众，更没有多少掌声，但他们已经很满足了，因为他们回到了自己的队伍中，回到了自己的事业里，心里踏实。

离开骑田岭时，叶天竺、张洪涛等领导同一线队员一一握手告别，动情地说，你们辛苦了，多保重身体，搞好工作，我们等待着你们的好消息！

检查组一走，湘南院立即召开会议，根据检查组提出的整改意见，进一步完善了骑田岭项目的管理措施，并决定充实野外一线的技术力量，由原先的十几个人增加到30多人。

时任湘南院地调所所长的黄革非为此到骑田岭矿区住了两个多星期。检查组来队检查时，省地勘局主管地勘工作的副局长李金冬对他说过：你要拿出具体措施，把项目搞上去。黄革非明白这句话的分量，明白骑田岭项目在局里的分量，更明白自己所担负的责任。

这次上骑田岭，他的目的是让骑田岭项目的人员到位、管理到位、措施到位。对骑田岭，黄革非很熟悉。1988年他就上骑田岭搞过普查，女儿出生的时候，他也正好在山上。因此，他对骑田岭有一种说不清的情愫，像对待自己的女儿一样爱着骑田岭，也正因为这种爱，他对骑田岭有些失望——在这个看似充满希望之地，当年他也曾下过没有找矿前景的结论。

现在好了，骑田岭被立为地质大调查项目，他可以重新审视这片葱茏青翠的山峦了，就像重新审视因出野外时间过久而有些陌生的女儿。也许说成是对手更合适些，骑田岭是守方，地质工作者是攻方，这次大调查就是一次决战，谁输谁赢将见分晓。

两个多星期，黄革非辗转于骑田岭矿区的各个作业点和作业组。按照新定的方案，把整个项目按矿脉分成几个区段，段里设大组，大组下分设填图、物化探、槽探坑探、钻探等专业组，完善细化了组织机构，把人员调配到位。同时，调整工作部署，明确了各组的职责。

与此同时，返回北京的叶天竺也就骑田岭项目做了新的部署，安排中国地质科学院矿产资源研究所、宜昌地质矿产研究所、一些地质院校等单位的科研人员运用新理论新方法，加大加快对骑田岭地质找矿的科研力度和进度，为一线的地质工作者提供有效的科研成果和理论指导，早一日取得大突破，拿下骑田岭。

从中国地质调查局领导到一线的地质工作者，从管理部门、科研机构、大中院校到基层地勘单位，大家各自拿出看家本事，围绕骑田岭地质找矿发动了强大攻势。

山野铁军

骑田岭属亚热带气候，这种气候的一大特征是潮湿。因此，骑田岭的老乡们家家酿米酒，用于防寒防潮。

地质队员们进驻骑田岭后，也开始喝米酒，不过他们多在晚餐时喝，一是可以解乏，二是睡觉时靠酒劲在身体里热乎着，可以防寒防潮，防止关节病。即使夏天，在骑田岭晚上睡觉也要盖棉被，不过棉被没有我们想象得那么暖和，都是潮乎乎的。无论区调、填图、测量、物化探，哪个组都是早出晚归，多数时候他们不敢在出工前贸然晾晒被子，因为骑田岭的雨说来就来，真把被子淋湿了，不是一天两天能晒干的。即使间或有个空闲晾晒了被子，用不了三五天，就会继续泛潮，时间再长点，棉被就湿漉漉的了，似乎可以抓出一把水来。

就是在这样的艰苦环境中，地质工作者为了早日完成任务，还在不断地为自己创造更艰苦的环境。

芙蓉乡有座大白山，山下有村庄，山腰有羊圈。大白山项目组组长龚述清带着组员到这座山上填图，为节约时间，他们决定住到羊圈去。

羊圈是用竹子建造的二层小楼，一楼住羊，二楼住人，中间的地板也是竹子扎起来的，缝隙很多，可以很清楚地看到楼下羊头攒动。牧羊人不住羊圈，住在羊圈旁边单独的小屋里，那里没有羊膻味。好在是夏天，住在四处透风的羊圈里不用担心御寒问题。

龚述清和队友们天一亮就起床出发，午饭在山上吃随便带的干粮，工作到五六点就要赶回羊圈吃晚饭。山里的天黑得早，迟了就要走夜路。羊圈没有电，晚上点煤油灯照亮，煤油灯光线太暗，难以完成填图、计算这些精细活，只能在次日或第三天白天专门整理资料。每天收工回来，他们在煤油灯下吃了晚饭，拉呱几句家常话或工作上的事，就吹灯睡觉。那段时间，他们就这样周而复始地在羊膻中入睡，在羊的叫声中起床。

牧羊人和他们日渐熟悉起来，时不时送些祛风湿的药材给他们，要是赶上有羊滚了坡、受了伤，宰杀后也会送些羊肉。双方关系处得很好，跟亲兄弟一样。有一次牧羊人实在憋不住了，说了对他们的看法：你们跑地质的天天要跑那么多山路，赶兔子似的，我放羊的时候溜溜达达，像鸭子散步，你们的活比我还苦。

龚述清他们在羊圈里住了一个月，回到分队部后好长一段时间，晚上都睡不踏实，早上起床的第一件事就是学羊叫“咩咩，咩咩”。没有透着热气的羊膻味，没有羊的叫声和骚动，还有点不大适应。

与羊圈生活比较，挂吊床的露宿方式则显得简单而浪漫。为了突击完成黑山里一带的地质填图和矿点调查，许以明、侯茂松、王方有、雷纯超、刘阳生一行五人带着毛巾被、吊床、海带、干鱼、大米、提锅、炒锅等“游击”行装，步行数十里山路，驻扎到一个树高林密的深山老林里。

这是一段典型的游击生活，他们结树吊床，石头垒灶，拾柴烧火，山沟取水。他们两人一组，或单独行动，早出晚归，跑面选点。白天忙碌一天，晚上回来轮流做饭，饭后往两树之间的吊床上一躺，天当房、树当床，睁眼漫天星光，侧耳一树风声，也算小有情致。但林子里蚊子多，又大又毒，再有情致的人也被咬得痛苦不堪、心浮气躁。山里风大，蚊帐是挂不起来的，大家只好用毛巾被把身子裹严了，用衣服把脑袋一盖，无可奈何地阻挡着蚊子的袭击。即使这样，蚊子还是在他们稍有松懈时强行进攻，叮得他们防不胜防，苦不堪言。

蚊子的攻击再凶再猛也是小打小闹，最叫他们后怕的是一次山洪。那天许以明和雷纯超一组，沿山沟踏勘，中途下起了大雨，他们并没在意，像往常一样冒雨前行，照常工作。时间不长，一种沉闷而奇怪的声音朝他们涌来。两个人一愣，马上条件反射地大喊，山洪！俩人赶紧朝山坡上跑，就在他们爬上山坡的那一瞬，夹杂着石头、枯枝、泥沙的山洪轰然而至。两个人爬到山腰，紧紧地靠在一棵树上，唯恐脚下一滑掉入这能摧毁一切生命的洪涛之中。稍微定神之后，他们感觉到手掌发凉、胳膊发硬，才发现各自还紧紧攥着地质锤。

他们在黑山里跑了一个多星期，在吊床上住了一个多星期，摸清了周围十多个平方千米的地质情况，才返回设在芙蓉乡的分队部。

骑田岭有很多老窿，都是古人开矿留下的。古人开矿不讲章法，只追着矿脉走，不顾其它，加上年代久远，里面什么情况都不清楚，所以进老窿很危险。但地质人见到老窿都很兴奋，因为那里面有地面上看不到的地质现象，进一次老窿就可以把附近的地质情况摸清楚。骑田岭项目上地质技术员几乎都进过老窿。

侯茂松在清水涧发现了一个老窿，第二天就和队友打着手电毫不犹豫地走了进去。进洞前，两人把专门带来的半瓶米酒分而饮尽，一为驱寒，二为壮胆。这个老窿还算有点规模，有主巷道和支巷道，但里面的积水很多，有的地方已经齐腰了，这是他们没想到的。当时已经十二月了，积水冰凉刺骨，但他们已经走进很深了，不想轻易放弃，干脆脱了裤子淌水进去，踩着水中或尖或圆的石头和一些稀泥，在充满腐烂和潮湿的气息中一步一趔趄地查看着地质现象。

队友问侯工，老侯，洞外没人等咱们，咱也没有什么安全措施，万一踩到陷阱里，这辈子就交代了。侯工笑了笑说，如果那样了咱也混个烈士当当。队友嘲笑侯工，拉倒吧，咱地质队啥时候评过烈士？

那一年侯工快三十了，还没有结婚。

骑田岭还有许多新洞，从1998年湘南院在骑田岭有了新发现开始，当地村民就开始在山上私采。这些私采洞也是地质人常常光顾的“福地”。

黑山里有一家私采矿洞，侯茂松找关系，请吃饭，跑了几趟，终于说动了“内线”，趁洞里刚放了炮，里面没人，带着雷纯超、老李两个队友悄悄摸了进去。因为是私下开采的矿，矿主们不会在安全设施上大投入的，没有风井，靠小鼓风机吹风进去，通风条件很差。他们进去的时候洞里的烟雾还没完全散去，硝烟味依然很浓，呛得人喘不过气来。查看完地质现象，三个人已被熏得头昏眼花。出来后他们还不停地咳嗽，吐出来的痰都是青绿色的，休息了两天才缓过劲来。

在骑田岭鏖战的不仅仅是爷们，也有女队员。她叫朱琳，是个女司机，在野外跑了30年，主要工作就是送地质员到工作区。车开到不能再走的地方，就停下，队友们上山作业，她一个人留在原地等。独自一人在荒山野地、深山老林里待上大半天，一般的女人恐怕坚持不下来的。朱琳也是一般的女人，有家有老公有孩子，她能坚持在野外待下去，原因很简单，一是喜欢野外地质工作这个行当，和都市生活的拥挤、浮躁比起来，在山山水水中工作生活，精神很放松很愉快；二是经济收入上比机关要多，能拿野外津贴，奖金系数也高，一个月多拿几百块钱，对地质队的家庭来说，不是个小数。

队友们上山的时候，朱琳也不闲着。她的车上放着一个袋子，里面是毛线和棒针，这时候就派上了用场，她或坐在副驾驶座上，或斜靠在车头，给孩子或老公织毛衣，织到高兴处，就哼唱喜欢的曲子，悠悠扬扬的。织累了就放下手里的活，在附近溜达溜达，采几朵野花，逗几声鸟叫。等累了，她就把车门锁严实，躺在后排座位上迷糊一会儿。骑田岭并不是小动物的天下，也有野猪、豹子。直到队友下山，她才会暗自长松一口气，和大家说说笑笑地返回驻地。

朱琳也不是每次出车都很顺利。那次送地质员到奇古岭的钻机上编录岩芯，车到山岭上抛锚了，那里离机场还有好远的一段路。当时的交通和通讯条件很不方便，分队部接到消息后，安排一个人骑摩托车到郴州市买配件。朱琳在车里守了一个晚上，第二天接到配件把车修好，才返回队部。

朱琳从头到尾参加了骑田岭项目。现在她还在野外开车，如果你在湘南的某个山区，看到一位神情淡定的女司机驾驶着一辆风尘仆仆的、在倒车镜或车头上插着一束或红或黄或紫的野花的越野车时，那位司机一定是朱琳。

绿海舰队

如果说植被茂密的骑田岭是一片波涛起伏的绿色海洋，那么矗立山间的钻塔就是一支流动的舰队。

骑田岭项目被批准为地质大调查项目之后，当时的主任工程师、地调所长魏绍六考虑到骑田岭所有的钻孔都是斜孔，对钻探技术要求很高，湘南院的相当一部分钻机力量在广东、上海等地打工，要保质保量地完成钻探工作有一定的难度。因此，他想到了同郴州的兄弟单位——408队，决定邀请408队的钻探队伍加盟这场战役。

魏绍六接受408队的加盟，除了兄弟单位之间的情谊外还另有盘算。一是湘南院和408队的钻机都上骑田岭，两支队伍之间势必形成技术和质量上的竞争，也会形成技术上的互补；二是408队的钻探技术和施工力量属全局老大，在全国也赫赫有名。有这支老大哥级别的老牌功勋队、钻探专业队的支持和协助，骑田岭项目更多了一份胜算。

2000年4月，408地质队的钻机开赴骑田岭，第一站是奇古岭。

408队的机长是老杨。老杨的大名叫杨细翘，这几个字有些女性化，却是个虎背熊腰的大汉。不过，老杨的面相有几分秀气，浓眉大眼的，用今天的话说，帅呆了，酷毙了。老杨从1975年上班就上钻机当钻工，一直没离开机台，从钻工干到班长，从班长干到机长。之所以选老杨打骑田岭的第一钻，是因为他是从408队的五四青年号钻机出来的，这个机组从1955年创建，多年来屡立奇功，在全国钻探界都有名气，是408队的一张王牌。

老杨的机组租住在廖家洞村的老乡家。这个山村不大，只有20多户人家，老乡们也很穷，除了几亩山地、几块林地，基本上没有别的经济收入。二十多个地质队员住进了小山村，老乡们很高兴：地质队是干什么的？那是财神爷的开路先锋呀！只要地质队的来了，致富的日子也就不远了。

不过，让老乡想不到的是，这些有本事找宝贝的人，干的活却不像有本事的人。

廖家洞离钻机机场有八里山路，住进廖家洞的第二天，机长杨细翘就带着大家，扛着镐、拎着锹、背着干粮，步行一个多小时到施工地点平机台，直到天黑才灰头土脸地回到廖家洞。他们回到村子里的时候，老乡都吃过饭了，他们吃完饭的时候，有些老乡都睡觉了。老乡们说，你们这行比我们农民还苦。

骑田岭山势陡，岩石硬，植被厚，树木多，竹林密。老杨他们钻机的孔位在山坡上，平机台要放炮才行，放了炮再用镐头、铁锹把炸开、炸松的石头往山坡上填，逐步平出一块空地。这在钻探施工上是无法避免的，可老乡们不愿意，他们找到老杨说，你们平机台找矿是好事，但不能把我们的林木毁了，我们就凭这几棵树、这几片竹林吃饭呢，更何况我们还有森林法、青苗赔偿法保护呢。

老杨干了几十年钻工了，经历过很多这样的事，他知道这个理不好讲，也讲不通，不能拒绝，只能搞价。

可是老乡完全占着主动权，你不同意他的条件，他挡着不让你施工。一棵细手腕般粗的树十几块，一根竹子5块，那个机台平下来，这一项赔偿费就出了好几百。不过，树和竹子还是老乡的，钻工们是不能砍走的，它们多数没有被毁，只是受了点皮外伤，还能茁壮成长。

年轻一点的钻工不服气，埋怨老杨，人太软，没原则。

老杨尅那小钻工，有本事你给咱制定一部勘查法去！

老杨心里清楚，要是不答应老乡赔偿的要求，别说打钻了，恐怕连路都给你断了。老百姓靠山吃山，靠水吃水，咱钻工只能靠个光脊背。

老乡不给老杨面子，老天也不给老杨面子。平机台那阵子，老下雨，进度很慢。老杨心急，怕拖了这个国家项目的后腿，就兵分两路，一路继续平机台，一路运送钻探设备。

卡车只能把设备运送到离机场五里地的山坡下，再往前就是崎岖山路了，只能靠人抬。那时候408地质队和全国的兄弟单位一样，没多少活干，打算成立个临时搬迁队上骑田岭帮钻工们搬运设备。附近几个村子的老乡们不答应，他们要求承包搬迁任务。

山民有的是蛮力，但在山路上搬迁设备不能光靠蛮力。钻工们得干重活中的技术活，拆设备，绑部件，指挥着老乡们在山路上慢走、稳走，时不时地还要搭把手、抗住劲，说是包给老乡了，可老乡没有经验，安全意识也不强。只要保护好人的安全和设备的安全，钻工们乐意多出点力。钻探施工的设备即使拆成部件，也没几个分量轻的，他们或五六个人、或七八个人一组抬着那些奇形怪状的铁家伙，在崎岖的山路上走，不出几步就气喘吁吁、汗流浃背了，只能走走停停，歇过劲了再走。五里山路，一天只能搬运一趟，这次搬迁他们用了半个月，平机台用了一个月。一个月下来，钻工们个个都脱了几层皮，掉了二斤肉。

老乡们发牢骚：挣你们几个钱累死个人。

钻工们也不客气：找到矿了我们滚蛋，你们发财，还叫个鸟哩。

老杨的钻机上是三个班两班倒，因为距离远，上早班的钻工们5点多就得起床，吃完早餐，带着午餐，拎两壶热水，打着手电，6点前就得出发，步行两个小时的山路，8点钟前准时接班。午饭自然在机场吃的，好在是夏天，吃几口凉菜凉米饭凉馒头，喝口热水一冲，肚子并不难受。到了晚上8点接班的人一到，他们就拎着空暖瓶和空饭盒，打着手电下山，一路上说说笑笑，兴致来了就吼几声带劲的歌，学几声狼叫，两个小时的路程走得也轻松。10点钟左右回到廖家洞驻地，简单地洗吧洗吧，炊事员做好的夜宵正好出锅，热乎乎的饭呀菜呀汤呀朝肚子里一灌，再喝几口当地老乡自酿的米酒，砸吧砸吧嘴，一天的疲劳也就去了一半。酒足饭饱，碗筷也不用收拾，往宿舍的箱子上一堆，打盆温热水擦擦身子洗洗脚，朝床上一躺，要么看看书，要么和伙计们唠唠嗑，不知不觉中就睡着了。

在钻机上，机长是父母官，吃住行都要操心，老杨也不例外。除了组织施工、协调和村民的关系，老杨还要考虑吃的问题。芙蓉乡是个小乡镇，平时没有什么菜可以买。在芙蓉乡和郴州市之间有个永春乡，每五天逢一次集，集上的各类蔬菜、肉蛋就比较多了，价格还便宜。老杨便风雨无阻地每五天出去采购一次，把五天的伙食扛回来。那时候芙蓉乡每天只有早晨6点发往郴州的一趟公共汽车，老杨四五点就要起床赶路，有时候赶不上车，就要花20元租辆摩托车到永春。买好东西后，老杨就蹲在街边等着从郴州返回芙蓉的唯一的那趟车。车到芙蓉后，早有轮休的钻工在停车点等他了，大家一人扛一大包或一大捆蔬菜什么的回廖家洞，往往赶回去就天黑了。要是遇到雨雪雾什么的，回去的时间会更晚。

这个钻孔他们打得比较顺利，除了一次卡钻，再没出过事故，300米的钻孔20来天就结束了战斗。那次卡钻是下午5点多发生的，钻具拉不上来，压不下去，机组全体成员都赶到机场打吊锤。吊锤是个锤状的大铁块，用人力把它拉起来再放手，靠吊锤自然落体的力量强行把钻具往下打。打吊锤是钻机上最壮观的，几十根绳子系在吊锤上，几十号人散成一圈各自拽一根绳子，跟着喊号者的口令和节奏，使劲地一拉绳子再一松，“嗨呀、嗨呀”地应和着，声音齐整而粗犷，不由得你精神振奋、心胸空旷，什么烦恼都会消失殆尽。

那次事故处理得比较顺利，7个多小时解决了问题。

处理第二个孔的卡钻故障时，他们就没这样幸运了。

第二个孔他们搬到了离芙蓉乡更近的一个山头，驻地没有动，仍然住在老地方廖家洞，之间的路程也是得两个小时。这个孔打到100多米时遇到了破碎带，卡住了。他们就用反丝钻杆一趟一趟地把钻具往上提，因为孔比较深，提一次钻、下一次钻得好长时间。反不上来，就打吊锤，一个打不下去，用两个吊锤打，打松动了，再用反丝钻杆处理，一趟接一趟地提下钻，一直到第四天才终于完成。钻机上处理事故要连轴转，不能停顿，孔内情况谁也看不到，只能靠经验判断，稍有停顿怕出现新的问题，前功尽弃。那段时间，钻工们可以换班休息，机班长们就不轻松了，要吃住在机场，随时把握情况，及时调整方案。住的地方是在钻机边上用帆布搭建的窝棚，里面放一张床板，人直立着是进不去的，只能爬着钻进去，就势往床板上一躺，闭眼迷瞪一会，打几声呼噜，缓过劲后钻出来继续干。

11月的时候，还有两个钻孔没打，如果年底前干不完，会影响整个骑田岭项目的工作进度和安排，408队的领导一研究，把肖双德的项目部调上了骑田岭。

肖双德1969年出生，毕业于昆明地校，属于理论知识扎实、脑子灵活、年轻有为那一类型的。骑田岭地层复杂，每个钻孔的情况都不一样，没有可借鉴的，都是新的考验，408队主管生产的副队长李定桥认为肖双德能担当重任。

对肖双德来说，上骑田岭是为了生计。肖双德毕业后，在408队团委干过一段时间，但赶上了地质工作不景气，每年没多少工作量，工资很低，感觉没前途，便凭着年轻气盛辞职到深圳打工。虽然打工的工资高了点，但干了一两年后肖双德认识到无根的打工生活更没前途，便于1993年再度回到队上捡起了自己的技术专业，很快成长为项目经理。那一年，肖双德的项目部没揽下市场项目，虽然骑田岭项目没多少钱挣，起码能养活队伍、锻炼队伍吧。在此之前，肖双德只干过工勘项目，那都是几十米、百多米的浅孔。

第一个钻孔让肖双德吃尽了苦头。进尺到一定深度后，10个小时只打了9寸，却用了10个金刚石钻头。肖双德发愁得头都大了，整天整夜地在机场蹲着，琢磨解决办法。那时候他有个“大哥大”，最早的那种砖头块一样的手机。他拎着笨重的“大哥大”爬到山顶有信号的地方到处打电话请教，给学校的钻探老师打、给老钻工打、给同学打，能想到的人都请教到。他还翻阅了很多资料，综合大家出的主意，一个一个方案地试，寻求解决办法。后来他注意到，给压小、钻进慢了进尺就快点，给压大、钻进快了反而不进尺，再仔细查看钻头，似乎磨损不大。他给钻具材料厂打电话，要求降低钻头胎体硬度，不同硬度的钻头各生产一个。经过几次试验，他终于找到了最合适的钻头。原来，这个钻孔的地层用胎体太硬的钻头正常钻进，胎体磨不下去，金刚石就出不来，自然没有进尺。这个钻孔只有360多米，他们却干了45天，耗费了12桶柴油。

肖双德初上骑田岭，在经济上做了赔本买卖，却在技术上赚了个开门红。从那以后，肖双德好琢磨的聪明劲在骑田岭有了用武之地，每次遇到难题都能想出解决办法，算是逢山开道，遇水架桥，通畅无阻。

2001年，骑田岭项目的钻探工作量不多，408队把老杨的钻机调到市场上搞项目去了，只留下肖双德的一台钻机。这一年，肖双德针对不同钻孔、不同地层、不同斜度，在钻头、钻具的调整改进中动足了脑筋，变换着花样。有个钻孔越打越浅，老机长李笑芳对此哭笑不得。肖双德和往常一样蹲在机场找问题，后来他让老机长加了套管，顺利穿过了这个“魔鬼”地层。那一年，肖双德的一台钻机完成了近1300米的钻探工作量。

提起在钻头上耍的花样，肖双德总是津津有味、乐此不疲。在骑田岭，他创造了用一周时间、10个钻头，进尺300米的奇迹。

肖双德在骑田岭上一直干到2005年钻探项目结束，期间他最多上过两台钻机，却完成了骑田岭项目70%以上的钻探工作量。

白腊水大捷

一线的艰苦鏖战和工作进度牵动着湖南省地矿局原总工程师黄懋鸿的心，他已经连续几天都没睡个好觉。

从湘南地质勘察院自筹资金到骑田岭开展工作起，他就给予骑田岭更多的关注和支持，多年来研究了大量的地质资料。这次中国地质调查局到湘南检查工作，提出了不少问题和建议，其中所包含的对骑田岭的期待，他感同身受。

他在长沙待不住了，干脆动身前往郴州。这一去，他就住了两个月。黄总虽然年事已高，工作激情却毫不逊色，他与地质人员一起跑遍了骑田岭南部的各个点，观察地质现象，研究地质资料。经过一段时间的工作，骑田岭的地质轮廓在他的心中逐渐清晰起来。在他的指导下，大家认识到整个骑田岭的白腊水、山门口、麻子坪等各矿区中的各类型锡矿床是在相似的成矿地质作用和物质来源，在不同的演化阶段、不同的成矿条件及不同部位形成的具成因联系的一组矿床，构成了一个较完整的成矿系列。在此基础上，他提出了“要把骑田岭南部锡矿联系起来构成芙蓉锡矿田”这一很有高度的指导性意见。

这个认识就像一根金丝，把各种地质现象、各个矿区像珍珠般串了起来，大家为之眼前一亮，豁然开朗。湘南院立即调整了工作部署，把骑田岭南部作为一个矿田，即“芙蓉锡矿田”来规划安排工作。

新的认识和工作部署让一线地质工作者的信心更加饱满，大家像发现了新的蛛丝马迹的猎人一样，兴奋地穿行在骑田岭的峰岭沟谷，追寻着他们的“猎物”。

高精度磁测是追寻猎物踪迹的一个有效手段。有一次，测量组组长、高级工程师陈瑞赋等人在测量途中遇到一个直立的山包，山包两边是悬崖。按照规范，测定点的偏差不能超过设计点的20米，而他们无论如何都无法在偏差范围之内绕过这个山包。要是就此放弃，势必影响后续工作，而这种影响有时候是无法弥补的。他们只能在走投无路的地方寻找出路。终于，他们在山包中发现了一个裂缝，这个裂缝中长了一棵树，巧妙地掩盖住了裂缝。因为裂缝太窄，他们让一个身材相对瘦小的同志顺着树爬了上去，才到达了测定点。那一段距离也就几十米，可是他们用了整整4个小时，工作结束时天已经黑了，他们只能拖着筋疲力尽的身子往驻地赶。分队部的同志等不着他们，赶紧打着手电上山去找。还好，两队人马在半路相遇，大家才轻松起来，一路说笑，回到驻地时已经晚上11点了。

搞地质的都知道，地质人不存在走路不走路的问题，为了搞到资料，没有路也要走，尤其是遇到矿脉的时候。所以我们一般说起地质队员都说是跑地质的，的确，地质是跑出来，矿藏是跑出来的，是在没路可走的地方跑出来的。

在这种“跑”的过程中，许以明在一个山脊发现了一头硕大“猎物”的踪迹。

这条山脊上有一条红色的路。1997年，许以明在白腊水做区调时就发现了一个被称作铁婆坑的矿点，当地的老百姓曾在那里挖过一段时间的矿。这次重上骑田岭，他们再次到铁婆坑作进一步的工作，根据地表露头，决定在铁婆坑以南挖个槽子。

这次挖槽子，又让许以明遭遇了磨难。他们刚开工，当地村民就气势汹汹地拎着铁锹、镐头找了上来，说这个地方是龙脉，动不得，让他们立即恢复原貌，否则不客气，大有大打出手之势。许以明和侯茂松闻讯后立即赶到现场，和声和气地阐明地质找矿会给当地村民带来的好处，恳请理解和支持。然而村民却置若罔闻，寸步不让。许以明心里清楚，“龙脉”只是托辞，不拿钱是过不了这关了。

这条“龙脉”花了上千元，许以明心疼了好一阵子，不过后来他认为，这些钱虽然花得冤枉，却花得值。这个探槽揭露出了矿层，验证了许以明的判断，为后来的工作奠定了基础。

在这个槽探以南，有个大坑里，再往南是他们调查过的88号老窿，这两个地方经调查检测均有异常和锡矿，而贯穿其间的就是山脊上这条红色的路。在路上取样化验，含锡量最高的竟达到了百分之零点四几。

许以明、侯茂松和雷纯超等人把这几个点联系起来，认为极有可能是个矿脉，便从铁婆坑向南到88号老窿之间作了几个剖面，进行追索，并把这条线命名为“19号矿脉”。

在追索19号矿脉的过程中，许以明闯进了一个当地人私开的矿洞，让他如获至宝，大有“入虎穴，得虎子”的艰险和畅快。

为了进一步搞清楚这条线的详细情况，许以明通过关系说通了这个矿洞的护矿马仔，背着矿主，同队友王方有偷着摸进这个严禁外人靠近的私开矿洞。

进洞前，那个马仔一再叮嘱，要快点出来，被老板发现就麻烦大了。洞子一路斜坡下去，大概200多米深，许以明本打算进去看看就出来了，最多半小时，但到了里面却不由自己了。洞子里的锡矿脉厚度大，一看就是好矿。俩人很兴奋，情不自禁地取样，这时候才发现，因为抱着“进来看一看”的想法，没带取样工具。担心以后再没有机会进来，许以明立即决定，要“偷出”一份完整的地质资料。他们从地质包里掏出米格纸和尺子，一米一米地量，一米一米地画图编录，用随身携带的地质锤取样。这时候他们的心情很复杂，一方面担心被矿主发现，得抓紧时间，一方面责任感又促使他们必须把洞里的情况搞清楚，把资料搞完整，一方面又担心安全问题，这个私采的矿洞里实在无安全可言，另一个方面还要担心里面有矿车出来，自己会被“撵”出去。这些担心让他们精神高度紧张，不知不觉地汗流满面。他们在20多米长的矿体取了18个样，将近200斤重，许以明个子瘦小，背的样少一些，王方有个头大，多背几袋，两人紧随着朝洞口走。出洞是一路上坡，背负的样品很重，为了抢时间他们一口气地往外冲，走得上气不接下气。出了洞口他们还不敢休息，必须尽快离开，以免被人发现，前功尽弃。到了安全地带，俩人才虚脱般地躺到地上，半天起不来。

这份资料让他们如获至宝。综合以前的资料进行研究，大家初步认为该矿脉受一条小断裂带控制，起码是个颇有价值的“小宝藏”。

黄懋鸿、蒋中和、廖兴钰、魏绍六等人据此提出了新的理念和研究方向。在他们的指导下，项目组黄革非、许以明等成员形成了骑田岭锡矿成矿物质来源于深部后期小岩体的认识，进一步确定了“大岩体中小岩体成矿”的找矿思路。

在接下来的工作中，他们按照这个思路，根据在私采洞中“偷来”的地质资料，在白腊水矿区周密地布了10多个钻孔。

随着钻探工作的进行，许以明和队友们又有了新的突破，认识到19矿脉并不是原先认为的只受一条小断裂控制，而是一组大的断裂带与残留在断裂带中的矽卡岩化灰岩复合控制矿化体的产出，整个断裂带中的矽卡岩化灰岩都是矿化体。

按照这一思路继续钻孔验证，19矿脉见到了150多米厚的锡矿体，“小宝藏”原来只是“一斑”——后经继续钻探验证，探明该矿脉锡储量达26万吨，是芙蓉矿田的头号大矿脉。

骑田岭项目的一举一动都牵动着中南项目办主任潘仲芳的心，他多次到骑田岭矿区检查指导，和一线的同志们研究解决难题。他结合该区实际，针对勘查选区、评价方法等找矿工作，在总结一线作业经验的基础上，主导总结出一套有效可行适合于南岭仍至华南地区的勘查技术方法组合。这些技术组合方法为骑田岭的找矿工作开辟出一条通途，发挥了重要作用。

新认识、新思路、新方法的不断更替和形成，无疑于在骑田岭的上空升起了一轮皓月，照亮了前方的路。地质工作者们披荆斩棘，不断取得突破，在骑田岭发现不同类型的锡矿脉50多条，找到了山门口至狗头岭、黑山里至麻子坪、白腊水至安源三大锡矿带，形成了白腊水、麻子坪、狗头岭、山门口4个矿区，矿床类型可分为蚀变岩体型、构造蚀变带型、矽卡岩型、斑岩型、云英岩型、石英脉型、冲积型等七种构造蚀变带，其中以前三种类型锡矿最为突出，累计锡资源量60多万吨，相当于17个大型锡矿。

一个世界级超大型锡矿田诞生了！

消息传到北京，叶天竺兴奋异常，决定亲率专家团奔赴湘南。

里程碑

2001年5月底，中国地质调查局在郴州市组织召开了“南岭成矿带中段锡矿找矿专家研讨会”，后被地质界称为郴州会议。

中国地质调查局局长、教授级高工叶天竺，副局长、研究员张洪涛，国土资源部地勘司副司长、教授级高工周家寰，国土资源部高级咨询研究中心教授级高工黄崇轲，中南项目办主任潘仲芳，福建、广东、广西、江西、湖南等省区老专家、教授级高工石礼炎、伍光宇、张忠伟、杨明桂、黄懋鸿、蒋中和，湖南省地矿局局长黄永南、副局长李金冬、湖南地调院院长车勤建等为代表的全国地质找矿界40余名锡矿专家云集郴州市，考察研讨骑田岭找矿中取得的区位、模式、技术方法等方面的成果，研究并推广骑田岭项目的找矿经验，同时对骑田岭地区找矿工作把脉会诊，以求取得更大突破。

平静的芙蓉乡也一时热闹起来。一下子来了40多位全国各地的专家学者，在这个山间乡镇的历史上是屈指可数的，老百姓奔走相告，消息传得越来越神乎：咱芙蓉乡发现了大锡矿，国家要投资开采了，以后我们都要转城镇户口，到矿上当工人，能过上好日子了。

山村的老百姓议论得热闹，矿区的地质队员忙得开心。从芙蓉乡分队部到白蜡水矿区之间，有一段路很烂，坑坑洼洼，凹凸不平，矿区的同志们带着铁锹镐头把路填平，让专家们乘坐的车可以平稳通过。这条路他们不知道走了多少次，真切地体验过颠簸的辛苦。

40多个人云集矿区，喝水也是大问题，分队专门买了口大铁锅支在院子里烧茶水。他们考虑得很周到，专家学者们多是搞地质出身，常年在野外跑，饥一顿饱一顿，大多落下了胃病，不能多喝凉水，有口热乎的比什么都强。那时候地质队的日子很穷，地调所也买不起瓶装矿泉水、纯净水什么的。他们一次只能烧两暖瓶水，热水不够用了，就拿出在当地老百姓家买的自酿米酒让大家解渴。

后来，工程院院士陈毓川、台湾大学校长陈正宏、来自莫斯科大学的教授等很多专家学者也陆续到骑田岭参观考察，芙蓉矿田迎接了一批又一批的贵客，用大铁锅烧茶水，喝农家土酒解渴，给大家留下了亲切而深刻的印象：一是壮观，二是解馋，这个爽劲才是地地道道的地质味！

专家学者们通过深入骑田岭芙蓉矿田实地考察、现场交流、集中研讨，充分肯定了湖南省地调院、湘南地质勘察院运用新理论、新方法、新技术在探索骑田岭超大型锡矿中所取得的经验和成果，对骑田岭地区锡矿找矿工作进行全面指导和整体部署。

会议认为，骑田岭项目前景远大，是继新疆东天山铜矿之后的又一重大找矿成果，可列为国土资源调查“十五”找矿规划中的重点片区，并将找矿经验推广到整个南岭成矿带中段矿产资源评价工作中。

这不仅推动了湖南省锡矿资源调查评价工作，还带动了广东、广西、江西等省的锡矿资源调查工作。在后来的几年中，湖南、广东、广西、江西等地的姑婆山、大义山、诸广山、九峰等大岩体中均找到了与骑田岭相类似的、具大型以上规模的钨锡矿床，使南岭地区锡铅锌资源调查评价项目成为我国中、东部最大最重要的项目。

显然，这次研讨会不仅对骑田岭的地质找矿，而且对整个南岭的地质找矿具有里程碑意义。当年，该成果先后被中国国土资源报、中央电视台等媒体报道，引起了整个社会的关注。

2002年，骑田岭锡矿找矿成果被国土资源部列为向党的“十六大”献礼的一号成果。

一线的地质工作者在骑田岭冲锋陷阵，后方的科研人员和管理人员则鏖战斗室，运筹帷幄。

按照中国地质调查局的部署，根据骑田岭一线提交上来的资料，中国地质科学院矿产资源研究所、中南项目办以及部分地质院校的专家学者们，从各自的专业方向开展科技攻关，他们站在整个南岭成矿带这个大平台上，研究解决一线地质工作遇到的技术难题，不断拿出新成果、新理论、新方法，为骑田岭的地质找矿工作提供了强有力的技术支持。

同时，一直战斗在一线的同志们根据当前工作成果和实践经验，总结出了一选岩体（选成矿远景区），二看异常（选评价区或矿区），三找构造，四看蚀变（找工业矿体）的找矿方法。

中国地质调查局、宜昌地质矿产研究所、湖南省地勘局作为各级指挥中心对骑田岭给予高度关注，综合研究各种资料，科学合理地组织实施，对该项目的立项论证、设计审查、质量检查、野外验收、报告审查、资料汇交等方面均付出了艰辛的努力，确保了整个项目的顺利实施。

2003年，许以明负责的白腊水矿区野外工作全面结束，2005年提交了白腊水矿区锡矿普查报告。

2005年底，侯茂松和队友们完成了山门口矿区的野外工作，2006年提交了山门口矿区锡矿普查报告。

2006年，综合白腊水、山门口等矿区的成果及大调查开始之前完成的金船塘、枞树板、南风坳、淘锡窝几个矿区的地质找矿成果，由黄革非执笔主编完成并提交了《湖南千里山—骑田岭锡铅锌矿评价报告》。

2007年2月，综合《湖南千里山—骑田岭锡铅锌矿评价报告》和江西地质工作者在南岭江西段的地质找矿成果，由中国地质科学院矿产资源研究所毛景文牵头，组织地科院科研人员及湖南、江西两地的地质工作者，研究完成了《南岭地区钨锡多金属矿床研究与勘查评价》，从更高层面对骑田岭的地质找矿进行了研究性总结。

至此，骑田岭项目全面完成，共获得锡金属量66.36万吨、铅锌金属量101.08万吨、银金属量1186.54吨，圆满完成了预期目标。

经评估，这些矿产资源潜在价值达390多亿元。而在整个骑田岭项目中，国家共投入地勘资金不到3000万元，地勘投资只占资源潜在价值的0.08%。

通过这次地质大调查，开创了在大岩体中寻找大型以上规模锡矿床的先例，丰富了岩浆成矿理论，对南岭地区锡矿评价起到了重要的示范推进作用。

在接下来的数年间，骑田岭进入开发阶段，中国云南锡业公司、郴州怡丰矿业公司等大小企业在该区进行商业勘查和采矿工作，瓦渣池、清水江、宏源、宏发、铁夹山、铁婆岩等多个小型矿山已建成投产，白腊水矿区19号脉已进入矿山建设阶段。这些矿山的相继建设，不仅可为国家创造大量的税收，而且将带动相关产业的发展，为社会提供上万个就业岗位。

2010年元月，我到骑田岭采访时，在云锡郴州公司开发建设的屋场坪矿区宣传栏上看到了他们2010年的经营目标：锡铜精矿金属确保1400吨，力争1515吨，其中锡精矿含锡1000吨，力争1115吨，铜精矿含铜400吨；实现销售收入1.1亿元，实现利润500万元。

无疑，骑田岭的找矿成果已显现出巨大的经济效益和社会效益。这是当地百姓的幸事，是郴州市的幸事，是湖南省的幸事，更是国家的幸事。

骑田岭迎来了一个繁花似锦的春天。

驱龙甲玛

张建华

燃情火烧皮

当21世纪的曙光，洒在世界屋脊上时，几辆越野吉普车，风驰电掣地疾驶在青藏高原的公路上。车里的乘客不是来西藏旅游的贵宾，也不是来访的外国代表团，他们是一批熟悉国家矿产资源现状的专家学者。

2001年7月25日—8月5日，对玉龙铜矿非常熟悉的西藏自治区国土资源厅厅长王保生、中国地质调查局副局长张洪涛、成都地质矿产研究所所长丁俊等，先后考察了尼木县厅宫、冲江铜矿，墨竹工卡县甲玛铜铅锌矿，拉孜县拉抗俄铜矿，扎囊县克鲁铜矿以及乃东县冲木达铜矿。在深入研究其成矿规律后认为，中国最后的一片处女地就在这片广阔的雪域高原。能不能提前一点，应尽快地启动起勘探来？于是，在西藏的三条主要成矿带上，共筛选出29个重点，驱龙被确定为重中之重。

决策者们以一种战略家的眼光，把视线聚集在了冈底斯。

一个月后的此刻，坐在车里的中国地质调查局资源评价部的处长陈仁义，无暇欣赏窗外美丽的自然景色，他想起几天前张洪涛、王保生他们从西藏打来的电话，说那里有很好的找矿前景，让他带专家去看看。很快，由陈仁义带队，中国地质调查局发展研究中心总工严光生、原广东地勘局总工伍广宇等人组成的专家组，在西藏地调院院长程力军、副院长刘鸿飞等人的陪同下，到西藏与成都地质矿产研究所高级工程师杨家瑞汇合，开始了为期一周的冈底斯成矿带的考察之旅。

越野吉普车，有时驰骋在神秘的冰山脚下，有时穿行在云雾缭绕的云端，有时颠簸在险象环生的山路，有时停歇在寒气逼人的豁口。从西到东，专家组考察了许多矿点，最后决定去看甲玛。

大调查之前，驱龙、甲玛就已经标注在了中国矿产图上，它们俩像是一对双胞胎，一个东沟，一个西沟，隔着10千米左右，挨得非常近。只不过那时，哥俩里，甲玛稍有些名气，而驱龙则默默无闻。

一踏进甲玛沟，看着不远处迎风招展的风马旗，不由得让人眼前顿时一亮。顺着一条小路进去时，大家都看到了那条蜿蜒流淌的绿色的孔雀河，溯源而上，看到牧民用来垒羊圈的石块也是绿的，用手从河里捞起的碎石也是绿的。当时，已是午后两点钟了，天空还飘着细细的小雪。然而，看到这情景，大家兴奋极了，有人高兴地跳起来，一时忘记了疲劳和饥饿，再一看山顶红红的一片，地表显示出斑岩体铁帽，即人们常说的火烧皮，就预感到这里有大矿，对于这些地质专家学者来说，就像是阿里巴巴发现了宝藏，宝藏的门口有一只开屏的孔雀，绚丽的羽衣、斑斓的色彩，闪耀出夺目的光辉。

准备去看甲玛的，却看见了孔雀河，看见了燃情雪山的火烧皮。

返回的路上，大家仍然陶醉在兴奋之中，一路津津乐道，喜不自禁。回到驻地已是掌灯时分。美丽的夜空下，拉萨开始显现出梦幻般的迷人景致，霓虹烁烁，灯火辉煌，辉映在灯光下的布达拉宫，显得尤为壮观和神秘。西藏地质六队早已摆好宴席，队长粟登奎要尽地主之谊。伍广宇脸上泛着欣喜的红晕，与人碰杯时激动地说，我们都是驱龙的见证人。

回来以后，整理从西藏带回来的资料，陈仁义马上将这次考察制作了一个多媒体。此时国土资源部北京十三陵培训中心正在召开一个重要会议，讨论2001年的工作安排。会议正处于胶着状态，意见不统一，有人建议做藏东，有人建议做冈底斯，讨论陷入僵局。赴藏专家组的多媒体资料在会上一经展示，一石激起千层浪，气氛顿时活跃起来。矿产专家黄崇轲教授一看，马上肯定了赴藏专家组的预测，判断出那是一个在规模和气魄上完全可与玉龙铜矿相媲美的斑岩型大矿。会上，专家组建议大调查设立冈底斯东段铜多金属成矿带勘查专项，或与西藏自治区政府联合申请国家财政勘查专项。此建议提交时，引起与会专家们的热烈讨论。当时，有人持不同意见，认为斑岩型这种全同矿的特点是规模大、矿化好，但是品位低。也有人认为，在这高海拔地区，暂时不要找了。是继续立项申请，投入专项资金，加大勘查力度，还是就此放弃一边，搁置将来再说，两种意见，两种结局。摆在决策者面前的，是一道关系到驱龙前途命运的难题，如何抉择，考验着决策者的眼光和魄力。

赴藏专家组还建议，设立青藏铁路沿线铜铁多金属资源综合评价项目，组建国家级“会战”指挥部，以冈底斯斑岩铜矿、可可西里砂岩铜矿、青藏铁路沿线的铁矿、钴矿、铅锌矿以及锑矿等为主攻目标，统一部署矿产勘查、区调、航空物探、化探、遥感和综合研究工作，统筹组织和安排西藏、青海等地勘队伍及内地地勘、科研单位的地质工作者，联合攻关，奋战“十五”，尽快为国家提交若干处特大型铜铁多金属矿产资源基地。

2001年8月，国土资源部副部长寿嘉华出任中国地质调查局局长，专门把丁俊等人叫到北京。听完汇报后，寿嘉华指令调集全国的力量，从青海地矿局、西藏地矿局、西安地质矿产研究所、成都地质矿产研究所抽出10多名专家集中在中国地质大学（北京），由丁俊总负责，尽快拿出一个方案。经过专家组两个月的艰苦作战，丁俊和他的团队不辱使命，最终拿出的方案被寿嘉华敲定为《雅鲁藏布江成矿区矿产资源调查评价》。该项目任务很明确，以寻找和评价近期可开发利用的大型、超大型矿床为目标，以铜为主攻矿种，在全面收集、综合分析工作区地、物、化、遥资料和前期矿产勘查成果以及科研成果的基础上，对墨竹工卡县驱龙斑岩铜矿进行重点解剖，总结区域成矿规律和找矿模式，带动整个雅鲁藏布江成矿区的铜资源潜力评价工作，并对雅鲁藏布江成矿区东段铜多金属资源潜力做出初步评价。

随着新一轮国土资源大调查项目的启动，冈底斯东段铜矿的普查与勘探提到了重要议事日程，在中国地质调查局的运筹帷幄下，一场高原铜矿勘探之战打响了。确定了由成都地质矿产研究所牵头，以西藏地矿局为主体，西藏地调院院长程力军为项目负责、总工李志为技术负责，拉开了驱龙找矿的序幕。

探源绿松石河

驱龙，藏语意为“绿松石河”。

绿松石是我国“四大名玉”之一，也是12月生辰成功吉祥之石。虽然，驱龙没有绿松石，但拥有绿松石河这样唯美的名字，像是在寓意一种完美的追求，一种可以载入史册的图腾。

指着路边的一处藏族牧民的屋舍及筑垒的羊圈，西藏地矿局地勘处处长杜光伟告诉我，这就是地图上那个叫驱龙的地方。他说，当时之所以用驱龙来命名这个矿区，是因为联想到藏北有个玉龙，藏中有个驱龙，二龙呼应、交相辉映。

驱龙的发现史，是一部几代地质人孜孜求索、不断发掘的热血传奇。

冈底斯有记忆，一定不会忘记，50年前通向海拔5500米山峰的谷壑，行进着一支特殊的队伍，他们不是试图穿越雪线的商贾，也不是探险峰巅的旅行者，虽是盛夏，却穿着冬装，他们是西藏区调队的勘探队员，一群跋山涉水寻找矿藏的热血青年。

七八月份的冈底斯，如一幅绚丽多彩的画卷，蓝天白云，溪水潺潺，格桑花漫山遍野，一个美得让人心醉的季节。不远处的山麓，迎风招展的五色经幡连天接地，像是彩色的云霓，把祈福的旗语传播得很远很远。虔诚的藏民相信，神山冈仁波齐和神湖纳木错都会收到他们的祈愿。雄伟矗立的白塔和神圣的嘛尼石堆，似乎都在告诉你这里曾有过不同寻常的故事。然而，欣赏美丽的高原景色，或者探寻神秘的宗教传说，对于行进在这条沟谷的地质队员来说，是很奢侈的事情，他们的当务之急，是如何尽快解开这条山脉的谜底，洞悉地层深处的秘密。

冈底斯火山岩浆弧一直是研究西藏板块构造的重要内容，同时也是寻找矿产资源的有利区位，历来为广大地质学家所关注。上世纪80年代，根据西藏地矿局大量的基础地质成果，芮宗瑶等地质学者在1984年出版的《中国斑岩铜（钼）矿床》一书中，提出了沿着西藏雅鲁藏布江北岸，西起萨噶以西的马泉河，经昂仁、尼木一直东延至林芝一带，分布一条长达

1000余千米、大地构造单元属于拉萨地槽褶皱带的雅鲁藏布江斑岩铜(钼)矿成矿带，明确指出了成矿带与冈底斯花岗岩带的内在联系。这一成果是认识冈底斯成矿带的一个里程碑。80年代末，西藏地矿局夏代祥等地质专家编著的《西藏自治区区域地质矿产总结》一书中，依据已发现的厅宫、冲江等矿床(点)，提出了在冈底斯带存在着铜多金属矿成矿的巨大潜力，并对该区进行了成矿预测。

没有通向山顶的道路，所有的行李和勘探设备，只能靠从山下藏民那儿借来的马匹。脚下是砾石和荆棘，马蹄声回荡在幽静的山谷，绿茵茵的陡坡上，开着色彩斑斓的野花。惬意地啃着青青草皮的牦牛和马匹，随处可见。

走在队伍前面的化探小队队长杜光伟，皮肤黝黑，喉节突出，话不多，嗓音却富有磁性。脚步矫健的他，目光一直追随着一条从山上流下的水溪。潺潺溪水透出绿色，像一条绿色的绸带从山顶飘至山脚，又像一条翡翠项链，躺在山谷的匣子里。奇怪，是什么物质让一条本该清澈见底的河流显得绿意浓郁。依据多年地质工作的经验和知识，杜光伟意识到这里一定有矿。沿途，无论是牧民圈羊垒起的石墙，还是冰河里凸起的石块，都染上了这种绿。

越往上去，坡越来越陡，空气也变得越来越稀薄。在高海拔地区行走，血压会升高，心律会加快，喘息会变得急促，脚下的步子不得不慢下来。放眼望去，天是那么的蓝，蓝得发黑，太阳发出耀眼的光芒。午后，快到山顶时，天色霎时阴了下来，气温骤降，朔风阵阵，并夹着细细的雪花，寒意袭来，刚才褪去的冬装，现在又被队员们紧紧地裹在了身上。

海拔5300米，被称为雪线，而此时，这支队伍已越过了雪线。

溯源而上，终于攀到海拔5500多米的山顶，眼前巍峨的冈底斯，重峦叠嶂，绵延起伏，远处终年不化的雪峰，像一位冰清玉洁的女神，神秘的面纱被撩开，露出她端庄而俊俏的面容。

一座简易的帐篷，就在这海拔5000多米的山谷搭了起来。一群年轻的地质队员，在这片人烟罕至的山谷驻足下来。空旷寂静的山谷，第一次飘荡出袅袅的炊烟；封冻的雪线，第一次点燃生命的火焰。

化探采样，是一项辛苦且需要耐心细致的工作，尤其是在这雪域高原上。必须注意观察地质特征和挑选采样对象。采集水系沉积物样时，要正确选择样品位置，采集土壤样时，要区分残积物和运积物，排除一切干扰因素，确保不漏掉有意义的异常。

而此时，负责地质剖面测制的刘鸿飞，带领他的兄弟们正与杜光伟率领的化探小队并肩作战。

每天，他们在崇山峻岭，沟壑溪涧奔波。当时没有照相机，完全靠地质人员素描的功夫。有时，为了节省时间，鞋不脱便涉水而过，湿漉漉的鞋子，很快，被中午灼热的阳光烘干。到了晚上，队员们脱下鞋袜一看，连脚指甲盖都是绿的。这水的穿透力也太强了，究竟是什么元素，有此魔力？把水样拿到队部，经过化验分析，终于找到了河水变绿的原因。原来河里的硫酸铜遇到碳酸钙，反应为碳酸铜，沉淀到石头表面，形成了一层绿色的胆矾、孔雀石等沉淀物，因为高山的水流很清澈，透显出沉淀物的本色来。

看来，铜离子是绿的根源。好，有矿！大家心里别提多带劲了。

化探扫完，测试数据出来，异常就圈出来了。化探有个要求，就是要对异常进行排序、筛选。于是三级、二级查证相继进行。异常查证目的是确定异常是否存在，追踪异常源，了解异常源所处地质环境，对异常做出评价。

李关卿、姚文强，作为这支三级查证队伍的领头人，深感肩上责任的重大。

踏勘中，一匹匹骏马，成了他们的伙伴，成为他们的战友。涉过清澈的河流，目光常常会被对面那巍峨的山峦所吸引，那是纹理如皱褶一般十分柔韧的山峦，几乎没什么植被，山峦勾勒的曲线，衬托出的苍穹显得更加高远。

报告提出了驱龙、拉抗俄斑岩型铜矿可达到中、大型矿床规模的结论，进一步证实了斑岩铜(钼)矿成矿带的存在。

成果出来了，李关卿却病倒了。胸膜炎积水，被送进了拉萨市人民医院，医生诊断是心肌缺氧，劳累过度。住在宁静的医院里，白色的墙壁，白色的床单，李关卿的脑海里依然是那清澈见底的河流，依然是那些矿点，依然是那一份份沉甸甸的地质报告。

经过专家认真研究分析已有的地质、矿产和物探、化探、遥感等资料，编写了《西藏自治区“一江两河”中部流域铬、金、铜成矿远景区划及

"九五"至2010年找矿地质工作部署建议》，明确提出了冈底斯地区燕山–喜山期铜金铅锌成矿带的成矿地质特征和找矿靶区，并建议部署铜多金属矿勘查工作。同年，由西藏地矿局、青海地矿局和成都地质矿产研究所合著的《青藏高原成矿规律研究》一书中，也明确提出了冈底斯斑岩铜矿带存在着巨大的找矿潜力。

"当年，我和黄炜就是沿着这条沟谷上驱龙的，做的是二级查证。"站在海拔5100米的山谷豁口，杜光伟点了一根烟，眯眼注视着山顶的雪峰，此时，阳光在冰面上闪烁出耀眼的光芒，寂静的山谷里，寒风凛冽。他站在一块巨石上，感叹着："没想到，这么大的一个矿！"

回顾20多年的勘探经历，他却像是在诉说别人的故事，声调舒缓，与他沉稳不喜张扬的性格相吻合。正像西藏地矿局局党委书记李清波对他的评价那样，杜光伟是一个事业心强、执著、严谨的人，发现了矿，他会不断地追索，期待通过不懈的努力工作，进一步扩大战果，让这个矿越来越大，越来越好。

丰田吉普车，被迫在路面被冰层覆盖的地段停下了。

杜光伟指着高处说，那就是驱龙铜矿。

我踮着脚尖向上眺望，隐约可见山顶处类似大门的木柱和横梁。我仰望着，仰望着几代地质人呕心沥血的成果，这个被誉为亚洲最大的铜矿。

今天的驱龙，已不是那个在图册上用放大镜都难以找到的牧村。

杜光伟告诉我，2006年元月6日，西藏自治区人民政府常务会议对驱龙铜（钼）矿的勘查和开发进行了专题研究，形成了纪要。2006年4月28日，西藏自治区发改委受自治区人民政府委托，并代表甲方，与乙方格尔木藏格钾肥公司、西藏中胜矿业公司、西藏地矿局第二地质大队、西藏墨竹工卡县大普工贸公司四方，签订了《西藏自治区发改委与格尔木藏格钾肥有限公司等关于巨龙铜矿联合风险勘查开发框架协议书》，拟组建西藏巨龙铜业股份有限公司，具体负责墨竹工卡县驱龙铜矿区的风险勘查和开发工作。框架协议书确定的合作勘查费用为2亿元人民币，勘查周期不超过3年，矿区勘查开发总投资为28亿元人民币。与此同时，西藏中胜矿业有限公司组织技术力量，于2006年4月初，在成都完成了驱龙铜（钼）矿详查设计的编写工作。

2006年8月28日，格尔木藏格钾肥公司、西藏中胜矿业公司、西藏地矿局第二地质大队、西藏墨竹工卡县大普工贸公司，签订了《西藏墨竹工卡县驱龙铜矿联合风险勘查开发协议书》，并于2006年12月成立了西藏巨龙铜业有限公司。商业性勘查资金的投入，极大地加快了驱龙铜矿的勘查评价进程。我们相信，有天路为它助跑，这条巨龙蓄势已久，很快就会腾空而起。

高山上的雪莲

这里是海拔5300米的雪线。可以看见满山的雪莲正在竞相开放，孔雀河蜿蜒地从山谷间潺潺流过，钻塔高耸入云，但往日欢唱的钻机，此刻缄默了，寒风吹动着绿色的塔布。

2003年9月，第一次面对勘探挫折的驱龙项目指挥部里，一片肃静。

帐篷里，一只坐在火炉上的水壶，被沸腾的水汽不停地掀动着壶盖，水蒸汽在帐篷内弥漫，可谁也没有在意它。炉温在烘烤着焦虑，面对摊开的地质图，争论的焦点集中在ZK801孔到底应该布在哪里？

集思广益之后确定的孔位，不是安在有明显矿体露头的山顶，而是安在了深浅未知的山凹处。这能行吗？大家把目光集中在了李清波书记的脸上，要知道，这是一个需要大气魄才能拍板的决定，再经历一次失败不仅会涣散大家的斗志，最主要的是会给国家带来无可挽回的经济损失。经过慎重考虑，凭着对地质专家的信任，凭着对地质科学论断的肯定，李清波斩钉截铁地说：“就这么办，我同意大家的意见！”一席话，给在场的同志以信心和勇气。

ZK801孔终于不负众望，300多米后见矿，打到510多米仍未穿透矿层，提上来的钻杆，像是镀了金，上面有一层黄灿灿亮闪闪的铜膜。该孔的施工是驱龙铜矿勘查的重大突破。

离钻塔不远处，就是钻工们宿营的帐篷。出于安全和工作便利等因素的考虑，机长决定把营房就近安在钻机的附近。帐篷里生着炉子，炉子上坐着时不时冒着热汽的水壶。一个机台三个班，一个班四个人，12个人吃住都在这简陋并不密封的帐篷里。帐篷外的世界，是大家早已熟悉的另外一个世界：一会儿是风、一会儿是雨、一会儿是雨夹雪、一会儿是冰雹。早上起来，被头总是冰凉的，眉毛胡子上常常蒙着一层白霜……

与雪线为伍，意味着你必须面对这里的风霜雨雪，必须面对这里的荒无人烟。高山缺氧，是钻工们面临的第一道坎。站在这里每吸一口氧气，只有在平原区的一半。你必须越过这道坎，用你的坚忍、用你的体魄去慢慢适应。

担任《西藏冈底斯成矿带东段铜多金属矿资源调查评价》项目详查任务的西藏地质二队，在驱龙矿区开展了一场与时间赛跑、与白云做伴、挑战生命极限的艰苦战役。受高原特殊的气候条件制约，一年中最佳的工作时间是在7至10月，最晚不能超过12月。你必须赶在大雪封山之前，撤出战场。

钻机和所有开钻的设备差不多有20多吨，要把这些沉重的钻探设备抬上山，要在这雪山之巅竖起钻塔，除了硬汉的骨气，还要有团结协作的精神。两根碗口粗的木杠，一根瓶颈粗的麻绳，就让一台几百公斤的大件，沉沉地压在了几个男人的肩上。步履是夯实而稳重的，号子是低沉而浑厚的，登山鞋踏碎了风口处的薄冰，汗珠洒在了机台的枕木上。

在高海拔地区打钻，有一个要命的事情，钻杆提起来，如果有半个小时没下钻，孔就给冻住了，里面全部是冰，必须连续作业才行。有一次，因为机器坏了，只耽误了一个多小时，里面就全给冻住了，怎么办呢？钻工们只好用大一点口径的钻具去钻，把冰扫掉，卸一节，提起来一根，卸一节，再提一根，整整扫了一个星期。

从2002年到2006年，中国地质调查局在驱龙矿区累计投入勘查经费1433.35万元，累计投入钻探工作量8863米、槽探6600立方米、浅井80米、1∶1万地质草测124平方千米、1∶2千地质测量2.03平方千米、1∶1万激电剖面122千米千米，初步查明矿区内的黑云母二长花岗岩全岩铜钼矿化，地表风化淋滤作用形成铜矿氧化矿。矿体总矿石量159305.54万吨，铜资源量789.65万吨，伴生钼资源量50.10万吨，伴生银资源量5931.80吨。

2006年和2007年，驱龙会战达到白热化的程度，在这里工作的，有西藏地质六队、地质二队和地热队的专家、技术员，还有中国地质科学院地球物理地球化学勘查研究所、成都理工大学等单位的科研人员。有来自四川、陕西等十几家兄弟省地勘单位的30多台钻机汇聚于此。那是一场声势浩大的会战，是有史以来，冈底斯听到的最响亮最雄壮的机器声，惊天动地。

2007年8月3日，国土资源部部长徐绍史不顾高山反应，来到海拔5100多米的驱龙矿区，亲切看望慰问一线职工。寿嘉华、孟宪来、张洪涛、周家寰，以及中国地质调查局资源评价部等部、局及其他有关领导也先后来到矿区检查慰问。

那天寿嘉华走进帐篷，与队员们一起吃方便面，外面下着雪，四面透风的帐篷里却洋溢着欢声笑语，她完全忘记了疲劳和寒冷，忘记了高原反应，情绪亢奋地说："来，我们大家一起唱《勘探队之歌》。"激昂的歌声在雪域高原上回响，似乎昭示着这条沉睡千万年的巨龙将要醒来。

《西藏雅鲁藏布江成矿区东段铜多金属矿勘查》项目的实施，不仅让驱龙腾空欲出，更让冈底斯越显巍峨，她的蕴藏光彩夺目：大型矿床6处：即冲江、厅宫、朱诺大型斑岩铜矿床，雄村大型铜金矿床、甲玛大型铜多金属矿床、蒙亚啊大型铅锌矿床；中型矿床15处：即吉如、吹败子、得明顶、拉抗俄中型斑岩型铜矿床，达布、正松多中型斑岩型铜（钼）矿床，克鲁、冲木达、汤不拉中型矽卡岩型铜矿床，娘古处中型金矿床，洞嘎、则莫多拉中型铜金矿床，洞中松多、帮浦、勒青拉中型铅锌矿床。矿床类型以斑岩型、矽卡岩型、蚀变岩型和（浅成）低温热液型为主，矿种则以铜、钼、金、铅、锌为主，展示了冈底斯铜多金属成矿带巨大的资源潜力。

多吉院士

巍峨的冈底斯孕育了驱龙、甲玛，也把智慧和勇气赐予她优秀的儿女。

在藏南雅鲁藏布江中游河谷地带有一个叫加查的县城，"加查"藏语意为"汉盐"，相传为当年文成公主来此施舍盐巴而得名。有一位农家的孩子就出生在那儿，父母给他取名多吉，藏语"多吉"意为金刚，父母希望他能像金刚一样强壮。色布龙曲河水养育了他，49年之后，加查诞生了中国第一位藏族院士。

海拔6700米的聂拉降巴雪山冰清玉洁，美丽的拉姆拉错湖清澈见底，从小生长在这块土地上的多吉，深深地眷恋着她，哪怕是在成都地质学院读书的时候，在国外考察的时候。他从来也不曾忘记自己可爱的家乡。

1974年进入成都地质学院地质专业学习，四年的大学生涯，让一心要改变家乡面貌的多吉踌躇满志。一毕业，多吉带着简单的行李来到西藏地矿局，成为西藏地矿局地热地质大队的一名普通技术员。大家发现这个藏族小伙，平时话不多，说话的声音也不大，身上却有一股锲而不舍的韧劲。跑起野外来，不怕吃苦，就着雪水啃馒头，枕着书本睡帐篷。能让他倾心投入的事情，就是把理论知识全部融入到工作实践中。短短十几年，他由一名普通的技术员，成长为教授级高级工程师，成为我国为数不多的地热地质方面的专家。2003年，多吉调任西藏地矿局任总工，主持全局的地勘技术工作。

还记得在美国进修的那半年，不少的学者和导师劝他留在美国，甚至有人主动为他联系工作，说在国外搞地学研究或藏语教课，条件好、待遇高、出成果的机会多等等，多吉听在耳旁默不做声，只是笑笑而已，其实他心里早已拿定主意，那就是回到西藏、回到家乡，多找矿找大矿，让家乡人民过上好日子，让西藏与祖国共成长。

2003年，掀开了多吉人生历程中闪光的一页，这一年，他被推选为全国人大代表并荣获全国五一劳动奖章。

金秋十月的北京，夜风送爽。面对流光溢彩的灯河，站在北京西藏大厦客房窗前的多吉心潮起伏，难以入眠。党的十七大会议上，胡锦涛总书记紧握着他的手久久没有松开，亲切地与他交谈，关心地询问西藏的地质工作。面对总书记的亲切关怀，面对党和人民给予的信任，面对闪闪发亮的金质奖章，身为西藏地矿局局长的多吉，深知自己肩上的重任，此时此刻，多吉想得更多的是，如何加快西藏地质工作的步伐，加大西藏矿产资源勘查的力度。

无数个不眠之夜，多少次长途跋涉，在综合考虑西藏的政治、经济、环境等因素的基础上，经过认真调研、反复推敲和深思熟虑，多吉拿出了一份关于加快西藏优势矿藏资源勘查力度的提案，他联合18位院士签名，提交给西藏自治区、国家发改委，发改委又转到国土资源部。2004年，他参加十届全国人大二次会议，以全国人大代表的名义，向全国人大提出建议，并且连续提了4年。

新一轮地质大调查给西藏矿业注入了活力，驱龙被列入大调查的重中之重，多吉院士的肩膀上再添分量，北京、成都、拉萨的航线，成为他奔波的脚步。往往是这边刚下飞机，马上驱车颠簸几十千米，到矿区考察了解情况，钻进阴冷潮湿的平硐，为部署下一步地质工作做准备。

成都双流国际机场，一架飞往拉萨的波音737飞机正翘首以待。离飞机起飞不到一个小时了，宽敞明亮的要客中心6号候机室里仅有一位客人，刚从北京回来的多吉，正准备回拉萨，我抓住这难得的机会与多吉院士再一次约谈。

记得，那次在拉萨与多吉的第一次见面，刚参加完自治区政协会议的多吉，一走进会客室，就一边激动地说“太好了”，一边不停地用纸巾擦着满含泪水的眼睛。他告诉我，会上，西藏自治区党委副书记白玛赤林对地质人为西藏所做出的贡献大加赞赏，并指示要为每一个地质队建一栋专家楼，要改善西藏局的工作条件和职工的住房条件，提供良好的技术装备，并为引进地质人才大开绿灯。当时，我就被这位西藏汉子的率直和真诚所感动。

语气温和、面带微笑的多吉谈起西藏矿业，作了一个十分形象的比喻：一只羊需要50亩草地来支撑，一个人至少需要50只羊才能过上一般的生活，一家五口人，几千或上万亩的草地支撑一家人的生活，环境承受的压力是很大的，西藏付出的代价太大。

青藏高原号称地球“第三极”，是我国主要大江大河的发源地，被誉为“中华水塔”，生态环境脆弱。特殊的地理地貌和生态系统决定了青藏高原的矿产资源勘查开发，必须在摸清资源家底的前提下，坚持“合理规划，整装勘查，保护环境，科学开发”，我们要按现在的理念，走绿色矿业之路。有序开采，控制在一个合理的规模上，矿山起来后，带动电力、交通等相关产业和地方经济的发展。矿产开发，一定要采用高新技术，避免对环境的破坏，要用绿色环保的理念。

从驱龙铜矿的政治意义上来说，发现了这么大的铜矿，铜是我们国家急缺的矿产资源，它将成为我国的资源后备基地。从社会意义上来说，一年产值达到三四十个亿，西藏的富余劳动力能够得到安置，开了矿，牧民们可以到矿山工作，从而改变几百年来延续下来的生存方式，不用再从事畜牧业，植被得到保护，环境也会得到改善。草场不再增加，畜牧量就这么大，西藏的生态还是比较好的，社会关注度也是比较大的，我们要保持可持续发展。

晴朗的天空飘着缕缕白云，飞机凌空而起，越飞越高，多吉院士的话语依然在我的耳边回响。

奔腾之灵

走进西藏地矿局副总工陆彦的办公室，发现桌上、茶几上堆满了地质图和各种地质期刊。尽管，堆满的空间显得有些繁杂，然而，要找寻的资料他却信手拈来，看来，陆彦已习惯了这样的状态。在他办公桌背后的墙面上挂着一幅《西藏自治区地质图》，一眼就能看到西藏的母亲河——雅鲁藏布江，这条世界上海拔最高的河流，发源于喜玛拉雅与冈底斯山脉之间的杰玛央宗冰川，被诗人誉为：雪山冰峰的奔腾之灵。我猜想，西藏的山山水水早已写进了他的胸中。

1977年毕业于成都地质学院的陆彦，留校当了18年的老师。在学校里，他的课很受同学们的欢迎，他能把艰涩的专业知识用浅显易懂的语言表达出来，让你特别容易消化和接受。除了上课，他主要精力用在了成矿理论研究上，大部分时间在四川的主要成矿区跑。在国内权威期刊上发表了大量的学术论文，丰富的实践经验和深厚的理论知识，为他日后来西藏工作打下了扎实的基础。

1999年陆彦以援藏的身份来到西藏，一干就是十多年。

站在一大堆地质图前，陆彦俨然像一位指挥员，哪些地方有什么矿，哪个矿区布了哪些钻孔，从藏北到藏南，从藏东到藏西，他成竹在胸，如数家珍。尤其是谈起驱龙铜矿，神情显得有些激动。

西藏的矿很少低于海拔4800米的，尤其是冈底斯成矿带。

2001年4月，西藏地质调查院研究分析以往取得的地质、矿产、物探、化探和遥感资料，组织编写了“西藏自治区国土资源大调查”十五“规划”，提出了冈底斯铜多金属成矿带具有极好的成矿地质条件，预测铜资源量可与藏东玉龙铜矿成矿带媲美，并阐述了该成矿带资源评价项目的立项依据，向中国地质调查局提出“西藏冈底斯成矿带东段铜多金属矿资源调查评价”的立项申请。与此同时，为配合大调查地质项目的实施，西藏地矿局加强了冈底斯成矿带的找矿力度，安排了拉抗俄、冲江等几处矿区的矿点预查和普查，为推进冈底斯成矿带的申报立项提供了充分的依据和有力的支持。

自此，拉开了驱龙铜矿勘查评价的序幕。

2006—2007年做了详查和勘探。查明深部为一个斑岩铜矿体，矿床规模为超大型，成矿时代为中新世。控制的铜钼等矿产资源储量已超过玉龙铜矿，是继玉龙铜矿之后的又一处特大型斑岩型铜矿床。

青藏高原这块陆地，具有旺盛的生命力和非凡的神奇。早在远古时期，这里就有在海边生活的类人猿。谁能想到，亿万年前，这里曾经汪洋一片，是板块的碰撞，诞生孕育了喜玛拉雅，造就了这块陆地的崛起，并成长为世界屋脊。注定了，它将吸引千千万万的探索者，飞蛾扑火般地舍身投入、奋身不顾。

陆彦告诉我，1999年国家启动了“新一轮国土资源大调查”专项。按照温家宝总理“新一轮国土资源大调查要围绕填补和更新一批基础地质图件”的指示精神，中国地质调查局组织开展了青藏高原空白区1∶25万区域地质调查攻坚战，每年有近千名地质工作者奋战在世界屋脊。从帕米尔到雅鲁藏布江大峡谷，从阿尔金山到珠峰大本营，地质工作者以平均每4千米一条路线的密度，徒步进行了大规模拉网式的区域地质调查。到2005年，历时7年，投资3.4亿元，完成了青藏高原空白区全部152万平方千米（110个幅）的1∶25万区域地质调查工作，也宣告了我国陆域中比例尺区域地质调查的全面覆盖，在中国地质工作历史上矗立了新的丰碑。

陆彦还给我讲述了一段他自己的亲身经历。

那次是到唐古拉山去看一个铁矿。因为特殊原因，单车进去，这是在高原地区搞地质的人忌讳的事情。这意味着安全系数降低，一旦发生意外，生命将面临极大威胁。

丰田吉普车在俗称搓板路的戈壁滩上行驶着。

阿里的象泉河谷两岸，有一种奇特的“土质山林”地貌，一片片如森林一般的陡峭山岩，看上去似巍峨挺拔的角楼、塔林、城堡，千姿百态，十分壮观。这是因为远古时期湖盆沉积层随着水位下降、湖盆抬高，在气候及河水侵蚀切割下形成的。

这里是海拔5000米以上的高原，被称为无人区，然而，却是动物的乐园。拐过一个垭口，车窗前，几只藏羚羊像一群可爱的精灵，一会儿奔跑，一会儿驻足观望，细长的腿，轻巧飞跃，像一阵风掠过荒野，她们那美丽的身影，在霞光的余晖里，显得无比俊俏。也许，只有在荒无人烟的地方，才能见到这美丽的精灵。

从工作区回营地，已经很晚了，眼见着车窗外的落日西沉，一点点沉入那峰峦叠嶂的群山，一抹夕阳勾勒出山的轮廓。前方，出现一条河，河水在月光下发出粼粼波光，像往常一样，驾驶员减慢了车速，睁大双眼，把握着方向盘。然而，就在吉普车行驶到河中间的时候，不妙，汽车突然熄火了，再怎么打马达，引擎就是不能启动。真要命，7月的青藏高原，夜晚的气温可以低至零下十几度，大家都意识到问题的严重性，如果在这儿过夜，又饥又饿，无疑将面临死亡的威胁。

怎么办？没有通讯工具，无法争取救援。只有靠自己，或许能够找到一条自我拯救的出路来。于是，司机找出一条粗麻绳，车里的4个人全部下了水，顾不得河水的刺骨和夜里凛冽的寒气，大家劲往一处使，使出浑身所有的力气，心中只有一个念头，一定要走出这个荒无人烟的死地。也许，老天也被这群不甘坐以待毙的男子汉们感动了，就在汽车缓缓地被拉向对岸的时候，司机一打马达，发动机竟然发出了轰鸣，奇迹发生了！大家欢呼起来，那曾经让人昏昏欲睡的引擎声，此刻就像是一曲美妙的和弦，格外动听，它驱走了荒漠的寒冷和旷野的寂静。

就这样，大家回到车里，再次踏上了归程……

“有人说我天生是搞地质的。”陆彦笑得很灿烂，看来，他为自己的选择特别自豪。阳光透过玻璃窗射了进来，拉萨不愧为“日光城”，冬季暖阳照在身上，让人感觉温暖如春。

李光明博士像他的名字那样，很阳光，很爽朗，走到哪儿都有朋友。

光明是实施《青藏高原地质矿产调查与评价专项》的主要负责人之一。他是成都地质调查中心资源评价与矿床研究室主任，主要负责西藏项目的协调、监督和指导。光明告诉我，2008年实施的《青藏高原地质矿产调查与评价专项》，为大调查在西藏注入新的活力。原来投入大调查每年的10个亿，现用在青藏专项上8个亿，西藏占60%，青海占40%。

经常往返成都与拉萨，从平原到高原，对于光明来说，像是乘电梯，从负一楼到21层，早已习以为常。能够脚一落地，就上到海拔5000多米的矿区开始工作，光明的体力和耐力，可谓非同一般，尤其是他的敬业精神，令人钦佩。

最长的一次，光明在西藏一干就是7个多月。

记得，女儿一岁半的时候，会很乖巧地叫他爸爸了。临行前，望着女儿嫩嫩的脸蛋，听着那奶声奶气的亲切呼唤，光明的心中掠过不舍和留恋，然而，千里之外的使命不容他想得太多。从成都双流到拉萨贡嘎，刚下飞机，尽管高原反应也会袭来，但光明就是那种不服输的人，马上奔赴矿区，从没有说停下来歇息一下。

4个月以后，光明回家了，见到女儿，做植物研究工作的妻子让孩子叫，孩子瞅了光明半天，终于怯怯地叫了声叔叔。光明听了，心头掠过一阵辛酸，仅仅4个来月，女儿竟然不认识自己了。这也难怪，高原的风、高原的雪、高原的阳光，早已让他成为了一个黑金刚。

破解甲玛之谜

甲玛，乍一听到这两个字，我的脑海里，立刻浮现出古代战场金戈铁马的厮杀场面。黄沙滚滚，战马嘶鸣，刀盾枪戟，穷武大陆。是什么地方，让我有了如此壮烈的联想？

甲玛，的确是一个非同一般的地方。离拉萨仅60多千米的墨竹工卡境内的甲玛沟，沟中的强巴敏久林宫遗址，就是藏王松赞干布的出生地，如今成为中外游人圣地之旅的热门景点。

墨竹工卡，藏语意为“墨竹色青龙王居住的中间白地”，地处西藏中部、拉萨河中上游、米拉山西侧。甲玛沟曾是吐蕃时期第一重镇，又是通往桑耶寺的古道。古围墙、古佛塔、古寺庙，仍保留着贵族庄园特有的建筑风格。甲玛沟曾是萨迦王朝时期西藏十三万户常驻地，里面留存着霍尔康贵族遗址。新建的松赞干布纪念馆，气势恢弘，令人瞩目。

1951—1953年，中国科学院西藏工作队地质组，在年仅25岁的李璞的带领下来到了西藏，从藏东找到藏西，进行开山鼻祖式的西藏矿产地质调查，终于，当这群地质找矿的先行者走进神奇的甲玛沟后，发现了甲玛矿。

1956—1967年，西藏地矿局先后完成了墨竹工卡县甲玛矿区多金属矿检查。开始是把甲玛当作一个铅锌矿来做。从六七十年代开始，认为这是一个矽卡岩型矿床，跟岩浆活动有关。

1983年7月，粟登奎带领队员们，进入甲玛矿区，开展西藏昂仁县——拉孜县、墨竹工卡县岩金地质调查。最终提交了《西藏自治区墨竹工卡县甲玛金矿地质研究》报告，在矿区圈出一条长300米的金矿化带，并在前人工作的基础上，结合已有资料，提出了矿区深部有隐伏斑岩型铜矿存在的可能，将矿床类型确定为斑岩矽卡岩复合型矿床。

1989年，粟登奎第二次进入甲玛，由拉萨市矿业公司出资，开展《西藏墨竹工卡甲玛矿区初步补充评价》工作，提交了《西藏墨竹工卡甲玛矿区初步补充评价报告》，划分了矿区的首采地段，为后来的普查、详查工作提供了依据。

1991年甲玛矿被自治区列为《西藏自治区"一江两河"中部流域地区发展规划(1991—2000年)》中的重点开发项目之一，工作的总体目的与长远目标是为有色金属矿产业发展创造条件。为了实现这一长远目标，西藏地质矿产厅(局)1991—1995年间主要在中西段开展普查工作，1996—1999年间主要在东段开展普查工作，全面完成了野外地质工作；2000年提交了《西藏自治区墨竹工卡县甲玛矿区铜铅多金属矿详查报告》，对整个矿区做出了总体评价，提交铜+铅矿产资源量108万吨。

粟登奎与甲玛缘分非浅。从技术负责兼分队长，到副总工程师、总工程师；矿区的普查、详查工作，从勘查设计的编写、矿山公路的设计、修建，到报告的提交，他把青春交给了甲玛。第一条勘探线的布设；第一个钻孔的定位，他把心血倾注在甲玛。每当通向矿山的路修好后，粟登奎都要亲自坐进白玛开的东风牌大卡车去试路，只有让车子顺利驶过新修的路段，他的心里才会踏实。

白天，在矿区，总能见到粟登奎那忙碌的身影；晚上，帐篷里，那个熟悉的身影又伴着灯光，伏案到深夜。整理地质资料、写工作日记是他每天的必修课。

去矿山的路，其间有一段沼泽地，大型设备过往时，汽车会陷进泥潭。这时，粟登奎那川味很浓的嗓音便会响彻整个工区，大家倾巢而出，拧成一股绳，前拉后推，将被陷的车子拉出来。2002年，地矿局安排了西藏自治区墨竹工卡县荣木措拉铜矿普查（驱龙矿区荣木措拉矿段），下达了1000米的钻探工作量。当时，担任西藏第六地质队队长的粟登奎，与黄卫总工程师、张金树副总工程师等开始设计编写，现场钻孔定位，与技术人员探讨技术难题，进行技术指导。

平时喜欢吟诗作词的粟登奎，每次出野外，随身带着他心爱的笔记本，那上面除了找矿的心得体会和踏勘笔记，便是那些偶发灵感的词韵诗句。然而，重任在肩，作为一个具有诗人气质的指挥员，没有更多的时间容他去吟诗作词，矿区的大事小事全在粟登奎的心里装着。

1991—2000年，甲玛矿区铜铅多金属矿地质勘查，成为《西藏自治区“一江两河”中部流域地区发展规划》重点开发项目之一。1991年5月，由西藏地质六队及铜业公司进行野外地质工作，期间先后与成都地质矿产研究所合作，以钻探、坑探、槽探等地质手段，完成甲玛铜多金属矿床成矿条件、物质组分及其评价应用研究报告，完成甲玛矿床成矿条件及成矿模式研究，完成甲玛铜多金属矿床控矿条件、定位机制及成矿远景预测研究报告，2000年12月，提交《西藏自治区墨竹工卡县甲玛矿区铜铅多金属矿详查报告》。

眼前出现的这位英俊帅气的中年人，与我在中国地质科学院矿产资源研究所橱窗里看见的他判若两人。照片里的唐菊兴，蓄着大胡子，留着长头发，穿着羽绒服，照片下有一行说明文字：陈毓川院士在甲玛矿区指导唐菊兴项目组野外工作。橱窗的题头写着：中国地质科学院2009年度十大科技进展成果总评。

“西部优势矿产资源勘查评价示范及找矿重大突破”醒目地名列其中，看来，唐菊兴的研究成果，也是整个矿产资源研究所的骄傲。

作为甲玛勘探项目总指挥的唐菊兴，1984年毕业于成都地质学院矿产地质调查专业，著名青藏高原专家王成善教授的博士生，陈毓川院士的博士后，研究方向就是青藏高原地质。他曾经是西藏雄村超大型铜金矿勘探项目负责人，与青藏高原有着深厚的情结，足迹踏遍了藏东和冈底斯的山山水水。

唐菊兴既是一个知识型的学者，又是一个拥有创造性思维的青年学者，在作了大量深入细致的理论研究和实地考察的基础上，对青藏高原冈底斯成矿带和甲玛铜多金属矿的成矿作用有自己独到的见解。1989年唐菊兴曾与加拿大Laval大学教授鲍董银和西藏地质六队总工程师粟登奎考察过甲玛，认为它是典型的矽卡岩型矿床。对于冈底斯成矿带这样一个大规模岩浆活动如此强烈的巨型成矿带，成矿潜力是非常大的，他一直在寻找证据，甲玛真的是海底喷流成矿作用那么简单？2008年初，唐菊兴等人发现了矽卡岩中存在大量岩浆热液成矿的重要证据，有力地证明了甲玛的矽卡岩属于岩浆热液交代成因，而不是海底喷流沉积成因，从而颠覆了整个的找矿方向，勘探工作工程部署由此改变。这就意味着，甲玛矿不是浅部的铅锌矿的问题，而是深部蕴藏着更丰富的矿藏。

无疑，这对于甲玛矿来说，是一次找矿理论上的突破，具有划时代意义。

2007年11月，中国地质科学院矿产资源研究所与中国黄金集团公司控股组建的西藏华泰龙矿业开发有限公司合作，掀开了西藏矿业史上新的一页。

在甲玛项目的勘探中，聘请了一大批院士专家，这是中国矿业勘查史上的一个全新的模式。在广泛收集资料和听取专家意见的基础上，根据陈毓川院士、叶天竺研究员提出的矿床成矿系列理论、地球化学控矿成矿理论指导找矿，取得十分显著的成果。

勘探项目第一钻开钻的那天，2008年4月30日，漫天飘舞的雪花，如同缤纷的礼花，洒在人们的脸上身上，昭示一派吉祥的气息。多吉院士亲自到开工现场指挥，更添人气、喜气。

当初设计了35000米钻探工作量，钻探过程中，见矿效果非常好。当年增加工作量。在短短的200天里，施工钻探50600米，除了一个孔外，其它的所有钻孔都达到了地质目的，创造了西藏勘探史上的奇迹。期间，叶天竺研究员、矿产资源研究所所长王瑞江研究员、项目总工王登红研究员到矿区的指导，对勘探的顺利实施功不可没，在施工遇到最大困惑的时候，叶天竺一锤定音，坚决支持克服一切困难施工ZK1616孔，结果发现了厚度达252米富铜钼金银矽卡岩型矿体，一举打开了甲玛勘探的局面。

2009年7月，陈毓川院士亲自到甲玛指导找矿。75岁的陈院士和年轻人一样，精神抖擞地爬上海拔5000多米的高山，进一步肯定了矿区的勘查方向。

2009年进一步深部找矿，施工了2万多米，找矿效果突飞猛进。甲玛矿区现已探获工业矿体矿石量11亿吨，地质资源量折合成当量铜1050万吨。其中金属量铜444万吨、铅+锌70多万吨、钼50万吨、金75吨、银5500吨。甲玛铜多金属矿床已成为国内外为数不多的超大型的矽卡岩型、角岩型铜多金属矿床，被中国地质学会评为“2009年十大找矿成果”之一和中国地质科学院2009年十大科技进展。

唐菊兴为我描述这一切的时候，显得很兴奋，有一种抑制不住的自豪感。是啊，能用自己的专业知识，为西藏的现代化建设提供急需的矿产资源，作为一个地质工作者，那是多么荣耀和幸福的事啊。

思路清楚、条理清晰的唐菊兴，谈了他对矿业发展的一些思考，他说：作为科研单位，如果不跟生产实践相结合，很难为社会创造效益，也很难实现科学家的自身价值。公益性勘查如何实现与商业性勘查的衔接，如何为解决国家资源瓶颈缺口开展商业性勘查，应该引起我们的重视。

他的意思我很清楚，是说甲玛铜多金属矿的勘查、开发、评价过程，体现了国土资源部近年来大力推进的公益先行、基金衔接、商业跟进、整装勘查、快速突破新机制的重大意义。

创新的勘探理念是高质量完成勘探的保障。按照国际标准，矿区建成了一座国内一流的大型岩芯库，自行编制了国内第一套岩芯管理信息系统，实现了样品编录、入库、加工的标准化。为实现产、学、研相结合，公司组成了以陈毓川、多吉等国内知名院士专家为成员的顾问组，汇同中国地质科学院矿产资源研究所组成专业团队，确定成矿理论指导找矿实践，取得了西藏成矿理论研究和实践的双突破。

目前，甲玛勘探区是西藏唯一一家一年之内打4个千米钻的矿区，在资源量估算时，采用了世界上最先进的软件来做，估算出来的资源量即时得到了国际资源评估公司同行的认可。

在甲玛勘查项目上，充分体现了产、学、研的完美结合。矿产资源研究所是一个研究单位、中国黄金集团是一个中央企业、成都理工大学是一个教学单位，通过三方结合，发挥三方优势：矿产资源研究所有科研优势，中国黄金集团有地质学家施展才能的舞台，成都理工大学有肯于钻研的人才资源。

唐菊兴骄傲地说，在甲玛矿这个项目上，我们已经培养了4名博士生，有10多名硕士和20多名本科生参与我们这个项目，即为国家创造了财富又为国家培养了人才。它的潜在经济价值超过3000亿元，为国家和当地政府交纳每年3亿元的税收，将为稳定边疆，发展西藏奠定重要的基础。

但是，唐菊兴和千千万万个野外一线的地质队员一样，在家庭、亲情和国家与事业间，历来是经常地置身于忠孝不能两全的境地。他的学生告诉我，唐老师是一个事业心非常强的人，在学术上特别钻研，有独到的见解，对学生特别好。唐老师特别孝敬父母，这些年因为工作原因常年在甲玛矿区，最长的一次一待就是7个月。没有办法，只要有空，他就打个电话回家问候一下，报个平安。逢年过节，他一定要给家里寄钱，或是寄些藏药之类的特产。

2008年11月的一天，唐老师突然接到家里打来的一个电话，是他母亲打来的，说是父亲病危，让他赶紧回去。当时，唐老师正在准备一个汇报，无法脱身。等他12月1日乘飞机赶回浙江嘉兴时，父亲已在前一天去世了。唐老师面对父亲的遗像，泪如雨下，心痛如焚。自己在西藏工作的这些年，母亲年纪大了，父亲一直瘫痪在床，他多么想有时间守在父母身边，为他们做点什么。然而，甲玛需要他，他只能把自己对父母的爱和牵挂深深地埋在心里，虽然这已经成了唐菊兴心中永远的痛。

我很想从这个角度去理解他的大胡子，他笑着和我说，只要去矿区，他就从不带剃须刀。不修边幅是他出入甲玛的一贯作风。也许这是他为自己设定的一心一意融入到青藏高原风雪中的一种仪式。也许，高原的风雪，更青睐粗犷的男人。

飞机掠过拉萨市的上空，掠过红山上的布达拉宫，掠过奔腾流淌的雅鲁藏布江，在11000米的高空飞行。透过舷窗，鸟瞰大地，林立的山峦无边无际，终年不化的冰山，白雪皑皑，巍峨壮丽。哦，这是一块神奇的土地。

驱龙、甲玛横卧在它们的中间，如两颗灿烂的明珠，光彩熠熠。

每一个踏上这块土地的人，都会心有所属；每个贴近这方山水的人，都会情有独钟；每一个领略这片天空的人，都会荡气回肠。

让我们把深情的诗章赋予你，我们的梦想因为有了你而展翅飞翔！

大台沟捷报

郭传义

2007年6月17日晚上，一片寂静的大台沟村突然热闹起来，仅有几十户人家的偏僻小山村，来了这么多客人：国土资源部部长徐绍史，辽宁省副省长赵国红，中国地质调查局副局长钟自然等领导，还有背着照相机扛着摄影机的一大群记者……

这一天，对于大台沟铁矿项目负责人李尔峰来说，是个不寻常的日子。他说："我搞了大半辈子地质了，今天可是大喜临门啊。中国地质调查局精心实施'攻深找盲'的找矿战略部署，通过我们辽宁地质矿产调查院认真实践，终于取得突破性成果。大台沟，大台沟啊，你就是我们向国家交出的完美答卷！"

这天，矿区的地质队员和钻工们都换上干净的工作服，岩芯箱摆得整整齐齐。晚上7点多钟，一队人马上山来了。山路上，一溜电筒的灯光。国土资源部领导、中国地质调查局领导、辽宁省领导风尘仆仆地赶到钻井现场，挨个地握着李尔峰和同事们的手。后来李尔峰回忆："我当时只听到领导说'同志们辛苦了，感谢你们为国家找到大铁矿，为振兴东北老工业基地做出新贡献！'可我呢，却不知说什么了，只是傻傻地笑！"

在钻井现场，领导们查看了岩芯，钻孔记录，仔细地询问钻探施工情况。那天钻机格外地锃亮，岩孔内取出的岩芯格外地完整。徐部长捧着沉甸甸的矿体岩芯，一脸笑意，连声说："好，好，好！"看了钻井，又到岩芯库。徐部长详细地听取了大台沟铁矿发现经过及目前工程勘查情况，资源量估算情况汇报。

徐部长对大台沟深部找矿取得重大突破给予高度赞誉和评价。他高兴地说："大铁矿只要能让铁矿石谈判降1美元，中国钢厂就会减少5亿美元的进口成本！要结合地质找矿改革发展大讨论的活动好好总结经验，不断探索创新，要把勘查做好，用最先进的理念和技术进行设计和开发！"

从此，大台沟走进人们的视野，几十家媒体把大台沟铁矿推向世界，在矿业界和经济界掀起了强烈的冲击波！

中国地质调查局实施的新一轮地质大调查中提出的"攻深找盲"，在大台沟得到了验证。为了这个验证，李尔峰和他的战友们，跑遍了本溪地区的山山水水，那日日夜夜地操劳，那一步一步艰难地跋涉和攀越，就像一幅幅画卷，历历在目……

穿越时空

这里虽然叫辽宁省本溪市，可完全是山区、是乡下的感觉。听听这地名就知道了，什么老儿沟，坎儿沟，台子沟，大西沟……本溪市的桥头镇，方圆几十里的地方，就有几十个叫沟的村庄。

这是2006年的初夏。本溪往南20多千米的南芬乡。这里的山并不高，但山上的路特别难走。叫村庄的沟并不在沟里，是在山坡下。真正的沟，是两座山之间。遇到下大雨，刹时间，沟里洪水翻滚，湍急奔腾，浩浩荡荡。天晴的时候，特别是干旱的日子，沟里就没水了，全是一块块形状各异的大石头小石头。走在那沟里，不上十里，保证你累得半死。这时，白花花的太阳下，风不吹，树不摇，这个叫不出名的干沟里，沟底的热浪不但散不出，四周的热气反而往沟里凝聚，仿佛就是一口热锅的锅底。"锅底"里正走着四个人，他们有的背着包，有的还扛着根大棍子，因为沟里都是石头，因为流的汗老是蒙着眼睛，他们走得踉踉跄跄。远远望去，真像是热锅里的蚂蚁。走到一个稍平一点的地方，有一棵大树，一个人叫道："休息了，凉快凉快，抽支烟吧！"

这些人都坐下了，把背包放在地上，尽管用手中的草帽不停地搧着风，可那脸上的汗却一直流淌不止。

坐在最边上的叫李尔峰，50多岁。刚才的号令就是他发出的。李尔峰高高瘦瘦的，天天在太阳下暴晒，也不见黑，草帽把头发压得不成型了，脸上也被汗渍划得有点脏了。他也顾不得那么多，擦也不擦，不停地摆弄着手中的打火机，咔嚓、咔嚓，就是不冒火，嘴上叼着的一支烟，被汗水浸湿了小半截。

打火机一直打不着火，他问那位胖胖的小伙子："刘铁，你的家伙如何了？"

刘铁也在低着头，咔嚓、咔嚓也打不出火。打火机不来火，人来火了。一气之下，把打火机扔到水沟里。

"刘铁，我们早上6点出来，到现在已经是3个多小时了，一口烟也没顾得抽呢，你不急吗？"

刘铁笑了："你的烟龄都快和我的年龄差不多了，你不急，我急什么？"

"既然你这么说，我们就熬吧，碰不见老乡，我们就熬到下班啰！"

这山沟里，哪里有老乡？李尔峰向一条人行小道上来来回回地看了好几眼，没见一个人影，把那半截湿烟也扔了，扫兴地说："出发！"

就在刚迈步的时候，真的遇到了两位老乡。山路上，来了两位一胖一瘦的半拉老头。这两位老乡也抽烟，人家烟火齐备。

烟酒不分家，抽着烟，再生分的人也就亲和了。

瘦老头问："你们这是干啥了，不像砍柴的，也不像修路的，更不像打工做买卖的。"

李尔峰反问："你看我们是干啥的？"

胖老头笑了笑："我看，你们是地质队的。"

刘铁感到奇怪："你咋知道的呢？"

胖老头，眯着眼，抽了一口烟："你们手里拿的那个锤叫地质锤，肩上扛的是物探仪，我不但知道你们是地质队的，还知道你不是找水的就是搞工程勘察的。"

李尔峰笑道："老哥，你前面说对了，后面说得不对。我们是找矿的。"

"找啥矿？"

"铁矿。"

"哎呀，妈呀！找铁矿啊？这地方，解放前，日本的地质队，国民党的地质队；解放后，冶金公司地质队，地质部的地质队，找过来找过去，这个地区就像那女人的头，被梳子梳了又梳，被篦子篦了又篦，来来回回没有一百遍也有几十遍了。大部队大仪器都干过。就你们，还指望发现什么奇迹?”胖老头很健谈，知道的东西还真不少。

李尔峰问：“挺内行啊，敢问，你们是——”

“我们都是本溪钢铁公司的工人。他是炼钢的，我是地质勘探公司的，都退休了。我是心直口快，想到哪说到哪啊。”

“你说得对，一点都没错。”

胖老头挥了挥手说：“我也是听我们那里的老地质说的。既然都是搞地质的，都是一家人，打火机送给你们吧。我们要赶路了，祝你们好运啊!”

两个老头走了。沟里的四个人心里不知是什么滋味。

李尔峰是辽宁省地质调查院高级工程师，他们在本溪这块宝地跑了好几个月了，目的就是找铁矿，而且是大铁矿。晚上回到住地，整理完野外的地质资料，睡不着，他还想着这两个老头说的话。人家说得对，本溪这个地方，被搞地质的光顾了一趟又一趟，他们这是多少趟了，真的很难说得准。在本溪找矿，就要前前后后地研究本溪。地调院的领导要大家广泛搜集前人的地质资料，利用物探信息结合野外普查搞综合研究。李尔峰这个野外项目组，何止是搜集地质资料，他们早已把本溪的前五百年后五百年摸了个透了。

同治年间，山西人就到本溪炼铁。接着是河北、山东等地的商贾游客的大量流入，云集从业。1904年，日本人在此又建立了“本溪湖大仓煤矿”。

1948年本溪解放。此时的本钢厂区千疮百孔、满目凄凉，到处是残垣断壁、蔓草丛生。在中国共产党的领导下，广大钢铁职工自力更生，发扬了主人翁精神，迅速恢复了钢、铁生产。

由于本溪钢铁企业生产规模大，经营管理专业化，在“一五”计划时期，本钢被国家列为由前苏联援建的156项重点工程项目之一。

回头看本溪，60年栉风沐雨，60载春华秋实。60年来，它为国家经济建设做出了巨大的贡献，累计生产铁20046万吨，钢13142万吨，优质钢材10056万吨。

在本溪工业经济中，每100元工业增加值，有60元是钢铁企业所生产的，每100元工业利税总额，有80元是钢铁企业创造的。本溪钢铁工业是本溪市传统的支柱行业，是支撑本溪工业经济发展的脊梁。

解放初，本溪年产铁、钢、钢材能力约为5万吨，现在为2000万吨！

这是多少倍的增长和跨越。

再换个角度想一想，5万吨的生产能力，要多少铁矿石资源，2000万吨要多少铁矿石资源。

所以，近百年的大规模地开采，让本溪筋疲力尽了，“老了”。号称煤铁之城的矿城，煤已经吃光了，所剩余的铁资源也不多了。

这让李尔峰这些找矿的人分外焦心。

晚上，爬了一天山、淋了一天雨的地质队员怎么也睡不着。他们口里没说，可心里有压力，拿什么破解资源难题，如何解救资源枯竭的本溪？六七个人挤在一间房子里，睡不着就起来唠嗑。

李尔峰和同事们不由得又想到今天下午在山上遇到的那两位老工人，他们说的这个地方来的地质队数不清了。真的数不清了。

——解放前，瑞典人、日本人都在这里找过矿。

——解放初期，东北地质矿产调查队到本溪矿区进行地质调查。

——1952年，地质部地质队，做过地表调查，有地质报告。

——1953年本溪钢铁公司地质处对铁山区进行详细勘探，提交了储量。

——1958年至1975年，地质、物探、冶金这三个大系统的地质队先后进行6次地质工作……

大家粗粗一捋，解放后，地质队在本溪地区开展地质找矿工作有资料可查的就有10次！

在被前人“梳”过10遍以后，辽宁省地调院又来“梳”了。

到底有没有戏了？

如果说解放初期那样找矿，挖一挖，钻一钻，铲一铲，看一看，就能找到矿，那一点也不奇怪。

如果现在鞍山-本溪地区，在这个老牌重工业基地，再来挖一挖，铲一铲，就能找到个大矿，那就奇了怪了。

好找的都被找到了，深的、盲的、用老方法发现不了的矿就留给新一代地质工作者了。

新中国建设急需资源，改革开放促发展，需要资源，再退后一步说，只要生存，一天也离不了资源!

2006年，中国地质大调查在深山老林、大江南北，在没有发现矿产地的区域、在已发现矿产地的区域同时展开。

与此同时，振兴东北老工业基地的进军号角，已经吹响。找矿的重担落在新一代地质队员肩上。

李尔峰和他的同事们，就是踏着这一进军号角，肩负重任，奔向了找矿第一线。

攻深找盲

中国钢铁大省在哪里？在辽宁。辽宁的钢铁重要基地在哪里？在鞍本。本溪与鞍山界挨界手牵手。改革开放后，城市化进展不断提速，经济建设跨越式发展，这一切都要资源作支撑。在所有的资源中，钢铁是基础的基础。

可是，铁矿石不是哪儿都有。中国的铁矿石资源，不够“吃”，有的资源含铁的品位也不高，叫贫矿。富品位的铁矿石需要进口。近两三年来，中国虽然是铁矿石的最大进口国，但是在进口铁矿石的价格谈判上，却没有话语权。既使在全球经济危机各大钢铁加工企业大幅度减产的状态下，中国钢铁协会与澳大利亚和巴西几个铁矿石输出大国关于降低铁矿石进口价格上的谈判，一直没达成双方满意的结果。

为应对国内资源现状和国际资源市场局势，国土资源部、中国地质调查局于2004年就着手部署寻找接替资源，解决危机矿山的资源问题。2004年9月6日国务院第63次常务会议审议通过《全国危机矿山接替资源找矿规划纲要（2004—2010年）》，国土资源部会同财政部、国家发展和改革委员会成立了全国危机矿山接替资源找矿领导小组和项目管理办公室，组织实施专项工作。

在已开展野外施工的48个矿山找矿工作中，有35个取得重要找矿进展，发现了新的工业矿体，增加了资源储量，其中部分矿山找矿成效突出。不说其他地区的项目，就说辽宁：

抚顺红透山铜锌矿接替资源勘查项目经过两年多的工作，深部找矿取得重大进展，新增铜、锌资源量10.9万吨。

阜新八道壕煤矿根据目前控制程度，预获煤炭资源量1亿吨左右。可延长矿井服务30年以上。

辽阳市弓长岭铁矿接替资源勘查项目已施工的五个钻孔都见到了富铁矿体。初步估算新增铁矿矿石资源量1247.49万吨。可延长矿山服务年限10年。

全国有35个取得重要找矿进展的矿山，其中有3个在辽宁，一个是铁矿，就在鞍本地区“隔壁”的辽阳。

危机矿山接替资源找矿取得成效，鼓舞人心。紧接着，中国地质调查局提出“攻深找盲”。

2007年9月，全国深部找矿工作研讨会在合肥召开。深部找矿工作研讨会的召开是贯彻国务院关于加强地质找矿工作的一项重要措施。

根据国土资源部对900多座大中型矿山的调查，32%的矿山深部和外围有不同程度的资源潜力，这是召开全国深部找矿工作研讨会的重要前提，另外近几年国内在深部找矿包括重点成矿区带隐伏矿产的找矿上，在老矿山外围和深部找矿上取得了重要成效，有很重要的、很值得研究和借鉴的成功实例。

国土资源部副部长、中国地质调查局局长汪民在会上特别强调：要加快实现找矿向深部拓展的战略转移。今后地质找矿工作要把500—1500米作为重要战略目标区域。

中国地质调查局关于《我国深部找矿工作进展和“十一五”后三年部署设想》的专题报告中，提出了我国深部找矿工作的总体思路。在具体实施中，其中就有华北陆块区——继续推进华北陆块区铁矿、铝土矿等大宗矿产深部资源的新一轮勘查，以点带面，带动区域深部资源远景探索。重点部署在山西恒山–五台、鲁西、鞍本等地区。加强靶区地球物理勘查。开展相应的“攻深找盲”物探工作，为深部钻探验证提供依据。

在这里，我们看到了和本文有关的中心词：铁矿，鞍本。

中国地质大调查全面展开，标志着国家资源战略已经开始实施。因此，辽宁省地质矿产调查院承担的“鞍山-本溪一带铁矿资源评价”项目，具有举足轻重的特殊意义和十分重要的战略意义。

中国地质调查局把这项光荣艰巨而且具有政治性的任务，交给了辽宁省地质矿产调查院。

沈阳地质调查中心是这一项目的检查和技术管理单位。

从承担这一项目开始，地调院的人们心里就有一个想法：这是向“单边”的国际铁矿石市场叫板了。

辽宁地矿局在地勘系统是个大局、老局。其下属的辽宁地质矿产调查院，是全局地质技术力量最强的单位，高端地质人员在这里荟萃，是一支特别能战斗又是特别善于战斗的队伍。地调院的创新地质找矿新理论、推广地质找矿新技术，科学管理地质勘查项目的作法与经验，被辽宁省内外同行业争相学习与借鉴。

中国地质调查局下达“鞍山-本溪一带铁矿资源评价”的任务是量化的，要求“至少发现2亿吨的铁矿资源储量”。

辽宁地调院，你承担了这个任务，就要不打折扣地交出2亿吨铁的储量来!

全院技术骨干急了，急得摩拳擦掌。他们在院领导的组织下，集中在一起，充分讨论，人人发表高见，个个拿出方案，经过筛选，先研究物探资料尤其是航测磁异常。然后选定靶区，理清找矿思路，研究实现找矿突破的技术路线和具体实施方案。

最后拍板的当然是院领导。

先说院长曲亚军。其实这个院长是他的兼职，他还有一副担子——辽宁省地矿局副局长。

曲亚军是位矿床学博士，是发现排山楼大型金矿的项目负责人。他认为，辽宁省地质找矿重点是“攻深找盲”。本溪地区航测磁异常极有可能是典型的“第二矿带”中的较大规模的铁矿。

笔者到辽宁地调院采访，没有见到曲亚军，很遗憾。没见着，当然就没有感性的认识，没有感性的认识，思想、形象、个性、语言，就写不出来，好在我的一位朋友曹中夫采访过曲亚军。这里，就借助他一次采访的片断，帮助读者走近曲亚军。

问：辽宁还有多大找矿空间，辽宁省实现地质找矿新突破需要在哪些方面下功夫？

答：辽宁资源潜力很大，继续找矿应以金属矿为主。

中国地质调查局提出的“攻深找盲”。深度在500米至2000米的范围内，这个空间里仍然有大量的矿产资源。过去，由于地质理论、技术手段及找矿成本等多种原因，我国地质找矿基本工作范围在地下500米以上，500米以下的就是有矿也没有做相关的地质工作。从国外的经验来看，不少国家矿山开采深度已超过1000米。如南非的兰德金矿开采深度已达4000米，澳大利亚的芒特艾萨铜多金属矿开采深度达2600米，后来通过加大勘查投入，在3000米深度又发现储量超过300万吨的富铜矿床。而我国绝大多数金属矿山的开采深度不足500米，这些矿山无疑存在深部第二找矿空间。

目前，辽宁省一些矿山企业开采也大多数在地下500米以上。根据地质专家分析，辽宁省虽然面积比较小，但目前探明的矿产资源保守预测还不到资源总量的三分之一，也就是说还有三分之二的矿产资源在第二矿带，找矿空间仍然很大。

中国地质调查局提出的“攻深找盲”，给我们地质找矿很大的启示。

曲亚军的介绍，足已说明，辽宁地调院对中国地质调查局提出的“攻深找盲”的找矿新思路已经吃得很透，吃得很深了。

再说“鞍山–本溪一带铁矿资源评价”。

由谁来负责实施这个项目？院长曲亚军，副院长王文清，院总工程师王长峰，与全院的地质技术骨干讨论、研究了好几天。最终，院里的领导和院里的同行都把目光投在李尔峰身上。

李尔峰，从事地质工作30年，教授级高级工程师，全院公认的业务骨干。

在众多的期待目光中，李尔峰挑起了这副担子。他深知要挑好这副担子，责任大，困难大，贡献也大。在地质大调查中，作为一名地质工作者，特别是一名战斗在老工业基地的地质工作者，谁不想多做贡献？这不仅是领导和同志们的信任，同时也是自己在新一轮地质大调查中自身价值的体现。

李尔峰带我到他们曾跑过物探的山上，打钻的山上去看过现场。我问他："鞍山本溪地区，那么大的地方，你开始从哪里下手？"

李尔峰告诉我，他开始也是这样想的，这个地区自从开始采矿以后，来找矿的队伍都有几十次了，"攻深找盲"，当然要有目标。开始还不能大部队作战，先选靶区，步步深入。可这第一步从哪里走，第一拳往哪里打？

老地质新地质都知道，一个地质成果的大发展，往往是几代人的共同探索、共同奋斗的结果。他决定，实施这个项目的第一件事就是调查研究，广泛搜集地质资料，这就是前人给我们搭好的梯子！看起来都是陈芝麻烂谷子似的一堆发黄的故纸，但一定不能忽视这些资料的重要性和珍贵性。他动员大家，凡是有关鞍山本溪地区找矿资料，都要千方百计搞到手，哪怕是小故事、小传说，都要关注到，说不定对我们以后的工作会有启示呢！

正因为资料搜集得全，搜集得细，项目组的同志对这一地区的地质工作，人人都是一本活地图，活字典，大家谈这里的找矿史，你一言我一语地摆龙门阵，个个对答如流。

边研究老资料，边跑野外，项目组的同志信心越来越足。

绵延群山，茫茫大地，苍海桑田，春秋更迭。前辈地质人曾做出过这样的预言：

鞍山-本溪地区还有铁矿，很可能还有比较大的铁矿！

预言归预言，检验真理的唯一标准是实践，这属于哲学上的范畴。找矿，同样归于这个范畴，检验预言的唯一标准，是拿出矿来！

时代变了，科技发达了，资料丰富了，认识水平升华了，这些，都是老一辈地质工作者无法达到的。遥感航空磁测等现代先进的地质找矿技术的广泛应用，使地质找矿的进程快速向前推进。地质找矿不仅仅需要风餐露宿，更需要创新思维，更需要大胆探索。

辽宁地矿局党组给李尔峰项目组的就是一句话：完成中国地质调查局下达的任务，只有四个字：只能干好！

辽宁的地盘不大，地质勘查程度高，开发程度高，地表和浅地表的大型矿以及可开发的矿早已摸得清清楚楚，而且大多数都已经吃干榨尽了。

特别是勘查和开采历史都在百年以上的鞍本地区。但是，吃干榨尽，那是浅表地层的，并不代表深部的状况。对于辽宁的铁矿资源，尽管几代地质工作者预测本溪地下有铁矿，可能有大铁矿，可惜因技术和经济实力问题，无法验证。

鞍本地区这么大的面积，如果遍地开花，就是跑断了腿，两年之内也没有结果。

落实国土资源大调查任务刻不容缓，解困矿城刻不容缓，应对铁矿石市场严峻形势刻不容缓。以曲亚军为首的院领导班子，召开了数次会议，讨论鞍本地区找铁方略。一次又一次地与常务副院长王文清、总工程师王长峰等技术人员，对以往的航测资料进行了数天的分析、筛选、研究，在众多的资料中筛出了5个航测较好的磁异常地区为重点攻关区，

作战面积浓缩了，后来又浓缩成沈阳的祝家屯和本溪的桥头镇这个异常带。这两个地方直线相距约60千米。

项目组一头扎进崇山峻岭。

李尔峰项目组在野外跑了6个多月，他们只有在野外跑，才能跑出第一手资料，院领导才能根据第一手资料决定钻孔在哪里打。采访李尔峰的时候，他们项目组的同事洪秀伟、刘铁都在场。

洪秀伟和刘铁都是工程师。洪秀伟近50岁，话不多，问一句答一句，显得很沉稳。刘铁说话语速较慢，没开口就笑了，显得很憨厚很腼腆。我问他们：“根据物探资料跑野外，再选靶区上钻，你们跑这么长时间，这么大的工作量，在工作中有什么新鲜事吗，有什么故事吗?”

“故事？没有。”三个人几乎异口同声。

李尔峰挠挠头，“有啥故事？每天六点钟起床，带上饼干、矿泉水、季德胜蛇药片，有时还有几块巧克力等等，就出发了。中饭在山上吃，干完了野外的事，晚上回来吃了饭就开始整理资料。工作到哪里，住在哪里，也没有个固定的地方，有时住在老乡家里，有时住在乡镇找个房子打个地铺就对付一晚上。月月如此，天天如此，全是老一套，有啥新鲜事，几个大老爷们在一起，上班干活，休息抽烟，一不干家务，二不和女人接触，天天想的就是找铁、找铁，一点故事也没有。”

“你刚才说了季德胜蛇药片。我当年跑野外的时候也带过。我们南方有蛇，你在东北带这药干啥?”

李尔峰笑了：“外行了吧。我们东北也有蛇。就是去年的一件事，有位老乡，上山采摘野菜时被蛇咬伤。家人先后送她到当地镇、县和市医院，都无法救治。最后没办法乘救护车抵达解放军医院。根据患者症状，医生推断可能是被蝮蛇咬伤。经过4个小时的抢救，这位老乡获救。这个医院急救部一位主任说，近年来，东北被毒蛇咬伤患者逐年增多，他们每年都要接诊被毒蛇咬伤的病人上百例。我们都是在蛇的活跃季节上山工作，也是蛇伤高发季节，北方人外出或晚上乘凉都发生过被毒蛇咬伤的事情。”

“你碰到过吗?”

“碰到过。在山上能碰到，有时还差一点踩着。有一次我们住在老乡家里，一边是正房，一边是厢房，正房与厢房之间是葡萄架，一条约有一米多长的大青蛇伸出头直朝我们吐信子。这种蛇我们倒不怕，因为它不是毒蛇，老乡自己不敢赶，要我们帮他把蛇吓走，我们的一位小伙子说，老乡，这蛇不能让它走，它是保护你家的葡萄呢!”

我感觉马上就有故事了。问：“你带的季德胜始终没派上用场?”

“用上了，不过不是被蛇咬的，而是被大马蜂蛰的。那一天，就是巧了，又是大马蜂咬又是雷击的，差点出了大事情。”

“好，你就讲这一天的事，大事小事都讲，流水账都行。就叫——李尔峰找铁的一天。”

其实李尔峰、洪工和小刘都有故事，而且很会说故事。

就说刘铁，他是这个项目组最年轻的工程师。在这之前，一说起李尔峰，他就掩饰不住心底透出的佩服和敬重。他告诉我，论工作，李尔峰最认真，最较真，最讲究细节。他的地质包里有一部小型数码相机就是一个资料储存大硬盘，每一个工作点上的地层、剖面、断层、特殊的岩石标本，以及从钻井里取出的每一层岩芯，李尔峰都亲自拍照。他怀里的那个“大硬盘”把什么都记下了。然后又从相机转到电脑，他就成了原始资料的大仓库了。如果是一台两台钻机这样保存资料还好办，后来上到5台钻机了。矿区的山腰里，山顶上，山涧里，密密麻麻的都是钻机、钻孔。李工和洪工一直跟踪了三年多，他们白天野外作业，晚上将所有的数据资料输入计算机，柱状图、勘探线、剖面图等，都可以在计算机上形成一系列的相关图件。这就是数字地质。科技不断进步，然而，再好的软件也是建立在详细记录和真实数据基础之上，而这些记录和数据的取得，来自野外踏勘，取自钻孔，前提就是持之以恒的毅力和高度的责任心。

我已经感觉出，年轻的小刘对李尔峰、对洪工等老地质，观察在心，感悟在心，敬重在心。

李尔峰的一天，这一天，不得不说刘铁。

这一天，李尔峰起得特别早，倒不是因为星期六、星期天也不能回家，在野外，是没有星期天节假日的，很久没回家，说实话都有点想家了。天气又太热，住在老乡家里，不挂蚊帐，蚊子咬得睡不着，挂了蚊帐，热得睡不着。睡不着，他就盘算着这一天的工作，他想这一片的野外工作，今天就可搞完，早点出去，早点回来，整理资料后就可转到下一个工作点了。曲院长和王总前天还电话询问工作进展情况，虽然没说什么，但一个电话就是一次压力，领导心里急，做具体工作的心里也急。跑完野外，就要定钻孔了，定了钻孔才能验证航测和物探工作的准确性，才能看底下到底有没有戏。

睡不着他就想吸烟，正想摸口袋，就听到对面蚊帐里悉悉唰唰的声音，接着是咔嚓，一绺火苗跳了起来。好家伙，是刘铁，他也睡不着，竟然先抽上了。

李尔峰嘟哝了一句："我们老头子睡不着，你小伙子也睡不着？"

"我想，今天上的山不高，树不大，但是灌木丛多，我感到在野外那些密密麻麻的灌木林子比大树还讨嫌，遇到了，硬不得也软不得，影响我们的工作进度，今天带上一把刀吧。"

"行。"李尔峰心里很高兴，这小子，成熟了，心里老想工作，想得还挺周到。

辽东地区大山里的原始次生林，什么树都有，乔木高大，顶天立地，灌木低矮，簇拥得密不透风，有的地方连人都挤不过去。地质工作就是在没有路的地方探路，逢山过山，逢水涉水。绕不得弯子，有时还要带上刀。这不，今天就派上用场了。天热，边砍边开路，这片山上灌木又密，砍了一会，人就热得透不过气来了。林子里蠓虫不怕热，越热它就越多，人还没进林子，它就绕着你飞，声音不大，但有点让你恐惧。一不留神趴在你脖子上，咬你一口，就是一个大红疙瘩，奇痒无比。这是天上，还有地下，时常有蛇，冷不防窜出一条，让你毛骨悚然。光是空手还好办，他们背着包，拿着地质锤，小刘肩上还要扛着测量仪器。这家伙在灌木丛里很不好扛，因为它有一根竿子，挺长，约有两公尺多，头上还有一个像人脑袋似的探头。重到不算重，就是碍手碍脚不得劲儿。

这会儿，轮到李尔峰飞刀开路了。刘铁扛着这根竿子走在后面。问题就出在这根比人高的竿子上。谁也没发现前方密林中的小树上吊着一个大蜂巢，刘铁只顾看脚下，“天上”的竿子不偏不依地就戳在那个大蜂巢上，这下可坏了！这是包大黄蜂，这是个一触即发的家伙，它们被莫明其妙地戳了一下后，看到、闻到这几位满身汗臭的入侵者，嗡的一声，铺天盖地向他们俯冲下来！

“卧倒！”声音是李尔峰发出的。几乎同时，大黄蜂劈头盖脸地把他们都包着了。谁也看不到谁。

接着又听到李尔峰的声音：“要沉住气，千万不要动，要用衣服包住头。”

可是已经来不及了。幸亏他们都穿着长衣长裤，头上还带着帽子，手上带着手套，脚上是登山鞋，脸死死地贴在地上，厚厚的草丛把头都埋得还严严实实。但是他们还是感到黄蜂的冲击力，一只只黄蜂，冲到身上，像小石子打在身上。

嗡——，5分钟，10分钟，大家都老老实实地趴在地上，连大气都不敢喘一口。半个小时过去了，嗡嗡声已经没有了，说明黄蜂的攻击已经结束了。

“大家怎么样啊？”还是李尔峰的声音。

刘铁摸摸头，好像没多大的感觉。回答说，基本正常。

原来这黄蜂虽厉害，但习惯攻击活动的人，一旦趴下一动不动地“装死”，它就会寻找新的进攻目标。这种毒蜂有追逐人或动物移动目标的习性，笔者查了一下《动物》杂志，那上面介绍，这种大黄蜂，只要动了它的蜂巢，率先侵犯了它，不要说人，奔跑中的野牛它都要拼死追上——跑得再快也没有飞得快，倾巢而出黄蜂包在奔跑者的身上，可以活活地把野牛咬死——毒死。

李尔峰不发出趴下号令，如果大家不在原地把头埋进草丛里“装死”，那就不堪设想了，起码每个人的脸都成了开花馒头了。

但是李尔峰呢，他走在前面，离蜂巢最近，关键的是他发出了声音，当黄蜂向人们扑来的时候，他还让大家“沉住气，千万不要动”。声音也会暴露自己，黄蜂没放过他，谁让他通风报信啊？结果在他前胸领口处，实实在在地干了两口。两口就是两个大包，红肿得像个小桃子。幸亏身上有“季德胜”，这种药对缓解毒虫的毒液有效，他立马掏出药片，嚼了嚼，敷到伤口上。

身旁的草丛里，有几只近一寸来长的黄蜂，折断了翅膀，不能飞了，但形象依然令人生畏，显然，它们就是刚刚袭击李尔峰的杀手。前方的树上的蜂巢，一只黄蜂也没有了，只有一团空巢吊在空中，就是空巢也吓人。

“疼吗?”

“我们赶紧下山去医院吧！不要误事了啊。”

李尔峰说：“没事的。”

“没事你一头大汗，肯定是疼的。”

“大热天，又在草丛里埋着，能不出汗吗?”

李尔峰不是没事，而是很疼，刀割般的疼，胸前灼热。正常情况下，当然要下山去医院，可是一下山，那今天的野外工作量就完不成，明天还得从头再来。这样，所有的事都得往后推。曲亚军他们等着野外地质资料定钻孔，误了这一步，下面步步都要误。

他故作轻松地说：“我有关节炎，据说，黄蜂的毒液专治关节炎呢。拿钱都买不到的好药。咱们继续工作，刚才和黄蜂大战了半个小时，现在我们要补回来，抓紧点啊!”说着他一个人背着包，往前走了。

山顶上还好，有点风，可以透一点气，山腰里，特别是山沟里，草一人多高，憋得人喘不过气来。又要观察，又要绘图，又要寻路，头上毒花花的太阳穿透帽子，把头皮烤得火烧火燎，身上已经不知汗湿过多少次了。平时，天再热，流的汗再多，都无所谓，可现在流汗对于李尔峰来说就雪上加霜了。

衣领处的伤处继续疼，而且还胀，整个上身甚至整个身体都感到胀，小小黄蜂竟有这么大的毒性，要不是及时敷上蛇药，不但人不平安，还要影响工作。可是这大汗一流，那药就敷不住了，顺着汗往下流，刚敷上的药又流掉，还有什么效果？坐下敷药，大家又会让他下山到医院，不敷，那肿包又越来越疼。

李尔峰不说话——他没有精神说话，强忍着、强忍着……

干了一会儿，有人喊：“头儿，来一支吧。”

怪了，平日里，李尔峰的烟瘾最大，大家都没来瘾，他就先喊起来了。可这会儿，他根本不想抽烟。他把刘铁递过来的烟点着，烟还是那样的烟，可是抽起来，一点味也没有。伤口实在太难受，难受得他连抽烟都没味儿了。他自己问自己，难道这蜂毒还能戒烟不成。他悄悄地把烟灭了，谁也没看见。

气象预报称，这几天的气温是本溪地区的最高温度。中午有的人吃了饼干，有的人吃了方便面，带的水早喝完了，没有喝比没有吃更难受。山头上没有水，山沟里有时遇到有水，有时还没有，这里离遭遇黄蜂的那座山，隔两个山头，大约有五六千米了，附近没有老乡，这个山的山沟里一滴水也没有。又疼又渴又热怎么能抽下烟？俗话说，烟是富贵之物，抽着是享受，现在这么难受，享受等于难受。

李尔峰正在东想西想，突然，洪工叫了一声："不好了，你们看那边！"

循着洪工指的方向看去，背后的山头上，一大块乌得发黑的云，向上升腾，并且已经翻过了山头，眼前，一边的山被太阳照得发白，一边的山被乌云罩得灰暗，截然不同的大反差。突然间，一股风也跟着来了，而且还带着一丝凉意，这凉有点阴。这么个大热天，突然来一股有凉意的风还带着点阴可不是好兆头。

说书人讲故事，有句叫作：说时迟，那时快。其实，快倒是不快，是那气势、那来头，让你感到了快。

乌云越聚越多，越来越近，身上的汗已经没有了，口也不感到渴了，太阳也看不见了。明明是下午二点多钟，可是连记录本上的字都看不清了。下山，来不及了，躲，也没个地方。什么都带了，就是没带雨衣。李尔峰听过天气预报，好像没报有大雨，只报局部地区有阵雨。也没错，这样报得很安全。不要怪人家报的，只怪自己不知道"局部"在哪里，也不知道"阵雨"何时下。

哗——轰隆隆——

这是一声响雷。接着又是一声，一道闪电，明晃晃的如一把利剑从眼前直劈下来。本溪有句民谚：响雷雨暴，闷雷雨绵，响雷加闪电，大雨劈头灌。

前不着村后不着店，李尔峰让大家各自"把地质资料全部包好！立即离开山沟，往上面去"。

地质资料是包好了，往上面去干嘛，到山顶上去？

李尔峰说：“山沟里绝对不行，如下大雨，山洪说来就来。山顶上更不行，有雷电不安全。我们不能在大树下，只有到山坡，找一个大石头下或者低缓处都行。安全是第一，避雨才是第二。不就是一个湿嘛！”

他们刚离开山沟，雨下来了。雨下得很整齐，开始就很大，不是星星点点，而是“灌”下来的，雨不是落在身上，而是砸在身上，有点麻还有点疼。让人睁不开眼，喘不过气。一口气下了约四十分钟。有意思的是结束之前，还是灌下来的，直到收尾也不是星星点点，而是戛然而止，只有在这里、这个时候，才能尝到什么是真正的暴雨。

雨过了天又晴了，毒花花的太阳又来了。每个人再各自查看自己的地质资料，干干的，一点也没受损。而衣裳，紧紧地贴在身上。

脱下来，拧水。脱了上面的衣服，拧；再脱下面的衣服，拧。反正山上没有人。

有人叽咕，这衣服到底湿了几回？

“汗透两回，淋透一回。”

“不过，还得感谢老天，这一场大暴雨，把我们衣服上的汗臭味都冲干净了。”

“是哟，不上山找铁矿，哪里享受到这天然洗衣机？不费电不费力，比老婆洗得还干净呢！”

大暴雨过后的山坡上，有了笑声。无论是自嘲还是幽默，有笑声就好，艰苦中的笑声更有味道。

“头儿，你的伤口怎么样了？”这时，人们才想到李尔峰的伤。李尔峰感到疼还是疼，不过肿的感觉小了点，伤上的药已被暴雨冲得不见踪影。

刘铁说：“我看看你的伤，还肿吗？”

李尔峰怕影响工作，故意嗔他说：“看什么看，老男人的胸口有啥看的，看了也让你倒胃口啊。”他边说边把衣领拉了拉，故作轻松状，“没事了、没事了，大暴雨不仅是天然的洗衣机，还是天然的消毒液呢。还有一个山头我们这片区域的野外地质工作量就结束了，我们今天晚一点下山，晚上我给你们加酒加菜！犒劳犒劳大家！”

都知道李尔峰会炒菜，刀功特好，土豆丝切得像粉丝。大家异口同声地说：“好啊，好久没有品尝过头儿亲自操刀撑勺的菜了。”

可是这次，李尔峰失言了。到了住地后，他再也没力气操刀了，一用力，那伤就格外地疼，土豆丝切得比筷子还要粗，火候也不行了。他心里说，伙计们，你们就将就对付着吧，下次有机会咱们再补上吧。

李尔峰的一天还没完，下面不写故事了，用记流水账的方式做个结尾：

7点晚饭。

8点开始整理资料，到十点钟结束。

10点半各自收拾东西，准备明天一早要到新工作区。

11点半收拾完毕，洗脸洗脚。有个别人没洗脸洗脚就上床了。

12点，全部熄灯。熄了灯的蚊帐里，只有李尔峰还没睡，他正在轻轻地给伤口抹药……

李尔峰和他的同事们，就这样一天一天又一天地跑着，每天遇到的情况都不一样，但每天的工作量都要做这么多。项目组行程近3000千米，每天工作10多个小时，每年在野外工作300多天，完成了1∶2000地形测量，大地电磁测深，1∶1万物探高精度磁法测量等项工作，为钻孔准确定位提供了依据，为上钻赢得了时间。

大台沟验证

6个月后，李尔峰带领技术人员提交了对这5个区域的踏勘报告，根据野外资料和航磁资料的对比结果，曲亚军等认为，航磁异常是鞍山式铁矿引起的，而早被专家预言有大铁矿的本溪地区尤其是本溪大台沟异常区，应为重点勘查对象。辽宁地调院根据预查所显示的光明前景，向中国地质调查局报告下一步将要开展的工作计划。

中国地质调查局领导高度重视。项目很快被批准，并投入760多万元，实施深部探矿。

沈阳地质调查中心非常关注这一项目的实施，派专家参与研究。

老地质资料和野外工作的地质资料，统统摆在院领导的面前。要在哪里验证，主战场设在什么地方？这又是一个关键。

地调院总工程师王长峰告诉记者："最终选择本溪大台沟，我们进行了缜密的分析研究和反复推敲，先进的物探设备，先进的物探工作方法帮了我们的大忙，没有这两项技术上的突破，我们下一步的工作就不好开展，李尔峰他们项目组的阵地就不好摆啊。"

经高精度磁法测量，磁法成果综合分析研究，定量计算，项目组认为这是一个隐伏的规模巨大的矿体，该磁性体深埋在千米左右。项目组根据磁测资料的显示，主动上门征求有关专家学者的意见，还召开了一次地质专家论证会。

在会上，曲亚军认为，本溪地区航磁异常极有可能是较大规模的铁矿，磁异常是地下铁矿引起的。

此外，用磁法剖面反演推算，这一地区的铁矿埋藏较深。

祝家屯，比较浅，而异常相对要小要弱。

桥头镇大台沟的地名，人们念叨得越来越多了。

李尔峰说："这个地方本叫台沟村，没有大字。后来加了个大字，那是我们地质工作者给它加的，就是要让它的名字响亮起来。从靶区定在这个地方起，大台沟的名字就出现在地质图上了，以后就由各大媒体，让它响遍世界了。"

"一座座青山紧相连，一座座白云绕山间……"大台沟就和歌里唱的一模一样，不过这里的青山不算高，自然村大小不一，散乱地坐落在环山的怀抱中。要把钻孔定在这里，在结论还没有变成现实之前，不论是领导还是普通技术人员，每个人的心都是悬着的。地质找矿是科学，认识需要过程，这个过程是有变数的。钻探不是槽探挖个坑，也不是物探跑个面放个炮，这里要上大机器的，全套设备要200多万元！还有各种钻进材料如钻杆、岩芯管等等一大堆铁家伙，还要修路要建工房。用钻工的话讲，戳个窟窿可不是好玩的，这一戳就戳掉几百万啊！

这时已经到了2006年9月。东北的9月天气已冷，11月份进入冬季后，钻孔施工风险大、成本高，一钻下去就是数百万元，万一打不到矿谁来承担这个责任？但曲亚军此时心里早有了谱。近一个时期，他黑天白日研究这个铁矿的航磁、地磁资料，还多次到大台沟勘查，他确信他的判断没有错——即使铁矿与预计深度有出入，出入也不会超过50米！

常务副院长王文清对曲亚军在那次"拍板"会上充满激情的讲话记忆

忧新：“我认为我们推断的深度是准确的，首先是铁矿肯定存在；其次是我们已经多次进行反演推断，该上的手段和方法都用了，而且众多资料显示出铁矿在1250米左右。虽然冬天施工难度大，风险大，但不能等，要利用10月、11月这两个月的时间进行验证，如果失败我承担责任。第一个钻孔一定要选好，明天我们都到山上具体布置孔位，深度确定在1500米。要选最好的钻探施工队伍。

请读者注意以上两组数字：铁矿在孔深1250米，出入不过50米！

这是一个容易让人记得住的日子：2006年9月18日9时18分，第一台小口径金刚石深井钻机在大台沟村的山坳中隆隆响起。

9月18日，9时18分。南方人、尤其是广东人会说，918，就要发啊！

第一台进入矿区的是辽宁地矿局朝阳三队的钻机。机长叫吴连胜。

久违了，大台沟的山山水水好久没见过钻机了，大台沟见过钻机的人老的已经走掉了，中年人已经老了，小孩子也成了中年人了！39年前，这个村来过钻机，井架立起来，钻机响起来，来看热闹的老乡里三层外三层。隆隆的机声，飞旋的钻头，老乡们谁也没见过这阵势，有的问：“这大铁家伙，一下就能捅个大窟窿，地下的矿都是它捅出来的吗？”结果，他们捅不下去了。又在附近另行开钻，同样没有收获。

沉睡的矿藏依然沉睡。

吴连胜指挥人马平地盘，安钻机，接水管，挖泥浆池，以最快的速度，做好了钻前的一切辅助工作。9月18日的9时18分，吴机长扶着刹把，一声令下，小口径金刚石钻头，飞旋着，不到半个小时，就穿过地表层，进入基岩……

老乡们站在一旁看呆了，一位年长的白胡子老头问一位小青年：

“当年我看那钻机，个儿顶大，钻起来忽悠忽悠不太往下走。可你这钻机，个儿不大劲倒不小，眼看着一米一米地往下出溜。这么出溜法，一月俩月的，不把地球出溜穿了？”

小青年告诉他：原来那钻机是这钻机的姥爷的姥爷。

白胡子老者又问：当年打钻的是你们一伙的吗？

小青年告诉他：那是我们师父的师父。

白胡子老头笑着走了。

再说李尔峰。他领导的项目组在收集资料的同时，又开展了大比例尺高精度磁法测量、电磁测深等资料综合解释等，并依此进行了多次重复计算和反演推断。曲亚军又一次分析所有资料后认为先前的判断是正确的，王文清等技术人员也一致认同这个判断。

开钻的时候，李尔峰就告诉吴连胜："根据反复计算推断，约在孔深1250米处见矿。"

吴连胜拍着胸膛说："李工，你放心，进入1000米，我们就要进入一级战备状态了。我亲自操刹把，保证不打丢矿体，不打斜不打偏。"

李尔峰他们上午跑野外，下午就到钻机编录取出的岩芯。一个多月过去了，钻孔深度已穿过1000米，向1100米挺进，钻头穿过的地层，这些地层的名称大都是按地名定的，这也是地质学上的惯例。钻孔穿过的地层顺序和预测也是一致的：桥头组、南芬组、钓鱼台组。可是，还没见矿，每打一米，李尔峰的心都是悬着的，省局、沈阳地质调查中心、院领导经常来电话了解情况，他们心里也很急啊!

到了1200米，连吴连胜都急了，他见到李尔峰，摇摇头："还没见到啊，你看——"

吴连胜指着泥浆池的泥浆。不要说地质专业人员，就是有经验的钻工也看得出来，要见矿了，钻孔内翻出的泥浆的颜色就会变深，而现在，和以前一样!

李尔峰能说什么呢，他笑了笑，心里说：还没到预测的见矿深度呢，再往下，好戏在下面呢!

其实，从1000米后，李尔峰每晚睡觉就不踏实了，进入1100米后，几乎就不能入眠，等待预测是最令人心焦难耐的。心焦难耐是最折磨人的。

如果讲感应有灵的话，李尔峰这一晚睡了个大好觉，醒来时已是大天光了。东北已进入严寒，虽然冷，但天气十分好，天气好，心情就跟着好，他草草地吃了一个馒头，对洪秀伟说："我们早点上钻机看看，今天要到1290米了!"

在这些天中，李尔峰整天守在机台，每天进尺多少、岩芯取上来多少、地层变化等等，他都详细记录在案，他盼的是早一天看到铁矿床的成矿岩体——太古宙的变质杂岩。

他刚爬到山坡，还没到钻机，吴连胜就喊开了："李工快来呀，见矿了！见矿了！”

李尔峰事后回忆，见矿了，这三个字，是爆炸性的喜讯。当时那个兴奋劲，怎么比方呢？比你听到你孩子考上清华北大还高兴！

李尔峰还未进钻机场房内，钻工们就把岩芯箱抬出来了，异口同声地喊道：“见矿了！见矿了！”钻工们上了一个夜班，没有半点疲惫，一张张满是油污的脸上涌出的全是幸福和喜悦的笑容。

李尔峰告诉我，钻工们都是业余地质专家，认铁矿对他们来说，已经是小儿科了，不要说看结构，看颜色，掂分量，只要拿个铁家伙，往岩芯上一靠，就全知道了。

黑黑的岩芯静静地躺在岩芯箱里，犹如初生的婴儿，李尔峰和洪秀伟的手似乎都有点颤抖，他们开始是轻轻地抚摸着，接着是小心翼翼地拿起，在放大镜下兴奋地观察着……

这时，李尔峰掏出手机，拨通了院领导王文清的电话。他与以往回电话的心情不一样了，口气也不一样了，声音也不一样了，语调里的兴奋程度，明显地大幅度地提高了！他向院领导报告了这个让人等得心焦难耐的好消息，让人盼望已久的喜讯。

几分钟后，辽宁地矿局局长于文礼，副局长、地调院院长曲亚军，沈阳地质调查中心的领导都得到了来自大台沟的消息：

见矿了！1280米！

1280米，见矿了！

比预期见矿相差只有30米，简直是计算机算出来的！

喜讯由辽宁地矿局报告到中国地质调查局！中国地质调查局领导非常高兴，并表示祝贺！

黑乎乎的铁矿岩芯躺在岩芯箱里，一箱一箱又一箱，乌亮闪光。现场一片欢腾，成功了！成功了！地质队员们欢呼雀跃！

接到这一喜讯，辽宁省地矿局局长于文礼亲率局党组成员和部分处长到大台沟铁矿施工现场慰问和祝贺，而且明确表示：“科学找矿思路、提升科技水平、加强综合研究是辽宁省今后找矿的总体思路，大台沟铁矿实践证明了这个思路是完全符合科学发展观的，是非常正确的，为中国地质调查局提出的‘攻深找盲’探索出了一条成功之路！”

或许是地质技术人员的兴奋感染了钻机，虽然此时已滴水成冰，但钻机进尺仍然在加快，很快达到设计深度，钻头仍没有穿出厚厚的铁矿矿体。曲亚军在现场看到厚达220米的铁矿岩芯，他当即作了一个判断："2000米内都是铁矿！"

一些地质专家听说大台沟打出铁矿的消息，激动地找出以往资料，根据本溪一个铁矿13亿吨的航磁资料与大台沟铁矿航磁异常对比，预测大台沟铁资源保守储量可达10亿吨。

见矿了还不算，到底这个矿体有多厚，矿有多大？

再往下，钻！

每天都是惊喜。1380是矿体，1480还是矿体！

12月28日，钻孔已到1500米，仍然没穿透矿体，矿体厚度已达220米了，矿体含铁品位34.68%。虽然钻孔尚未穿越矿体，可是钻机吃不消了，它早已超负荷运转了，这种钻孔深度早已超过它的设计标准了。幸亏是朝阳三队的标杆钻机，幸亏是吴连胜指挥，操作精心，否则这台钻机不会那么听话的！

吴连胜在这里钻了3个月又10天，成功验证异常预测。

在矿山储量规模划定上，铁矿资源量分为小、中、大、超大四类。一亿吨以下的为中小型，以上的为大型，是大型6至10倍的为超大型。

这只是一个孔，还没打控制钻孔呢，矿区的边界在哪里还不知道呢！矿体多厚多宽多长还不知道呢！只有打了控制钻孔才能摸清矿区的规模！

曲亚军与有关专家谈及这个矿时，透露了这个大铁矿的初步评定："成功地打了第一钻，220米的厚度还没穿过矿体，比照本溪南芬铁矿资源量13亿吨的航磁异常，再详细分析大台沟的航磁情况，预测可达10亿吨的资源量。可以说这是一个比较保守的预测。"

中国地质调查局有关领导在听了辽宁省地矿局关于大台沟发现超大型铁矿的汇报后，给予了高度评价与赞扬，并组织专家组赶赴现场，指导勘查。

2007年度全国地质勘查十大新闻，大台沟位列其中。

2008年1月，在辽宁省政协十届会议上，辽宁省地矿局局长于文礼向来采访大台沟铁矿的媒体发布：

辽宁省浅层矿藏量已接近枯竭，地质勘查工作已经转移到千米以下的深部进行。辽宁作为我国矿业大省，这几年在危机矿山深部外围找矿方面屡有突破。我们在实施国家地质大调查“鞍山-本溪一带铁矿资源评价”项目中，本溪地区发现了埋藏地下千米以上的特大型铁矿。这一特大型铁矿的发现，对振兴东北老工业基地，是一个令人欢欣鼓舞的好消息！

有了第一个钻孔的验证成果，辽宁地矿局着手对铁矿进行详细勘查。

2008年初的大台沟，冰雪尚未消融，寒风依然刺骨，为了尽快查清大台沟的资源量，5台钻机先后上山开钻。

巨厚铁矿的详查是一项艰巨的任务。艰巨是矿体埋藏深，形态不清，如何评价世界上没有先例。详查方案如何制定？曲亚军认为，要打破常规的勘查方法，科学合理布置钻孔，用较小的工作量取得最大的资源量，先按400米×400米网络布钻，先上5台2000米钻机按纵向布孔，然后再按横向布钻，控制范围走向长1200米，水平宽度1036米，有了成果后在外围控制。这个意见得到了领导班子和专家们的一致认同。

为确保项目万无一失，负责施工的辽宁地质七队、八队为钻机配备的机长和操作工都是从事钻探工作的高手。八队还花400多万元新购置配备了2台深井大钻。

由于钻孔布置科学，5台钻机分别在地下1085米、1148米、1218米、1250米、1252米处见到了铁矿，实现了5台钻机孔孔见矿。9月4日，辽宁地质八队的钻孔终孔于2010.02米，仍未穿透铁矿体。9月25日，辽宁地质七队钻孔终孔于2015.77米，也未打穿铁矿体。5个钻孔相继终孔，其成果再一次验证了曲亚军当初的判断：2000米以内钻孔打不透铁矿体。至此，一个事实也摆在眼前：

铁矿厚度800米以上！

5台钻机，除了辽宁的，还有来自有山东的。为了勘查大台沟铁矿，为了地质调查，他们走到一起了。老钻见老钻分外亲切，辽宁话，山东话，在大台沟的土话中，成了一曲优美的交响。

亲切归亲切，5台钻机，都鼓足了劲，在市场经济的今天，谁打得好，谁就有名气啊！

5台钻机，先后孔孔见矿！都是优质孔！

在这些钻工中，最巧的是有两名钻工在39年前来大台沟打过钻！他们是辽宁八队的隋忠革、杜世华。

1970年10月，两个毛头小伙子跟着老钻工出队了，大卡车把他们拉到大青山的怀抱里，在距大台沟不远处安营扎寨。

可是，他们打了一个又一个孔，也没见到铁的影子。他们用的油压600米的钻机，钻孔深度几乎超过设备能量系数的一倍！钻机啃不动了啊！

无奈之下，下山了。

大台沟啊，大台沟，我们在你这里搭上了近三年的青春啊！

可是，39年后，他们又回来了。

地质找矿，峰回路转，充满变数；地质人生，跌宕起伏，柳暗花明。

当年的小伙已成了老头。隋忠革是机长，杜世华已退休，返聘出任技术骨干。

第一个孔是人家朝阳三队打的，地下有铁矿已证实了。他们的工作是探规模，探范围。二位老钻工已到了对什么也不新鲜，什么也不好奇的年纪了，随之而来的是细小精心耐心，他们要求钻工：我们要做到的，个个是优质孔，进度质量都让地质人员满意！

我问老隋："第一次见到矿是什么感觉？"

我们第一次见到矿与别人是不一样的，我们是二上大台沟，像考秀才一样，"复读"了39年才见到矿的啊！

李尔峰说，隋忠革的第一个钻孔是1214米处时见矿的。零下30度的山上，老隋抱着刚取出的水淋淋的岩芯，幸福得快要哭了。

这两位老把式，把青春的尾巴献给了大台沟。

老隋告诉我，他们上个世纪70年代初没打到矿，6年后，也就是上个世纪七十年代末，还有一个系统内的地质队，在这里用日本的钻机打的，并有钻探专家现场指挥，结果，也没成功，下山了。

如今，老隋用国产的钻机创造了奇迹。这里向没干过钻探的读者介绍一下。岩芯钻探——不取岩芯当然好打，找矿是要取岩芯的，还要讲采取率，这就难了；80度斜孔——直孔当然好打，斜孔讲倾斜的度数，讲与矿体的夹角，打偏了还要纠呢！这就更难了。隋忠革的第一个孔2010米，优质孔，孔深创全国纪录！

第二个孔，2123米，优质孔，刷新自己创造的全国纪录！

老隋说："市场经济，说白了，我们是给人家地调院打工的，可我们也是正宗的地质队员啊！打到了矿，创了纪录，双喜！我们也自豪啊！"

令人惊喜的尾声

中国地质调查局对大台沟项目的每一次进展都非常关注，期间多次组织院士、专家到大台沟指导“攻深找盲”找铁工作。

这一年，是辽宁地调院项目组同志最繁忙也最愉快的一年。从3月初进山到12月31日最后一个钻孔终孔才回到沈阳，全年在野外工作300多天，没有休息日，没有节假日，基本上每天都在加班加点。为了抢时间，地质人员在这10个月里始终坚守在野外第一线，完成了野外1∶200地形图、大地电磁测深、1∶1万高精度磁法测量，以及5个机台上万米岩芯的编录。

这一年，大台沟铁矿施工钻孔17个，累计进尺超过2.8万米，实现了孔孔见矿，而且见矿深度均在1100米左右，17个钻孔最深的2016米，均未打穿矿体，说明铁矿矿体厚度巨大，品位均匀。

这一年的成果没有辜负所有人的期望：地调院专家认为大台沟铁矿的储量仅在2000米以上铁矿石资源量就超过30亿吨！根据磁性体分布特征预测，334类远景资源量逾76亿吨！

这一年在辽宁本溪大台沟发现大型铁矿消息的刺激下，本钢鞍钢股票几度涨停。

更重要的是，大台沟的发现对国际铁矿石巨头的疯狂涨价是一个有力的还击！

2005年以来，关于世界铁矿石价格就不停地涨价谈判，谈判涨价，但谈得艰难，让人气愤，狂升的幅度让世人瞩目。因为仅仅一两个百分点价格的变化，就事关企业数十亿、乃至上百亿的盈亏！

没有道理可讲，手中的资源就是坚强的后盾。此时的大台沟，给中国的钢铁工业长了多大底气？

2009年，十一届全国人民代表大会期间，国务院副总理李克强在参加辽宁代表团座谈时指出：辽宁本溪大台沟铁矿的发现意义重大，不仅具有经济意义，而且更重要的是具有战略意义。

我国著名地质学家、中国科学院院士李廷栋认为，辽宁本溪大台沟超大型铁矿的新发现，实现了几代地质人的夙愿，这不仅对辽宁省的经济发展是一件大好事，而且对今后我国铁矿石价格起到了心理稳定和资源支撑作用。

这一年的5月1日，我们这篇文章中的主要人物、“鞍山——本溪铁矿资源评价”项目负责人李尔峰，看着他胸前的奖章。这是一枚十分珍贵的奖章——全国五一劳动奖章，奖章金光闪闪，让53岁的李尔峰更显光彩照人！

而大台沟的故事远未结束。

辽宁地矿局总工程师杨占兴说，目前，钻孔均未见到矿底，所以无论是纵向还是平面，远远没有完全控制矿体。今年施工的探边钻孔又打到了巨厚的铁矿体，平面上还有可能延长几百米。可以说，矿体厚度到底有多少还是个未知数。

紧接着，地调院又布置了4个钻孔，重点是摸边，查一查矿体到底有多大。

如今，4个钻孔已经有3个见矿，边还是没有探到位，这就说明，矿体比预想的还要巨大！

本溪所期盼的所呼喊的，我们的大台沟回应了！

“攻深找盲”见成效，大台沟，报大捷！

大台沟大捷，让地质人欣喜，让老工业基地振奋，让中国的钢铁企业充满希望和信心！

拯救康巴明珠

吴珍　王珊

SOS！“康巴明珠”呼救！

地处青藏高原东南边缘的甘孜藏族自治州是大山的世界。这里山川险峻，河谷幽深，崇山峻岭，不见尽头。

甘孜藏族自治州是四川省三个民族自治州之一，系康巴的主体，俗称康区，地处川、滇、藏、青四省六地交界处，是我国第二大藏区的重要组成部分，也是四川最大的藏区。全州地处青藏高原东南缘，面积15万平方千米，有贡嘎山等著名大山，有金沙江、大渡河、雅砻江等主要河流。雪山、高原、峡谷、草原，自然风光多姿多彩；森林、矿藏、自然资源十分丰富。境内生活着藏、汉、回、彝、羌、纳西等25个民族，总人口90万人。甘孜州自宋代以来，一直在政治上、军事上发挥着东屏四川、南控云南、西摄西藏、北啸青海的战略作用，是历代兵家必争之地。前中共中央总书记江泽民同志视察四川时曾精辟地指出：“稳藏必先安康”。可见甘孜州在中国政治版图中的分量。

在甘孜州的东南有一个九龙县，是一个以藏、汉、彝三种民族为主体的多民族聚居县。九龙距州府康定252千米，距省府成都620千米，沿途山高谷深，险峻无比。然而在这样一个边远的小县，依托里伍铜矿而建立的里伍铜业公司的名声却如雷贯耳，被誉为“康巴明珠”。

里伍铜矿的建设，是在“八五”期间上马的。一经上马，就成为了甘孜州的重点建设项目。随后就发展成甘孜州民族经济和民族工业的支柱企业，甘孜州第一纳税大户。1998年，经省体改委批准，里伍铜矿改制为里伍铜业股份公司，目前已具有日采选1000吨铜矿石的生产能力。矿山自1988年筹建，1994年试生产，1995年12月正式投产，到2009年底，已累计开采铜矿石600万吨，生产铜精粉10万多吨，实现销售收入21亿多元，向国家上交税金6.5亿元。先后有1200多名藏族、彝族和汉族同胞成为公司正式职工，每年矿山还招聘数百名季节性临时工，这对人口只有5万人的多民族山区县城来说，其贡献之大不言而喻。

随着矿山的发展，一个原本无电、不通公路、偏僻落后的贫瘠山村，实现了与外界现代生活的接轨，人们的视野也一天天开阔起来，山村里的那些袅袅升腾的炊烟，仿佛也和那条雄气翻腾的雅砻江一样，可以流向很远的地方。所以，里伍铜矿，在当地人们的心里，也是一根精神支柱。公司的持续发展，使它有能力反哺社会，多年来，公司先后为地方公益事业投入数千万元，获得了国家和省、州、县等政府或部门授予的各种先进称号。此外，雅砻江流域梯级电站和九龙河流域梯级水电开发正在全面展开，矿区内的交通、通讯等基础设施，已经开始发生显著的改变。

但是，任何一个矿山的发展，就像流淌的河流一样，最终都要经历一个特有的坎，这就是资源的逐渐枯竭。一个严峻的现实就是这样不可回避地摆在了人们面前：在四川省危机矿山的名单中，里伍铜矿终于赫然在列。

这是2003年时的事情。按照里伍铜业公司的发展规划，里伍铜矿现存资源量的开采期已不足10年。

10年的资源开采量，对于一个矿山的发展而言，是一条警戒线。因为按照地质找矿的一般规律来讲，勘查、发现、探明一个矿床，最少需要5年的时间。加上矿山开采的前期建设，通常的下限也都在8至10年。也就是说，当里伍矿业公司的铜矿开采资源量不足10年的时候，就必须开始即时启动寻找接续资源基地的地质勘查工作。推迟或延缓这项工作，就意味着职工们将在这个时间段后，他们赖以生存的矿山，就会面临停产，甚至消亡。

2003年，甘孜州政府专门写了一份报告向中国地质调查局求助，并派出负责同志亲赴北京面递。里伍铜矿的领导也多次拜访成都地质调查中心，陈述拯救里伍的重要意义和紧迫性，请求予以支援。

中国地质调查局详细研究了州政府的报告，并反复考虑了由哪支队伍负责担任拯救里伍的任务，最后认为这项重任非成都地质调查中心莫属。于是决定由成都地质调查中心申请矿产资源补偿费项目对该矿外围开展普查工作。

成都地质调查中心丁俊主任也敏锐地注意到了里伍铜矿的资源危机，丁俊收集了里伍铜矿的有关资料，一一细细审读。他觉得里伍外围地质工作程度很低，在地质构造上，里伍所属的江浪穹窿面积很大，周边初步的地质工作显示具有良好的成矿条件，肯定大有作为。他感到这正是成都地质调查中心一展身手的大好机会，无论是从地质找矿，开展科研的角度，还是从支持地方经济发展方面，成都地质调查中心都义不容辞。

上下如此默契，为里伍铜矿寻找接替资源的任务，就这样历史性地落在了成都地质调查中心的肩上。丁俊亲自召集会议，挑选精兵强将，对拯救里伍进行布署和动员。

拯救里伍铜矿的行动由此拉开序幕。

里伍传奇

2010年1月28日，记者在成都地质调查中心的安排下，乘一辆越野车前往里伍。

从成都出发，我们首先驶上“成都——雅安”高速。师傅说估计要一天半的路途，才能到达里伍铜矿，你们最好趁现在路段好养养神。

激动和期待兴奋着我们的大脑，想着终于可以去到里伍，心里竟是说不出的自豪。我们在大脑里不断整理着这些天获取的关于里伍铜矿的发现的一些背景资料。

抬头看，
大山前面站。

头顶怒发冲破云，
入天三尺三。

望绝壁，
是谁乱削砍？
狼牙虎爪态狰狞，
猿猱愁攀援。

这是当年一位地质队员来到雅砻江大峡谷，遥望里伍随口发出的惊叹。

雅砻江，纵贯川西，是金沙江第一大支流。因受锦屏山阻挡，流向骤然拐向北东，至九龙河口附近又转向南流至巴折，形成长达150千米的著名雅砻江大拐弯，湾道颈部最短距离仅16千米，水头落差高达310米。劈山斩崖，奔腾而下，宛若一条长长的绿飘带婉蜒于崇山峻岭之中，造就了奇险深邃的雅砻江大峡谷。雅砻江环绕锦屏山而流，锦屏山雄居雅砻江河套，三面环江，拔地而起，直至云霄，断崖峭壁，山高谷深。岩壁矗立似屏，山色斑斓多彩，景色壮美。上山，只有一条在绝壁上凿出的羊肠小道，像一条细细的线绳，扎在嶙峋的山腰。人走在这里，仰看九龙回首之高昂，俯首冲破逆折之回川，不禁头昏目眩，心惊神摇。

一条山道，藏匿于海拔4200米的山崖壁上。山道是从半山腰上凿出来的U形道，而凿也只凿了一半，另一半路面是在悬崖上用石头砌上来的，路的一边是有600米左右高差的陡崖。山道宽度只够一辆北京吉普车驶过，车在山道上行驶，车顶几乎顶着山壁。据当地彝族小伙说，这条凿山道开通以来，每年都有拖拉机或车辆坠落山崖……

这条长26千米的山道是去往里伍黑牛洞矿区的唯一通道。在里伍开展勘探工作之难可想而知。而这已是来之不易的康庄大道了，在当年，只能攀藤附葛，披荆斩棘，冒着生命危险爬上去。

同行的师傅给我们讲了当年里伍勘探的传奇故事。

这里原来没有矿。也没人到这里来找过矿。

那还是上世纪50年代末的时候，当时的四川省地质局通过群众报矿，发现里伍村附近有铜矿。之后就在原地质队的基础上，专门成立了406地质队，驻扎在大山里，负责里伍铜矿的地质勘查。从1965年9月到1976年

12月，406地质队在这里整整工作了10年。

里伍铜矿进入详查阶段，大抵是从1969年底开始的。在这之前，已经初步查明了矿区的构造特征、矿体赋存层位等，预测矿区铜资源储量可能达到中型规模以上。但要探明储量，验证地质预测成果，必须经过矿区勘探阶段，这就需要上钻机。

可是，里伍这样一个地方，仅汹涌的江流就要跨越两次。就算把物资设备运到山下，怎样才能搬上山去？就是全部拆掉，化整为零，面对这样的悬壁陡崖，也是没法背上去的，那毕竟是沉重的钢铁，如塔座、塔角、天车、横梁、钻机、钻杆、水泵、柴油机……哪一样不是动辄数百公斤？人拉肩扛，是断然运不上去的。

五六十年代的中国，百废待兴。国家的经济建设，急需大量铜资源。特别是里伍地处川西，如果能在当地建立一个矿山，对贫穷的川西地区经济发展意义巨大。

406地质队在锦屏山一带发现富铜矿的消息迅速传到了北京，地质部对此给予了高度关注，部领导指示要不惜一切代价，弄清里伍铜矿的规模储量。弄清储量就必须钻探，必须拿到准确的储量。那些沉重的钻探设备如何上山？

唯一的办法是动用飞机空投。用飞机空投设备，这在新中国的勘探史上是没有先例的。当时就是省里也没有这个权力和条件。

别无它途，向北京向中央求援！

这时已经是1969年初。了解历史的读者应该知道这段时间成为“特殊年代”的含义。于是，当时的406地质队请求空投钻探设备，支持里伍矿区实施地质钻探的报告，就这样史无前例地经由四川省地质局送到了地质部。

此时的地质部，早已经开始实行了军代表制，机关各司局已被撤销，仅设立政工、生产、后勤、办事四个组，大部分机关干部也已经下放到了江西和黑龙江的“五·七”干校。但是地质部的人大都知道数千里之外的里伍铜矿，知道红军长征翻越大雪山前路经的西康地区就是现在的甘孜州，他们还听他们地质部的老书记、副部长何长工说过，在里伍山村一江之隔的冕宁县，刘伯承元帅当年曾经与彝族果基支首领果基约达“歃血为盟”的故事。所以地质部的人，对里伍铜矿似乎有着一种天然的情感。因此，即使在当时异常纷乱的情况下，这份“出格”的请求报告（当时的机关公文文体，请示和报告经常连用），还是异常迅速地送到了周恩来总理的案头前。

周总理看了报告后十分高兴。当时的各级政府机关在经历了一系列冲击后已经很不正常，而全国正处于知识青年上山下乡的高潮，整个社会如同激烈震动中的楼宇，在无序地晃动着。在这样的情况下，他突然看见了同样处于风暴浪尖上的四川发现了铜矿，而且是在红军长征经过的西康地区，在少数民族聚集地的甘孜州九龙县，心里禁不住感到一阵阵的欣慰，当即批示：请武汉空军支援！

周总理的批示由武汉空军司令部下达给了空13师。空13师接到命令后，立刻组成了一个先遣小分队进驻矿区。先遣小分队里有气象专家，有导航技术和无线通讯专门人员。他们携带电台和有关轻型设备，艰难跋涉，先期进入矿区安营扎寨。

周总理的批示在406地质队沸腾起来，大家奔走相告，激动万分。这也是老一辈革命家对地质队的厚爱啊。

406地质队党委和先遣分队一起，对空投的所有细节进行了详尽的研究，好不容易才寻到一块适合接受空投的地方，按照部队的指示做了空投标记。空投那天，矿区附近几个寨子的群众扶老携幼，早早就赶着来到了空投地点，他们要亲眼看看飞机空投的盛况，他们还从来没有看见过天上飞的铁鹰是什么样子呢！

1969年5月31日中午，中国地质勘探史上迄今为止唯一的一次空投壮丽亮相。从成都机场起飞的飞机自东向西飞过里伍上空，发动机巨大的轰鸣声震撼着群山。围观的群众欢呼起来：“飞机！飞机！”

在地勤人员的指挥下，飞机在空投点上空转了一圈，显然是在观察核对空投标志，然后缓缓降低了高度，再次飞临空投点上空，吐出一团团黑色的物件，眨眼之间，降落伞已经打开，像一朵朵白色的鲜花绽放在蔚蓝的天空，慢慢向空投点飘落。

几分钟后，装满了各种设备的木箱重重地落在了山坡上。阳光灿烂，山风呼啸，群山挺立，仿佛在为这次壮观的空投祈福。

从1969年5月到9月，空13师共出动飞机17架次，空投包括1000型钻机在内的各种设备物资107吨，基本满足了里伍矿区开展勘探工作的需要。

设备虽然上了山顶，但要把钻塔建起来谈何容易。测定的钻孔位置坡度都超过60度，首先要把山体切出一块平地来，然后把机台枕木架好，把钻塔、钻机零件一件一件地运上去，装配起来，要从很远很远的地方用水管把水引到现场，而这一切都是在生死只有咫尺之隔的陡坡上完成的。

开车的师傅很健谈。说起里伍，他的话滔滔不绝：

“听我们中心的老人说，那时刚刚从三年困难时期缓过劲来，生活物资依旧奇缺，顿顿吃苞谷面窝窝头，一个月吃回把大米饭，就是最好的伙食了。山太高太大，十天半月才能从外面背点东西回来。缺油少盐，基本吃不上新鲜蔬菜，后来就自己开荒种地，反正山上有的是地方。

“生活苦一点倒没什么，最大的威胁是工作环境。矿区海拔3000多米，大半时间在下雨，八九月份就飞雪了。山形太陡，脚下随处都有深谷，稍不注意就把自己交代了。据说有一个民工，半夜出来小解，一脚踩空，大伙儿只听到他一声凄厉的尖叫，最后连个人影也没找到。

“我们中心一位职工的父亲当时就在那里找矿，听他说有一次出去踏勘，当时露水很重，一路上很滑，身旁就是悬崖，崖下是看不见底的深谷。踩过的草倒伏着，依是湿溜溜的，他走在大伙的中间，在朦胧的雾色中小心翼翼地往前走。走到一处小拐弯的地方时，脚下突然一打滑，左脚踩空，全身猛然间失去了重心，身子一歪，眼见就要摔下崖去，亏得走在后面的地质员手疾眼快，死死地拽住了他的脖领子，才避免了一场惨剧。”

“当初我们地质队就是在恶劣的环境下艰苦工作，但老天不负苦心人，终于圈定了一个大铜矿体：储量26万吨，平均品位2.5%，是一个了不起的中型富铜矿，为国家做出了卓越的贡献。”

说起这段辉煌的历史，开车的师傅刚才还十分凝重的脸上堆满了自豪的笑容。

拯救里伍

对于里伍铜矿，成都地质调查中心的领导和职工有着相同的感触，那就是一种与身俱来的荣誉感和责任感。我们在采访中，时常可以从他们的口中听到当年飞机空投钻机设备的故事。这件事情已经过去了几十年，但他们仍然在不厌其烦地复述着。所以他们已经有了许多种版本。但他们对总理的热爱，对地质职业的自豪，对少数民族地区经济发展的责任，总是万变不离其宗地贯穿于每一个版本的故事里。

那么，拯救里伍从哪儿入手呢？

经过对里伍铜矿前人地质资料的系统分析研究，他们认定主要铜矿体应在深部。于是，组成了由汪名杰、廖朝贵、王全海、李光明等地质技术人员组成的项目组开始对里伍铜矿外围进行实地勘查。

考虑到该区切割深、高差大、山顶基岩裸露而沟底及山坡植被严重覆盖等特殊情况，项目组首先在面上利用遥感技术开展找矿预测，以便于先提取工作区矿化蚀变信息，从而去判别构造和成矿蚀变带的关系。

后来，又根据所测的岩矿石电性特征参数，选择大功率激电中梯在矿体或矿化蚀变带上直接采用充电测量。在此基础上，进行了山地深部工程揭露。

“成都地质调查中心以沉积学见长，在里伍外围矿的勘查过程中，我们始终坚持以发挥我们技术优势为基础，以科研、找矿与先进仪器设备紧密结合为先导，将目标始终放在矿体追踪的重大突破上。目前看，已经取得了初步的成果。”丁俊这样和我们说。

黑牛洞是他们实施拯救计划后的主要目标之一。这里地处雅砻江西侧。距离现今的里伍铜矿矿部18千米。矿区海拔3400—4000余米，高出雅砻江水面1800米以上。矿区为深切割高山地貌，到处是绝崖峭壁，高差可达百余米。矿区6—9月为雨季，绝大部分时间阴雨绵绵，浓雾弥漫，11月至第二年3月为降雪期，年降雨期和积雪期约占三分之二的时间。

黑牛洞，其实是因黑熊出名。当地人把黑熊叫“黑牛”，据说这一带山里的洞穴中多黑熊出入，许多老乡都能活灵活现地说出他们在深山中遭遇黑熊的故事。这样的故事当然令人心生好奇且又恐惧。进到项目组的第一天，年轻的组员们就都睁大眼睛，竖起耳朵，提防着哪个树丛后面，哪个拐脚阴影里，会突然窜出一个胖乎乎的大黑家伙来。

生活中的许多事情很讲“缘”，因此就常常带有戏剧性。比如这个项目组的成员里有个叫姚鹏的，是矿物岩石及矿床学博士，他的父亲就是我们前面提到的当年差点掉下山崖的地质队员姚家栋。落实项目组人员时，领导考虑到姚鹏的孩子小，母亲又长期半身偏瘫，不准备考虑他。姚家栋知道后，立刻对儿子说："孩子，你去向领导请求，里伍项目一定要争取去，家里的困难，老爸帮你克服。当年你妈怀你、生你时，我就在里伍项目里，你和里伍有缘啊。再说，那里伍山里的百姓真是纯朴啊，当年我在那里工作时，他们对我的照顾无微不至。里伍铜矿是全甘孜州的命根子，你们早一天把矿找出来，也是造福那些少数民族同胞啊。"

不过，临了，姚家栋还是反复叮嘱儿子，在里伍，千万要注意安全，千万不能掉以轻心。

姚鹏第一次进山后，马上就明白了父亲苦心叮嘱的益处。

沿途，山高几乎可以触摸到天空，山形刀削斧劈似的陡立，山体有重叠的，也有独立的。像在奔腾，像在怒吼，又似旋转着，跳跃着，就像要倾压过来一般。

无人烟的坡麓地带森林密布，郁郁葱葱。这里拥有着从亚热带到高山寒带能生存的所有植物物种，珍稀植物种类繁多，东部河谷地区还遗留了不少被称为"活化石"的古老动植物。

到工区的第一件事，便是搭建房屋，他们自己起了一个名字：吊角楼。因为山中潮湿，屋与地面必须隔开。这里地形陡峭，找一块支帐篷的平地都很困难。技术负责汪名杰组织队员们先在地面下方竖起支柱拉上横梁，然后在上方平铺若干圆木至横梁上，使圆木地板悬空，且保持一个垂直的落差，既造出了房屋，又隔离了潮气。屋子里分为厨房、客厅、卧室，能住十多个人。每天晚上，大家在潮湿的山林里走了一天后，开始享受小屋里的干爽，是最温馨的时候。

可是这个建在海拔4000米的林中小屋，到了冰雪季节就开始遭罪了。山上冷得早，每年的7月份，山下还是炎热的夏天，山上已经是穿上了棉袄，不到10月份，山上就开始下雪，就是垫两床被子盖两床被子，整夜缩成一团，到天亮时，蜷缩的手脚都冰凉酸痛得伸不直。

人称小马的地质员马国桃，对这样的日子，有过一次真实的记录：

"7月份我就在山上穿上了棉袄，10月份的时候，我们必须穿羊毛皮鞋，烤火炉。10月22日，下了一场厚达半米的雪。11月4日，又是一场厚达半米的雪将原先的将要融化的雪覆盖上了。11月10日，一场厚达1米的雪把我们彻底封锁住了，只有等待机台人员用山地车来为我们开出一条道来。而随后几天，山上的所有用水开始结冰，至11月14日，钻探储蓄水池里的水彻底冻住了，工作区内用水也全部冻结，山上断水了，我们于是离别大山，踏上回成都的旅程。”

现在时常说矿区的路有了很大改善，那是说里伍矿区，在他们工作的新矿区里的路，还是需要他们自己走出来。所以那路依旧是如过去那样，常常就像一条线，吊在悬岩上面，脚下是乱石堆，身边是荆棘刺，碰到风天雨天雪天，脚下打滑，心口怦怦地跳，手不得不抓住身旁的茅草刺棵，茅草的锯齿和刺棵的尖刺就把手扎得鲜血淋淋。“流点血没关系，如果不想流血，跌下山崖就没命了。”他们这样和我们说。

还有那气候。山上经常雷雨大作，闪电的火球有时竟闯入钻塔，满地乱滚，或击毁电机，使钻机无法工作，直接威胁到人身安全。

一次，汪名杰、李建忠和姚鹏一起去工作区搞地质填图，他们按着规定路线，爬上了一座很高的悬崖，转眼之间，狂风大作，呼啸的狂风仿佛要把他们吹落山崖。三人抱作一团，将身子紧紧贴在岩石上，使劲抓住身边的树枝，拼死顶住大风的撕扯。狂风夹杂着沙粒砸着他们的身体，很快又是暴雨倾盆袭来，老天爷那天好像是有准备有预谋地要把他们三人送走似的。他们三人那时候还真是不信邪，就这样死死地抱着，谁也不松手。在这海拔4000多米的大山之巅，浑身湿透的他们虽然冻得瑟瑟发抖，却硬是咬紧着牙关，相互鼓励着挺了过去。

又是钻探上山

5月是雪域高原杜鹃盛放的时节。甘孜州内的杜鹃以多品种、大面积、高寿命著称于世。杜鹃的开放与蓝天白雪互为映衬，成就了雪域高原最艳丽的天作之合，美化了人们对于康巴的想象与仰望。

2004年5月，里伍铜矿外围普查钻探工程在这个春天开始了。

里伍铜矿建成后，开始通水通电，由九龙县到里伍铜矿已经修建了公路，货车可以直接到达。可是由里伍铜矿矿区到新的探矿点，还有一段不短的距离，那是无人区，当地老百姓几乎都不太涉足。所有物资和设备的搬运，只能靠人拉肩扛，而坡度又极陡，稍有不慎，就可能跌下深沟。

成都地质调查中心自己没有钻探施工队伍，所以完成钻探工程必须寻求合作。

第一支钻探队伍进入施工现场后，还未完成一个钻孔，就撤出了。他们感到钻探难度太大，特别担心工作期间一不留神就会坠崖而亡。所以他们宁可放弃前期已经付出的成本，就擅自下山了。

一连几天，汪名杰和队友们都眼巴巴地蹲在那个半截子钻孔旁发愣。

终于，第二支钻探队伍请进来了。

项目组成员轮流24小时陪着钻探施工人员，协助他们解决随时可能发生的问题。几个月的艰难施工，总算完成了三个孔，可是却庆幸不起来，因为有两个孔未见矿。

汪名杰犯愁了。

里伍项目前期的所有申报和论证工作都是由他牵头负责完成的，根据他几十年的野外地质工作经验，他相信自己和项目组成员们的判断。可是钻探的结果出乎意料。

汪名杰有些犹豫了。

不善与人沟通的他，斟酌着该怎样向中心领导汇报。他觉得应该让领导知道目前的钻探结果，但他又希望原计划的钻探任务要继续完成，施工不要因为目前的结果而被停止。

汪名杰想了又想。他揣着手机上山了。

几个小时之后，他攀到了一块山石上坐下了。这是一块巨石，一面靠着山，一面刀削般砍出一个斜面，斜面中部有个凹陷，仿佛一张单人沙发。石头前地面的草显然都已被踏平了。

汪名杰第一次路过这里时，是被那块石头所吸引的，他一屁股坐下去，两脚踏地感觉角度正好。就和项目组成员说，那是老天给他预留的沙发，更奇妙的是当他坐在那“沙发”上整理好资料，喝完水准备离开时，他发现手机信号显示上竟然还有一格。

从此以后，这块石头就成了他的“电话石”，因为附近山区里只有这个地方有微弱的手机信号，所以这里就成了他向地质调查中心领导汇报工作，向家人报平安的地方，也是他经常独自坐着思考的地方。

5月，是山上一年里最漂亮的季节。杜鹃花正尽情开放，远处的星星点点，近处的丛丛簇簇，红红火火，漫山遍野。

他这样看过去，悬崖下面是奔腾的雅砻江，江对面是冕宁县的新兴乡，1935年，中国工农红军正是从这里走进彝区，在彝海之滨，创造了“歃血结盟”的动人故事，使红军顺利地通过了彝区，为抢渡大渡河的胜利争取了时间，谱写了民族团结的光辉篇章。那天，汪名杰就是这样联想着，站在这块石椅旁，向丁俊汇报了工作进展情况。虽然寂静的山林只有他自己，没人能看见他打电话的姿势，但他感觉站着说话底气更足，心气更畅，他希望丁俊能感觉到他对后期工作的信心。

丁俊静静地听完了汪名杰的电话汇报后，就急步走到资料柜前，熟练地抽出里伍矿区的所有资料，反复审读。他知道汪名杰想继续钻探下去。他相信，矿区构造的江浪穹隆面积很大，这一点不会有误。但他清楚，自己现在正面对着一场大战前的决策选择。

如果没矿，及时撤离是明智的；如果决策错误，错过一个大矿，那将会是遗憾，是失职，更是耻辱。丁俊莫名地握紧拳头在空中挥舞了一下。

因为赶着去北京参加一个重要会议，他委托副主任王剑第二天带着地质专家奔赴里伍和汪名杰他们会合。

第二天，王剑与成都地质调查中心的几位地质专家天没亮就启程了。此时的山上正是春风拂面的时候，郁郁葱葱的丛林，由杜鹃花点缀着渲染着。

终于就要登临到海拔4200米的矿区，王剑舒了口气。

一侧首，他就看到了远处师傅潘信南坠亡的地方。

他已经不愿意记忆师傅潘信南具体离去的日子了。只是每年的忌日里，他都要以自己的仪式纪念一下师傅。现在他又来到了这里。那天，潘信南带着一些技术人员在锦屏山里做一个项目的地质填图。大家忙着工作，不知不觉天就黑了。返回时，车行至一个转弯处时，漆黑一团的夜里，司机有些犹疑。潘信南就主动下车引路。可就在开门下车的瞬间，潘工一脚踏空跌入了深谷里……

同事们和当地的山民，扎着火把在崖石附近喊了一夜。

天亮时，在悬崖底层，他们看到了已被冻成冰柱样的潘信南。

牺牲与继续奋斗，在这大山里，竟然是这样隔成了两重天。

结束了五天往返里伍的实地踏勘调研后，王剑一行星夜兼程赶回成都地质调查中心。到达办公室，已是万家灯火。王剑还是拨通了丁俊的电话。

当晚，丁俊就召集了又一次里伍项目研讨会。

三个孔有两个未见矿。是推测判断错误，还是正常的意外？

大家各持己见，展开激烈讨论。

凌晨时分，喧嚣的城市已经宁静，成都地质调查中心依然灯火通明。

专家们仔仔细细研究手头的资料，并与国内外大量资料进行了详细的技术对比。根据成矿条件，讨论结果是应该有矿。目前的钻探结果，他们觉得是个意外。

关键时刻，一直在听着讨论意见的丁俊表态了，他的表态简洁明确，按照大家的意见，坚定信心，继续钻探！

此时东方已露鱼肚白。

唤醒沉睡的黑牛

成都地质调查中心总工办主任廖朝贵告诉我们，为了拯救里伍，像这样的不眠之夜还有很多次。

2005年，关于里伍项目勘探点的选择，也曾有过一次激烈的研讨。

当时山上的钻探结果一直让人看不见底，丁俊也犹豫了。下拨的资源补偿费虽然还在继续支付，可是国家的经费是为了解决资源紧缺问题，为了快速寻找危机矿山接替资源！这钱花了，矿还是找不出来，能不让人着急吗？

丁俊广泛搜集国内行业专家信息，诚恳邀请专家前来商讨里伍铜矿外围地质构造情况。

专家请来了，看了图纸听了汇报，依然观点不同。最后达成一个一致意见，那就是亲临现场进行踏勘。

2005年8月的一天。天空飘着雨。丁俊与副主任王洁民、王剑、党委副书记王全海等陪同广东地勘局吴广宇、湖南地勘局蒋中和等一行人，再上里伍。

他们此行的目的是要解决进一步工作的区域，究竟是放在“黑牛洞”这个已认为是最有前景的地方，还是另选择一个地形比较好的地方先做起来。

由成都到里伍，两天多的路途。出发的时候下的是小雨，第二天却下起了大雨。几辆越野车在山路间艰难地爬行着。

总算到达半山腰上的里伍铜矿。专家们聚集在里伍铜矿会议室，听完汇报，有专家建议先去矿点看看。矿区总经理祝军看着窗外绵绵不断的雨，为难地说："我最是心急如焚啊，早就盼望着专家们来把把脉。可是这样的天气，还要步行几小时山路，我于心不忍啊!"

丁俊也示意大家都休息休息，再看看资料。

突然，有人发现了窗外拥立着许多群众。

大家抬眼望去，一时都惊呆了。他们不知道门外的这些人是什么时候聚集来的，有穿着工作服的矿工，还有不少村民。人群里还打着一条横幅：欢迎远道的地质专家。

横幅是红色的，被雨水浸透后更加鲜艳。他们的目光齐刷刷地都在望着会议室里的专家们。人群里，有的是打着雨伞的，有的则是在顶着雨水。看见屋内的人走出来，他们好像感到有些害羞似的，在缓缓地往后退，直到顶着墙围，无处再退。

看见这样的阵势，专家里已经有人落泪了。

这些劳作了半辈子的矿工，不管是汉族，还是藏族或者彝族同胞，多年来，他们已经习惯"靠矿吃饭"，里伍铜矿是他们的希望，他们就是这样想的。他们更不愿意他们的孩子回到过去他们的生活里。所以，他们就想以一种他们认为是最虔诚的方式来表示一下他们对专家们的敬意。但是他们仿佛还是感到有些紧张，见专家们向他们走来，就不好意思地眼望着地面。

丁俊疾步走到最前边的一位老矿工面前，紧紧握住他的手。老矿工有些手足无措，倒退了一步，但是很快，他又回握住了丁俊的手，他动了动嘴是想说什么来的，可是最终也没说出什么来。

丁俊表态了。这一次，他是向这些父老乡亲表态。他面向人群说："各位工人师傅，各位乡亲，请大家放心，我们一定会在这周围找矿，即使现在这一区域失败了，我们也不会放弃，会在这周围继续寻找。你们赖以生存的矿山不会垮，里伍一定会得到更为长久的持续性发展!"

然后，丁俊的目光和专家们的目光会意地交织在一起：走，上山。

傍晚时分，专家们浑身湿漉漉地回到午饭后休息的那个会议室。桌上铺展开的还是里伍的那些图纸。

这时候，他们的心里已经托了底，那就是还是黑牛洞。

黑牛洞，会有深睡的铜牛吗？

明珠依然闪亮

去往黑牛洞的那条凿山道，似一条赤练蛇般盘旋而上。

4年来，成都地质调查中心和里伍项目组的同志就像老牛一样，默默地行走在那条凿山道上。

冯孝良，从某种意义说，他是里伍铜矿勘查项目的接替者。

2001年9月，作为地质学博士的他挂职甘孜州矿管局，当时他接替的是副局长陈道前，陈道前任里伍铜业公司董事长，他任副局长。之后，他又接替汪名杰，负责黑牛洞矿区后期的地质勘查。

我们见到冯孝良时，已是2010年1月26日，在成都郫县的一家宾馆里。《黑牛洞-大水沟矿区铜矿详查报告》正在这里进行最后的修改和补充。

到酒店入住下来后，得知黑牛洞项目组在二楼，我们循着声音走到顶头那间，一屋子的人，气氛很热烈。房间里有坐有站，像是开会，又像在争论什么。我们礼貌地敲门，说明我们的来意，一个带着眼镜的中年男人说："我们正商量事，不要打扰我们，你们明天再来吧。"

他就是冯孝良，人称眼镜博士的冯孝良。挂职3年期满后，他又主动要求回到成都地质调查中心，回到里伍铜矿项目组。

就是他，促成了拯救里伍的第一次会议。

这一天是2003年8月5日，九龙县委、县政府和县国土局的领导共20多人，在冯孝良的协调下，同里伍铜业公司及矿区周边的个体企业探矿权人坐在了一起，同意"将里伍铜矿外围近80平方千米范围列为找矿靶区，统一规划，分步实施，滚动发展"，这从当前看，就是里伍初期的整装勘查，它保证了成都地质调查中心地质找矿拯救里伍计划的顺利实施。这里起中间协调沟通的关键人物就是冯孝良。

当晚吃饭时我们又见面了。他主动和我们打招呼。离开地质报告，离开会议，他待人要自然随和得多。

他们谈黑牛洞时常常习惯谈起汪名杰。他们认为汪名杰在同事眼中，是一个视名利如草芥的直爽之人。前任主任在任期间，国家攻关项目《三江成矿规律及找矿方向》实施，他承担了藏东成矿规律研究，受到评委的一致好评。主任建议他出一本书，他谢绝了，说："我把报告完成了，任务就完成了，出书、评奖对我都无所谓。我干点实事就行了！"

他性格温和，待人热情，对内对外有很强的人格魅力，谁有事找他帮忙，他都不推脱，有求必应。一次里伍铜业公司的王总请他帮忙去看一个矿点，他抽身就走，去的地方极为崎岖，又比较远，只能骑马去。一边是悬岩，一边是深渊，不用说骑在马上晃晃悠悠，前仰后翻，就是站在地上也让人触目惊心，可汪名杰毫不在乎，在马上谈笑风生。后来有人告诉王总，汪工是怕你担心，有意做出轻松的样子，实际上他骑马的技术非常一般。这让王总感动了好长一段时间。

打钻的地勘单位把汪名杰视作救星，每有疑难，必来求教。负责项目钻探的地质队总工经常说："只要汪老师说的，我们都照办。汪老师点头了，我们就放心了！"

汪名杰对项目组里的年轻人非常爱护。小陈和小马都是刚走出校门不久的大学生，缺乏实践经验。汪名杰总是耐心地手把手教他们如何编录钻孔，如何测剖面，指导他们如何写论文，如何对涉及的样品进行测试。截剖面图时，他总是把最复杂、最难做的留给自己，把相对轻松的留给别人。一次在黄箕沟跑剖面，地形非常陡峭，但越是陡峭的地方矿体出露也越好，汪名杰就用绳子把自己吊上去，丝毫不考虑自己的安危。

在黑牛洞的日子里，也有其他的故事。年轻人陈敏华和我们说，他和女朋友分手的这一天让他铭心刻骨。

"这是在2007年的6月份，一周没与女友联系，多少有点思念，于是就爬到山顶给她打电话。因为我们在黑牛洞的驻地信号不好，要与外面的亲朋好友联系就要花一个多小时爬上山顶去才有信号。当我气喘吁吁爬到海拔4100多米的山顶，拨通她的电话时，她却提出要和我分手。那时我真是有点懵了，我和女友谈了7年多了，她是我高中的同学，怎么说散就散呢？我很郁闷，和组里请了假，就去里伍矿部去给她打电话。我们住地离里伍矿部有18千米的路程，大部分都是盘山路，外面都是悬崖。路上遇到一彝族兄弟，他正好要回家，就和他一块走。那位彝族兄弟习惯了走山路，一直走小路。走小路就是直接从山上往山下斜插。我那时是很乐意跟随他的，因为心里老想着赶紧给我女友打电话。我跟着彝族兄弟的脚步从山上往下冲，脚上磨破了泡，腿上的肌肉在颤抖，大脑昏昏的，只有一个念头，快点到里伍公司。就这样我用了3个小时，终于到了里伍公司。我全身湿透了，脚上有几个血泡，腿都麻木了，几乎站的力气都没了。我就这么坚持着给女友打了电话，但最终还是没能挽留住那份爱情。”

如果他改变思路，比如离开黑牛洞，回到女朋友的身边，就可能挽回这段恋情，但他没有这么去做，虽然失恋使他一度痛心疾首，可他最终依然“感觉自己慢慢成熟起来了。看着堆放的矿石标本，我就想，里伍啊，让我和你一起重生吧”。

张慧华所负责的工区与黑牛洞矿区是邻近的两个山头，可是真要从他们的工作点到黑牛洞矿点却需要一整天的时间。他们一般在有疑难问题需要沟通探讨时，才会汇集到一起。

一次，他和同组的李同柱从机台往驻地走，在路上突然黑云密布，电闪雷鸣，暴雨将他们淋了个落汤鸡。奔跑中李同柱想起来，上学时老师教过，打雷时不能在树下。可是山里全是树，到哪儿找没有树的地方呢？两个人好不容易东窜西窜找到了一个石洞，开心地赶快就钻了进去。终于等到雷电完毕，雨小些了。他们又费劲周折回到雨前走过的那条小路，可是沿着走的小河水已满了，河水湍急，没有一点路的痕迹。没办法，他们只好再回到洞里猫着。

有一次做地表填图，需要过一条河，这条河是大家经常要淌过的。由于刚刚下过大雨，到处很潮湿，不知什么时候多了一块大石头，大概是下雨时从山上冲了下来的，正好挡住通道。石头有2米多高，只有爬上去才能通过。李同柱认为爬石头是他的拿手好戏，所以没有犹豫立刻向上爬，谁知道刚刚上去，石头突然滑动起来。李同柱这样和我们说：“当时我立刻做成壁虎的样子，把身体紧紧地贴在上边，然后顺着滑动的方向紧急一跳，运气还好，下边就是草层，只是磨破了皮。不过，可把我们的同伴吓坏了，大家赶紧背起我，着急给我检查伤口。那以后我就不敢莽莽撞撞了，小组就是工作团队，哪怕只有两个人。”

李同柱的快乐溢于言表。问起在里伍深山里工作的这些年，最大的困难是什么时，他说，寂寞。

工作点无人居住，只有三两个同事。没电、没水、没手机信号、没外边世界的消息。

山里的夜总是很长很长，大家都是缩在被窝里想父母，想恋人，想大学校园里那些开心不开心的事情。

在山里最开心的日子就是有领导去慰问和探望，成都地质调查中心和里伍铜矿的领导都会去探望他们，这样他们和黑牛洞的同事们就可以聚一次。

有一天，正在帐篷整资料的他们听到门外传来一个好消息，说是丁俊主任又来看大家了！大家的情绪一下子就像点燃了似的，纷纷放下手上的活，高兴地拥上去和丁俊握手，聊天。人真是很害怕孤独的。他们算着，这是丁俊主任第几次来矿区看他们了。他们真的很在乎领导们来看他们。炊事员特别烧制了成都的名菜“烧鸡公”，丁俊兴致勃勃，队员们兴致勃勃，大伙儿挨个儿敬酒，那真是好高兴的夜晚啊。

他们就是这样的，永远都在向荒凉、寂寞走去；他们永远都是这样的，不懈地奋斗，用生命丈量着这座大山里的每一寸土地；他们就是这样地延续着红军长征的脚步，坚守着周恩来总理对少数民族地区的深情夙愿，经历了2004年至2010年的7年岁月。中国地质调查局先后以资源补偿费和危机矿山找矿专项，为拯救里伍投入上千万元。目前在黑牛洞-大水沟矿段已探获铜矿资源量31万吨，锌17.8万吨。全矿铜平均品位为2.19%，锌平均品位为1.56%，等于再造了一个规模更大的里伍铜矿。此外，在矿区外围的柏香林矿段、中咀矿段、笋叶林矿段，通过地表工程和部分钻孔验证，已估算铜资源量近6万吨，且已初步具备了形成大型铜矿床的条件，找矿潜力巨大。

采访结束，我们怀揣着里伍的故事，不由感叹：里伍铜矿能够破茧成蝶，绝非偶然。国家政府资金的投入，地方政府的大力支持以及与成都地质调查中心的默契合作，缺一不可，还有那许许多多为了地质事业默默跋涉在深山中的技术人员的无私奉献。

明珠依然闪亮。面对陡峻的群山，我们已经看到了里伍繁花似锦的第二个春天！

巍峨的丰碑

中国国土资源地质大调查回眸

张亚明

“国土资源工作支撑各行各业，影响千秋万代！”

——温家宝

楔　子

7月，鲜花开放，彩旗飘飘。

7月，群山起舞，江河欢歌。

2011年7月5日，由国土资源部、国家发展和改革委员会、财政部联合举办的“基础先行——国土资源调查评价成果展”在中国国家博物馆隆重开幕。

12度春秋更迭，12年风风雨雨。中国地质人怀着激动的心情，以高山的崇敬、大海的深情，把爱心、赤诚和执著一齐化作7月的颂歌，向党和全国人民献上的一份丰盛的“厚礼”。

山河不能虚构，历史不能忘记。17多万字的文字，600多幅图片，上百组实物标本、模型、多媒体和动态图标、丰富多彩的内容组合、声光电的视觉效果……引领人们对1999年至2010年中国国土资源跨世纪大调查专项进行了一次巡礼。

在漫漫的历史长河，12年或许是“白驹过隙”，但这场荟萃国土资源调查评价工作的大规模、多领域重大成果的展览，以具有猛击心灵冲击力的集束式第一手图片、文字资料，记录了中国国土资源工作者“上天、入地、下海、攀峰、登极”的壮举，反映了31个省（区、市）在土地、矿产、地质调查与地灾防治等方面的重要成果，展示了中央地勘单位、矿业企业在地质找矿方面的辉煌成就。不仅催动了社会各界、媒体记者、专家等30多万人前来参观的脚步，同时也接受了众多中央领导的相继检阅。

中共中央政治局常委、国务院总理温家宝走来了。

温总理高屋建瓴地指出，国土资源部成立，特别是“十一五”以来，认真贯彻落实党中央国务院重大决策，土地、矿产、地质、海洋管理和测绘等方面的工作都取得了新的成绩，为经济社会发展提供了重要的资源保障和服务。这些成绩的取得，是广大国土资源工作者胸怀大局、服务全局、不畏艰险、团结协作、甘于奉献的结果，是一代又一代地质矿产工作者奋斗在野外，跋涉于山水，以献身地质事业为荣、以艰苦奋斗为荣、以找矿立功为荣，发挥了特别能吃苦、特别能战斗、特别能奉献精神的结果。

中共中央政治局常委、国务院副总理李克强走来了。

李克强表示，国土资源调查评价对于国计民生意义重大，在我们这样一个有着13亿人口、正处于工业化城镇化快速推进关键时期的发展中大国，提高能源资源保障能力、化解瓶颈制约，必须进一步加强地质勘查。要在继续推进国际合作，利用好“两个市场”、“两种资源”的同时，坚持立足国内，运用先进找矿技术，摸清资源储备的底数与开发利用的可能性，不断增加重要资源探明储量，形成一批资源战略接续区，把矿产资源潜力转化成经济社会发展的保障力。

中共中央政治局常委、中央政法委书记周永康走来了。

作为首任国土资源部部长，周永康指出，国土资源调查评价是支撑经济社会发展的一项基础性、先行性工作，资源调查评价关系到国家安全，关系到国家发展战略，要通过经济、政治、技术等手段加大资源调查评价力度，提高资源的整合、勘探、开发、利用、应用转化以及社会化服务水平。他强调，要进一步加强组织管理，坚持统筹规划、合理布局，依靠科技进步，探索新机制、新举措，采用新思路、新方法，切实做好国土资源调查评价工作，为缓解我国资源约束、服务国家宏观调控和经济社会发展等作出新的更大贡献。

中央政治局委员、国务院副总理回良玉、张德江、王岐山相继走来了。三位中央领导充分肯定了在我国土地资源、矿产资源、海洋资源、地质调查、地质灾害调查预警与防治、国土基础测绘等领域中，国土资源调查评价工作取得的重大成果，以及这些成果在服务经济社会又好又快发展中发挥的重要作用。勉励国土资源及相关部门、各省（区、市）政府、中央地勘单位及资源企业，继续发挥各自优势，充分用好调查评价的各项成果，在资源调查评价、开发利用等领域取得更大成绩。

在展览开幕仪式上，人们看到了全国人大常委会副委员长司马义·铁力瓦尔地、全国政协副主席罗富和……

在展览大厅里，人们看到了国防部长梁光烈、国务院秘书长马凯……

如此众多高级别的党和国家领导人，百忙之中相继参观了这场展览，并对展览和国土资源工作给予如此高度的评价，说明了什么？

1998年以来，中央财政、地方财政和社会资金累计投入3000多亿元，动员全国几千家单位和数十万科技工作者，对我国陆海资源环境展开全方位、宽领域调查评价，并着手开展了国土资源大调查、油气资源战略调查、危机矿山接替资源找矿、金土工程、数字中国一系列重大专项以及土地资源监测调查工程等等，各个领域均取得了一系列成果。

温家宝总理的一句话，做出了高度概括："国土资源工作支撑各行各业，影响千秋万代！"

历史，向来蕴藏着神秘与深邃。正缘于此，某个特殊时刻便显示出异乎寻常的意义。而历史又是人类生命的集体记忆，常常是把那些虽已逝去，但仍能唤起人们追忆并会激起情感波澜的事件，作为最好的礼物留给我们。

1959年9月26日下午4点，位于松嫩平原腹地的"松基三井"首喷工业油流。适逢新中国十年大庆，人们便赋予这个油田一个响亮的名字——"大庆"！

一项伟大的地质发现带来了大庆油田的诞生，不仅成为我国地质科学研究创新的里程碑，对当时乃至以后的中国经济发展都产生了重大的战略意义。

40年后的1999年，中国启动了世纪之交全球地学界前所未有的伟大壮举——新一轮国土资源大调查。

从1999年的春天到2010年的岁尾，一支支枕戈待旦、秣马厉兵的中国地质队伍，在广袤的共和国大地开始了一个接一个的战役，一个连一个的会战，在新中国的地矿史上留下了厚重的一页。

2010年10月12日，中国国土资源网发布了一则标题醒目的消息——

国土资源大调查有力缓解矿产供需矛盾

10月9日，新一轮国土资源大调查中的“矿产资源调查评价工程”成果交流会在京召开。

12年间，作为国土资源大调查的重头戏，矿产资源调查评价工程累计投入40亿元中央财政经费，设置1200多个项目，钻探工作量达160多万米，在新发现矿产地、新增大宗紧缺战略矿产资源储量、引领拉动社会投资找矿、改变我国工业格局等方面取得重大成果。

12年间，我国累计发现矿产地900余处，新增资源量煤炭1300亿吨、铁矿石50亿吨、铜3850万吨、钾盐4.6亿吨、铝土矿4.5亿吨，在中西部地区形成十大资源基地，有力缓解了我国矿产资源供需矛盾。

历史是一条因果相涌的长河。一个重大的历史事件，不仅标志着一个国家一个民族在一定时期所能达到的思想高度，更会以其所蕴涵的精神、所揭示的规律，成为后人的宝贵财富，成为发展的不竭动力。

诚如国土资源部部长徐绍史指出的那样，新一轮国土资源大调查，无论是对于我国小康社会的和谐构建，还是对于正进行民族伟大复兴的中国，对于这个伟大的东方古国在新世纪的现代化进程，无疑都是一次关乎历史、关乎现实、关乎未来的伟大壮举，无疑都是一次广涉经济、社会、政治、文化的神奇再造。

轰轰烈烈的国土资源大调查，犹如奏响了一部大气磅礴的交响音乐——长歌浩荡，空谷和鸣，千回百转，高亢洪亮。

波翻潮涌的国土资源大调查，犹如上演了一场威武雄壮的历史活剧——雄奇浑厚，沉稳悠扬，婉转缠绵，慷慨激昂。

使命与责任

新一轮国土资源大调查，这个撞击得中国地质人心潮难平的憧憬，从梦想变成英勇的伟大实践，从艰难起步到快速推进，短短十几年，取得了世人瞩目的重大成果，人们不禁要寻觅这场历史壮剧的起源。

1

历史，从来都拒绝遗忘。

1964年，毛泽东主席就曾语重心长地告诉国人，要采矿先找矿，地质工作搞不好，会一马挡路、万马不能前行；地质工作要提早一个五年、提早一个十年准备资源。

1989年2月23日，时任地矿部部长朱训首次正式对外宣布："中国矿产资源形势相当严峻！"

"资源危机"的现实令人心忧，但更令人心忧和可怕的，则是那浓雾般弥漫的思想麻木。

《人民日报》以醒目位置刊出这一消息，中国经济界、科技界、工业界、金融界、社会学界迅即掀起了一场轩然大波，习惯于"莺歌燕舞"的国民大众，沉醉于"地大物博"的学者、机构，甚至于专门从事国情学、未来学研究的权威部门，一时间都为共和国部长的大胆披露而深感震惊："我们是世界公认的地大物博之国，难道连地球留下的遗产都会贬值和消失？"

部长的大声疾呼惊动了国家最高决策层。中共中央书记处决定听取朱训部长的详细汇报。

1991年夏季的一天，党中央书记处会议室里，朱训部长把一张张45种矿产资源保障图分发给在座的每位中央领导，上面直观地显示出我国矿产资源总量丰富与人均资源不足、保障程度不乐观的现状。

现实亮出了警告的黄牌。中国经济快速增长与矿产资源大量消耗之间日益尖锐的矛盾变成了现实，国民经济运行不可或缺的45种主要矿产，现保有储量到2020年仅有6种能满足需要，平均每年有26种以上的矿产保有储量入不敷出，面临资源枯竭的矿山比例高达40%。大庆、攀枝花、铜陵、伊春、抚顺、个旧等一个个资源城市，已经走向转型的探索之路，一座座矿山城市曾经的辉煌，正在随着资源消耗乃至枯竭成为往昔的记忆。

“几十年地质勘查的老本吃完了怎么办?”

“未来，谁给迅跑的中国供给矿产资源?”

2

“落后就要挨打”，中华民族必须奋起直追。资源危机的现实使国人感到了变革的紧迫，也注定加速了从传统走向现代的体制创新和制度创新的进程。

1998年4月8日，这是一个注定要写进史册的日子——国土资源部成立大会在北京市西四羊肉胡同的地质礼堂隆重举行。

1998年3月10日，九届人大一次会议第三次全体会议表决通过关于国务院机构改革方案的决定。国务院部委从40个削减为29个。

最惹人注目的是，9个专业经济部门一并撤销或降格，意味着按照计划经济模式设计的政府机构框架开始瓦解。它将一部分权利交给市场，一部分权利交给政府的新型宏观调控部门。煤炭、石油、冶金、化工等管理部门撤部改局，归属国家经贸委（后又撤销）；出于土地、地矿、海洋、测绘集中统一管理的需要，成立国土资源部。过去那种分散的传统的工业部门管理体制，伴随着这一重大改革在我国基本结束。

在历史的一瞬间，新组建的国土资源部走到了变革的前台，曾经担任过石油部和中国石油天然气总公司主要领导的周永康，也就走上了时代的风口浪尖。

分管国土资源工作的温家宝副总理亲自到会讲话，他指出，这次政府机构改革关系到社会主义市场经济体制能否真正建立，关系到我国社会经济发展的跨世纪战略目标能否实现。虽然改革会有困难和风险，但是改革势在必行，不改革没有出路。必须抓住机遇，坚定不移地推进这场改革。

国土资源部是这次国务院机构改革中四个新组建的部门之一。要通过改革转变职能，建立适应社会主义市场经济体制的统一、协调、有序、高效的国土资源管理体制。国土资源部的核心职能是管理，而规划特别是通过资源调查、评价而制定的规划是政府管理资源的重要手段，保护和合理利用自然资源是管理的根本目的。

总理强调，摸清国土资源的状况，是政府制定规划、进行决策的重要基础工作。国土资源部的一项重要任务就是组织和开展国土资源的调查评价工作，包括土地资源的调查、地质矿产的调查、海洋资源的调查和基础性的测绘工作。国土资源管理必须充分运用两个市场、两种资源，保护和合理开发利用资源。这不仅对于当前的经济发展，而且对于实施可持续发展战略都具有极为重要的意义。

总理的讲话获得了雷鸣般的掌声。

掌声，凝聚着党心与民心，燃烧着决心与希望，激励着正在共和国版图上奋力搏击的中国地质人！

“地质工作面临着一个重大的转折时期，地质科学发展也面临着一个重大的转折时期。”

温家宝同志高瞻远瞩的这句话，给国土资源部新班子带来的压力显而易见——他们，将用什么样的气度才能不辱历史使命？他们，将以怎么样的姿态重新开启中国地质事业崛起的历史之门？

假如在重大问题上举棋不定，就很可能延误改革的时机。而大刀阔斧的改革，又势必与原有秩序形成尖锐冲突。即便对于最富有平衡能力的人，这都不能不说是一个巨大的挑战。

改革就是解放生产力。时代，赋予了周永康和国土资源部新班子无可回避的使命与责任。

3

北国的5月，天朗气清，花红柳绿。

1998年的五一劳动节，一辆面包车缓缓驶出了国土资源部的大门，驶向了京石公路。

整个地勘市场处于低谷，号称百万地质大军的生存问题如同一根敏感的神经，从普通地质队员到党中央、国务院领导，无不受到它的牵制和困扰，国土资源部的领导班子更是忧心忡忡……

周永康带领副部长蒋承菘等一大批地质专家，一路风尘仆仆，深入到河北、山西、内蒙古等地的基层调研。

调研的结果，让调研组成员们一个个仿佛都倒吸着凉气。改革开放20

多年来，由于政策、市场和其他方面的诸多因素，我国在国际勘查资金市场所占份额不足0.5%。地勘投资不足，战略性矿产资源严重短缺，威胁到国家经济安全已经初见端倪……地勘业的剧烈震荡对中国矿业产生了吐血式的摧残，中国矿业步入一个恶性循环链，危机矿山大面积出现，能源短缺、环境污染、生态危机等顽症，已经到了令上到共和国决策层下到黎民百姓焦灼不安的程度。

面对资源的忧伤资源的忧思，如果再不直面现实改变地质人的生存环境，如果再不加大地勘投入开发新的找矿空间，我们不仅会失去现在，还将失去未来！

车轮滚滚，追风逐月；精骛八极，心游万仞。

一个多星期的基层调研，数千公里的风尘颠簸，周永康一行笔记越记越厚，忧患意识也越来越深沉。他们每个人都在高速度、超负荷地运转。白天，他们分组分口座谈，掌握第一手资料；晚上，他们一起分析现状，研究对策，寻觅冲出“夹缝”的目标和途径，展开热烈的讨论，晚上12点几乎都没有入睡的记录。

生产力中最活跃、最革命的因素是人。在调研中，他们发现了一个体制改革方面的“兴奋点”：早在1992年，原地矿部在河北地矿局搞了个“一局两制”的试点，地矿局分成了两部分，一部分组成了河北地质矿产勘查院，主要是从事高风险和社会公益性的地质工作，另一部分，则是提供技术工程劳务的部分，走企业化道路，积极参与市场竞争。应该说这个尝试思路正确，基本上是成功的。

作为掌管共和国国土资源管理的当家人，如何使地勘队伍走出生存困境，又有利于中国矿业的健康发展？

回京之后，周永康迅速做出“两个抓紧”的指示：

一是抓紧时间起草这次的调研报告，尽快把地勘队伍的真实情况向国务院领导汇报；

二是抓紧时间筹备中国地质调查局，尽快发挥地质“野战军”的战略攻坚作用！

4

历史往往带有一种偶然，在某个瞬间往往会开启一个时代。

中科院院士、著名地球化学家谢学锦和一些院士毅然上书国土资源部部长周永康，信中提出的“大科学计划”，不经意间引发了我国地矿史上一个重大事件的发生。

1998年6月26日，因车祸住院的谢学锦院士躺在积水潭医院四壁皆白的病室里，强忍双腿打着钢钉的疼痛，趴在病床用的一张小桌上，毅然写下了洋洋洒洒近3000字的“谏言书”，请国土资源部“承菘副部长转永康部长”。

谢学锦院士的信刚开头就一矢中的：“过去多年原地矿部进行的大多是纯理论研究，对矿产勘查不能起到多少关键性作用，能在国际科学前沿占一席之地的亦不太多。”“与世隔绝多年的中国矿产勘查要走向世界，必须具有别人所无的出奇制胜的高招。”

因此他提议，国土资源部“在制定基础研究规划时，应注重应用基础性研究”，用科研成果指导生产。从“地球化学”的角度，搞一次全国性的“地球化学科学大调查”，为未来的矿产勘查和国民经济发展提供巨量基础性资料与信息，在社会发展中发挥更大作用……

周永康部长被深深地感动了——赤子之心，言之灼灼啊！

站在历史的高度审视现实，谢院士的建议让周永康实实在在思索了好几天，“大调查”这几个字眼也着实让他琢磨了不知多少遍。

深深地触动周永康神经的并不仅仅如此，还有一份国际地质学会传来的资料：根据67个不同经济发展程度国家的综合信息，各国普遍强化了与经济发展相关的基础地质调查，很多基本完成中小比例尺地质填图的国家，正在实施或准备实施具有新内涵的、服务面更广的国家地质调查计划。而我国目前的调查程度已远远落在后面。

大调查，可以加速寻找后备资源，公益性地质工作得到延续，形成地质勘查良性循环、加快国民经济发展；全球经济一体化，我国地质工作理应与地质科技一样走向国际。

大调查，可以作为一个个项目载体，为最困难时期的全国地勘队伍送去“聊补无米之炊”的“救济粮”，保留一支精干的、能打仗的“国家队”！

周永康伸手从笔筒拿出一支水笔，挥笔疾书：

承菘同志并党组各同志：

谢老从地球化学的角度提出国土资源部要把基础理论的研究同大规模地质调查相结合的“大科学”计划的意见十分重要。我们所有的研究院、所都要摒弃那种“纯理论”的研究、为了写课题报告通过评奖的研究，而应更多地面向实际、面向我国经济发展和社会发展的重大问题去研究，只有这样，才能产生真正有价值的理论。

我国地学方面有一大批具有真才实学的专家，在他们健在的时候，应当集中他们的智慧与经验，组织一次新的大规模的地学科学的进攻仗，实现江总书记提出的“知识创新时代”的目标。按照镕基总理提出的科技是第一位任务的要求，家宝副总理特别强调要在调查评价的基础上做好规划的要求，我部可在充分准备的基础上于11月或12月召开一次地学方面的科技大会，列出若干课题专门研究如何动员各方面力量，组织新一轮的地质大调查，既实现理论上的创新，又为经济发展找到更多的矿产资源。

请承菘同志、嘉华同志组织有关同志先提出意见，供党组研究。

周永康

7月5日

综合前期基层调研的第一手成果，结合一次次座谈会上院士、专家的建议和谢学锦等院士的“谏言”，周永康和国土资源部决策层经过深思熟虑、审时度势，一个战略性的决策在形成——为有效遏制国内部分矿产资源保障程度不断下滑的趋势，开展一次国土资源大调查，摸清我国的资源家底，已是刻不容缓。

值得注意的是，随着认识的逐步深化，“大调查”的内涵也在原有层面一次次提升，由谢学锦谏言的“地球化学大调查”上升到“新一轮地质大调查”，继而周永康部长高瞻远瞩提出：全面开展“新一轮国土资源大调查”……

思想的深度决定行动的高度。

在全球化潮流的推动下，一个社会大转型、产业大转移、结构大调整、经济大发展的工业化时代已经来临。国土资源大调查的意义，就是为国家工业发展提供粮食和血液，为中华民族大踏步走向世界奠基。

《纲要》的诞生

5

12年后的今天，我们回首1999年描绘的这张地质事业的画卷，色彩是那么绚烂。然而在当时，起草小组面临的压力却鲜为人知。

新一轮国土资源大调查，既是国土资源部成立后为履行国务院所赋予的职能而提出的战略性、全局性举措，更是实现我国进入创新型国家、经济强国行列，提高我国综合国力和国际竞争力的必然选择。

国土资源大调查是国家战略任务，涉及到资源与环境两大主题，事关人类生存、社会发展，涉及到国家财政投入，必须统一规划，统筹安排，有一个科学合理的实施方案。

如何起草一个让人民满意、符合我国国情和时代特点的大调查纲要？

“由张洪涛为组长，组织起草一个《纲要》，尽快拿出来进行最后论证。”在国土资源部党组会议上，周永康一锤定音。

中国地质调查局六楼会议室，我与现任国务院参事、国土资源部总工程师的张洪涛面对面，进行了将近两个小时的长谈。张洪涛有一种优秀科学家的天赋，不仅能够在一件事情上投入自己的全部智慧和激情，专注而且持之以恒，还有着异乎寻常的记忆力。随着张洪涛的大脑不停地搜索，记忆的河流不断地翻腾起情感的波涛，诸多鲜为人知的往事被他一一检索出来——

一个30多人的“大调查纲要”起草小组迅速成立。首先是组织人员对国内外地质工作现状全面调研；

《纲要》成了一面高高飘扬、应者云集的旗帜。从年初到岁尾，300多个日日夜夜，党中央国务院高度重视、多个部门通力合作、专家学者献计献策、广大公众热情参与；

地学界的院士、专家以及地质战线退休的老同志密切关注，不少年事已高的地质学家和管理专家根据自己多年积累的丰富经验，针对国土资源调查评价与研究工作，纷纷提出了真知灼见；

国土资源部、财政部、中国科学院、中国地震局、国家海洋局、国家测绘局、核工业地质局、冶金地勘局、化工地质局等，还有各相关高校、社会研究机构、各地质学会在内的40个科研、教学、生产单位参与其中；农业、林业、冶金、建材、化工、有色、铁道、交通等有关部门的意见和建议，都被广泛征求和吸收；

美国、加拿大、瑞典等地质调查局的管理专家和学者被邀请访华，发达国家地学研究与国土资源调查的成功经验被充分吸收和借鉴过来；

109份书面建议材料，其中包括15个单位的22位中国科学院、中国工程院院士专门提供的29份书面建议材料，统统汇集到起草小组……

调研、讨论、再调研、再讨论、修改、再成文……从第一天开始，枯燥的流程就变成了起草小组的工作内容。

“将近一年的时间，每一个调研小组的初稿都写作了好几万字，而最终能体现在文本中的，可能只有几千甚至几百个字。”

张洪涛甚为感慨地说：“由于时间紧、任务重，从筹划到整个《纲要》的起草，且不说几百万字的原始资料，仅成型的论证材料就有好几十份，摞起来都超过一米高，起草组成员几乎都脱了一层皮。这个过程，正如在浩瀚的海洋中仅取一瓢水一样，《纲要》的每个字都含义丰富，意义深远，每个字都是反复斟酌，审慎对待。”

这一切，无不是为了那份沉甸甸的期待！

6

“可以说，近一年的时间，我们30多个人就做了这么一件事……”

谁能知道，张洪涛轻描淡写的一句话，隐藏着多少悲壮崇高的奉献精神？“这一件事”又蕴含着多少承上启下而又意义深远的故事？

所谓“兵马未动，粮草先行”，矿产资源正是现代化建设中的粮草。《纲要》中重点突出的这项工作，今天已经取得了累累硕果，铜矿、铁矿、铀矿、钾盐等的重大突破，多年紧缺的矿产资源局面一举打破，更为与“十二五”的顺利接轨提供了充分保障。用张洪涛自己的话说，这是最令人欣慰的事情，让他很有些成就感。

“一项计划五项工程”的出台也有幕后故事。21世纪是信息化社会。在《纲要》起草之初，张洪涛就已经预想好了一系列的远期规划。原计划为“一项计划四项工程”，后来因为增加了土地调查的内容，就改为“一项计划五项工程”。计划就是“国家填图计划”，这是地质工作中最为基础性的工作，后来变更为基础调查计划。五项工程就是土地资源监测调查工程、矿产资源调查评价工程、地质灾害预警工程、资源调查与利用技术发展工程和数字国土工程。

“数字国土”这一词汇，国人如今已经司空见惯，但在当时却颇为新鲜。就在这一年的2月，美国副总统戈尔首次提出“数字地球”的概念，同年5月江泽民总书记正式肯定了“数字地球计划”的理念，张洪涛因此提出，“国土资源部的信息化工作，干脆归纳成‘数字国土’吧！”从那时起，“数字地球”——这个继“信息高速公路”和“知识经济”之后的又一新概念，就伴随着经济全球化和信息网络化的进程迅速在中国推广应用。

最值得称道的，当数“天然气水合物勘查”的提出。从1996年在原地质矿产部工作那时起，张洪涛就把目光瞄准了“后石油时代”的替代能源——天然气水合物的研究和开发，他发现按现在的能源消耗速度，天然气水合物可供人类至少使用1000年。因此张洪涛提议，天然气水合物勘探应该与世界同步，海洋资源调查应该成为《纲要》重要内容，“天然气水合物作为单独章节，列入《纲要》攻关目标”！结果，大调查项目开展仅仅7年，中国成了世界上第4个在海洋上发现天然气水合物的国家！

……

一切为了中华大业的复兴，一切为了中华民族的崛起。

《纲要》起草过程中，中央领导对国土资源大调查分别以电话、批示、书面意见等多种方式提出意见和建议。

温家宝同志对地质工作的方针、国土资源大调查任务、地质“野战军”组建所作的一系列批示，直接指导着《纲要》的起草进程。

为着探询科学决策之路，国土资源部的领导与一个个地质专家当面的、书面的不知多少次沟通；

见仁见智的众多评议，周永康部长亲自听汇报不下30次；

一条条建议充满思考，一件件来信凝聚智慧……涓涓细流，汇聚成川。既承载着社会对地质调查和未来发展的新期盼，也为《纲要》逐渐完善提供了新思路。

1998年10月,《纲要(讨论稿)》和反映世界地质调查发展趋势和我国地质调查工作成果的7件背景材料形成。

随即，广泛征求意见的120余套《纲要(讨论稿)》及背景材料寄到了部内外专家手中。

一个月之后,《实施方案(讨论稿)》随之迅速出炉。

7

庄严神圣的人民大会堂，自1958年建成以来，悠悠岁月，多少政治大事件曾在这里留下了幽深的历史烟云，也给世人留下了神秘的遐想空间

1998年12月21日—25日。“新一轮国土资源大调查科学技术座谈会”在这里举行。

一个个科学巨匠从全国各地齐集一堂，涉及地球化学、地球物理、水文地质、海洋地质等十几个学科和遥感、钻探、信息和综合利用等学科领域的130位院士、专家群星荟萃，规模之大令人瞩目，在共和国历史上堪称少有。

广开言路，集思广益，是周永康的一贯作风，他还要听听科学专家们怎么说——我们该不该进行新一轮国土资源大调查？怎样进行新一轮国土资源大调查？目标，方向，方法，措施……

从白天到晚上，从会上到会下，一个个科学家针对这次座谈会的议题，大胆假设，小心求证。引经据典，各抒己见。不同的学术流派在争鸣，激烈的唇枪舌剑在对抗；观点的尖锐对立，爆响着科学的火花。但是，无论“正方”和“反方”，都是胜利者，因为，“正方”启发了“反方”,“反方”补充了“正方”。每个人都是赤子之心在跳荡，每个人都在把实践的真理标尺拉长。

42位院士和其他近百位专家学者又提交了39份书面建议，其中15位院士提供了18份材料。与会代表在对两份讨论稿进行充分研究的基础上，又提出了250余条修改意见和建议。

一个民族要有民族精神，一个时代要有时代精神。

科学民主决策，广泛集中民智，奋进目标在广开言路中明确，创新举措在智慧集纳中闪现。一张张图纸折射着科技之光，一册册附表里倾注着

地质人的辛勤汗水，1.7万字的《纲要》中写满地质人的心路历程，也浓缩了中国地质人的思想高度与深邃！

《纲要》文本终于形成，4年的近期目标、12年的整体目标，充分体现了尊重规律、科学发展的总体要求，更加符合国家的意志与人民的祈盼。

经国务院批准，字字珠玑、落地有声的《纲要》颁布和实施。

一切的社会变革，一切的社会进步，都不能无视金钱的存在。

国土资源大调查需要巨额资金为保障。周永康请来了时任财政部长的项怀诚。

一边要应对风紧浪急的亚洲金融风暴，一边要保障百年一遇的洪水灾后重建，这边既要保证吃财政饭的饭钱，那边还要拉动内需保证国民经济健康发展……在多事之秋的1999年，国家财政如此吃紧，党中央、国务院毅然拿出120亿元用于“摸清家底”，国土资源大调查的意义不言而喻。

蓝图精心绘就，号角即将吹响。在经济全球化的竞技场上，地质人迎来的不仅是一场跨越12年的漫长“大考”，也必将是一个与时俱进群龙腾舞的大舞台！

瞄向起跑线

8

国土资源大调查，既存在严峻的挑战，也为中国地质人展示了一个巨大的探索和发展的空间。

1999年5月14日上午，在周永康同志电话汇报阶段性工作时，温家宝副总理提出三点意见：一是社会主义市场经济条件下的地质工作。包括基础性、公益性的地质调查怎么进行，战略性的调查工作怎么搞，野战军如何组建和开展工作。二是两个市场、两种资源新形势下的地质工作。包括哪些保持自身优势，以我为主，进一步搞好资源勘查，提高保证程度；哪些资源（如铁矿、石油等）要广泛利用国际市场，从宏观上给国家提出决策依据。现在石油价降得很低了，我们应有什么样的策略等等。三是新科技革命条件下的地质工作。现在国际勘探技术发展飞快，物探技术、遥感技术、计算机信息技术等等日新月异，如何把传统地质技术与新科技结合起来，现在地质领域应用新科技差一点，要进一步明确整个地质科研技术发展方向，包括基础性、公益性地质工作都要应用新技术，以提高我国地质科技水平。

1999年7月16日，这一伟大工程的“统帅部”——被誉为旷世交响、恢弘乐章的指挥枢纽的中国地质调查局，就在连接着两个千年的坐标点上隆重登场了。

在地质队伍属地化的改革浪潮中，为保留一支精干的地质工作队伍开展基础性、战略性的地质工作，国家成立了这个“野战军司令部”。这届班子如何适应经济社会发展的需求，满足国家对资源的急需？如何在地质行业处于困境的情况下，以公益性地质调查工作拉动商业性地质勘查？

已是深夜，中国地质调查局会议室里仍是灯光如瀑，映照着一个“老中青”结合的领导群体。坐在中间的是我国著名矿产勘查学家、李四光地质科技奖得主叶天竺，他担任了第一任中国地质调查局局长，还有王达、张洪涛、贾其海、刘连和、饶天金……每个班子成员都可谓我国地勘领域的精英人物，人人怀珠抱玉，个个身有“绝活”。他们齐聚一堂，正在运筹帷幄，精心部署，调集精兵强将，调配最好的设备，调整全局的人力、物力、财力，决战决胜当好地质大调查的“排头兵”。

国土资源大调查的内涵是什么？就是在我国领域和管辖海域范围内，针对土地资源、矿产资源、海洋资源等国土资源，开展基础性、公益性、战略性综合调查评价。

1999年9月15日，温家宝同志在周永康的一封建议信上批示：“新一轮地质调查必须有新的思路，新的起点，新的高度。就是要紧密地结合经济社会发展的需要，突出解决基础性、战略性、区域性、公益性重大地质问题，要运用新理论、新技术和新方法提高地质调查的水平，要改革地质调查的管理体制，提高工作效率和经济效益。”

《国土资源大调查纲要》的出台，让人们从宏伟的蓝图看到了希望和未来，但如果没有具体操作的细节，就仅是一张充满美丽梦想的图纸。沧海桑田，乾坤挪移，地壳数十亿年、数十次的剧烈运动，分裂拼合内涨外隆，形成的是千变万化的地表形态，光怪陆离的地下构造，既为人类蕴藏了丰富的宝藏，更为探宝设下了无尽的迷阵与玄机。

我国960万平方千米的国土和300万平方千米的海域，究竟蕴藏着多少宝贵的资源？在我国尚存的120万平方千米地质空白区，地球母亲又留给我们多少无私的馈赠？面对一个个扑朔迷离的谜，地质大调查如何摆兵布阵？突破口又在哪里？

温家宝副总理的批示犹如一盏明灯，明确了地质大调查的具体工作任务：

“新一轮的国土资源大调查要围绕填补和更新一批基础地质图件、查明土地后备资源、评价全国矿产资源潜力和重点区域矿产资源远景、评价干旱半干旱区地下水资源远景、评价重点地区地质环境、发展地质科学理论、开发新的探测分析技术和信息技术等战略目标，统一规划，统一布置，多学科、多工种集成作业，进行综合调查研究，实行区域展开和整体推进。”

严峻的现实伴随着彻夜不熄的灯光。茶杯里泡着让人亢奋的浓茶，烟缸里插着不睡觉的烟蒂，墙上悬挂着一幅幅不同区域、不同类别的“中国矿产资源分布图”。班子成员各抒己见，智慧与勇气、激情与思考、技术与梦想在激烈碰撞，科学的分析，审慎的论证，思想的火光在云遮雾绕中爆响，一道道红蓝铅笔在地质图上画出了穿山越岭、粗重有力的线条……

国土资源大调查中的重点任务是开展地质调查工作。鉴于我国矿产资源紧缺的严峻形势，在进行资源调查与环境评价并举的同时，矿产资源勘查理所当然是国土资源调查的主要任务！

9

必须找准“支点”，才能“撬动地球”！

每个班子成员的脸上都是那样地全神贯注，每双智慧的目光都在共和国版图上仔细扫描。

全国能源和重要矿产资源潜力分析表明，我国总体资源探明程度约为1/3，能源和重要矿产都有较大的资源潜力。中国东部经过几十年的开发，工作程度较高，开采深度多在300－500米以内，对1000米以下的矿产资源情况了解甚少，存在巨大的第二找矿空间。

东部，攻深找盲，向第二找矿空间进军！

科学的目光又瞄向了中国西部的空白区。

其实，《国土资源大调查纲要》起草时，张洪涛就提出，西部地质工作“空白区”要率先消灭，包括云南南部1幅图、大兴安岭9幅图，重头戏则是青藏高原118个图幅。

这是为什么？

中国幅员辽阔，地形、地质之复杂，令国外同行难以想象。新中国成立后的半个世纪，尽管百万地质大军付出了很大努力，但在西部很多偏远地区，地质工作程度低，地矿勘查几乎是空白。尤为突出的就是全国中比例尺区域地质调查，剩下了两块约120万平方千米的空白区，一块是森林覆盖特别严密的大兴安岭北部地区，面积约10万平方千米；一块是海拔4000米以上、条件特别艰苦的青藏高原地区，面积约110万平方千米。青藏高原属于特提斯成矿带，科学地考察清楚这块处女地，弄清高原不断隆升机理及资源、环境问题，无论是对于人类生存还是社会发展，还是与国际地质科学接轨，都是一项功在当代、利在千秋的事情。

张洪涛的思路与叶天竺可谓不谋而合。西部大开发呼声迭起，晨曦初现，无疑应该成为中华崛起的重要环链。西部大开发，必须先规划，规划的基础就是国土资源大调查，中国地质人责无旁贷应该走在前面。

议而果决，思而启动。根据《纲要》的要求，他们首先要落实4年近期计划——新发现一批铜、金、银、优质锰、富铅锌、锡、钴、锑的资源富集区，完成一批成矿体系及区域成矿评价方面的重大科技攻关项目，提出适合中国国情的矿产资源评价创新理论，指导更深层次、更广范围的矿产资源潜力评价工作。

于是，“四个倾斜”的主攻方向愈加明确了——矿产资源调查评价工程总体部署要重点向国家急需的矿种倾斜，向我国中、西部矿产工作程度较低的待开发地区倾斜，向矿产资源潜力巨大的地区倾斜，向预期经济效益好的地区倾斜。

于是，一个“全面规划、分步实施、加强西部、确保重点、区域展开、重点突破”的地质大调查战略决策出台了——

紧密围绕国家经济建设的需要矿产资源开展调查评价，优先安排西部工作程度极低地区矿产资源区域评价。重点部署在新疆南部、西藏“一江两河”、藏东地区等，全面提高西部地区矿产资源调查评价工作程度，圈定一批成矿远景区，并提出下一步评价工作的部署建议；

加强重要成矿区带战略性矿产资源调查评价，如雅鲁藏布江成矿区、西南三江、南岭地区、天山地区等，通过加强异常查证、矿点检查，面中求点，力争“十五”末，新发现并初步评价一批具大型前景的矿产资源勘查基地；

加强重要成矿远景区矿产资源的区域评价，加大国家战略性矿种的普查评价力度，加强新类型矿床的研究与评价；加强中西部及边远地区的区域矿产调查和异常查证工作，评价资源潜力，新发现一批资源富集区，提交一批突破性成果；

开展东部接替资源勘查。东部重要成矿区带，重点开展资源潜力分析评价和重要矿产地的检查评价工作，提交一批矿产资源勘查基地。适度开展大型矿山（田）外围及深部的矿产勘查工作，为大中型国有矿山企业提供后备接替资源……

如同战争年代那样，每次大的战斗打响之前，总要开个动员大会，将官兵的思想统一起来，情绪激发起来，然后开赴战场展开搏斗。

“我们地质人是国民经济发展的先锋队，不能纸上谈兵，不能光讲抽象的地学理论，一定要用实际行动！”

动员大会上，叶天竺把话筒拉得很近，努力提高自己的音量，“中央领导迫切想知道的是我们共和国的‘家底’，在我们国家的地盘上，到底有哪些资源！资源储量到底有多少！我们在座的都是搞地质的，摸清共和国的‘家底’，我们最有发言权！”

这次战前总动员，在中国地质人心中点燃起地质大调查的极大热情，实施方案科学合理，主攻方向明确，战略部署周密——统一规划、统一部署、整体推进，多学科、多工种集成作业，综合实施调查。

大调查让每个中国人充满了期待。决策者的大智大勇大气魄将在实践中接受检验。

10

历史长河中每一朵绚丽的浪花，每一次壮观的变革，莫不是创新引发的动力。回望12年地质大调查的轨迹，一个个富有冲击力的创新实践总会给人一种全新的视角。

“中国在以惊人的速度发展，发展本身对国土资源大调查提出了更高、更严格的要求。作为一项公益性、基础性、战略性的国家工程，新一轮国土资源大调查的规模前所未有：国家财政斥资120亿元，投入不可谓不大；其中近70%的调查资金投向西部，历来少见；成千上万名地质工作者全力以赴，力度可见一斑；历时长达12年，任重如山！”

现任中国地质调查局党组副书记、副局长、地学博士钟自然，一副闪光的眼镜映衬着一副温文尔雅的面孔。他以简洁洗练的语言，对记者发出了感言。

钟自然告诉记者：“1999年地质大调查启动，地调局班子就提出了‘对历史负责’的口号。虽然领导已经换了几任，从叶天竺到寿嘉华，从孟宪来到汪民……但可以无愧地说，每届班子都站到了时代的制高点，每届班子所思考的全部问题，都是如何不辱神圣使命，因此就有了传统体制下项目模式的重大改革和突破！”

总攻即将开始，坚冰必将打破。一系列创新举措的相继推出，一种与传统体制迥然不同的新模式就毫无疑义地载入了中国地勘史的史册。

国土资源大调查专项实施的当年，中国地质调查局就曾对大调查“管理流程”三易其稿，叶天竺、张洪涛等专门进行了桌面操练之后，《国土资源大调查地质调查项目专项经费管理暂行要求》迅速印发。经过严格“法律程序”的审定，一系列凝聚国内外历史经验和当代地质大师聪明才智的“办法”“细则”等等先后出台，从立项申请、专家论证到预算安排，一切都是公开化、透明化。

要“摸清资源家底”、“解放”地层深处的矿产资源，关键是高扬“科技就是第一生产力”的大旗。过去我国科研和地勘单位独特的知识优势和技术优势得不到充分发挥，“科研勘查开采一体化”相对比较薄弱。现在必须破除传统的项目模式，破除陈旧的思想观念，敢于“特事特办，新事新办”。

新一轮国土资源大调查，打破地质科研与勘查“两张皮”的局面。科研–勘探–开发一体化，以科研指导勘查，勘查验证科研，推动科研进步和发展，反过来再指导勘查，实现认识–实践–再认识–再实践的飞跃发展。这种符合市场经济规律的“三位一体”新模式，科研、勘查和开发多部门、多兵种结合成了一个有机统一的整体，加速了地质科研成果转化为生产力的进程。

全面推行项目法人制、工程招标制、合同管理制。符合市场经济规律的运行机制建立起来，公益性和商业性分体运行，对一级项目下设的二级或三级项目由项目办公室提出设计、预算，进行委托或招标，凡有地质调查资质和能力的地勘生产、科研、教学单位，均可单独或联合承担大调查的项目。

每年10亿元的国土资源大调查的经费，一下子就拿出8.5个亿用于全国的地质调查，对地质调查的重视程度不言而喻。如何把一块钱掰成两半花，以取得效果的最大化？

专项资金使用和管理采用了“三会两审”制，三会是指专家咨询会、国家需求联席会、项目安排上下协商会，两审是指中国地质调查局审、国土资源部审。“项目管理、专款专用、突出重点、讲求效益”，决不允许层层分包、层层剥皮，确保经费全部用在大调查项目上。

专家监审制度，可谓是地质大调查的又一亮点。27个省区市都成立了地调院，建立项目管理制度办法28种。中国地质调查局正式聘任的898名技术类监督审查专家、经济类监督审查专家在履行地质调查局委托的技术经济监审职责。从立项论证、设计审查、实施监督、成果验收等各个环节，都在专家监理验收机制的运行中科学组织实施。

管理水平在一个个的机制创新中体现。现场管理、技术管理，资金管理、合同管理都在创新过程中趋向完善，人、财、物、机等在项目之间合理流动，在动态调整中寻求平衡；质量、工期、成本、安全四大目标控制体系，规范着地质大调查的健康运转。

这一切的创新，不仅仅着眼于历史的演变，更着眼于民族的命运；不仅仅着眼于自然地理，更着眼于经济形态；不仅仅着眼于今天，更着眼于未来……

一切都沿着《纲要》既定的大方向出台方略，体现着国家利益的需求！

一切都顺着否定之否定的创新轨迹奋然前行，体现着民族振兴的宏愿！

吹响“集结号”

11

在资源危机的警报轰响之中，从来不相信“救世主”的华夏民族吹响了“新一轮国土资源大调查”的“集结号”，面向广袤神秘的国土，中国地质人开始了一场气壮山河、威武雄壮的攻坚战。

虽然他们在波峰浪谷的市场冲撞中曾经伤痕累累，在云诡波谲的险关狭隘中也曾经血迹斑斑。他们也不乏对党风未能彻底扭转的焦虑，不乏对权利腐败的切齿痛恨，对一些难以承受的社会现象，他们也难免发发牢骚和积怨。然而，面对千载难逢的历史机遇，他们抚摸着伤口，擦干了血迹，再一次腾身跃起；为了中华民族的快速崛起，他们激情在燃烧，活力在喷涌，再一次唱起“大风”！

地质大调查的一个个战场同时拉开，一个个战役同时打响，一面面战旗汇成燃烧的烈焰，一支支英雄的队伍沿着浩浩长江黄河跋涉求索，一个个地质人从四面八方匆匆赶来，一辆辆汽车载着钻机如滚滚铁流，一架架航空遥测飞机掠过山川江河，浩浩荡荡的大军从天上地下一起向各自的阵地进发……

这是一场今天和历史的竞争。

这是一场现代与传统的争夺。

全国各行各业的有识之士和地方支援团队一呼百应，呵气成云，攻坚克难，所向披靡……苦寒停滞的土地开始了现代文明的速度，辉煌就这样在地质人手下创造出来，并在祖国大地上迅速延伸。

广阔的大自然成为地质大调查的主战场，从西部遥远的昆仑到惊涛拍岸的东海，从严寒极地的遥远北国到风景如画的彩云之南，都留下了地质人的身影。在黄沙漫漫的沙漠中，在空气稀薄的高原上，在人迹罕至的深山里，在条件艰苦的矿井下，地质人手拿放大镜、地质锤和记录本，认真考察每一个地质现象，采集每一块岩石标本。

集中力量办大事，一心一意谋发展——中国特色社会主义制度的优越性又一次得到验证。

今天，当我们谈论地质大调查取得“第一桶金”的时候，或许会感到些许的轻松与惬意。然而当初，跨越这道高高的历史门槛又谈何容易？

要找大型超大型甚至世界级的矿床，必须从统筹部署综合性大项目着手——这是大调查开局之年中国地质调查局领导班子的共识。

“三江成矿带”作为全国14个重点靶区之一，云南羊拉、大平掌等一批“三江特别计划找矿”项目，自然而然地成为地质大调查的开局之役！

作为我国战略性矿产资源勘查的重点工作区域和寻找大型、超大型矿产资源基地的重要战略选区，三江地区找矿突破的出路在哪里？

羊拉，奏响了我国地质大调查第一曲动听的音符！

作为三江特别找矿计划中的羊拉勘查项目，一直是叶天竺、张洪涛关注的重点，他俩都有骑马拄棍、顶风冒雪翻越4000多米甲午雪山的经历，都曾在羊拉群山留下现场考察的足迹。国土资源大调查开展之始，中国地质调查局便将羊拉铜矿勘查破例安排再次立项，水到渠成地进入“地质大调查”的“盘子”。项目资金不愁，勘查进度大大加快，开局之年捷报频传：

云南省地调院加快外围找矿，新发现了5个矿段以及一大批铜铅锌银多金属矿等矿床、点。其中路农铜矿(段)、江边铜矿(段)、通吉格铜矿(段)、鲁春北矿段铜铅锌矿、格亚顶铅银矿等五处矿产地，其工作程度及资源量基本达到新发现矿产地要求。矿区远景储量完全可以超过100万吨，达到两个大型铜矿山标准！

羊拉首战告捷，无疑为隆起在西南的三江高原找矿踏出了一条探索之路，更为高层决策提供了有力的理论和实践的依据。这项成果之所以脱颖而出，重要的是其具备了“三个突破”，即找矿理论的突破、找矿方法的突破和找矿成果的突破。

假如说，羊拉铜多金属矿的突破是我国国土资源大调查中振聋发聩的第一声“春雷”，那么，普朗特大型铜金多金属矿的发现，则是从我国“西南三江成矿带”腾空翘首的一条巨龙。

2005年6月下旬，中国地质调查局局长孟宪来一行来云南考察后，曾经充满信心地说过：“三江找矿的重大突破，对于我国寻找新的接替资源基地的战略行为，改写中国的有色金属资源现状，提升中国有色金属在世界的排名，都将产生重大影响。”

2010年5月12日，国土资源部部长徐绍史大步登上普朗雪山考察。云南省地调局局长李文昌介绍说，除了普朗铜矿，中甸地区格咱乡辖区包括正在开发的红山铜矿、雪鸡坪铜矿和浪都铜矿，目前已探明铜资源量650万吨，共伴生金129吨、银3000多吨、钼25万吨。他非常乐观地预测，格咱矿区仅铜矿储量就应在1000万吨以上。加上发现的其他矿产，潜在价值超过5200亿元。

令人鼓舞的前景，让徐绍史兴奋地连声鼓励："现在看这里的找矿潜力了不得，要抓紧实施整装勘查，争取搞个大项目，尽快找个大家伙。”

“尽快找个大家伙”——部长脑海里勾画的是中国地质找矿如何再来一次新的突破，如何整装勘查、建立我国矿产资源储备基地的宏伟蓝图！

阴极而阳生，否极则泰来。黄钟大吕般的宏音，预示着“三江找矿”的再次发力，也激励着中国地质人腾跃的脚步，向一个个新的高地发起新一轮进击！

“时间是伟大的作者，她能写出未来的结局！”

12

历史的每一次抉择，都必将拓展一片新天地。地学理论的突破，指导着找矿实践的跨越。

当地质队的红旗和《勘探队之歌》重新在深山莽野飞扬，当专家学者的创新思维与太古代的地层展开新一轮的对撞，当呼啸的钻头穿过古老的断层挺进地层深处的矿藏……一个个大调查项目的重大突破便给祖国的锦绣大地披上了希望的霞光——

西南三江地区：发现和评价了滇西北中甸普朗、兰坪白秧坪、南汀河芦子园、藏东拉诺玛、四川砂西等一批大中型铜铅锌银多金属矿床，提交资源量铜300余万吨，铅锌1000余万吨，银近万吨。三江中南段有望成为大型有色金属勘查基地。

雅鲁藏布江成矿区：为配合青藏铁路工程开展了矿产资源调查评价工作，新发现驱龙、尼木等大型铜矿，已初步控制铜资源量200万吨，富铁1.2亿吨。远景资源量铜600万吨以上，富铁2亿吨。

东天山地区：铜矿资源调查评价取得重大突破。新发现土屋−延东等大一中型矿床。土屋、延东铜矿床已控制铜资源量270万吨，吸引了国内外大型矿业公司投资进行铜矿勘查和开发。

南岭地区：新发现湖南芙蓉大型锡矿田，估算资源量锡66万吨、铅锌101万吨、银1087吨，新发现矿产地15处，其中可供普查矿产地5处，可供详查矿产地2处。

九嶷山、花山、姑婆山地区锡矿评价新近也取得重要进展。

北方可地浸砂岩型铀矿远景区：吐鲁番、伊犁、二连、海拉尔等盆地评价成果显著。伊犁盆地库捷尔太已建成我国第一座地浸铀矿山，经济效益显著。吐鲁番十红滩矿区可望成为我国又一个万吨级地浸砂岩铀矿资源基地。

秦岭地区、豫西南地区、闽中地区相继新发现一批大型铅锌银矿床，目前探获铅锌资源量1000万吨，银8000吨，为中东部地区接替资源开辟了良好的找矿前景。

新疆罗布泊地区：发现特大型钾盐矿床，在罗北凹地及东西两侧台地圈定卤水钾盐矿体，探明KCL资源量1.29亿吨，KCL平均含量1.40%—1.84%，目前已开发利用。

……

地质大调查无疑是一个特殊的战场。它考验着忠诚，拷问着信仰，也验证着精神。

4年的风雨兼程，4年的筚路蓝缕，作者不想赘述这支野战军如何浴血冲撞驰骋战场的幕幕场景，也不想再现历年地质人艰苦卓绝奋进过程，让那些细小的部分都掠过去吧，只想用数字告诉读者，早就束缚得不耐烦的生产力如大河开闸，翻起了赏心悦目的浪花。

2002年11月15日，时值中国共产党的十六大，中国地质调查局新闻发布会披露了一组令人振奋的数字：

“至2002年底，累计新发现矿产地421处，探获资源量铜1200万吨、铅锌3000万吨、铝土矿5600万吨、优质锰矿石8900万吨、铁锰矿石1.15亿吨、锡100万吨、金1000吨、银20000吨、钾盐1.29亿吨、磷矿石7500万吨，明显地提高了我国矿产资源的保障程度。”

数字就是力量。数字就是生命。数字就是历史。数字就是智慧血汗的象征。

国土资源大调查《纲要》中制定的地质大调查四年近期目标圆满完成!

危机与挑战，责任与义务，改革与创新，前进与保守，都浓缩在地质大调查的风雨中，浓缩在中国地质人的精神世界中……

我的耳边响起了原国土资源部部长孙文盛的一番话：“新一轮国土资源大调查，是风险与机遇并存、困难与希望同在的战略工程，功在当代，利在千秋，我们必须坚定一个信念，那就是必须对历史负责，对后人负责，不能留下遗憾，更不能留下败笔!”

当惊世界殊

13

十六大的召开，新一届政府无疑将扮演承前启后的历史角色，加快国民经济发展的“接力棒”，责无旁贷地传递到中国新一届领导集体的手中。

这时候的中国，体制改革即将进入“深水区”，但资源困扰已经严重制约了国民经济的安全运行；一方面是矿产资源供求严重紧缺，另一方面是地勘投入和地勘人员锐减。资源枯竭导致110多座矿山关闭和破产，三分之二的有色金属矿山进入中晚期。

中共中央总书记胡锦涛，国务院总理温家宝的脚步一次次踏上了胎心微颤的西部，看到的是东西部发展差距，城乡差距的鸿沟，资源紧缺的危机，生态环境的恶化……

国土资源地质大调查的一个个成果，无疑为中央高层决策提供了解危脱困的理论和实践的依据。

2003年，中央人口资源环境工作座谈会在北京召开，胡锦涛总书记针对西部地质大调查的主攻方向和任务，向中国地质人发出了新的动员令：“加强国土资源调查，努力实现西部地区国土资源调查和找矿找水的新突破!”

仅从1998年到2005年，温家宝总理就地质工作的批示高达80件以上，并就地质工作先后6次发表了重要讲话。

2005年12月28日，温家宝总理在主持第118次国务院常务会议研究加强地质工作的决定时，以其政治家的睿智目光高瞻远瞩地指出：要“大力推进深部和外围找矿工作，形成一批重要资源接替基地”。

2006年1月，《国务院关于加强地质工作的决定》出台，成为我国地质事业发展的重要里程碑。

伴随我国地质工作“第二个春天”的到来，新一轮地质找矿高潮迭起。

14

面对全新的机遇和挑战，中国地质人驾驭着理论和实践的双翼，推动着中国地学跨越了一道道历史的门槛。

——科研院所联合攻关，各路专家现场号脉，科技进步的轮子在高速旋转，科研攻关的呐喊吼声震天，新老科技人员的智慧之光、创造之火以不可遏止之势在喷吐、在燃烧。跌宕起伏的数据符号演绎成“向地球心脏钻进”的五线音符，雪花飞舞般的图纸幻化成一项项科研硕果。地层深部强干扰环境下物探方法的有效性试验研究、精细化探找矿方法研究、2000米超深钻技术攻关等等新方法新技术不断涌现。新的找矿实践丰富发展了传统的地质学理论，一批批复合型地质人才在茁壮成长；科学的发展观，理念的前瞻性，一座座危机矿山再度焕发出青春的光焰；

——一个个饱含人类智慧的新技术、新工艺在大调查中推广使用，一项项身披现代思维的新成果、新理论在钻台上试验开花，钻探与高分辨率地震勘探、数字测井、电磁勘探、地面调查相结合的综合勘探，勘探精度及研究程度大幅度提高，不仅降低了投资风险，也降低了勘查工作量的投入，节约了勘探费用，缩短了施工时间；

——传统地质在向商业地质转移，简单的“探明”在向“攻深找盲”的“发现”转移，单纯的地质勘查向多元产业结构转移，地质勘探的核心竞争力在提升，股份制的基因在创新中注入其间……

雪域高原之上，世界屋脊之巅，巍然耸起一座新的里程碑——

从1999年—2005年，投入3亿元填补青藏高原“空白区”的决战之役拉开了一个个战场。中国地质调查局先后组织了全国24个地质勘查、教学、研究单位，年均上千人的队伍，奋战在雪域高原。地质队员以平均每4千米一条路线，拉网式地穿越了昆仑山—阿尔金—唐古拉山、可可西里—羌塘、冈底斯、雅鲁藏布江、喜马拉雅等山脉，完成了空白区152万平方千米的1∶25万区域地质调查，实现了我国陆域中比例尺地质填图全覆盖，一批重要的新发现和原创性成果，在中国地质工作历史上写下了厚重的一笔。原国土资源部部长孙文盛高度评价说，新一轮国土资源大调查像一部规模雄伟的交响乐，而青藏高原“空白区”填图，则是其中的“华彩篇”！

高山峡谷间，五湖四海中，一座座惊人的聚宝盆被打开——

在南海北部，2007年5月1日成功钻获了天然气水合物实物样品。这个中国地质史上的重要发现，证明南海北部蕴藏有丰富的天然气水合物资源，它标志着我国天然气水合物调查研究水平步入世界先进行列；

在海拔4620米的青海省祁连山永久冻土带，也发现了现有能源最可靠的替代品——天然气水合物，预测地质资源量达数百亿吨石油当量。在能源紧缺的今天，我国已成为世界上第三个在陆地区域采集到天然气水合物的国家；

在西藏，继30年前发现玉龙铜矿之后，龙的传人在西部高原又一举牵引出两条世界级的“巨龙”——驱龙铜矿带和多龙成矿带，经过勘查开发，可望使我国铜产能提高30%以上，进口量下降一半。西藏冈底斯成矿带驱龙铜矿已查明铜资源量1036万吨，远景资源量1200万吨以上，成为我国最大的铜矿床；

在大西北的东疆地区，煤炭资源整装勘查成果喜人，5个预查区新探获煤炭资源量1117亿吨，煤质具有低灰、低硫、高热值特征，是优质的火力发电和煤化工用煤。内蒙古东胜煤田艾来五库沟——台吉召地段煤炭普查项目，成为201亿吨超大型煤田；

在青海大场、山东焦家等地区，金矿勘查取得重要进展，探明金矿资源量255吨，提高了我国贵金属资源的保障程度。其中，大场金矿控制金资源储量150吨，远景资源量300吨；

气吞山河的大调查，气吞山河的地质人。支撑共和国经济大厦的接替资源，正是因为有了地质人的苦苦追求，苦苦奋斗，才更加充满希望！

国土资源部有关负责人表示，在地质大调查中累计探获铁矿石资源量近50亿吨，这必将对我国在争取国际铁矿谈判主动权产生积极影响。

资料显示，辽宁本溪桥头铁矿已经控制铁矿资源量30亿吨，预测远景资源量达70亿吨以上，有望成为世界上最大的单体铁矿；

河北冀东马城铁矿探明资源储量达10.44亿吨，是上世纪80年代以来我国探明的单矿床规模最大的铁矿资源产地；

四川攀西地区估算铁矿资源量1.68亿吨，全区共优选19个预测区，预测潜在资源量194亿吨……

值得一提的还有安徽泥河铁矿，短短2年多时间里，从1000米深处探明1.8亿吨铁矿石量，找出了品位高达55%左右的磁铁富矿，潜在经济价值超500亿元，被评为2008年全国十大找矿成果之一，排名第一位。

重要的是，泥河铁矿不仅成就了“泥河速度”，也开创了“泥河模式”。在国土资源部地质找矿改革发展大讨论背景下，泥河因其体制机制的创新和技术方法上的丰富实践，与“河南嵩县模式”、“新疆‘358’省部合作机制”一起吸引了全国国土资源系统热切关注的目光。

石油、铁矿石、天然气、铜矿石和铝土矿等都是中国经济目前所不可或缺的战略资源，进口依存度一直处于上升状态，绝大多数的进口来源局限于少数几个国家，故而常常受到国际资源巨头价格联盟的伤害。

而今天，在孕育着火、放射着光、炸响着惊雷的共和国热土上，中国地质调查局几届领导班子带领广大干部职工风雨兼程12年，全面实现了地质大调查的历史性大跨越。一个个大调查的重大成果，为经济全面发展的中国输送着源源不绝的工业食粮。

在经济全球化的竞技场上，中国地质事业正在迎来新一轮黄金增长期！

15

是谁带来千年的祈盼

是谁带来远古的呼唤……

我的手中，是一份即将呈送国务院的文件——《中国地质调查局关于1999－2010年地质大调查工作的情况报告》。

我的耳畔，飘荡着高亢苍凉的《青藏高原》——我似乎听到了一章凝聚着卑微与崇高的山呼海啸般的交响乐，一首凝结着现代与古老撞击的欢乐而痛苦的轰鸣曲。

在这份不到一万字的报告里，浓缩了中国地质大调查12年的风雨烟云。透过这份刚刚出炉的报告，我仿佛看到冷峻而热忱的历史老人，正以含情的口吻为国土资源地质大调查作着客观的结论：

“经国务院批准，国土资源部组织实施了国土资源大调查专项（1999－2010年），经过广大地质工作者的共同努力，专项顺利实施，圆满完成任务，达到预期目标。”

中国地质人肩负国家的使命，怀抱人民的期望，把他们的信念、智慧、勇敢与坚毅、崇高的牺牲、成功的喜悦，还有某些不堪疲劳的倦意、难以抗拒的失落的困惑与遗憾，等等等等，这些为了地质大调查而引发的人生况味，全都融进大地的风景，汇入时代的大潮，谱写出一首艰辛而欢快的新时代地质人之歌。这首歌的所有音符，就是这如梦如幻蜿蜒盘旋高耸入云的地质大调查之路……

一组组金蛇狂舞般的数字，如同燃烧的火焰在我的眼前跳荡：

新发现一批矿产地和资源量——新发现和评价矿产地达900余处，大型以上勘查基地150余处。新发现矿（化）点和物化探异常万余个。国土资源大调查新增资源量：铁矿石40亿吨，铜3800万吨，铅锌8300万吨，铝土矿5亿吨，金1800吨，银8万吨，煤炭1300亿吨，钾盐4.6亿吨。

基本形成十大后备资源基地——近年来，数十亿吨的铁矿，千万吨的铜矿，百吨的金矿陆续发现。基本形成10个可供国家规划和开发的资源基地：西藏驱龙－甲玛铜矿（铜1500万吨）、滇西北铜多金属（铜1000万吨、铅锌2000万吨）、新疆东天山铜多金属（铜500万吨、铅锌500万吨）、华北地区铁矿（铁矿石100亿吨）、新疆罗布泊钾盐（KCL5亿吨）、湖南骑田岭锡矿（锡50万吨）、西藏金达铅锌银矿（铅锌1000万吨、银7000吨）、豫西南铅锌银矿（铅锌3100万吨、银38000吨）、青海大场金矿（金150吨）……

雪域生辉，东方日出。

一个划时代的地质丰碑，就这样在共和国的版图上高高竖起，凝固的碑文里，镌刻着一串神话般的故事，记载着一段不同寻常的历史。

中国地质人以12年不屈不挠的汗水挥洒，凝聚成一串串金灿灿的硕果，跨越了一个个历史的门槛。

报告中的一个个重大发现吸引着我的眼球。请看下面这段文字：

大批矿产地转入商业性勘查开发。公益性地质工作与商业性地质工作的无缝对接，矿政、资本与技术的完美结合，一大批勘查评价的成矿远景区正逐渐成为商业性矿产勘查投资关注的热点。一部分大调查结题项目已转入与商业性矿产勘查相衔接的资源补偿费勘查项目。通过大调查提高工作程度，降低了勘查风险，辽宁大台沟铁矿经企业跟进勘查，目前控制资源储量30亿吨，预测远景达70亿吨。西藏驱龙铜矿引入企业勘查，成为我国首个资源量超千万吨的巨型铜矿。安徽泥河铁矿通过多方合作整装勘查，目前正建设矿山。新疆罗布泊钾盐矿转入开采，2009年生产硫酸钾66万吨，实现销售收入21.55亿元。滇西北铜矿已陆续转入开发。东中部老矿山深部和外围找到新的接替资源，已迅速转化为产能。

能源矿产调查评价取得新发现——海洋油气新区调查圈定了38个重要含油气盆地，评价海域油气资源量超过400亿吨油当量，扩大了油气资源远景区，为我国海洋资源勘探开发提供重要的基础资料。东北松辽盆地外围、西北银额盆地、西南中上扬子盆地和青藏羌塘盆地等4大油气资源新区的油气基础调查，证实具有较大找油前景。新疆东部吐哈盆地等地区探获千亿吨巨厚煤炭资源……

地质大调查的硕果并不仅仅表现在矿产资源的发现。3S技术使野外数据采集、室内数据处理、成果表达及社会化服务走向了数字化、网络化和智能化的时代高速公路。地质调查由纸质时代迈入数字时代，地质资料社会化服务也迈出新步伐。全国地质资料馆馆藏资料近11万种，其中4万余种实现数字化，18种重要基础地学数据库建立起来，数据共享与服务平台搭建起来，以国家基础地质数据库的建成为标志，国家和省级地质资料信息服务集群化体系遍布祖国各地……

面对地质大调查专项的一个个找矿理论创新，面对新理论、新技术、新办法的接连问世，中国地质大学一位校长可谓慧眼识金，他说："我们要据此修改地质学教材，全面更新找矿模式和成矿理论。还要据此建立'地学四库'，即找矿理论库、找矿技术库、找矿管理经验库和100家典型矿山的实物标本库!"

中国地质大调查部队，以腾挪跳跃的进击态势，永不言败的顽强搏击，唤醒了一个个沉睡亿年的资源，点燃起西部富庶、东部繁荣的遍地烟霞。

这一伟大实践的过程，被新华社记者以激扬的文字称为中国地质人寻梦、追梦、织梦、释梦、圆梦的过程。

收获了春光无限，迎来了硕果满枝——科学赢得了胜利，梦想变成了现实，中国地质工作者赢得了胜利！

历史在评说

16

2009年，意味着共和国一个甲子的结束；2010年，历史又以中华民族复兴的荷载开始了新的轮回。对于中国地质人来说，何尝不是一个与时俱进群龙腾舞的新起点！

站在历史的航船上，回望国土资源大调查的风雨12年，许多画面值得我们永远铭记，许多过程是那样耐人思考。

作为国土资源大调查的重要组成部分——国土资源地质大调查，给我们留下了什么？

我来到了北京市西城区阜外大街45号——中国地质调查局所在地。

没有人怀疑这样一个事实，中国地质调查局，理所当然就是全国地质大调查的统帅部。而眼前巍然耸立的这栋办公大楼，正是运筹帷幄之中、决胜千里之外的前线指挥部。

走进园林式的院子，迎面就是占满半个墙壁的江泽民同志手书字体——"献身地质事业无尚光荣"。金光闪闪的十个字，浓缩了地质人的一切：事业与精神共存，卑微与崇高同在！

站在办公楼门口，我似乎感觉到了大地胎心的阵阵颤动——无论在新疆在西藏，在云南在四川，在青藏高原在大兴安岭，但凡看到地质大调查队伍，都有一只巨大的无形的手，在布局，在调控。从濒临极光之地的喜马拉雅无人区，到隐藏在林海雪原的茫茫大兴安岭，从长江三角洲到珠三角……只要有一个靶点，那就是它的触角、它的神经，那一股一股跃动的脉络从这里启动，一直延伸到每一根毛细血管的末梢，牵动了千里万里之外大地的每一根神经。

跨入中国地质调查局办公大楼，走近了高智商、复合型人才的聚集地，真真切切感受到一种现代化战役指挥部的味道，一个个准确无误的指令传向祖国各地，一个个项目告捷的数据闪烁荧屏上下，一份份简报传递出地层深处的呐喊，一摞摞资料闪烁着地质科学的灵光……党心与民心，信仰与忠诚，在这里浓缩；智慧与汗水，效率与激情，在这里流淌……

17

中国地质调查局局长办公室。

国土资源部副部长、现任中国地质调查局局长汪民正在临窗伫立，凝神远眺。

目及之处，是一栋栋巍峨耸立的楼房、大厦，一座座金银铜铁辉映下的现代化建筑，刻满建设者骄傲的线条显得是那样金碧辉煌。中国地质人在时空的对位中，用金银铜铁熔铸的华美音符汇聚成一首首“凝固的交响乐”，用智慧汗水开掘的矿产资源为中华民族的崛起增添了夺目的光彩。

汪民平时话不多，人们很少看到他为什么事情激动或大笑。只有通过那些矗立在大地上的“凝固的音乐”，我们才能发现他内心世界的绚丽、浪漫和辽阔。

“诚如徐绍史部长指出的那样，新一轮国土资源大调查这一宏伟的跨世纪系统工程，使我国地矿领域成功实现了从高度集中的计划经济体制到充满活力的社会主义市场经济体制的伟大历史转折，同时我国地质科技实力和资源储备也产生了质的飞跃，在现代高科技地学领域逐渐发展成为世界先进大国，极大地提高了我国地质科学的综合形象和国际地位。”

站在时代的高度，汪民对这场历时12年、波澜壮阔的地质大调查进行了理性的梳理与概括：

——这是一场在中国崛起的关键时刻打响的跨世纪地质大会战。如果说，新中国成立初期的地质大会战加速了我国矿业体系的初步建立，那么，这场地质大调查中一批新的矿产资源的问世，将会为加速我国的工业化进程、加速我国的和平崛起提供重要支撑。

——这是中南海决策的胜利。地质大调查承载了太多的压力，老一辈革命家的遗愿，中国地质人的夙愿。围绕国土资源问题，仅国务院总理温家宝的先后批示就高达110多次，党中央、国务院的重视程度由此可见一斑。120亿元的资金投入，使改革过渡期的地质工作没有出现“断层”，全国性公益性地质工作得到延续，地勘队伍在最困难时期中得到了可贵的

“救济粮”，从而保存了全国大部分地质人才，不仅与国家的经济建设紧密相关，而且与人民群众的根本利益息息相连。所以说，地质大调查这个项目是历史赋予地质人的光荣和使命。

——这是精诚合作和谐共振的胜利。在这场多兵种、多学科、跨地域的地质大会战中，国家发改委、国家财政部、国土资源部等如同高速运转的机器齿轮，唇齿相依，环环相扣，相互支持，密切协作，在大调查专项步入规范有序的运行轨道上，发出了整体推进的和谐奏鸣，无论是战略规划的制定实施，还是资源潜力的调查预测，无论是项目的确定还是资金的保证，都在各级党委、政府高度重视下一路绿灯。各级国土资源部门更是把这项工作的位置放在“重中之重”，所有相关部门加强协调、科学统筹、通力合作。

——这是一往无前、乐于奉献崇高精神的史诗。中国地质人在长期艰苦创业中形成的“三光荣”精神和“特别能吃苦、特别能战斗、特别能忍耐、特别能奉献”的优良传统，“四海为家，艰苦为荣、野战为乐”的精神，是地质大调查能够成功的强大精神力量。不论在波峰，还是在谷底，他们始终没有放弃那份割舍不掉的地质情结。他们以前无古人的惊世之作，谱写了一曲气壮山河的时代壮歌。

……

“可以这样说，12年间，我国地质勘查体制经历了属地化改革和矿业经济的震荡起伏。国土资源大调查的实施，稳定了大批地质勘查队伍，发展了一批新的成矿理论和勘查技术方法，培养了大批技术骨干和领军人才。在项目实施中，地勘单位积极探索勘查开发一体化路子，经济实力和综合实力显著增强，为改革发展提供了坚实的保障！”

作为接力中国地质调查局的掌舵人，汪民的思维伴随着时代的脉搏在跃动。他在新一轮国土资源大调查“矿产资源调查评价工程”成果交流会上就曾指出：

“在国土资源大调查过程中，2006年又启动了全国矿产资源潜力评价，基本掌握了我国待查明矿产资源量的基本国情；2009年又将我国重点成矿区（带）确定为19个；2010年，国土资源部在全国开始实施地质矿产保障工程，为‘十二五’矿产勘查奠定了基础。但当前我们面临的形势是，经济全球化、信息爆炸化、技术高新化、知识更新化、管理现代化，因此，面对经济全球化的激烈竞争，我们国家加速了结构调整和工业化进程，倘若我们地质人沉醉在已经取得的成果里沾沾自喜，未来我们就可能陷入一种新的危机。”

“生于忧患，死于安乐。”正是这种沉甸甸的责任意识和忧患意识，时时鞭策着、驱赶着中国地质人的前进脚步，一刻不停地向着明天、向着理想迈进。

汪民又接着刚才的话题说：

“只要历史不停顿，我们的地质事业就要发展。我国资源危机的警报并没有解除，面对国土资源大调查的阶段性胜利，前方的路途仍很遥远。我们没有任何理由停滞不前——前脚已经跨了进去，后脚必须紧紧地跟上来!”

是的，作为矿产资源消耗大国，要真正实现我国矿产资源供应的全球性优化配置，以满足日趋增长的国内需求，我国地质工作的路还很远。

我的耳边又响起了国土资源部部长徐绍史掷地有声的一段话：

“经济全球化加速了地质工作国际化的进程，美、加、法、俄等国家均把全球性重要问题纳入各自的地质工作计划。中国作为一个地质大国，只有积极参与全球地质合作，才能更好地解决国内所面临的深层次问题。对于岩石圈对比、南极的冰盖和大陆研究、北极地质和环境研究、大洋资源勘查等各国地质学家共同关注的全球性重大研究课题，我国也必须有所作为!”

18

一曲曲渔歌唱晚，伴随着地质大调查的云舒云卷。

一波波潮起潮落，激荡着中国地质人的情悲情喜。

荷马史诗《伊利亚特》曾描述过一场战役：几十万大军在攻打卡夫丁峡谷时，结局是全军覆没。马克思曾把卡夫丁峡谷比喻为发达国家向社会主义过渡的巨大障碍。

然而，在转型期的社会主义中国，中国地质调查局的几任决策层却以党心的凝聚，民心的组合，率领一支英勇的团队胜利地跨越了“卡夫丁峡谷”，创造出了一个个世人惊诧的传奇。

我似乎真切地触摸到了中国地质调查局跨越发展的脉跳——这是一个用理想和信念造就的斯巴达克方阵，这是一个由智慧和意志铸就的铁甲集团军。他们有过缺氧的痛苦，雪崩的掩埋，但他们以失败焊接作梯，以赤子之心开道，以科技因子的注入，缓解了共和国的资源危机，以创新的科学态度，丰富着富有中国特色的地学理论体系……

今天，当我们站在国家资源能源安全的高度，以理性的视角来看1999年启动的新一轮国土资源大调查时，就不能不深深感到党中央、国务院决策、实施这项空前规模的大调查行动是何等地英明和伟大，不能不为中国地质人的崇高情操、奉献精神感到自豪和骄傲。

当我们从科学发展、持续发展的时代高度，理性观照这一场波澜壮阔的国土资源大调查时，无论是高层决策者立足民族复兴的前瞻思维、战役指挥者的科学务实精神，还是地质人国家利益高于一切的主人翁责任感，所折射的意义都已远远超越了事件本身，显示的社会价值和历史意义也将会随着时空的转移愈发显示出更为宏阔与厚重。

难怪在中国地质调查局采访时，众多的科技专家、学者以及工作人员，无不浮现出耐人寻味的微笑。

这是胜利者的微笑——中国地质人有这个权利！

尾声：未来不是梦

19

山川的巍峨，山川的险峻，山川的缄默，山川的厚重，铸就了地质人博大精深的精神世界；

江河的壮阔，江河的跌宕，江河的深沉，江河的多情，定格了地质人为国探宝的历史永恒。

要奋斗就会有牺牲。国土资源大调查是在市场经济条件下发生在地质领域的一场残酷斗争，虽然不见硝烟烽火、刀光剑影，却也充满着艰难险阻、英勇悲壮。

曾几何时，历史曾把号称“百万大军”的地质大军推向波峰，又是历史的车轮把这些为共和国立下赫赫战功的人们轧入过迷茫的谷底。他们曾经半委屈、半幽默地说："我们献了青春献子孙，到头来又成了没娘疼的孩子……"

曾几何时，遍布在祖国各地的企业发出缺少工业粮食的颤抖和呼唤。地质人承受着巨大的压力，付出极大的努力，却又遭受着无尽的责难。那么多地质人在谈到自己和同事的辛劳、付出和牺牲时，谈到家庭、老人和孩子时，眼里都闪着晶莹的泪光……

我们的地质人没有自暴自弃，他们扛着压力咬碎委屈，在山谷的凛冽寒风中移动双脚，在恒久的洪荒中发掘出国家急需的宝藏，重新打造了中国地质事业的新辉煌，这是何等的气度，何等的情怀！

12年，对每个人来说，可以办成很多事，也可以一件事都不办；可以手握权柄积德行善为民造福而丰碑高耸，也可以挥霍人民血汗造成巨大损失而万夫所指；可以脚踏实地不图回报而默默苦干，也可以投机钻营溜须拍马飞黄腾达……

我们中国的地质人呢？则把一场浪漫主义的痴梦化为了现实，一张张日历化为了跨越的旗帜和纷飞的捷报。

青藏铁路通车之际，曾经公布过一个数据——每推进一公里都以一个生命的牺牲为代价。我们的地质大调查呢？

如同当年支援抗日战争、解放战争一样，全国129个单位的15000多名地质工作者参加了大调查工作，他们常年奋战在雪域高原、荒郊野外，取得了一个个世人瞩目的丰硕成果，谱写了一曲曲可歌可泣的动人篇章。然而，据不完全统计，仅仅在青藏高原的攻坚战中，就有十几位中青年地质专家在西部野外第一线献出了宝贵生命，一位工作人员在阿尔金山找矿时失踪。而省部合作机制典范的新疆"358"项目启动仅一年时间，担任项目办公室常务副主任的西安地质调查中心主任李向却累倒在工作岗位，再也没有醒来。

出师虽捷身先死，长使英雄泪满襟。

每个人都是凡夫俗子，谁没有自己的小家？谁没有高堂白发、妻室儿女？谁的家中没有大大小小的琐事繁杂？但是为了地质大调查的快速推进，为了地质队伍的生存发展，每个参战的地质人谁都没有因为自己的事情耽误过工作。他们走过了春天，迎来了盛夏；他们以图纸为伴，和数字共舞，与天地同在。为了国土资源大调查，他们必须承受生活的许多不完整，必须毫无保留地放弃自己的小家。许多平常日子平常人可以拥有的东西他们往往会失去，比如健康、亲情和家庭的温馨……

他们是伟大的牺牲者与奉献者。他们用坚挺的脊梁，托起一片灿烂的云锦，簇拥着中国的太阳；他们用忠诚的奉献，树起一座无言的丰碑，把深沉的爱，埋进这片灼热、神奇的土地……

20

大象无形，大音无声——历史覆盖了昨天的一切。

中国地质调查局办公楼门口，面对一座无声的玉质纪念鼎，我久久地伫立着。

纪念鼎上，严谨洗练的文字，高度概括的语言，记录着一段并不遥远的历史，述说着国土资源大调查史诗般的深邃和恢宏：

国家大建设，地质得当先。
世纪相交时，体制大转变。
地质调查局，承前谋新篇。
春秋整十载，开创新局面。
祖国甲子寿，站上新起点。
着眼大需求，支撑大发展。
立足于国内，全球风云连。
引领全行业，昂首潮头前。
立鼎以镌文，铭志不等闲。

光荣和梦想，历史与现实，在中国的山川大河、平原沃野放射出璀璨夺目的光华！

我看到了一种熊熊燃烧的再生性精神资源——地质人在为共和国献宝的同时，以不懈的灵魂塑造，催生了一座座高山仰止的精神圣殿。

我看到了一种时间定格的永恒——地质人用劳动创造的悲壮，以不绝的创新历程，崛起了一个不朽民族大智大勇的生命高原。

“鲜花曾告诉我你怎样走过，大地知道你心中的每一个角落”，“水千条山万座我们曾走过，每一次相逢和笑脸都彼此铭刻。在阳光灿烂欢乐的日子里，我们手拉手啊想说的太多……”

一曲流淌着激情的歌词在我耳边响起。

“什么都不说，祖国知道我……”

一块灼热燃烧的土地，一支活力奔涌的团队，一座巍然耸立的丰碑。

中国地质人以梦一样的速度，在大自然的洪荒中蹒跚地踏出了一条文明大道，牵引着中国地质事业奔向复兴强国的未来。

新世纪的旭日喷薄而出，实现中华民族伟大复兴的桅杆在地平线上升起，新的历史又在地质人的脚下延伸。“保持我国地学界在世界上的领先地位”——从“新一轮国土资源大调查”洪流走来的中国地质人充满了自信。

中国经济，正孕育着一场明天的飞跃。

华夏民族，正拥抱着一轮希望的太阳。

图书在版编目（CIP）数据

为祖国寻找宝藏/张洪涛主编. －北京：作家出版社，2012.3
ISBN 978－7－5063－6191－0

Ⅰ.①为… Ⅱ.①张… Ⅲ.①纪实文学－中国－当代 Ⅳ.①I25

中国版本图书馆 CIP 数据核字（2011）第 250892 号

为祖国寻找宝藏

主　　编：张洪涛
责任编辑：冯京丽
装帧设计：大象设计
出版发行：作家出版社
社址：北京农展馆南里 10 号　　**邮编：**100125
电话传真：86－10－65930756（出版发行部）
86－10－65004079（总编室）
86－10－65015116（邮购部）
E－mail：zuojia@ zuojia. net. cn
http：//www. haozuojia. com（作家在线）
印刷：三河市紫恒印装有限公司
成品尺寸：170×240
字数：338 千
印张：21.75
版次：2012 年 3 月第 1 版
印次：2012 年 3 月第 1 次印刷
ISBN 978－7－5063－6191－0
定价：38.00 元